LARA DEARMAN

Lara Dearman a grandi à Guernesey avant de s'installer au Royaume-Uni pour étudier les relations internationales et le français. Après une brève carrière dans la finance et trois ans passés à Singapour, elle se consacre à l'écriture. Son premier roman, *La Griffe du diable* (Robert Laffont, collection « La Bête noire », 2017), combine son amour pour Guernesey et ses nombreux mythes ainsi que sa passion pour le polar et les serial killers. Il est suivi de *L'Île au ciel noir*, paru chez le même éditeur en 2018. Elle vit dans le comté de Westchester, New York.

Retrouvez toute l'actualité sur son site :
www.laradearman.com
Suivez l'auteure sur sa page Twitter :
www.twitter.com/laradearman

À Andrew, Lily, Charlie et Lena
– je vous aime plus que tout.

Prologue

La porte du cottage était entrebâillée. L'obscurité qui régnait à l'intérieur semblait éclabousser le jour. C'était idiot, l'obscurité ne faisait pas ce genre de chose – elle ne voyageait pas, pas comme la lumière. C'était l'ombre du magnolia, voilà tout. Çà et là, des pétales rose vif tombés dans l'allée flamboyaient au soleil, leurs bords recourbés, brunis. Il en ramassa un.

Il monta les marches sur la pointe des pieds et posa la main sur la porte. La surface laquée rouge était toute chaude. Il suivit une fissure du bout du doigt, sentit la menace d'une écharde, arracha une écaille de peinture. Il retint son souffle. Écouta. Il y avait quelque chose qui clochait. À ses oreilles, l'air était aussi épais que de l'eau ; on aurait dit qu'il avait avalé tous les bruits. Il ressentit une douleur dans le ventre, familière. Cela le prenait toujours quand il était inquiet.

C'était le silence. La rage, les vociférations, les assiettes qui volaient ne le dérangeaient pas tant que ça, il pouvait s'en protéger, les mains plaquées sur les oreilles, roulé en boule dans son lit ou recroquevillé derrière un arbre du jardin. Le plus terrible, c'était le silence d'après. Il envahissait la maison comme une espèce de brouillard qui s'insinuant dans les coins et planait au-dessus de sa tête quand il essayait de s'endormir.

Il tritura nerveusement le pétale entre ses doigts, jusqu'à ce qu'il se désagrège, lui laissant les doigts humides et odorants. Il les porta à son nez. Un parfum sucré. Réconfortant. Quelque part, le démarrage d'une tondeuse troubla le silence et l'arracha à sa rêverie. Les oiseaux pépiaient, l'herbe bruissait. Un chien aboya. Il ouvrit la porte.

La fraîcheur de l'intérieur sur ses bras nus et son visage en sueur le fit frissonner. Le temps que ses pupilles se dilatent pour s'accoutumer à la pénombre, il plissa les paupières et scruta la pièce, d'abord à hauteur de regard. Des mugs sur le comptoir ; un journal ouvert ; le reflet d'un rai de lumière sur du métal – une cuillère à café ; de la poussière en suspension ; le fauteuil déplacé, tourné dans le mauvais sens.

Puis il regarda par terre.

Il l'avait tout de suite vu en entrant, mais une sorte d'instinct l'avait empêché de regarder, et à présent son cerveau tentait d'intégrer ce qu'il voyait et de lui en présenter une vision acceptable. Des vêtements en tas. Avec des bras, des jambes et des cheveux. Un mannequin peut-être, comme dans les magasins, avec des membres raides et blancs. Autour de la tête, une forme sombre. Qui se déplaçait. Très très lentement. Rampait vers lui. Il se baissa pour la toucher.

Collante. Chaude.

Il passa la main par la porte pour la regarder à la lumière du jour.

Rouge.

Un mouvement. Un frôlement de tissu. Il n'était pas seul. Alors il regretta le silence. Parce qu'il savait qu'il s'était passé quelque chose d'affreux ici. Quelqu'un était là et ne tarderait pas à le voir. Il regarda sa main. Pire que tout, on allait croire que c'était de sa faute. Il recula d'un pas. Vers la porte, et la chaleur, et le chien qui aboyait et qu'il avait du mal à entendre à cause du raffut que faisait son cœur en battant à se rompre.

Un gémissement. Quelqu'un pleurait. Des sanglots étouffés derrière le comptoir de la cuisine. Il chancela. Un de ses maîtres d'école disait toujours qu'il fallait aider les gens en détresse. Il tenta d'avaler la boule qu'il avait dans la gorge, essaya de repousser la peur. Prit son courage à deux mains et se dirigea vers le bruit. Un pas. Deux pas. Il se souvint du jour où il avait trouvé le chat à la patte ensanglantée. Il avait voulu l'attraper, mais l'animal l'avait attaqué, ne comprenant pas qu'il désirait seulement l'aider. Il ferait bien d'avertir l'individu de sa présence, pour ne pas lui faire peur.

— Salut…

Juste un murmure.

Les sanglots continuaient. Il s'éclaircit la voix et réessaya :

— Salut…

Une brève inspiration.

Ce simple son lui fit comprendre que son aide n'était pas la bienvenue.

*Qu'*il *n'était pas le bienvenu.*

Et qu'il ferait mieux de filer.

1

Michael

Un passant lambda aurait pu prendre le petit édicule au toit arrondi près de l'office de tourisme pour des vespasiennes plutôt que pour la prison. Elle n'était pas plus grande que les toilettes publiques en face de l'église et les portes étaient peintes du même vert foncé. Mais s'il avait fait un peu attention, il aurait repéré le gros cadenas qui fermait la porte et les barreaux aux fenêtres, lesquelles étaient suffisamment petites et haut perchées pour qu'on ne puisse pas regarder à travers.

À l'intérieur, deux petites cellules pourvues chacune d'un sommier à lattes garni d'un mince matelas plastifié. Les murs étaient badigeonnés à la chaux et le sol cimenté. Un étroit couloir courait sur toute la largeur du bâtiment et permettait au gardien – l'un des nombreux rôles endossés par le constable bénévole de Sercq – de surveiller les prisonniers à travers les judas grillagés des portes. Les gens du coin les appelaient les cellules de dégrisement parce qu'elles hébergeaient surtout des touristes qui avaient bu un coup de trop et manqué le dernier bateau qui devait les ramener chez eux. Au cours de toutes ses années passées dans la police, Michael n'y était venu en mission officielle qu'une seule fois – pour arrêter un homme qui avait couronné sa virée éthylique en fracassant une bouteille sur le crâne d'un quidam.

En tout cas, la prison de Sercq était plus souvent un objet de plaisanterie qu'un lieu d'incarcération. Sauf que maintenant que Michael se retrouvait entravé et bâillonné, frissonnant à même le ciment et du mauvais côté de la porte de la cellule, les choses lui paraissaient bien moins pittoresques.

Il avait l'impression que les veines qui irriguaient son cerveau charriaient de la lave. Bouger la tête ne serait-ce que d'un centimètre lui causait une douleur insupportable, il était aveuglé par des flashs de lumière et assourdi par un bourdonnement qu'il savait être seul à entendre.

Et puis il y avait cette plaie au flanc. Il se vidait de son sang. Plusieurs fois au cours de la dernière heure – ou était-ce deux ou trois ? – il avait sombré dans d'effrayants états de semi-conscience qui lui faisaient perdre pied avec la réalité : il s'était imaginé sur un bateau qui tanguait et roulait, ou pris dans une explosion qui l'aurait expédié dans la mer. Il s'était forcé à ouvrir les yeux et à se concentrer. Le sol mouvant était le produit de son vertige, le bruit celui de son cerveau épuisé qui amplifiait le fracas du tonnerre au-dehors. Cette idée seule suffisait à exacerber sa panique…

Parce que l'orage avait éclaté et que Jenny était sur un bateau, fuyant loin de lui, loin de sa trahison et de cette île maudite. Il espérait, priait qu'elle soit déjà arrivée à bon port. Avant que le temps ne se gâte. Avant que les nuages qui s'amoncelaient depuis des jours, les accablant tous d'une chaleur moite, implacable, n'eut fini par éclater, déchaînant un enfer de tonnerre, d'éclairs et de trombes d'eau qui fouaillaient les vagues, les transformant en un cauchemar mortel et noyant ses cris étouffés dans leur tumulte.

2

Jenny

Trois jours plus tôt…

Jenny ramassa son tee-shirt et son jean en vrac par terre et les enfila.

— Quelle heure est-il ? demanda Elliot d'une voix étouffée par la couette qui lui couvrait la moitié du visage.

— Six heures et quart. Il faut que je rentre me changer avant d'aller bosser.

Elle mit sa montre et récupéra son téléphone.

— On se voit au bureau ?

Il leva la tête, un œil fermé pour se protéger du soleil matinal qui filtrait à travers les voilages.

Elle acquiesça. Il continuait à la regarder et elle eut l'impression qu'il attendait autre chose, qu'elle lui apporte un café et lui dise au revoir d'un long baiser langoureux par exemple, enfin le genre de chose qui se fait dans un couple quand l'un des deux quitte le lit où ils viennent de passer la nuit. Elle se contenta d'un sourire.

— On se voit là-bas.

L'appartement d'Elliot était ce qu'un agent immobilier aurait qualifié de « cosy ». Un salon-kitchenette, une chambre, une salle de bains. Mais c'était confortable et propre, et des fenêtres de la cuisine on voyait la mer scintiller au loin, au-dessus des toits de Saint-Pierre-Port. Jenny ouvrit le robinet de l'évier. Les canalisations gémirent et frissonnèrent derrière le mur, puis après quelques secondes crachèrent une eau tiède. Elle attendit que le débit se stabilise avant de rincer une tasse et de la remplir d'eau. Les verres à vin de la veille au soir séchaient sur le côté, près d'une bouteille à moitié bue. Elle savait qu'il y en avait une autre, vide, dans la poubelle sous l'évier.

Ils avaient pris des habitudes. Quelques verres après le travail, deux ou trois autres une fois chez lui. Et puis le lit. Le premier matin avait été un peu gênant, ils s'étaient comportés comme s'il ne s'était rien passé, en avaient ri, aucun des deux n'exprimant de regret ni ne prétendant que cela pouvait être autre chose qu'une sympathique partie de jambes en l'air. À présent, ils avaient franchi un cap, pensa-t-elle. C'était devenu une routine.

Ils n'en avaient pas discuté. Elle ne voyait personne d'autre, mais il n'avait rien exigé. Lui-même continuait à flirter régulièrement avec d'autres femmes, mais elle ne lui avait pas demandé d'arrêter.

Elle s'appuya au comptoir. Elle pourrait se prendre un appartement. Sa mère, Margaret, avait proposé de lui prêter de l'argent pour le dépôt de garantie. Mais même ainsi elle aurait du mal à se payer un endroit comme celui-là avec son salaire de journaliste. Elle avait besoin d'une augmentation. Ou d'un nouveau boulot.

Le réveil d'Elliot sonna derrière la porte de la chambre, et elle entendit le lit craquer et grincer quand il se leva. Elle rinça sa tasse, la posa sur l'égouttoir et sortit.

L'appartement était situé au dernier étage d'une maison mitoyenne, au milieu de Mount Durand, une rue qui gravissait une colline en pente raide. Chez les voisins, une fenêtre cassée et des bouteilles de bière vides témoignaient encore de la fête que la police avait dû interrompre le matin même, aux premières lueurs de l'aube. En bas de la route, l'asphalte cédait la place aux pavés. Partant sur la gauche et sur la droite, des venelles montaient derrière les maisons vers des escaliers aux marches inégales, puis d'autres rangées de maisons que l'on ne voyait pas de là, festonnées de cordes à linge, des poubelles à roulettes bloquant les allées.

Quelques nuages épars striaient un ciel d'azur. Le mois de juin avait été chaud et sec et le mois de juillet promettait de continuer sur cette lancée. La semaine précédente, la température avait battu tous les records, culminant à trente-deux degrés pas plus tard que la veille. Le journal télévisé s'était achevé sur une séquence au cours de laquelle le présentateur météo avait tenté de faire frire un œuf sur le trottoir devant le studio. Les estivants étaient aux anges. Tout comme les marchands de glace ambulants et les boutiques d'articles de plage. Mais pour le reste de la population, pensait Jenny, un changement de temps serait bienvenu.

Sa voiture était garée devant la Crique, un bar notoirement tapageur. Un groupe d'ados sirotant des Breda l'avaient observée quand elle l'avait laissée là la nuit précédente, l'un d'entre eux lâchant un « Chouette bagnole » tandis qu'un autre murmurait : « Chouettes nénés, plutôt », avant de ricaner bêtement, comme les lycéens qu'ils étaient sûrement. Elle n'aurait pas été étonnée qu'ils aient forcé sa portière juste pour s'amuser. Avant de monter dedans, elle l'inspecta à la recherche d'éventuels dégâts. Hormis des relents d'urine et de bière rance, tout semblait en ordre.

L'intérieur de la voiture fleurait bon ses affaires de piscine fourrées dans le sac à dos sur la banquette arrière. Elle était allée nager la veille au soir, juste avant qu'Elliot ne l'appelle. Elle jeta un coup d'œil à sa montre. Il n'était que six heures et demie. Elle avait le temps de piquer une tête avant de rentrer se changer chez elle.

Son téléphone bipa. Matinal pour un message. C'était Stephen.

Ossements découverts à Derrible. Poss. restes humains. On est en route. Te tiens au courant.

Le frisson d'excitation qu'elle ressentait habituellement quand elle avait vent d'une affaire fut mâtiné d'un sentiment de peur. Des restes humains. Quelques mois seulement s'étaient écoulés depuis la découverte du corps d'Amanda Guille sur la plage de Bordeaux. Mais l'affaire était close. L'assassin était mort. La blessure par balle à l'épaule de Jenny avait guéri.

Elle relut le message. Derrible était une baie de Sercq, une petite île d'un peu plus de cinq kilomètres carrés située à une dizaine de kilomètres de Guernesey. La traversée prenait une heure environ. Pas d'aéroport, pas de voitures. On s'y déplaçait exclusivement à pied ou à vélo, ou encore en calèche mais à des prix prohibitifs. Jenny y avait passé plusieurs étés quand elle était enfant : d'une part ses parents adoraient le calme et le silence, d'autre part ils répugnaient à voyager loin de chez eux (ils préféraient éviter l'avion, autant que faire se pouvait). C'était donc une destination de vacances idéale.

Le « on » de Stephen incluait très certainement l'inspecteur-chef Michael Gilbert, de la police de Guernesey, avec qui Jenny avait été en liaison étroite lors de l'enquête sur le meurtre d'Amanda Guille. Depuis lors, Michael était devenu un ami, et il était régulièrement passé la voir dans la maison où elle habitait avec sa mère, d'abord pour s'assurer de son bon rétablissement, puis, une fois qu'elle avait été remise, pour prendre le thé ou, plus souvent ces derniers temps, pour dîner. Officiellement pour prendre des nouvelles de Jenny, mais ils savaient parfaitement tous les deux qu'il préférait nettement discuter avec sa mère. Il aidait Margaret à la cuisine et ils bavardaient en riant, le son de la radio et le sifflement de la bouilloire étouffant leurs paroles. Jenny se demandait s'ils avaient déjà parlé de leur relation. Si, une fois la cinquantaine passée, on pouvait entrer directement dans le vif du sujet et avoir une conversation franche sur un éventuel avenir en commun.

Elle jeta un regard sur ses affaires de piscine. Ça devrait attendre. Elle n'allait pas rater l'occasion de couvrir cette histoire, même si ça la mettait mal à l'aise. Cette fois, se rassurait-elle, elle ne ferait pas les gros titres. Elle écrirait l'article, point final.

En réalité, Jenny avait une autre raison de vouloir se rendre à Sercq.

Depuis qu'elle avait découvert que l'enquête sur la mort de son père avait peut-être été compromise, elle voulait y retourner pour parler aux dernières personnes qui l'avaient vu. Si l'on en croyait le rapport de police,

Charlie Dorey avait basculé par-dessus bord alors qu'il revenait de Sercq. Qu'il ait été sur l'île ce jour-là était un fait établi. Que son bateau ait été retrouvé dans les eaux de Sercq des heures après sa disparition était aussi incontestable. Ce qu'elle refusait d'accepter, c'était la conclusion qu'on en avait tirée. Charlie n'aurait jamais pu tomber à la mer.

Elle entra dans la maison. Margaret était assise à la table de la cuisine, un livre dans une main, un toast tartiné de Marmite dans l'autre.

— Bonjour, ma chérie.

— Bonjour, maman.

Elle embrassa sa mère sur la joue et se servit une tasse de thé.

— Comment va Elliot ?

Même si Margaret avait pris un ton léger, Jenny savait que la question n'était pas anodine.

— Très bien, je te remercie. Je vais prendre une douche vite fait.

— Il ne te laisserait pas mettre quelques affaires chez lui ? Pour te faire gagner du temps, le matin.

Margaret tourna nonchalamment une page de son livre.

— Tu veux te débarrasser de moi ?

Jenny avait lancé cela sur le ton de la plaisanterie, mais Margaret le prit mal et redressa la tête.

— Bien sûr que non ! J'adore t'avoir ici. Tant que tu ne restes pas à cause de moi.

— Je sais, maman, tu es retombée sur tes pattes. Et moi aussi. Je vais commencer à me chercher un appart. Bientôt. De toute façon, je serais contente d'arrêter de tenir la chandelle entre Michael et toi.

— Ce n'est pas du tout ce que tu crois, Jenny, rétorqua Margaret en rougissant.

Elle referma son livre et partit s'activer au-dessus de l'évier, cherchant de la vaisselle à laver. Il n'y en avait pas, aussi commença-t-elle à pulvériser de l'eau de Javel sur toutes les surfaces planes, à l'assaut de taches invisibles – en tout cas pour Jenny.

— Détends-toi, maman. Je te taquine, c'est tout. Mais ce ne serait pas le pire qui puisse t'arriver, si ? Ça fait plus de deux ans…

Margaret se figea un instant, puis se retourna, les yeux un peu trop brillants.

— Je voulais juste dire que tu ne tenais pas la chandelle. Bon, reprit-elle en tentant un sourire, tu n'as pas un travail qui t'attend ?

Avant de partir pour le journal, Jenny se rendit dans le bureau de Charlie. Il avait passé des heures dans cette pièce, à écrire des courriers aux *Nouvelles de Guernesey* ou à faire ses comptes avec une calculatrice encombrante qui imprimait les mêmes reçus que les caisses des magasins. Elle adorait le vrombissement de la machine quand elle crachait sa bande de papier très fin, comme celui dans lequel les baraques à frites emballaient les *fish and chips*, sauf qu'ici le long ruban était étroitement enroulé autour d'un tube en plastique. Parfois, il la laissait jouer avec. Il « achetait » une de ses peluches et elle tapait le prix qu'elle estimait juste, puis elle coupait le reçu contre le bord dentelé de la calculatrice.

Margaret l'avait rangée. Entreposée dans le grenier parmi d'autres affaires de Charlie qu'elle trierait plus tard, disait-elle.

Elliot avait rebaptisé le bureau « cellule de crise » parce que Jenny avait couvert les murs de photos et de notes prises au cours de l'enquête sur la mort d'Amanda Guille. Quand elle s'était retrouvée à l'hôpital après avoir pris une balle dans l'épaule, Margaret avait tout décroché et soigneusement classé les documents dans un dossier qu'elle avait ensuite rangé dans un tiroir du bureau. Elle avait aussi rapatrié de la chambre et déposé dans un coin du bureau le carton bourré d'articles et de résultats de recherches de l'époque où sa fille travaillait comme journaliste d'investigation à Londres.

Londres. Jenny savait qu'après tout ce qui s'y était passé, il était absurde de regretter la capitale. Elle devait accepter d'être une vraie Guernesiaise, mâchonnée puis recrachée par la grande ville. Après tout, elle n'avait pas fini de se délester de la poussière, de la crasse et des mauvais souvenirs accumulés dans les eaux froides et limpides de la Manche. Mais aurait-elle ressenti les choses différemment si, menacée de mort, elle n'avait dû abandonner sa dernière affaire londonienne et s'enfuir à Guernesey ?

Elle aurait mieux fait de mettre le carton au garde-meubles. Mais quelque chose l'en empêchait. Un vague malaise qui n'avait jamais totalement disparu, alors que tout le reste allait si bien. Ce sentiment constant et insidieux qu'elle n'était pas allée au fond des choses. Cela étant, des problèmes plus immédiats réclamaient son attention. Ces ossements trouvés dans la baie de Derrible par exemple. Et découvrir ce qui était vraiment arrivé à son père.

Elle observa les éléments qu'elle avait collés au mur. Une photo de Charlie – un gros plan que Jenny avait fait de son visage buriné, plus profondément ridé que son âge ne le justifiait. Il avait passé la majeure partie de sa vie sur son bateau, à remonter ses filets, une gangue de sel semblant caparaçonner en permanence sa peau et ses cheveux, noirs et épais, qui s'échappaient de sa casquette en mèches hirsutes. La notice nécrologique, punaisée à côté de la photo, avait occupé une demi-page dans *Les Nouvelles de Guernesey* parce que Charlie était « une personnalité locale. On pouvait le trouver sur son bateau bien-aimé, le *Jenny Wren*, qu'il pleuve ou qu'il vente… Toujours une parole amicale… Un grand conteur des légendes de l'île… Il laisse derrière lui une femme et une fille ».

À côté de la notice, des pages de son journal de bord recensant ses sorties de pêche au cours des derniers mois. Elle leur avait appliqué un code couleur, cherchant une logique à ses déplacements. Le seul élément intéressant qu'elle avait relevé était la fréquence à laquelle il se rendait à Sercq.

Sur le bureau, un dossier ouvert contenait les notes qu'elle avait prises – des entretiens avec les amis de son père. Mais elle ne les présentait pas ainsi pour ne pas les inquiéter, ni eux ni sa mère. Elle ne voulait pas laisser entendre qu'elle avait des doutes sur les circonstances de la mort de son père. Près du dossier, il y avait une pile de ses journaux intimes.

Charlie tenait un journal d'aussi loin que Jenny s'en souvienne, rachetant le même modèle chaque année, avec une couverture rouge ou noire et l'année imprimée en lettres dorées en haut à droite. Margaret n'avait pas voulu les lire, mais elle avait dit à Jenny qu'elle devrait le faire, elle, car Charlie l'aurait souhaité.

Les feuilles à carreaux, à raison d'une par jour, étaient plus ou moins remplies. Parfois, on n'y trouvait que des rendez-vous – « Dentiste, quatorze heures » – ou des observations sur la météo, toujours de son écriture excessivement soignée. Occasionnellement, il écrivait des textes plus longs et plus personnels. Le ton en était souvent sombre : des réflexions sur son humeur morose, des questionnements sur une décision qu'il avait prise, ou la façon dont il avait parlé à Margaret sur un sujet bassement matériel. Jenny avait lu tout cela les larmes aux yeux – les vulnérabilités d'un homme qui avait toujours paru si sûr de lui, si inébranlable, révélées au grand jour.

Pourtant, les pages sur lesquelles elle se concentrait, qu'elle avait photocopiées, surlignées et attentivement étudiées, ne comportaient jusque-là rien de particulier. Des numéros soulignés – des dates ? Des lettres entourées – des initiales ? Des notes laconiques : « Comme la dernière fois. Revérifier vendredi. » Toutes ces entrées avaient été faites des mois avant sa mort, et elles coïncidaient toutes avec ses visites à Sercq.

Rien ne semblait louche dans le décès de Charlie, Michael le lui avait assuré. Mais les paroles de Roger Wilson continuaient de lui résonner à l'oreille : « Se prenait pour un détective… On a tous trouvé ça plutôt marrant… jusqu'à ce qu'on ne se marre plus… » Les paroles d'un psychopathe doublé d'un tueur, avait dit Michael. Des paroles que Roger avait prononcées quand, acculé au désespoir, confus et désarmé, il s'était laissé arrêter. Les ratiocinations d'un fou. Sauf que, pensait Jenny, même s'il était en plein délire, quelque chose faisait sens.

Elle se souvenait de la première fois qu'elle avait joué au détective avec Charlie. Ils faisaient le tour du réservoir de Saint-Sauveur par le sentier ombragé qui longeait l'eau, bien avant que les États – le gouvernement de l'île – ne l'aménagent pour l'intégrer à la promenade du Millénaire, avec son fourniment de cartes de randonnées et de guides de visite qui attiraient des centaines de touristes, l'été. À l'époque, Jen et Charlie étaient seuls à s'y promener, avec peut-être l'ornithologue amateur de service, qui observait à la jumelle les canes couvant dans les berges couvertes de roseaux, et parfois un héron ou une aigrette. Le sentier étroit et détrempé était parcouru de racines noueuses qui se tortillaient juste sous la surface. Sur la rive nord, de grandes portes en acier bloquaient le passage et les marcheurs étaient redirigés vers la droite, sur une large piste herbeuse qui faisait une boucle avant de rejoindre le réservoir. Une pancarte interdisant l'accès sous peine de poursuites était suspendue par une chaîne à l'un des piliers du portail. Jenny se cramponnait au métal froid, cherchant à voir à travers les frondaisons particulièrement denses au-delà de l'enceinte. Elle était convaincue que quelque chose de funeste se cachait là : un labo scientifique clandestin peut-être, qui tentait d'étranges expériences sur les réserves d'eau guernesiaises, ou un complexe gouvernemental secret.

Quand elle avait fait part de ses soupçons à Charlie, il avait insisté pour qu'ils contournent la barrière afin d'en avoir le cœur net. Ils devaient à l'île, avait-il dit, de s'assurer qu'il ne s'y mijotait rien de malfaisant. Jenny ignorait ce que cela signifiait, mais il lui semblait que ce n'était pas de bon augure. Ils s'étaient très vite retrouvés embourbés jusqu'aux genoux et Charlie avait admis que, tout bien considéré, le panneau « Défense d'entrer » était sans doute là pour une bonne raison. « Pas un mot à maman », avait-il dit en l'arrachant au marécage, lui-même s'accrochant à un tronc d'arbre abattu afin de ne pas retomber dedans. Pour expliquer leurs vêtements trempés, une fois rentrés à la maison, ils avaient prétexté une stupide tentative de sauvetage d'un canard. Margaret n'avait pas été dupe et avait jeté son fameux regard à Charlie, celui qui lui recommandait vivement la prudence – le même qu'elle lançait encore à sa fille chaque fois qu'elle quittait la maison.

Les Nouvelles de Guernesey, l'unique quotidien de l'île, était hébergé dans un espace très lumineux et fonctionnel, situé dans un complexe industriel à un jet de pierre de la maison de Jenny et de la grande ville de Saint-Pierre-Port. Ses murs de verre offraient une vue imprenable sur la baie de Belle Grève et au-delà, par beau temps, sur les îles de Herm et de Sercq.

Le nouveau chef de service, Graham Le Noury, s'entretenait avec Elliot du Rock-Cane, un festival de musique hédoniste organisé à Rocquaine Bay tous les ans au mois d'août. Quelques parents et des associations s'étaient ligués pour le faire annuler, préoccupés par l'augmentation des activités liées aux stupéfiants sur l'île. La mère d'un adolescent qui avait passé quelques jours à l'hôpital à cause d'une mauvaise réaction au Black Pearl, un ecstasy particulièrement puissant qui avait inondé le club local, menait le mouvement.

Désireuse de parler à Elliot de son tuyau, Jenny tenta d'interrompre Graham aussi poliment que possible. Il lui fit signe de patienter un peu, lui lançant un regard qui lui intimait d'attendre son tour, et elle resta plantée là, fébrile, guettant le moment où elle pourrait intervenir dans la conversation sans prendre le risque de l'énerver.

Graham était aux *Nouvelles de Guernesey* depuis toujours. Selon Jenny, c'était pour cela, et uniquement pour cela, qu'on lui avait offert le poste. Mark Martel, quant à lui, un journaliste doux mais consciencieux et doté d'un réel sens de ce qui faisait une bonne histoire, avait été promu rédacteur en chef après que Brian Ozanne se fut fait virer sans cérémonie quelques mois plus tôt. Ce dernier, accusé d'avoir entravé le cours de la justice en ne révélant pas ce qu'il savait des témoins clés de la plus grosse enquête pour meurtres que l'île ait jamais connue, avait évité la prison de justesse.

Et donc l'équipe de reporters avait hérité de Graham, un bon journaliste mais sans relief, leur aîné à tous d'au moins vingt-cinq ans. Cela étant, se dit Jenny en embrassant la pièce du regard, Elliot devait être le plus vieux après lui, suivi par elle-même. Les autres avaient tous la vingtaine. Ce métier ne payait pas assez bien, les horaires étaient impossibles et, au bout du compte, tout le monde finissait par changer de boulot et partait mieux gagner sa vie dans le marketing ou les relations publiques au sein d'une des banques de l'île.

Graham ayant fini son laïus, Jenny en profita pour attirer son attention.

— Graham, avant que vous ne commenciez, puis-je vous soumettre quelque chose ? C'est urgent.

Graham prit l'air exaspéré : il ne lui pardonnait pas d'être celle qui avait fait éclater l'histoire du tueur en série au grand jour. Et il n'était pas le seul, pensa-t-elle. Il y eut de l'agitation parmi les journalistes, dix en tout, regroupés autour du bureau de Graham, et un soupir se fit entendre. Elliot lui avait raconté qu'on lui avait cassé du sucre sur le dos, les autres reporters la considérant comme la chouchoute de Mark. Elle aurait pu jurer que l'ambiance changeait sensiblement dès qu'elle prenait la parole en réunion. Cela ne l'empêcha pas de continuer.

— Un de mes contacts dans la police m'a envoyé un message.

— Le bon cousin Steve, je présume ? avança Graham.

Elle joignit ses rires à ceux des autres. Il était vain d'essayer de garder le secret sur sa source à Guernesey, quand tout le monde savait que ladite source faisait partie de sa famille.

— Ouais, le cousin Steve s'est encore distingué. Enfin, peut-être. Des restes possiblement humains ont été découverts à Derrible, à Sercq.

— Pas un corps ?

Voix tremblante de la jeune journaliste qui avait posé la question. Jenny en connaissait la raison. Aucun d'eux ne voulait avoir à revivre les événements de l'année passée.

— Je ne pense pas. En tout cas, pas récent. Des ossements apparemment.

— Comment savent-ils qu'ils sont humains ?

— Aucune idée, Graham. Je n'ai reçu qu'un texto. En y allant maintenant, je pourrai en savoir davantage.

— Ça a fait tout un foin quand un squelette a été retrouvé à Sercq il y a deux ou trois ans, tu te souviens ? En fait, c'était celui d'un gros clébard. M'est avis qu'il s'agit du même genre d'histoire. La saison est un peu calme et les habitants veulent attirer l'attention. Le nombre de touristes est dramatiquement bas, à ce que j'ai cru comprendre.

— C'est possible, Graham. Mais on n'aura aucune certitude tant que je ne serai pas allée sur place, n'est-ce pas ?

Sourcils froncés, Graham semblait se demander si elle avait délibérément fait preuve d'insolence. Elle lui offrit son sourire le plus enjôleur, et il baissa les yeux sur ses notes, tâchant d'estimer s'il pouvait se passer d'elle.

— Tu dois finir l'article sur le nettoyage de la plage, dit-il. On devrait peut-être envoyer quelqu'un qui serait moins chargé.

Plusieurs des reporters présents dans la pièce se redressèrent, à l'affût. Elle ne leur en voulait pas. Elle avait eu plus que son content de bonnes histoires ces derniers temps. Mais elle avait bossé pour.

— Je le bouclerai en chemin. Il sera prêt avant dix heures.

Graham soupira bruyamment.

— D'accord. Dis-moi de quoi il retourne dès que tu seras là-bas. Bon, passons aux infos du jour…

Jenny rassembla ses affaires. Elliot se leva tranquillement et lui posa une main sur le bras au moment où elle passait devant lui. Elle se demanda combien de leurs collègues avaient deviné qu'ils couchaient ensemble.

— Ça va ?

— Oui, pourquoi ?

— Tu es partie très vite ce matin. Et tu as l'air un peu agitée.

— Tout va bien.

— Tu veux que je vienne avec toi ?

— Graham va piquer une crise si je t'enlève du sujet Rock-Cane. Ça a l'air de le mettre dans tous ses états. Cela dit, je suis sûre que si quelqu'un d'autre que moi lui avait parlé de ce tuyau, c'est une équipe complète qu'il aurait expédiée à Sercq.

— Tu es certaine que ça ne t'ennuie pas d'y aller toute seule ?

Elle savait à quoi il pensait. Et elle voyait son air préoccupé.

— Graham a probablement raison. Je vais revenir avec la nouvelle renversante qu'il y a vingt ans, un mouton est tombé d'une falaise.

— Et si Graham a tort ?

— Alors je reviendrai avec une histoire différente. Qui fera du bruit.

3

Reg

Il y avait quelqu'un, il en était sûr. Il reconnaissait les picotements familiers sur sa nuque. Il se retourna. Mais pas assez vite pour apercevoir quoi que ce soit.

Il ne se souvenait pas de la première fois où il avait entrevu du coin de l'œil l'ombre d'un mouvement, la première fois où il avait entendu craquer les herbes sèches ou des pierres rouler sur une allée déserte, derrière lui. Ça remontait à plusieurs semaines. Peut-être des mois. À moins que ça n'ait toujours été comme cela ? Il n'était jamais seul, pas vraiment. Il y avait toujours quelqu'un dans les parages. Un voisin juste derrière la haie. Un ami qui passait par là en rentrant du boulot. Un touriste se dandinant sur son vélo. Un fantôme. Tant de fantômes, qui murmuraient des accusations. Se moquaient de lui. Effleuraient sa nuque de leurs doigts glacés.

Il haussa les épaules. C'étaient probablement des gosses. Les enfants des enfants qui avaient l'habitude de le suivre, de se lancer comme défi de l'approcher le plus près possible, puis de s'enfuir dès qu'il les repérait. Il était aussi vieux que ça, oui. Ces enfants-là avaient déjà des enfants. À présent, il courait trop lentement pour les attraper, et il ne l'aurait pas fait de toute façon, même s'il en avait été capable. Un jour, un des gamins s'était évanoui. Le petit casse-pieds était tombé dans les pommes dès qu'il l'avait saisi par le col, alors qu'il voulait simplement lui passer un savon. Il se demandait quel genre d'histoires ils se racontaient entre eux, quel genre de croquemitaine il était à leurs yeux. Il sourit. Rien n'avait changé. Chaque génération avait ses monstres. Ses histoires d'horreur. À l'époque, ses amis et lui se moquaient d'une vieille dame. Persuadés que c'était une sorcière, ils murmuraient des incantations dès qu'elle passait à leur hauteur, ou se signaient en crachant par-dessus leur épaule de peur qu'elle leur jette un sort de son regard diabolique. Pauvre femme. Ce n'était qu'une vieille fille. Vieille et seule. Comme lui aujourd'hui.

Il regarda ses chaussures. Une fine couche de poussière jaune ternissait le cuir éculé. Il n'avait pas plu depuis des jours et la rue principale du village était desséchée. Chacun de ses pas soulevait un petit nuage de sable évanescent.

Il était sorti avec un objectif en tête, ce matin-là, et il était arrivé à le suivre jusqu'au bout. Ce qui n'était pas un mince exploit par les temps qui couraient. Il traînait un Caddie au motif écossais rouge et noir, chargé de pain, d'œufs, de lait et de beurre. Pas de journaux nationaux. Il y avait du brouillard à Guernesey, et l'avion postal n'avait pas pu se poser à temps pour le bateau de huit heures à destination de Sercq. Pas grave. De toute façon, il ne lisait jamais les journaux. Et il avait un exemplaire des *Nouvelles de Guernesey* qui ferait parfaitement l'affaire.

Son sourire vacilla quand il tenta de se souvenir pourquoi il avait besoin d'un journal qu'il ne lirait pas. Pour allumer un feu, peut-être ? Non, ça ne devait pas être ça. C'était l'été et il faisait chaud. Si chaud que même à présent, alors que le jour venait à peine de se lever, la sueur lui coulait déjà le long des sourcils, lui piquant les yeux. Il ferma les paupières. Secoua la tête. Une vision. Soudaine, vive. Un garçonnet en pleurs. Il l'entendait. Le sentait. C'était comme ça maintenant. Des événements remontant à plusieurs années lui apparaissaient aussi clairement que s'ils s'étaient produits la veille, mais il avait un mal de chien à retenir plus de quelques minutes une idée qui venait de lui traverser la tête.

Il se demandait combien de temps cela prendrait avant qu'il cesse de s'en étonner. Avant qu'il n'arrive même plus à retrouver son chemin. Peut-être qu'une de ses balades finirait par l'achever. Il se retrouvait parfois dans des lieux très étranges. Il sortait admirer le coucher du soleil au-dessus du pré communal et il se retrouvait sur la Coupée, l'isthme étroit, battu par les vents, qui reliait la Grande Sercq et la Petite Sercq. Il s'appuyait sur le garde-fou construit par les prisonniers de guerre allemands et regardait le soleil se lever derrière Jersey, une sensation de creux à l'estomac lui rappelant qu'il n'avait pas encore pris son petit déjeuner. Cela faisait loin pour y marcher avec le ventre vide.

Ou il atterrissait dans le noir au Gouliot, au bord des falaises, pleinement conscient de la présence des grottes qui truffaient la terre sous ses pieds, l'île de Brecqhou surgissant de l'eau devant lui. Elle avait été abandonnée alors qu'il était enfant. Il ne restait que les mouettes, leurs fientes, de temps en temps un macareux, et parfois un phoque qui se prélassait au soleil sur les rochers. À présent s'y trouvait une demeure de marbre et d'or, à ce qu'on disait, chacune des marches qui y menait ayant coûté des centaines de milliers de livres sterling. Qu'on disait.

Parfois, il allait à Port du Moulin d'un pas de somnambule, s'asseyait sur les galets, laissait la mer lui lécher les pieds et regardait l'arc minéral qui enjambait la mer et la terre. Il pensait à des photos qu'il avait vues dans le *National Geographic*, celles d'immenses arches en pierre dans l'Utah ou le Nevada, il ne savait plus au juste. Un endroit où il n'avait jamais mis les pieds. Et où il n'irait jamais. Sa vie à lui était faite de petits pas mesurés.

Il vivait à moins de cinq kilomètres de toutes les commodités du village. Ça ne lui aurait pris que quelques minutes avec son vélo, mais il l'avait laissé quelque part et il ne savait plus où. Il avait fait coller une affichette quelques jours plus tôt dans les Boutiques du Village. La jeune employée rachitique qui avait écrit sous sa dictée s'était fichue de lui. Elle faisait partie de ces travailleurs saisonniers qui venaient passer quelques semaines sur l'île chaque été. Elle avait dit que tous les îliens avaient de drôles de noms et il avait dû lui épeler le sien. Elle s'était fait tatouer un papillon sur la face interne de son poignet aux veines saillantes, et son tee-shirt flottait sur sa maigre poitrine. Il les préférait plus en chair. De gros seins et un derrière généreux. Comme Rachel.

Sa note était toujours affichée sur le panneau. Mais aucune nouvelle de sa bicyclette. En vérité, il n'aimait pas la prendre, ça lui faisait trop mal à cause de ses genoux. Il valait mieux marcher. Si la douleur s'amplifiait, il pourrait peut-être se procurer un scooter, comme celui que le vieux seigneur utilisait depuis la pose de sa prothèse de hanche. Sir William de Bordeaux, le seigneur historique de l'île, approchait des quatre-vingt-dix ans. Ça avait fait tout un ramdam quand il avait sollicité la permission d'utiliser un véhicule motorisé. Mais après moult réflexions, les chefs plaids, le gouvernement de Sercq, avaient admis qu'il n'eût pas été pratique pour Sa Seigneurie d'avoir à se faire transporter en charrette et qu'un scooter serait moins importun qu'un tracteur. Ils avaient raison sur ce point. À l'époque, il était compliqué d'obtenir un permis pour un tracteur à Sercq. Aujourd'hui, on les distribuait à n'importe qui.

Et justement, il en voyait un à l'instant. Pas qu'un – deux, trois satanés engins l'un derrière l'autre. C'était inhabituel, pour dire le moins. Et ils avaient l'air d'avancer à une allure soutenue. Il se retourna pour les regarder. Ils recrachaient une épaisse fumée dans l'air lourd alors qu'ils peinaient à monter l'Avenue.

Deux femmes discutaient avec animation devant le nouveau café. Elles montraient les tracteurs. L'une d'elles avait son téléphone collé à l'oreille et parlait en s'interrompant de temps en temps pour vérifier quelque chose avec son amie. Il fut un temps où il aurait essayé de découvrir la raison de cette agitation. Mais il ne connaissait pas ces femmes. Du moins le croyait-il. Il avait du mal à distinguer les visages familiers des autres. Les gens s'arrêtaient pour lui parler comme s'ils le connaissaient, mais lui ne les remettait pas. Pour lui, tous les visages se ressemblaient, les traits floutés par le brouillard qui lui avait envahi les yeux du jour au lendemain et ne s'éclaircissait souvent qu'à l'heure du déjeuner. Il devrait aller faire contrôler sa vue, mais cela l'obligerait à se rendre à Guernesey et il préférait encore devenir aveugle.

Il passa devant la banque et quelques maisons d'hôtes couvertes de glycine. Les tableaux noirs postés devant vantaient leurs canapés au homard, leur *afternoon tea* et leur prosecco à savourer dans le jardin. Quinze livres pour un sandwich et un verre de vin. Il secoua la tête, sentit la sueur qui trempait son col. Parfois, on se serait cru dans le désert. Toutes ces routes jaunes, ce sable, cette poussière, et le chatoiement de la chaleur dans l'air au-dessus de la chaussée. Il aurait bien aimé voir un désert. Le Sahara, peut-être. Il arrivait qu'il y gèle la nuit. Peu de gens le savaient.

Il redressa son Caddie et s'appuya contre la haie, évitant une touffe de cerfeuil sauvage qui, s'il y touchait par une journée aussi chaude, lui donnerait de l'urticaire. L'herbe était fraîche. Il ferma les yeux un instant, écouta les sauterelles et les oiseaux, et se dit qu'il pourrait bien s'assoupir.

Le grondement d'un autre tracteur. L'engin arriva en vue et il se redressa en plissant les yeux. Ah, celui-là, il le connaissait. C'était le fils de Malcolm Perré. Il ne se souvenait plus de son nom. Le fils en question leva une main pour le saluer et il répondit d'un hochement de tête. Il n'avait jamais aimé le père, mais le garçon avait été ami avec Luke, il était toujours poli et il était resté sur l'île pour gérer une ferme, ce qui en disait long, selon lui, sur son caractère. La poussière soulevée par le tracteur lui irrita la gorge et il toussa.

L'engin s'arrêta.

— Tout va bien, monsieur Carré ?

— Oui, oui. Je profite du soleil.

M. Carré récupéra son Caddie et s'apprêta à repartir.

— Vous avez entendu parler du corps ? lança le garçon.

— Du quoi ?

Il lui sembla que le fils de Malcolm le regardait intensément et il frissonna de peur.

— Enfin, pas vraiment un corps, des ossements. Là-bas, à Derrible. La police y est en ce moment même.

La chaleur sur son visage ne devait plus rien au soleil, mais au sang qui lui montait à la tête. Ses jambes lui paraissaient creuses et il se demanda si elles n'allaient pas céder sous son poids. Il s'appuya de nouveau contre la haie.

— Il n'y a sûrement pas lieu de s'alarmer. Ils ont probablement été rejetés par la mer et viennent de Dieu sait où. Vous voulez que je vous dépose chez vous ?

Il secoua la tête, agita la main.

— Non, ça ira. (Benjamin. C'était ça, le nom du gamin de Malcolm.) Merci, Benjamin.

— Pas de problème, monsieur Carré. Prenez soin de vous.

Le tracteur s'éloigna dans un grondement.

Il se redressa. Reprit son Caddie et, tête basse, avança lentement. Il devait rentrer. S'asseoir dans la fraîche obscurité du cottage.

Le sang continuait de battre à ses tempes, ses jambes lui semblaient de plus en plus faibles. Le Caddie lui paraissait plus lourd tout à coup, un poids qu'il n'arrivait plus à traîner derrière lui.

Rentrer à la maison, il devait juste rentrer à la maison.

Mais sa vision devint floue et le chemin commença à ressembler non plus à de la terre mais à de l'eau. Il trébucha sur la surface qui lui semblait mouvante. Il s'arrêta, fouilla ses poches en quête d'un mouchoir.

Un bruissement. Des herbes sèches qu'on piétine.

C'était tout près, à présent. Il le sentait. Plus près que jamais. L'air s'épaissit ; la chaleur lui tomba dessus, l'empêchant de respirer. Il se souvenait de la sensation d'être enfoui dans le sable, il jouait à cela quand il était petit, on le recouvrait de pelletées de sable qui lui paraissaient aussi lourdes que des pierres empilées sur son torse.

Puis il la vit. Une ombre noire tremblotante. Dans le champ près de lui.

Il s'immobilisa. Inspira une goulée d'air chaud et dense. Il se retourna et lâcha le Caddie, qui s'écrasa par terre dans un grand bruit.

Elle ne bougeait pas, sauf la langue qui pendait de sa gueule constellée de bave et ondulait alors que la bête haletait dans la chaleur. Son pelage était si noir, si lisse qu'il brillait d'un éclat bleuté dans la lumière du soleil. Affleurant sous la peau, ses muscles frémissaient. Elle dardait son regard sur lui, le brûlant de l'intérieur.

Il était sûr que s'il bougeait, elle allait l'attaquer. Ne serait-ce que s'il battait d'un cil. Ou s'il bougeait la main. Alors il resta là, bandant chacun de ses muscles douloureux, maintenant chacun de ses os fragiles en place. Immobile. Tellement immobile. Et puis la brise venue des taillis envoya des feuilles voleter sur le sentier et lui souleva les cheveux. Ce fut suffisant. La bête se raidit. Se ramassa. Grogna, un sourd et long rugissement, et il sentit son haleine aussi glaciale et putride que la terre d'un cimetière. C'était le Tchico qu'il voyait. Son heure était venue. Il fit demi-tour et traversa aussi rapidement que silencieusement le champ pour gagner le bois.

Il s'accorda un instant pour reprendre son souffle. Il sentit la tension quitter son corps, ne laissant que les vieilles douleurs familières dans ses os. Ce n'était donc pas pour maintenant. Pas tout de suite. Mais bientôt. Il savait depuis toujours que ça finirait ainsi. Ce n'étaient pas des enfants qui le suivaient, mais le destin. Il avait toujours imaginé que quand ce dernier le rattraperait, il hurlerait, s'enfuirait, lutterait contre l'inéluctable.

Au lieu de quoi il reprit son Caddie, baissa la tête. Et continua de marcher.

4

Michael

Le bateau volait de vague en vague, rebondissait sur la mer avant de redécoller, les arrosant d'écume. Un puissant canot pneumatique composé d'une coque rigide et de flotteurs gonflables, dans lequel ils étaient quatre plus le capitaine. Assis sur l'un des boudins du canot, les deux policiers de la scientifique – Cathy, une jolie femme d'une trentaine d'années, et Rob, un gars assez lent mais fiable qui travaillait pour eux depuis quelques années – admiraient le paysage. Ils riaient en chassant l'écume de leurs yeux. En face d'eux, l'inspecteur Stephen Marquis, qui n'avait cessé de tripoter son téléphone, essuya rapidement l'appareil sur sa jambe de pantalon avant de tapoter furieusement l'écran, l'air paniqué. Tout le temps en train d'envoyer des textos, ce garçon. Ça avait le don d'irriter son supérieur.

Assis près de Marquis, l'inspecteur-chef Michael Gilbert s'agrippait au rebord de son siège en se maudissant de ne rien avoir avalé avant d'embarquer. En général, il n'était pas sujet au mal de mer, mais un ventre vide et une traversée agitée plein gaz ne faisaient pas bon ménage et il se sentait vaguement nauséeux. Cela ne faisait qu'ajouter à sa mauvaise humeur provoquée par un coup de fil tardif la nuit précédente, juste au moment où il commençait à s'endormir devant *Pendez-les haut et court* (le dernier DVD de l'édition collector de Clint Eastwood que son ex-femme lui avait envoyée pour Noël). Le constable de Sercq avait reçu un tuyau anonyme : des ossements avaient été découverts dans la baie de Derrible, l'inspecteur-chef aurait-il l'obligeance de bien vouloir y envoyer une équipe d'enquêteurs ?

Il n'y avait pas de policiers à Sercq : l'île, qui faisait partie du bailliage de Guernesey, tombait sous la juridiction de sa police – qui n'y avait plus de représentant permanent depuis des années. À une certaine époque, les Guernesiais envoyaient des policiers pour une rotation de deux semaines pendant l'été, mais le jeu n'en valait pas la chandelle vu que, franchement, il ne se passait jamais rien dans cette foutue île et, comme Michael ne le savait que trop bien, les policiers avaient tendance à passer ces quinze jours avachis dans un bar à bavasser avec les locaux. Il ne restait donc que le constable, un poste bénévole, qui avait la responsabilité d'assurer la loi et l'ordre au sein de la population composée d'environ quatre cent cinquante âmes. Un travail plutôt tranquille. Jusqu'à ce qu'il se produise un événement de cette envergure.

Michael se massa le front. Les tuyaux anonymes menaient souvent à des impasses – des gosses qui s'ennuyaient et qui voulaient faire une blague, ou des citoyens mécontents qui voulaient faire chier les flics. Donc, dans le meilleur des cas, tout ce bazar serait une perte de temps. Ce qui serait frustrant, mais toujours mieux que le pire des cas. Et comme sa crainte d'un scénario catastrophe était montée de plusieurs crans depuis l'année précédente, il avait mis le paquet : un hors-bord de la police, la police scientifique, tout le bastringue ! Et tout cela en plus de l'enquête sur la nouvelle drogue qui inondait l'île et accaparait son temps – des pilules que les gosses appelaient Black Pearls, à cause de leur couleur et du crâne et des tibias croisés imprimés dessus. Un enchaînement dramatique avait déjà conduit un gamin à l'hôpital, et ils étaient encore très loin de découvrir la provenance de cette saloperie. Michael n'avait plus droit à l'erreur. Pas en ce qui concernait l'enquête sur la drogue, et encore moins sur ce qui se passait à Sercq.

Parce que la police de Guernesey était sous observation. Ils avaient tellement merdé, l'année passée, que la petite bourgade endormie avait réussi à attirer l'attention de Scotland Yard. Tout ce qu'ils faisaient, tout ce qu'ils avaient jamais fait, était scruté à la loupe par une équipe d'enquêteurs spéciaux de la police londonienne.

Et donc Michael se sentait fébrile et sous pression. Incapable de se détendre à la faveur de cette courte traversée, parce qu'il redoutait ce qui l'attendait à destination. Qu'il s'agisse d'ossements humains, de restes d'animaux ou de rien du tout, dans tous les cas la journée s'annonçait pénible.

La brise fraîche qui jouait dans ses cheveux s'évanouirait une fois à Sercq. Il y ferait plus chaud qu'en enfer, pensa-t-il. Il se secoua doucement. Ressentit un pincement dans le dos, comme s'il couvait une grippe. Ce n'était probablement que le résultat d'une nuit trop courte, d'un réveil avant l'aube et des trois tasses de café qu'il avait avalées à même pas six heures du matin. Il avait besoin d'une grasse matinée. Et d'en finir avec la paperasserie et les responsabilités dont son boulot l'accablait ces derniers temps. Cela dit, l'autre option était pire. La retraite. Beaucoup trop de temps pour penser. Pour ruminer. Il haussa les épaules. Il faudrait bien qu'il y passe, tôt ou tard. Il s'adapterait, supposait-il. À l'époque, il n'aurait jamais imaginé sa vie sans sa femme et sa fille. Et voilà où il en était aujourd'hui. Sheila était en couple avec son deuxième mari depuis plus longtemps qu'elle n'avait vécu avec Michael. Et Ellen était morte et enterrée depuis aussi longtemps qu'elle avait arpenté la Terre. À l'approche de la baie, le rugissement du moteur se mua en un grondement sourd. Michael n'était jamais venu à Derrible par la mer, seulement par le sentier qui serpentait depuis le haut de la falaise abrupte et débouchait sur un plateau rocheux, le seul endroit où l'on pouvait s'asseoir à marée haute. Le chemin permettait d'aborder le paysage plus en douceur, enveloppant le visiteur dans un environnement dont il commençait seulement maintenant à apprécier l'échelle. Dans la lumière de l'aube, les falaises étaient des ombres noires, sinistres et menaçantes, criblées d'entrées de grottes pareilles à des bouches béantes. La plage n'était qu'à moitié découverte, un étroit croissant de galets et de cailloux, le sable caché par la marée descendante.

Le capitaine, un taiseux du nom de James Després à qui son naturel taciturne avait valu, par dérision, le surnom de Jim le Bavard, les rapprocha de la grève autant qu'il put, virant en direction d'un rocher plat qu'il tamponna de la proue. Michael regarda avec dégoût la soixantaine de centimètres d'eau sous le bateau. C'était une bizarrerie de Sercq : quelle que soit la température extérieure, l'eau était toujours glaciale. Il retira ses chaussures, ses chaussettes, et roula son bas de pantalon. Il n'avait pas passé beaucoup de temps à l'air libre, cet été, et ses jambes étaient aussi pâles que la peau d'un poulet plumé. Il lâcha un petit cri quand, glissant le long du flanc du bateau, il plongea ses pieds dans la mer. Il oscilla d'un côté sur l'autre en tâchant de prendre appui sur les galets lisses qui tapissaient le fond marin. Il reprit son équilibre et s'avança vers la plage, sa peau desséchée piquée par le sel. Une fois sur le sable sec, il agita ses orteils qui lui semblèrent exsangues, puis il attendit Marquis. Le jeune policier, moins grand d'une bonne dizaine de centimètres, avait plutôt mal roulé les jambes de son pantalon. Elles descendaient d'un cran à chacun de ses pas et finirent trempées jusqu'aux genoux avant qu'il ait touché la terre ferme.

— Bon, fit Michael en remettant chaussettes et chaussures malgré ses pieds encore mouillés. Où sont ces satanés trucs ?

Il leva la main pour se protéger les yeux du soleil qui dardait à présent ses rayons sur les falaises de Hogsback.

— Vous ne pensez pas qu'ils auraient dû être emportés par la mer la nuit dernière ? suggéra Marquis en scrutant les portions de sable sec et d'algues qui n'avaient pas été touchées par la marée.

— D'après notre informateur, les ossements sont dans une grotte, répondit Michael en indiquant, cinq mètres au-dessus du sable, une plate-forme rocheuse perpendiculaire à la falaise.

Une ouverture circulaire était visible à environ un mètre cinquante au-dessus.

— Ça a l'air de coller avec la description qu'on nous en a faite.

Michael partit le premier. Il escalada une série de gros rochers plats avant d'atteindre la corniche. Il s'y hissa, s'assit un moment pour reprendre son souffle puis s'approcha de l'entrée de la grotte et braqua sa lampe torche à l'intérieur. Elle était plus vaste que ce qu'il avait imaginé de l'extérieur. Un homme pouvait s'y tenir debout, et même deux à condition de ne pas trop avoir envie de bouger. Le sol était composé de cailloux et de galets. Pas d'empreintes. Pas d'ossements. Pas la bonne grotte, peut-être ? Ou un tuyau pourri, plus probablement. Il balaya l'espace du faisceau de sa torche. S'attarda sur un tas de pierres plus claires dans un coin. Elles donnaient l'impression de ne pas être à leur place. Deux ou trois reposaient sur le sol de la grotte, comme si elles étaient tombées de l'empilement.

— Vous voyez quelque chose, monsieur ?

— Tenez-moi ça, s'il vous plaît. Braquez-la dans cette direction.

Michael prit l'une des pierres, qui se délogea facilement, et la plaça derrière lui. Puis une deuxième, et encore une autre. Jusqu'à révéler une ouverture. Une seconde grotte, minuscule, d'une soixantaine de centimètres de haut sur un mètre de large tout au plus. Michael jeta un coup d'œil à l'intérieur. Les formes étaient confuses, le contre-jour soulignant des courbes pâles absorbées par des cavités obscures.

— Qu'est-ce que c'est ? Une autre grotte ?

Marquis se faufila près de Michael et éclaira la cavité. Les contours se précisèrent.

Michael tressaillit et eut un mouvement de recul.

— Ce n'est pas une grotte, Marquis. C'est une tombe.

5

Jenny

Le *Venture* était un petit ferry tout pimpant, avec sa coque bleu vif, sa cabine blanche et son toit rouge. Il y avait beaucoup de places assises à l'intérieur, et même une cafétéria au niveau du pont inférieur, mais Jenny se dirigea droit vers les bancs alignés sur le pont supérieur. Elle se trouva une place à la poupe, d'où l'on avait la meilleure vue sur Guernesey qui s'éloignait. Quand elle était petite, elle s'asseyait à cette même place sur le bateau de Charlie, le *Jenny Wren*, et elle agitait la main pour dire au revoir à l'île dont le panorama commençait par s'élargir, englobant les falaises de Saint-Martin au sud et les cheminées de la centrale électrique au nord, puis reculait jusqu'à se réduire à un petit point vert sur l'horizon.

Deux femmes vinrent s'asseoir à côté d'elle. La soixantaine, en tenue de randonnée, bonnes chaussures de marche, chaussettes hautes et chapeau à large bord attaché sous le menton par un cordon. L'une d'elles sortit une carte et se lança dans des suggestions quant au circuit à faire autour de l'île. La femme assise à côté de Jenny se tourna vers elle.

— Vous connaissez Sercq ?

— Oui, un peu, acquiesça Jenny.

Plus que la plupart des gens en tout cas, pensa-t-elle.

— Pour nous, c'est la première fois. On part en vacances ensemble tous les ans. (Elle désigna son amie qui sourit et inclina la tête pour confirmer.) Vacances entre filles.

— En vacances de nos maris, fit mine de chuchoter sa compagne.

— Ça ne dure jamais assez longtemps, n'est-ce pas, Irène ?

Elles pouffèrent de concert et replongèrent le nez dans leur carte.

Jenny écouta leur babillage qui tournait autour des meilleurs endroits à visiter et intervint deux ou trois fois pour leur donner des idées. Quand elle leur suggéra de louer des vélos, elle provoqua une vive controverse. Elle les laissa à leurs chamailleries amicales et alla s'appuyer au bastingage. Il était glissant et poissé de sel et de graisse. En contrebas, un membre d'équipage dénouait l'amarre qui les retenait à quai. Il leva la main et cria au capitaine qu'ils étaient prêts à prendre la mer. Le doux ronronnement des moteurs s'amplifia et ils se mirent en route, traversant le port pour gagner le large. Jenny inspira l'air salé en admirant les rayons du soleil se fragmenter en une myriade d'arcs-en-ciel tandis que le navire fendait les embruns.

Moins d'un quart d'heure plus tard, ils dépassaient la côte sud de Herm, une île minuscule de deux kilomètres de long sur à peine un de large, appréciée des locaux et des touristes pour ses plages et son chemin côtier sinueux. Les rayons du soleil semblaient toujours la chercher, et au moment où ils la dépassaient, l'île parut s'embraser de toute part : le sable de Shell

Beach – la plage des coquillages – d'un rose nacré iridescent, les falaises d'or couronnées de vert intense et du violet vibrant des vipérines aux longues tiges abondamment fleuries, ce qui leur valait le nom de tours de bijoux.

Après avoir laissé Herm derrière eux, Jenny chercha du regard les formations rocheuses que Charlie avait l'habitude de lui montrer. Elle repéra les deux rochers, le plus grand semblant enserrer le plus petit, que l'on appelait la Madone et l'Enfant, puis le Chat, dont les oreilles pointaient hors de l'eau vers Sercq, qu'ils approchaient à présent.

L'île était trop belle pour être qualifiée d'inquiétante, toutefois la façon dont elle émergeait de la mer avait toujours mis Jenny vaguement mal à l'aise. En réalité, la centaine de mètres de falaises brun-rouge qui se dressaient devant eux n'était pas sinistre, elle avait plutôt quelque chose d'éthéré. Au sommet, un phare se nichait dans la verdure, son parapet blanc et nu tranchant sur le ciel bleu dégagé. On avait presque l'impression d'approcher une île méditerranéenne comme Mykonos ou Santorin, plutôt qu'un caillou de la Manche battu par les vents.

La côte était truffée de grottes. Charlie avait emmené sa fille sur son bateau pneumatique, filant à travers les vagues avant d'adopter une allure d'escargot pour négocier les ouvertures étroites de ces gueules béantes. Jadis, il lui avait raconté des histoires de pirates et de contrebandiers et, plus récemment, celle d'une poignée de touristes qui s'étaient aventurés hors du sentier côtier pour y descendre et s'étaient fait piéger par la marée. Ils avaient été sauvés in extremis par le *Flying Christine*, l'ambulance marine. « Ça coûte une blinde, ces sauvetages », avait dit Charlie. Jenny avait eu l'impression que lui, il les aurait laissés se noyer.

Le *Venture* ralentit tandis que le capitaine manœuvrait parmi les rochers déchiquetés qui jaillissaient des falaises et dégringolaient dans la mer. Dominant les appels stridents des goélands qui tournoyaient au-dessus de leurs têtes s'éleva le cri paniqué d'un huîtrier – on aurait dit un enfant qui appelait sa mère.

Ils traversèrent un étroit passage entre les falaises puis virèrent en direction du port de Maseline. Après la côte nord tourmentée, ici l'île semblait ouvrir grand ses bras minéraux et offrir aux visiteurs les fleurs sauvages qui émaillaient son cap herbeux. Des blocs de granit habillaient la jetée, seul élément du port dû à la main de l'homme, et les piliers en béton vers lesquels ils s'acheminaient lentement étaient garnis de rangées de pneus qui amortirent le contact avec la coque. Le même matelot qui avait détaché le bateau à Guernesey sauta sur le quai, aussière en main, et l'amarra à Sercq.

Un homme en uniforme de la Sark Shipping – marinière et bermuda mettant en valeur des jambes musclées et tannées, l'un de ses mollets généreusement tatoué d'un dragon lové autour de son petit – aida Jenny à prendre pied sur la jetée en la prenant par le coude, tout en lui lançant un « Attention à la marche, ma p'tite dame ».

Elle balança son sac sur son épaule et gravit prudemment les marches glissantes. Un tracteur esseulé attendait, moteur en marche, pour prendre les bagages des quelques visiteurs venus passer la nuit sur l'île et les livrer dans les hôtels et autres chambres d'hôtes, tandis que les passagers emprunteraient à pied un tunnel d'une centaine de mètres qui courait au pied de la paroi rocheuse et séparait naturellement le port du reste de l'île. Les voyageurs étaient salués par un panneau : « Bienvenue à Sercq », accroché au-dessus de l'entrée du tunnel. La sortie encadrait un diorama de falaises verdoyantes ornées d'ajoncs d'un jaune éclatant qui amenait les piétons vers Harbour Hill, la route du village.

— Le guide ne plaisantait pas quand il disait que c'était raide !

Son amie sur ses talons, l'une des femmes du bateau était venue à hauteur de Jenny.

— Vous pouvez toujours prendre un porte-toast, suggéra cette dernière.

C'était le surnom local donné aux chars à bancs ouverts sur un côté et tirés par des tracteurs qui emmenaient les touristes au sommet de la colline moyennant la somme de deux livres sterling.

— Oh, je ne pense pas, répondit la dénommée Irène en regardant les carrioles avec dédain.

Jenny sourit. Charlie avait toujours considéré les porte-toasts comme des « trucs pour touristes » et, curieusement, elle était heureuse que ces femmes les snobent.

— En ce qui me concerne, je suis un peu pressée donc je vais en prendre un, mais le sentier est par là.

Elle leur indiqua l'escalier du chemin boisé qui longeait la route. Les dames le qualifièrent de très joli et gratifièrent Jenny d'un signe d'adieu. Elle les laissa se pencher sur leur carte et se chamailler à propos de l'endroit où elles s'arrêteraient pour déjeuner.

La charrette bringuebalante l'amena jusqu'au croisement en haut de la colline où des chevaux attelés à d'antiques fiacres s'alignaient devant un champ clos par une haute haie. Dans l'air planait un mélange d'odeurs douceâtres de foin et de fumier riche en avoine. Les cochers se hâtèrent de jeter leur mégot ou de déposer leur tasse de café à moitié bue dans leur voiture, prêts à marchander le prix d'un tour de l'île. Les chevaux martelaient le sol de leurs lourds sabots et agitaient impatiemment la tête. Plusieurs personnes se dirigèrent vers eux. Jenny jeta un œil à son téléphone. Pas de nouvelles de Stephen. Ils devaient être à Derrible depuis quelques heures maintenant. Si elle ne se dépêchait pas, elle risquait de les rater. Elle refusait d'imaginer la réaction de Graham si ce voyage s'avérait une complète perte de temps.

Le moyen le plus rapide de rejoindre Derrible – ou n'importe quel endroit de l'île, d'ailleurs – était le vélo. Elle mit donc le cap vers Alf, le plus proche des loueurs de bicyclettes, qui se trouvait à cinq minutes à pied sur l'Avenue.

Assez large pour que cyclistes et piétons puissent l'emprunter en serpentant jusqu'au centre-ville, l'Avenue était ce qui s'apparentait le plus à Sercq à une rue principale. Elle était aussi plus plane et plus praticable que tous les autres sentiers et chemins gravillonnés, criblés de nids-de-poule. Elle était bordée de part et d'autre d'une rangée de bâtiments bas – les Boutiques du Village – qui vendaient de la crème solaire et des trousses de premier secours, des livres sur la région et des torchons souvenirs. Le minuscule supermarché clamait fièrement : « Nouveau : produits Waitrose ! » Jenny dépassa un nouveau café dont l'auvent rose pastel jurait dans cette rue aux tons majoritairement sourds – les portes bleu ou vert foncé, la signalétique en noir et blanc. La pancarte à l'extérieur proposait des *latte* hors de prix et des cupcakes traditionnels. Elle se demanda combien de temps l'endroit tiendrait. Cela faisait moins d'un an qu'elle n'était pas venue et plusieurs magasins avaient fermé depuis. Une bâtisse en particulier avait l'air franchement décrépite, avec sa vitrine passée au blanc d'Espagne sur laquelle avait été collée une rangée d'affiches dont il ne restait plus grand-chose. Quelqu'un les avait arrachées n'importe comment, s'attaquant au centre sans toucher aux bords qui s'enroulaient aux angles. Jenny aplatit l'un des gros morceaux restants – « AVIS DE RECHERCHE » et le haut d'un visage. Elle lissa le bas et lut : « Crimes contre Sercq ».

— Il y a quinze jours, il y en avait partout.

Une quadragénaire séduisante, en tee-shirt blanc moulant qui révélait des bras bronzés et musclés, était appuyée contre la porte de la boutique voisine, un magasin de souvenirs. Ses cheveux blonds peroxydés étaient retenus en arrière par une queue-de-cheval, laissant voir des racines foncées. Elle alluma une cigarette, inspira une longue bouffée et recracha la fumée par-dessus son épaule.

— Quelqu'un en a collé partout sur l'île. Monroe en est devenu dingue. J'ai cru qu'il allait nous péter une durite.

Elle avait l'accent de Londres.

— C'est lui qu'on voit sur l'affiche ?

La femme acquiesça.

— Vous êtes en vacances ?

— Juste pour la journée, je suis de Guernesey. Je venais très souvent quand j'étais petite.

— Vous êtes au courant de ce qui est arrivé sur Derrible ?

— J'ai cru comprendre que la police était sur place ?

Ce n'était pas un mensonge. Jenny annonçait toujours aux gens qu'elle était journaliste quand elle leur posait des questions, mais quand le sujet était lancé par quelqu'un d'autre, il était souvent plus efficace qu'elle taise sa profession et ce qu'elle savait de la situation. Cette femme semblait du genre bavard et Jenny n'avait qu'à la laisser parler.

— Et pour cause. Il y a un cadavre, à ce qu'il paraît.

— Vous avez une idée de qui ça pourrait être ?

— Je n'ai pas fait de recomptage depuis hier, mais à vue de nez, il ne manque personne. Vous faites pas de souci, ma belle, poursuivit-elle avec un sourire. Les rumeurs ici, c'est souvent trois cinquièmes de spéculation et deux cinquièmes d'âneries. Mais je serais vous, je m'approcherais pas trop de ce coin de l'île.

La femme reporta son attention sur les affiches.

— Vous connaissez Monroe ?

Jenny hocha la tête. L'armateur milliardaire Corey Monroe avait acheté, cinq ans plus tôt, une île minuscule au large de la côte occidentale de Sercq : Brecqhou, le must du paradis fiscal privé. Il avait fait construire un immense complexe composé d'un manoir, d'un pub, de jardins paysagés, de piscines et de courts de tennis, puis il avait entrepris d'acquérir des propriétés à Sercq. Les Sercquiais l'avaient aussitôt pris en grippe, l'accusant de vouloir acheter toute l'île pour en faire son bac à sable personnel, et ils avaient utilisé tout un arsenal d'anciennes lois locales pour lui mettre des bâtons dans les roues dès qu'ils le pouvaient. Apparemment peu habitué à ce qu'on lui résiste, Corey Monroe avait tenu tête au seigneur et aux chefs plaids, le gouvernement féodal non élu de Sercq, en brandissant l'étendard de la démocratie, allant jusqu'à les traîner devant la Cour européenne des droits de l'homme. Et il avait gagné. Les premières élections libres et équitables s'étaient déroulées un an plus tôt. L'acquisition de plusieurs propriétés par Monroe avait bientôt suivi.

La femme secoua la tête.

— On se serait crus dans *Nos pires voisins*, la série télé, sauf que c'est toute cette putain d'île qui participe. Je parie que ça a bien changé depuis votre enfance.

Jenny hocha la tête.

— C'est à Monroe, reprit la femme avec un geste ample en direction des devantures vides. Il a gonflé les loyers pour se venger des îliens qui n'ont pas voté pour les candidats qu'il soutenait. Il a aussi annulé ses contrats avec les fournisseurs locaux de ses hôtels. En tout cas, c'est ce qui se dit. Incroyable, non ? fit-elle en secouant la tête. Il fait changer tout le système – en contestant nos traditions devant les juges, en publiant des articles qui vantent l'arrivée de la démocratie dans notre île – et maintenant, personne ne veut plus ni louer ses boutiques ni travailler pour lui. Mais il a lancé une offensive de charme. Il se balade partout en essayant de faire copain-copain avec nous, il se comporte comme s'il était un gars du coin alors qu'on sait tous qu'il chie des diamants.

— Vous n'êtes pas d'ici ?

— Ça fait vingt-cinq ans que j'y habite, mais non, je ne suis pas d'ici. Tuesday Jones, se présenta-t-elle en tendant la main, et elle leva les yeux au ciel devant la réaction de Jenny. Je sais. Mon père avait un faible pour Tuesday Weld. Quel trou du cul ! ajouta-t-elle dans un éclat de rire. Monroe a essayé de m'acheter ma boutique, fit-elle. Il m'en a proposé une fortune, mais j'ai tenu bon. J'ai travaillé dur pour l'avoir, personne ne me l'enlèvera, milliardaire ou pas. Attendez, bougez pas.

Elle disparut à l'intérieur et ressortit avec un prospectus.

— La prochaine fois que vous viendrez, prévoyez une visite. Pour voir les coins de l'île que cette satanée querelle n'a pas encore affectés.

— La visite des grottes ? C'est vous qui organisez ça ?

— Et comment ! Ça a bien marché l'été dernier – j'ai inclus des navigations de nuit. Nous sommes à présent officiellement une « île au ciel noir ». On a un des ciels les plus noirs et les plus dégagés du monde. À peine quelques lampadaires, pas de voitures. En tout cas, ça nous amène quelques touristes supplémentaires. J'organise une belle balade le long des côtes, je montre les étoiles, les constellations. Vous devriez venir une fois. C'est très différent, le soir. C'est même mieux si vous voulez mon avis – en fait, je suis plutôt un oiseau de nuit. C'est pas tout ça, je ferais bien d'y aller. Bon séjour, dit-elle avec un sourire en écrasant sa cigarette sur l'encadrement de la porte, avant de retourner dans la boutique.

Jenny replia le prospectus et le rangea dans sa poche arrière puis elle prit quelques photos des affiches. Il était peut-être temps que les *Nouvelles* s'intéressent à la querelle entre les Sercquiais et Corey Monroe.

Les devantures vides et les affiches mises à part, tout à Sercq était comme elle l'avait toujours connu. Il y avait les mêmes corbeilles suspendues débordantes de géraniums, une affiche sur la façade d'un magasin annonçait que le club de patchwork se réunirait dans l'église tous les troisièmes mercredis du mois, une autre offrait une récompense de cinq livres à qui donnerait des informations sur une bicyclette disparue.

Chez Alf, le loueur de vélos, elle paya six livres pour disposer toute la journée d'un engin branlant du même modèle que celui de Mary Poppins. Elle refusa un VTT plus pratique à cause de la dureté et de l'étroitesse de la selle, qui, elle le tenait d'une précédente et douloureuse expérience, empêcherait la vététiste inexpérimentée qu'elle était de s'asseoir pendant une bonne semaine après avoir pédalé deux heures sur les routes de Sercq.

Juchée sur son vélo, elle rebroussa chemin, tourna à droite au croisement et parvint à éviter un tas de crottin tout frais en même temps qu'un garçonnet d'à peine cinq ou six ans monté sur une bicyclette vétuste et qui, en route pour le village, lui coupa la route en criant : « Désolé ! » quand Jenny se mit à tanguer vers la haie. Une fois son équilibre rétabli, elle se laissa rouler sur le chemin rustique et caillouteux qui menait aux falaises.

Les haies laissèrent place à la forêt et le sentier se fit ombragé et frais. Une pancarte de guingois sur un portail ouvert annonçait la Coach House. Elle jeta un coup d'œil sur la petite allée qui menait à un cottage blanc au toit de chaume. Des roses partaient à l'assaut des murs et des poules grattouillaient la terre de la cour. Comme toujours au cours de ses nombreuses visites à Sercq, Jenny pensa que cette beauté pittoresque appartenait à une autre époque. Le genre de paysage de carte postale qu'il fallait voir de ses propres yeux pour y croire vraiment.

Très vite, le panorama s'élargit sur des champs verdoyants qui s'étendaient de part et d'autre du chemin, et elle huma l'air marin. Elle savait que la bifurcation qui conduisait aux falaises approchait et elle ralentit. Elle dépassa un tracteur arrêté dans une ouverture de la haie. La carriole était capotée mais ouverte d'un côté. Un homme y était allongé, la casquette baissée sur ses yeux. Une minuscule radio passait un morceau de Tears for Fears. Jenny décéléra pour s'assurer que l'occupant n'avait pas fait un malaise, mais sa poitrine se soulevait à un rythme régulier, et selon toute vraisemblance, il dormait. Un peu tôt pour une sieste, mais la chaleur associée aux chants des oiseaux aurait suffi à faire somnoler n'importe qui.

Au détour de la haie, le sentier se couvrait d'herbe et débouchait sur un champ de trèfle. Comprenant qu'elle était allée trop loin, Jenny fit demi-tour, remonta vers le sommet de la colline, dépassant une nouvelle fois le tracteur. Le conducteur, finalement réveillé, s'assit quand il la vit et releva sa casquette.

— Vous êtes perdue ?

Ces mots marmonnés semblaient lourds et humides, comme s'ils remontaient du tréfonds de sa poitrine. Il avait la peau tannée et les yeux injectés de sang.

— Je cherche le chemin de Derrible.

— Vous êtes de la police ?

— Non.

— Ben, ils y sont. Un cadavre, qu'on dit. Vous feriez mieux d'attendre un autre moment pour visiter l'endroit.

— J'ai tout de même envie d'aller voir. Vous pourriez m'indiquez la direction, s'il vous plaît ?

Il la dévisagea en fronçant les sourcils.

— Votre tête me dit quelque chose. Je vous ai déjà vue. Aux infos.

— Je suis journaliste.

— C'est ça. Celle qui s'est fait tirer dessus. Dorey.

— En personne.

— Ma grand-mère était une Dorey.

— On est nombreux dans le coin.

Il réfléchit un moment puis, pinçant les lèvres, pointa un doigt crasseux en direction d'un champ.

— Coupez par là, dit-il. À la prochaine haie, suivez-la sur la droite jusqu'à une barrière. Là, vous traversez le champ. Vous verrez une pelleteuse, tournez à droite juste après et descendez vers les falaises. Le sentier est indiqué. Si vous arrivez au cromlech de Sercq, c'est que vous êtes allée trop loin.

— Merci.

— Soyez prudente quand même, *eh* ?

— Pardon ?

Il sourit et révéla une rangée de dents trop petites pour sa bouche.

— C'est raide. Faites gaffe où vous mettez les pieds.

Elle suivit la direction qu'il lui avait indiquée, se retournant une dernière fois avec la sensation qu'il l'observait. Il avait repris sa position à moitié avachie, la visière rabattue sur son visage, mais cette fois ses yeux étaient toujours visibles. Elle progressait rapidement, tâchant de chasser l'impression de malaise qu'il avait provoquée en elle. Elle trouva la clôture, batailla avec la ficelle bleue qui l'arrimait à un poteau planté dans la haie et la barrière s'ouvrit en grinçant. Elle attendit d'avoir mis le pied dans le champ et refermé derrière elle avant de ralentir son allure.

Elle aperçut le cromlech, droit devant. Les neuf vieilles pierres de granit rose disposées en cercle. Elles avaient l'air antique et mystérieux, mais elles n'étaient là que depuis un an – pour commémorer le quatre cent cinquantième anniversaire du jour où la reine Élisabeth Ire avait offert Sercq à Hellier de Carteret, le seigneur de Saint-Ouen. Qui, en retour, avait divisé l'île en quarante parcelles, connues sous le nom de Quarantaine. Chacune des propriétés avait été donnée à un fermier fort et vigoureux et à sa famille, qui non seulement travailleraient la terre nue et battue par les intempéries, la transformant en une terre agricole fertile, mais la protégeraient aussi des envahisseurs ennemis : les Français, les Espagnols ou les Hollandais, selon les années. Les propriétaires de ces parcelles avaient constitué les chefs plaids, le premier Parlement de Sercq, présidé par le seigneur lui-même. C'est ainsi qu'était né ce petit État féodal dépendant de la Couronne britannique.

Jenny s'arrêta pour s'orienter, puis elle suivit la haie de la falaise jusqu'à ce que le sentier plonge et que l'herbe finisse par se fondre dans la terre, laissant le champ libre aux cailloux puis à la roche grossièrement taillée en forme de marches. Un ruban jaune avait été tendu entre le garde-fou métallique d'un côté et le fourré d'ajoncs de l'autre : « POLICE. ACCÈS INTERDIT ».

Et merde. Elle voyait d'ici la tête de Graham si elle lui annonçait qu'en effet il y avait bien un drame, mais qu'elle n'avait pas pu aller voir de plus près. Et si elle repartait maintenant, elle n'aurait plus d'excuse pour rester à Sercq et mener son enquête sur Charlie. Elle observa la bande jaune. L'extrémité accrochée aux ajoncs s'était dénouée et ne tenait plus que par la grâce des feuilles épineuses. Le ruban flottait mollement dans la brise légère. Un bon coup de vent et le chemin serait aussitôt dégagé. Dans ce cas, il serait assez complexe de déterminer la limite qu'elle n'avait pas le droit de franchir. Elle regarda autour d'elle. Personne en vue. Elle franchit le ruban, le libérant dans la manœuvre, et le laissa pendouiller derrière elle.

La descente était abrupte et elle se cramponna à la rampe. La baie de Derrible se dérobait au regard jusqu'à mi-pente, et Jenny utilisa ce laps de temps pour réfléchir à la façon de se mettre Michael dans la poche lorsqu'elle arriverait en bas. Il ne serait pas heureux de la voir et n'aurait probablement pas l'intention de lui parler de l'enquête, sauf si elle parvenait à lui faire comprendre qu'il avait quelque chose à y gagner. Ensuite elle s'excuserait abondamment et lui proposerait éventuellement de l'inviter à dîner. Elle sourit. C'était peut-être normal qu'elle exaspère ses collègues, après tout. Il y avait des avantages à être amie avec l'un des inspecteurs les plus expérimentés de Guernesey. Cela dit, elle n'avait rien volé – ni les avantages ni l'amitié de Michael. La cicatrice de la balle qu'elle avait à l'épaule en témoignait.

L'escalier tourna brutalement sur la droite, et Derrible apparut dans toute sa gloire. La marée était au niveau idéal : assez basse pour laisser apparaître un croissant de sable couleur beurre, mais suffisamment haute pour que l'eau soit aisément accessible – une courte marche suffirait pour atteindre l'arc d'un bleu éclatant. Dans le fond, les falaises – une roche dentelée d'un ocre éclaboussé de lichen vert acidulé et de taches collantes de goudron. Des goélands nerveusement perchés dans les crevasses sillonnaient les airs, s'élevant l'un après l'autre, criant et croassant avant de revenir se reposer dans leur nid, leurs yeux jaunes et durs fixés sur l'activité perturbante qui se déroulait au sol.

Au pied des falaises, plusieurs policiers ratissaient les galets. Jenny prit quelques photos, puis repéra Michael qui était au téléphone. Il avait l'air stressé, ça s'entendait dans sa voix. Il parlait à l'un de ses supérieurs qu'il appelait Monsieur sur un ton presque suppliant. Il raccrocha et resta immobile un instant avant de repartir vers une grotte, de laquelle, observa Jenny, un expert de la police scientifique venait d'émerger. Michael s'arrêta net quand il aperçut la jeune femme, et son expression perplexe se mua rapidement en colère. L'estomac de Jenny se serra. Son excuse pathétique d'un cordon de police mal accroché n'allait pas tenir la route. Elle descendit lentement les dernières marches et le rejoignit au pied de l'escalier.

— Bon sang ! Qu'est-ce que tu fiches là, Jenny ? C'est une scène de crime ! Marquis ! Marquis ! aboya-t-il en cherchant des yeux le jeune policier. Je croyais vous avoir demandé de sécuriser l'escalier !

Le cousin de Jenny, Stephen Marquis, arriva ventre à terre. Il affichait un teint rouge betterave dû soit à son sprint, soit au stress, soit à une timidité quasi maladive, Jenny n'aurait su le dire.

— Je l'ai fait, monsieur !

Jenny leva les mains dans un geste d'excuse.

— Je suis désolée. Je pensais que c'était une ligne préliminaire et que le cœur de l'action se trouvait sur la plage. Je n'ai rien dérangé d'important, si ?

— Ce n'est pas le problème, tu le sais très bien. Je m'en occupe, Marquis.

— Oui, monsieur.

Il paraissait soulagé d'être libéré, mais en repartant, il foudroya Jenny du regard. Elle savait qu'elle venait de le mettre dans la mouise – Michael ne tarderait pas à deviner qui lui avait refilé le tuyau. Elle allait devoir l'arroser de bière si elle voulait revenir dans ses petits papiers.

— Je pourrais te faire arrêter. Être une héroïne locale ne te donne pas tous les droits, tu sais. Tu n'as pas carte blanche pour fourrer ton nez partout comme ça te chante, merde !

Il avait l'air fatigué, pensa-t-elle. Plus que ça, épuisé. Elle avait pensé la même chose la dernière fois qu'il était venu chez elle. L'enquête externe conduite au sein de son commissariat commençait à l'affecter.

— Vous n'espériez pas garder cet événement secret, tout de même.

— Humph, grogna-t-il, puis, exhalant un profond soupir, il s'assit sur un rocher humide.

Elle le rejoignit. Sous leurs pieds, les galets brillaient.

— Et vous savez que si vous me racontez l'histoire à moi, j'en ferai un bon article. Avec des phrases complètes et une grammaire irréprochable.

Elle vit les coins de ses lèvres se retrousser. Il se plaignait souvent que les articles des *Nouvelles* étaient mal écrits.

— Tu es absolument incorrigible.

Elle sourit.

— J'espérais que vous pourriez me dire quelque chose à propos de l'enquête, mais c'est mieux que rien.

— J'allais t'appeler. Quand on en aurait terminé.

— D'accord, mais puisque je suis là…

— Je ne t'ai rien dit. J'ai assez de problèmes comme ça.

— Motus et bouche cousue. Promis.

— Des ossements, dit-il en se relevant, dans une grotte. Un squelette entier apparemment.

Silencieuse, elle s'efforça de prendre la mesure de ce que cela signifiait. Puis elle parla doucement, sachant que les réponses à ses questions seraient tout sauf agréables.

— Une idée de la façon dont il est arrivé là ?

Les goélands avaient momentanément cessé de crier. Un bourdon somnolent voletait entre eux. Michael le regarda se poser sur un lychnis rose qui poussait entre les rochers. Puis il se tourna vers Jenny, le front barré par un pli soucieux.

— On l'y a aidé, vraisemblablement.

Le temps qu'elle regagne le haut des escaliers, elle avait chaud et soif. Elle sentait même les premières brûlures d'un coup de soleil sur la nuque. Elle appréhendait le retour à vélo vers la ville et la remontée de la colline. Michael lui avait donné suffisamment d'éléments pour qu'elle fasse la une le lendemain, mais la bonne volonté du policier et sa coopération n'étaient pas allées jusqu'à proposer de la ramener à Guernesey. Ils se préparaient à rester des heures sur cette plage, avait-il expliqué. Puis il allait falloir qu'ils s'occupent de mettre en place une cellule de crise, après quoi ils interrogeraient les gens du coin. Il lui avait demandé de ne pas divulguer de détails aux Sercquiais sur la découverte du squelette, en tout cas pas avant que la police n'ait fait de déclaration officielle. Mais Jenny imaginait qu'il n'y avait pas de mal à écouter les rumeurs et à poser quelques questions en attendant le prochain ferry pour Guernesey. Quant à ses investigations sur le dernier passage de Charlie à Sercq, elles attendraient. Avec une histoire comme celle qui se profilait, elle ne tarderait sûrement pas à revenir.

Le tracteur qu'elle avait vu plus tôt était toujours garé au même endroit. La radio continuait d'émettre son programme. Mais il n'y avait plus signe du conducteur. Elle le chercha du regard. Là-haut, les champs étaient des pâturages, mais il n'y avait ni vaches ni moutons pour en profiter. Peut-être qu'il était tombé en panne et avait attendu de l'aide, puis qu'il s'était lassé et était rentré à pied au village. Elle s'approcha du véhicule. Regarda derrière elle avant de grimper dans la cabine.

L'odeur mélangée d'huile de moteur et de sueur était suffocante. Un exemplaire du *Sunday Report* traînait par terre, ses pages froissées maculées de boue. Sur le tableau de bord, un cahier à spirale dont la première page était remplie de lignes d'une écriture serrée tracée au crayon à papier. Jenny le tourna vers elle et le parcourut des yeux. Des noms, ou des dates peut-être ? La dernière entrée de la liste indiquait : « Dorey, 9.40 ». Elle remit le cahier dans sa position initiale, descendit de la cabine, le visage brûlant. Elle s'efforça de trouver une explication rationnelle. Peut-être qu'il aimait bien noter le nom des gens qu'il rencontrait et à quelle heure. Aucune loi ne l'interdisait. Elle remonta sur son vélo, commença à pédaler puis s'arrêta. Elle ne réfléchissait pas de façon logique. Elle devrait prendre une photo et tenter de comprendre à qui le reste des notes faisait référence. Elle retourna vers le tracteur.

Un grincement de métal contre du métal.

La barrière.

Elle pédala aussi vite que possible, ne s'arrêtant qu'en haut de la colline, les joues en feu, les jambes tremblantes de l'effort. Elle risqua un œil vers l'aval, vers le panorama grandiose des falaises et de la mer au-delà. Elle vit la silhouette du conducteur du tracteur qui regagnait le sentier. Par le même chemin qu'elle, à peine quelques minutes plus tôt.

Il l'avait suivie.

6

Michael

Ils avaient fouillé toutes les cavités qu'ils avaient pu trouver, mais visiblement il n'y avait qu'un seul cadavre. Les sept policiers, plus les deux de la police scientifique, après avoir passé le plus gros de la matinée accroupis dans la grotte, avaient fini par enlever les restes et étaient de retour sur la plage, penchés sur leurs trouvailles. Michael regarda Cathy qui se relevait en s'étirant et se massait les reins. Elle lui fit signe d'approcher de sa main gantée de bleu.

— Terminé ?

Les ossements étaient déjà étalés sur les galets, empaquetés et étiquetés.

— On a fait tout ce qu'on pouvait ici, acquiesça-t-elle. C'est bien ce qu'on pensait, le squelette est entier. Impossible d'évaluer son âge à ce stade. L'environnement humide a de toute évidence accéléré le processus de décomposition. Pas de traces de vêtements ou de chaussures, mais si le corps est resté ici assez longtemps, ils se sont peut-être décomposés.

— Combien de temps faut-il à une paire de chaussures pour redevenir poussière ?

Cathy fronça le nez.

— Ça dépend de la matière et de son épaisseur. Une paire de sandales en cuir disparaîtrait en vingt ans. Des bottes, plus longtemps. Peut-être cinquante. Bien sûr, il se pourrait qu'elle ait été déposée nue dans la grotte.

— Donc c'est une femme.

Les mots semblaient coincés dans sa gorge.

— J'en suis presque sûre, à en juger par le crâne et le bassin. Nous le saurons avec certitude après avoir apporté les ossements au labo.

Il sentit une boule se former au creux de son estomac. Froide et lourde. Il avait vu assez de filles mortes pour ses dix prochaines vies.

— Très impressionnant. Et très déprimant.

Elle ne parut pas percevoir la mélancolie dans sa voix.

— Ce n'est pas ça qui est le plus impressionnant. Regardez.

Elle ramassa le sac qui contenait le crâne, l'en sortit et le tint devant elle en lui montrant une dépression sur le côté droit, au-dessus de la cavité auriculaire.

— Fracturé ?

Elle hocha la tête.

— Violemment.

— Comment pouvez-vous écarter la possibilité que la blessure soit post-mortem ? Une pierre ou autre chose qui lui serait tombé dessus ?

— Les lignes sont trop nettes pour que ça se soit produit après la mort. Les os post-mortem sont plus secs – une fracture aurait eu des bords irréguliers et l'os se serait effondré. Et regardez la forme de la fracture. (Elle la souligna du doigt.) C'est plus profond et étroit en haut, large et superficiel en bas. Ce n'est pas une pierre qui a fait ça.

— Bon, dit-il en se massant les tempes. Ça ne peut pas être autre chose qu'un meurtre, j'imagine. Un corps caché dans une putain de grotte. Merde !

Il shoota dans les galets, en expédia quelques-uns vers Marquis qui venait vers eux, visiblement en panique.

— Qu'est-ce qu'il y a, Marquis ? cria Michael, et Marquis prit un air de chien battu, ce qui ne fit que l'agacer davantage. Alors, crachez le morceau !

— Quelqu'un descend sur la plage.

— Qui vient encore nous faire chier, bordel ?

Plissant les yeux pour les protéger du soleil, Michael vit une haute silhouette longiligne s'approcher d'eux au pas de course.

— Holà ! fit Michael avec un grand geste en direction du nouveau venu. Vous, là-bas ! C'est une scène de crime !

Il se précipita vers le bas de l'escalier où l'homme s'était arrêté. Il était d'une maigreur extrême et affichait un teint cireux. Sa chemise lui collait aux aisselles et sa lèvre supérieure, tout comme ses sourcils, luisait de sueur. Quand il parla, ce fut d'une voix tremblante.

— Je m'appelle Martin. Martin Langlais, précisa-t-il en toussotant. Le constable. Il y a un cadavre.

Il inspirait profondément en faisant un bruit de crécelle.

— Je suis au courant, constable Langlais. On est là depuis les premières lueurs de l'aube. Bon sang, qu'est-ce que vous foutiez ? On devait se retrouver…

— Non, non, le coupa l'autre.

— Ah si, mon gars ! Nous, on est arrivés à sept heures et demie !

— Je voulais dire, pas ici.

— Qu'est-ce que vous racontez, bordel ?

Michael sentait la moutarde lui monter au nez. Une colère dont il n'était pas coutumier, mais c'en était trop – le démarrage trop matinal, une autre femme morte (que Dieu ait pitié de lui) et maintenant ce crétin bafouillant.

— Le corps… pas ici. C'est… le vieux Reg Carré… Il y a du sang partout. J'ai jamais rien vu de pareil.

Sur ces mots, Martin Langlais tomba à genoux.

7

Jenny

Le dernier ferry pour Guernesey partait à quatorze heures. Jenny commanda un café dans le nouveau bistrot du village et s'assit à une table dehors. Des bribes de conversation lui parvenaient au gré des gens qui passaient.

— … la police y est depuis des heures…

— … tu sais ce que j'en pense…

Deux hommes, aux voix basses de conspirateurs – le ton et le timbre réservés aux ragots juteux. Jenny s'approcha d'eux. Ils s'arrêtèrent au milieu de leur discussion.

— Puis-je vous aider ?

Le plus jeune des deux, la quarantaine, la mâchoire carrée, dégageait une certaine autorité, mais il s'exprimait doucement, manifestant un intérêt sincère. Il était habillé de façon élégante, en chemisette à manches courtes et pantalon de toile malgré la chaleur.

— Je n'ai pas pu m'empêcher de vous entendre. Je m'appelle Jenny Dorey. Je suis journaliste aux *Nouvelles de Guernesey.* Je me demandais si vous pourriez me consacrer quelques minutes.

L'aîné des deux hommes, grand, le visage rougeaud couronné d'une épaisse chevelure blanche, secoua la tête.

— Vous n'allez pas traîner mon nom dans ce torchon. Sans vouloir vous vexer, ma p'tite dame. Je préfère les vrais journaux… Je viens te voir tout à l'heure, Joe, rapport au genou.

Sur un signe de la main, il s'éloigna rapidement en boitillant.

— Ne faites pas attention à lui. C'est un personnage, fit le quadragénaire en lui tendant la main. Joe Lawton… Je parie que vous savez de quoi il retourne, à Derrible. Vous en revenez ?

— Le périmètre est sécurisé. Je crois que la police fera une déclaration dans la journée, éluda-t-elle. Mais j'imagine que les gens en parlent déjà.

— En effet. Je ne suis pas dans la boucle, cependant. Je ne suis là que depuis avril. Ça vaut sûrement mieux – je suis le toubib. Ça peut être un peu gênant d'en savoir trop sur mes patients dans un endroit aussi petit. Mais je peux vous dire que tout le monde est très choqué. En dehors de ça, les spéculations vont bon train quant à l'identité de la victime, bien évidemment.

— Des noms ?

— Je le répète, on ne me dit rien, répondit-il avec un sourire, puis il jeta un coup d'œil à sa montre. Je dois y aller, je suis en retard pour mes consultations. Ravi de vous avoir rencontrée.

Jenny retourna s'asseoir devant son café. Elle ouvrit son ordinateur et réfléchit à un titre pour son article. Elle lutta contre la tentation d'adopter « Terrible Derrible », l'expression qu'elle utilisait pour désigner la plage quand elle était enfant. Connaissant le penchant de Graham pour le pathos, il adorerait, mais elle trouvait la formule un peu cynique pour la situation. Une odeur vint soudain interrompre ses pensées – boisée, ouvertement masculine. Une ombre se projeta sur la table.

— Mademoiselle Dorey ?

Elle releva la tête. Un homme était planté devant elle, le crâne luisant sous ses cheveux presque ras, le regard caché derrière des lunettes d'aviateur.

— Vous êtes mademoiselle Dorey, c'est bien ça ? Je peux m'asseoir ?

Il s'assit avant que Jenny ait eu le temps de prononcer un mot, calant sa grande carcasse élancée dans le fauteuil en rotin, les jambes tendues sur le côté. Il fit un signe à la serveuse.

— Un cappuccino, Stacey, s'il te plaît.

La serveuse sourit.

— Tout de suite, monsieur Monroe.

Jenny referma son ordi.

— Je ne crois pas que nous nous connaissions…

— Vous savez pourtant qui je suis.

Il ôta ses lunettes de soleil et en essuya les verres avant de les poser sur la table. Il avait de grands yeux verts, brillants, bordés de longs cils épais, presque féminins, qui juraient totalement avec son nez informe. Il avait été fracturé, pensa Jenny, et plus d'une fois.

— Corey Monroe.

— Bingo.

— Que puis-je faire pour vous ?

Il eut un sourire éclatant de blancheur.

— Vous ne devriez pas être à Derrible ?

— C'est une scène de crime, je n'y ai pas accès. J'ai rendez-vous avec un des inspecteurs ici, mentit-elle.

C'était stupide de sa part de dire ça. On était en plein jour, il y avait du monde partout, mais on l'avait déjà suivie le matin même et cet homme exsudait quelque chose. Elle ne voulait pas qu'il l'imagine livrée à elle-même.

— On se croirait dans un film.

Il s'interrompit et reporta son attention sur la serveuse qui posait sa boisson sur la table.

— Merci, ma belle. Tu as changé de coiffure, non ? Ça te va bien. Tu ressembles un peu à Scarlett Johansson comme ça. (Il lança un clin d'œil à la fille, qui gloussa.) Je me demandais, continua-t-il en suivant des yeux la serveuse qui retournait dans le café, si cela ne vous ennuierait pas de venir me voir.

Il regarda Jenny et fit glisser une carte sur la table. Il remonta les manches de sa chemise en lin au-dessus du coude. Il avait ces gestes tranquilles et assurés propres aux gens fortunés. Il avait l'habitude d'être écouté, et d'arriver à ses fins.

Jenny s'empara de la carte.

— À quel sujet ?

— Eh bien, je me suis récemment fait la remarque qu'avec tout le passif qu'il y a entre un certain nombre d'habitants et moi-même, je ferais peut-être bien de donner ma version des faits. J'essaie de discuter avec chacun d'eux, un par un, j'organise des réunions auxquelles ils ne viennent jamais. On dirait qu'ils se sont fait leur opinion et qu'ils ne veulent pas en démordre. Si je voulais, je pourrais m'adresser à un journal national, bien sûr. Mais je préférerais m'adresser directement aux locaux. Ici, tout le monde lit *Les Nouvelles de Guernesey.*

Il but une gorgée de son café et lécha la mousse sur sa lèvre.

Jenny se redressa quelque peu. Corey Monroe n'avait jamais donné d'interview aux *Nouvelles*. Il avait fait des déclarations – des commentaires expéditifs sur les déprédations commises dans ses propriétés, des bribes de phrases sur le fait de travailler avec les gens du cru, ou sur la nouvelle déco de ses hôtels qui venaient de rouvrir. Mais il ne s'était jamais exprimé en tête à tête avec un journaliste.

— Pourquoi maintenant ? Nous vous avons sollicité plusieurs fois pour des interviews, mais vous avez toujours refusé.

— Comme vous pouvez sûrement le constater, je suis dans une impasse, semble-t-il. Pour des raisons qui m'échappent, certaines personnes pensent que je veux du mal à cette île. Il m'est virtuellement impossible de trouver quelqu'un avec qui travailler. Ça n'a pas de sens, fit-il en secouant la tête. Sans parler des attaques personnelles qui prennent une tournure franchement diffamatoire. Je pourrais attaquer en justice, mais je ne veux causer de tort à personne.

— J'ai entendu parler d'augmentation de loyers. De contrats de fournisseurs annulés…

— Vraiment ? Vous voyez, dit-il avec un nouveau sourire, c'est pour ça que vous êtes la personne qu'il me faut, Jenny. Si c'est vous qui menez la danse, on ne pourra pas dire que vous m'aurez servi la soupe. Et tout ce que je souhaite, c'est un compte rendu honnête de ce qui se passe vraiment ici.

Il finit son cappuccino.

— C'est le meilleur café de l'île. Il m'appartient, alors je vous invite.

Il remit ses lunettes de soleil et elle se vit dans les verres. Elle avait l'air mal à l'aise, peu sûre d'elle. Elle tenta de relâcher ses épaules et de lancer un sourire professionnel tandis qu'il se levait.

— Je vous contacterai. Mais il vaudrait peut-être mieux attendre de savoir de quoi il retourne à Derrible.

— Je n'en suis pas sûr, Jenny. Quel meilleur moment qu'une tragédie pour rassembler les gens ?

Il tira un billet de cinq livres de son portefeuille et le glissa sous sa tasse.

La serveuse sortit du café et lui fit un geste de la main.

— À demain, monsieur Monroe.

Son sourire s'évanouit sitôt qu'il eut le dos tourné. Elle entreprit de nettoyer la table.

— Il vient régulièrement ? demanda Jenny.

— Tous les jours.

— Ça n'a pas l'air de vous plaire outre mesure.

La fille interrompit ce qu'elle était en train de faire et fixa Jenny.

— Je sais qui vous êtes. N'écrivez rien de ce que je vous dirai sur lui – j'ai besoin de ce boulot.

Jenny leva les mains dans un geste apaisant.

— Je ne fais que papoter un peu ! Y a-t-il quelqu'un sur l'île qui ne sache pas qui je suis ?

La serveuse haussa les épaules.

— Probablement pas. On ne parle que du corps trouvé sur la plage ce matin. Quelqu'un a dit qu'une journaliste était descendue à Derrible. Et je vous ai entendue parler avec Monroe. En tout cas, ajouta-t-elle en empochant le billet qu'il avait posé sur la table, il laisse de bons pourboires, c'est toujours ça de pris.

Jenny rassembla ses affaires.

— Partout ailleurs, on crache dans son café.

— Mais pas ici ?

La fille jeta un coup d'œil par-dessus son épaule avant de répondre.

— Pas ici. Pour autant qu'il le sache.

Jenny contempla la tasse vide, le cœur au bord des lèvres.

La serveuse remarqua son dégoût.

— Il le mérite. J'ai entendu toutes sortes de rumeurs au sujet de ce qui se passe au manoir. Tout le monde les a entendues.

— Comme quoi ?

La conversation qui prenait un tour intéressant fut stoppée par un cri perçant venu du bout de la rue. Deux femmes âgées, l'une la main plaquée sur la bouche. Une troisième les rejoignit. Des bribes de phrases fusaient.

— … à l'instant…

— … la police est en train de cavaler là-haut…

Jenny se précipita vers les femmes.

— Tout va bien ?

Au moins, elles n'eurent pas l'air de se soucier des tenants et des aboutissants de Jenny. Elles répondirent aussitôt par une flopée d'informations :

— C'est Reg Carré, là-haut, dans son cottage.

— Je le connais depuis toujours !

— Assassiné !

Puis il y eut un silence stupéfait, comme si toute la rue les avait entendues.

— Assassiné ? Vous êtes sûres ? Où avez-vous entendu ça ? demanda Jenny.

Il devait y avoir confusion, se raisonna-t-elle, avec les événements de Derrible – des ragots de village, amplifiés, déformés.

La plus petite des dames répliqua :

— C'est la vérité ! J'ai vu le constable Langlais il y a vingt minutes. Il était à l'arrêt sur son vélo, il était dans un état pas possible et je lui ai demandé : « Ça va, Martin ? » et il a dit : « Reg est mort. » Non, pas « mort », rectifia-t-elle en secouant la tête, il a dit « assassiné ». On a tué Reg, et il ne faut pas s'approcher de chez lui, et c'est là que j'ai vu les policiers qui le suivaient.

— La police de Guernesey ?

La femme acquiesça.

— Ils étaient déjà sur place puisqu'il y a un autre corps sur Derrible. Quel malheur ! Il faut que je m'asseye. Ce n'est pas normal. On est à Sercq, tout de même ! Mais qu'est-ce qui se passe, bon sang ?

Elle regardait Jenny comme si la journaliste pouvait lui donner la réponse.

— Où habite M. Carré ?

— Rue du Fort. Le sentier qui conduit au pré communal. Au milieu de nulle part. Mais n'y allez pas – Martin a dit de ne pas y aller !

Jenny laissa les trois femmes à leur stupéfaction et retourna lentement dans le café. Elle jeta un coup d'œil à sa montre. Le ferry appareillait pour Guernesey dans moins d'une heure. Mais il y en avait un autre à seize heures, et encore un à dix-huit heures. Elle récupéra ses affaires et poussa son vélo jusqu'au croisement. Descendre la colline tout droit jusqu'au port. Ou à gauche vers la rue du Fort. Large et toute droite, c'était l'une des artères principales qui remontaient vers le nord et, comme toutes les routes de l'île, elle était encombrée et résonnait des bruits typiques de Sercq. Un cheval tirant un chariot gravissait la côte d'un pas lourd, le martèlement rythmé de ses sabots rassurant comme une berceuse. La sonnette d'une bicyclette. Des verres entrechoqués, des rires venus de la cour d'un pub en face. Au loin, le crachement d'un tracteur. Et quelque part au-delà, le silence d'un homme défunt.

8

Rachel

1978

C'était peut-être la faute de l'île ; les rayons du soleil avaient rosi puis doré sa peau, faisant ressortir les taches de rousseur sur ses joues et son nez. La brise souleva ses cheveux et sa jupe, et pour la première fois depuis des années, elle se sentit libre et insouciante.

Elle avait passé la matinée avec Meg, à nager dans le bassin de Vénus. Il leur avait fallu un bon moment pour le trouver : elles n'avaient réussi ni l'une ni l'autre à suivre les indications de la carte qu'elles avaient récupérée à l'office de tourisme et elles avaient fait une palanquée de demi-tours avant d'atteindre le rivage. Elles n'étaient même pas très sûres que ce soit le bon endroit – dans leurs pérégrinations, elles étaient passées devant d'autres bassins d'eau de mer. Enfin, celui-ci était le plus profond, suffisamment en tout cas pour plonger dedans, la surface était aussi polie que du verre et au fond il y avait quelques algues et des anémones de mer aux couleurs vives.

Elles avaient chaud, elles transpiraient, alors elles avaient mis leur maillot et sauté dans le bassin en poussant des petits cris au contact de l'eau. Rachel avait rapidement refait surface, hoquetant de froid, les yeux brûlants et avec la chair de poule. Mais le plongeon avait éveillé ses sens. Elle avait nagé jusqu'au bout du bassin. Regardé la mer. Pensé aux infinies possibilités.

« Oh putain ! Je ne reste pas là, moi. » Le langage grossier de Meg était nouveau. Ça jurait avec son accent d'école privée. Rachel aussi avait un accent, mais elle l'avait acquis. Elle avait étudié la suavité avec laquelle ses camarades de fac prononçaient les voyelles, ne s'exprimant que quand on lui adressait la parole, avec beaucoup d'application, jusqu'à ce qu'elle soit certaine de pouvoir pleinement restituer leur phrasé. Alors seulement elle s'était fondue dans le groupe et avait commencé à se faire des amis. Non qu'elle ait eu honte de sa façon de parler, mais elle avait compris l'importance de s'intégrer. Ou de mettre les gens à l'aise. Ça avait marché. Elle s'était fait de bons amis. Des amis bien nantis dont elle pourrait tirer un certain avantage, comme Meg.

Elles s'étaient hissées sur le bord. Les rochers étaient chauds et leur brûlaient la plante des pieds. Elles avaient sautillé de l'un à l'autre, étalé leur serviette en travers d'un bloc de rochers immense et plat, puis elles s'étaient posées dessus, absorbant la chaleur qu'il dégageait.

Meg avait retiré son haut et s'était allongée. Elle avait les seins si pâles qu'on aurait dit deux lunes brillantes. Rachel lui enviait son assurance, mais pas sa silhouette. C'était une de ces blondes élancées qui paraissaient magnifiques dans les magazines avec un bon maquillage et un éclairage flatteur, mais qui, à la lumière du jour, perdaient tout leur charme.

Elle avait lancé une serviette à Meg.

— Couvre-toi – si quelqu'un te voit, il va perdre la vue !

— Il n'y a personne, avait rétorqué Meg. C'est mort ici. Enlève le tien. Fais pas ta chochotte.

Elle s'était redressée sur les coudes et avait fouillé dans son tas de vêtements à la recherche des cigarettes dans la poche de son short. Elle en avait allumé une et soufflé la fumée vers son amie.

— Allez, sois pas timide, avait-elle murmuré d'une voix rauque et essoufflée, en battant des cils à la Marilyn Monroe.

Rachel avait éclaté de rire. Défait l'agrafe de son soutien-gorge. Son père aurait eu une attaque s'il l'avait vue, deux petits triangles de tissu noués autour du cou. Sa silhouette à elle était de celles qu'on trouvait dans les magazines abandonnés dans l'abribus derrière le logement social, près de l'école. Depuis ses quatorze ans, elle attirait les sifflements admiratifs, et c'était sans aucun doute la raison pour laquelle son père insistait pour qu'elle s'habille comme une nonne. Il avait l'air de croire que c'était de sa faute si les hommes lui lançaient des obscénités malgré le chemisier blanc tout raide, la jupe bleu marine qui lui arrivait au genou et les chaussettes rouges de son uniforme scolaire rien moins qu'affriolant.

Elle s'était recouchée, savourant la chaleur sur son corps presque nu, et elle avait eu la sensation de s'être débarrassée de bien plus que de simples vêtements. Prise d'un sentiment de légèreté, de liberté qu'elle n'avait alors jamais connu, elle avait attrapé son tee-shirt, l'avait mis sur ses yeux et s'était laissé envahir par une douce torpeur.

Une voix l'avait fait sortir de sa somnolence et il lui avait fallu une seconde pour se rappeler où elle était. Elle s'était assise, vaseuse, et avait précipitamment enfilé son tee-shirt au moment où un couple âgé faisait son apparition. Ils avaient grimpé sur les rochers, tout près d'elles, leurs têtes apparaissant et disparaissant comme deux flotteurs sur l'eau, déballé un pique-nique et offert des biscuits fourrés à la vanille aux filles.

Elles en riaient encore alors qu'elles retournaient à bicyclette vers la maison d'hôtes. Elles comptaient y prendre un bain avant l'heure du thé. Rachel pédalait en tête, essoufflée après avoir traversé, à pied, l'isthme de la Petite Sercq. (Même Meg, qui était toujours prête à transgresser les règles, avait jeté un œil par-dessus le garde-fou et, voyant l'aplomb vertigineux, avait admis que la pancarte « Traversée à vélo interdite » était justifiée.) À partir de ce point, il n'y avait plus qu'à descendre en roue libre, et elle laissa agir la gravité. En prenant de la vitesse, elle joua à un jeu qui consistait à compter dans sa tête en s'empêchant de serrer les freins avant d'être arrivée à vingt, puis à trente, puis à cinquante.

Les yeux pleins de larmes, les cheveux au vent, elle se tourna vers Meg et lui lança en riant :

— Allez, traînarde !

La route s'aplanit et elle ralentit, mais pas suffisamment pour prendre le virage à une allure raisonnable. Quand elle freina, la roue arrière dérapa vers le centre du sentier tandis que la roue avant se retrouva à une trentaine de centimètres à peine d'un tracteur mal garé à cet endroit. Elle fit une embardée, perdit le contrôle, n'eut pas le temps de s'arrêter et d'éviter un bonhomme qui poussait une brouette.

Tout son corps fut ébranlé par le choc, un bruit de métal torturé lui vrilla les tympans et elle vola par-dessus le guidon, atterrissant sur la douceur toute relative de la haie. Le souffle coupé mais un peu gênée, elle rit, ignorant la douleur qui irradiait son poignet. Elle chassa les cheveux de son visage, vit la main de l'homme, tendue.

Il était beau, dans le genre un peu fruste, un genre qu'elle connaissait bien, ayant grandi dans un village pas beaucoup plus grand que celui-là. Mais contrairement aux garçons qu'elle connaissait, il était bronzé et il y avait en lui quelque chose qui évoquait la mer – il l'aida à se relever, les yeux brillants comme la lumière se reflétant sur l'eau. Ses cheveux, épais et blondis par le soleil, cascadaient sur ses épaules. Son père n'aurait pas aimé. Pour lui, les cheveux d'un garçon ne devaient pas descendre au-dessous des oreilles.

— Ça va ? Bon sang, vous avez eu de la chance que ça ait pas été un tracteur – c'est pas parce qu'il n'y a pas de voitures que vous pouvez pédaler comme une folle furieuse !

Il était secoué par l'accident, comprit-elle. Et sa brouette avait été cabossée.

— Je suis désolée. Je roulais trop vite. Je vous rembourserai les dégâts.

Même si elle ne savait pas encore comment.

— Vous inquiétez pas pour ça.

Il semblait avoir retrouvé son calme. Il la regardait attentivement à présent. Elle cessa de tirer sur le bas de son short tandis qu'il la toisait de bas en haut puis rencontrait ses yeux. Il tendit la main. Lui effleura doucement le visage puis lui montra ses doigts et elle vit une trace écarlate.

— Vous vous êtes abîmé la figure.

Elle tâcha de prendre l'air bravache, mais elle frissonna intérieurement. L'accident l'avait ébranlée, mais pas que…

— Mon Dieu ! Tu vas bien ? fit Meg en s'arrêtant dans un crissement de freins.

— Très bien, répondit-elle avec une grimace en redressant son vélo. Ce monsieur m'a aidée. Merci.

— Reg, se présenta-t-il.

Il lui offrit un sourire. Elle le lui rendit.

— Vous avez un nom ? demanda-t-il à son tour.

— Rachel.

Meg lui jeta un regard en biais, fit un petit bruit, comme si elle allait dire quelque chose, mais Rachel lui décocha un regard et elle s'arrêta net.

— Eh bien, Rachel, je pense que vous me devez un verre. Pour la peine. Et pour m'avoir quasi flanqué une crise cardiaque. Je serai à la Sirène un peu plus tard, ajouta-t-il en élargissant son sourire. Avec la moitié des résidents de l'île.

Elle était troublée, mais n'en montra rien.

— Absolument. On se voit là-bas.

Elle ne pouvait pas refuser. Pas après qu'il se fut montré si aimable.

Dans le pub, l'air était saturé de fumée, d'odeur de bière et de rires. Les gens avaient un drôle d'accent ici. Des voyelles traînantes, mais pas dures et dissonantes comme les siennes, « Seercq » et non pas « Sarkh ». Il y avait des mots qu'elle ne comprenait même pas, et elle aurait juré que certains des hommes présents (la clientèle était essentiellement masculine) parlaient de Meg et d'elle. Peut-être parce qu'elles étaient trop habillées pour l'endroit, toutes deux en petite jupe et corsage quand tous les autres étaient en bleu de travail, pantalon froissé et tee-shirt sale.

Elle but trois bières, soit deux de trop. Elle ne supportait pas l'alcool. Elle essayait de l'impressionner. Il avait changé de tenue depuis le matin et portait une chemise et un pantalon troué aux genoux mais propre. Il était bien plus âgé qu'elle, dans les trente ans peut-être, ce qui était une bonne chose. Il savait ce qu'il faisait.

Il lui posa des questions. Elle mentit. Juste un peu. Se vieillit de deux ans, omit de mentionner qu'elle avait dit à son père qu'elle partait avec l'Association des jeunes chrétiens, qu'elle n'aurait eu aucune chance de lui faire gober ça s'il n'avait pas été encore en train de pleurer la mort de sa femme, survenue moins d'un an plus tôt. Il s'était jeté à corps perdu dans le travail à l'église et au Centre chrétien d'aide aux femmes enceintes où il priait en compagnie de jeunes mères célibataires, les guidant sur le chemin du Seigneur. Il y avait emmené Rachel plusieurs fois – pour lui tenir lieu de cours d'éducation sexuelle, présumait-elle. La plupart des futures mamans avaient son âge, parfois même moins, elles étaient tristes et désespérées.

Il se faisait tard et Meg voulait rentrer. Mais Reg proposa à Rachel d'aller se balader. Meg n'avait pas eu de chance : elle s'était retrouvée coincée avec un gars pas beaucoup plus vieux qu'elle, qui avait à peine ouvert la bouche depuis le début de la soirée. Rachel dit à Meg de rentrer, qu'elle la rejoindrait très vite.

— Tu es sûre ? chuchota Meg, un sourcil haussé en observant l'homme qui vidait sa bière.

— Sûre et certaine.

Elle lui lança un clin d'œil, espérant que son air fanfaron convainquait mieux les autres qu'elle-même. Son estomac se noua. Les bruits du bar paraissaient s'être amplifiés, ceux des conversations et des gens qui s'interpellaient d'un bout à l'autre de la salle, puis les grognements de protestations quand le patron annonça la fermeture imminente du bar et fit sonner la cloche.

Reg lui tendit la main pour l'aider à descendre de son tabouret. Elle rajusta sa jupe, dit qu'elle avait besoin de faire un petit tour aux toilettes.

— Je t'attends là, fit-il avant de s'allumer une cigarette.

Il était beau et avait l'air assuré avec les volutes de fumée qui tourbillonnaient autour de lui, et si elle avait encore quelques hésitations, elles s'évanouirent.

Elle s'assit sur le bord de la cuvette et, le cœur battant, soulagea sa vessie pendant ce qui lui parut être des heures. Ses oreilles tintaient dans le silence, et elle n'arrivait pas à s'ôter de la tête un couplet que sa grand-mère lui chantait pour la bercer : « Seize ans et jamais embrassée… »

On l'avait déjà embrassée. Elle avait même fait plus que ça après la dernière fête à laquelle elle était allée, à la grande surprise de son petit copain – à qui ses amis avaient impitoyablement seriné qu'avec la fille du pasteur, il pouvait toujours se brosser. Et c'était précisément pour cette raison qu'elle s'était laissé toucher, alors qu'elle n'était pas spécialement attirée par lui. Juste pour montrer à ses snobinards de copains qu'ils avaient tort. Elle se dit que ce qu'elle s'apprêtait à faire était plus ou moins du même acabit. La devise de l'école était : « Saisis l'instant. » Offrir sa virginité au premier venu pour emmerder son père n'était probablement pas ce que les filles du Kent avaient en tête quand elles avaient fait graver ces mots au-dessus de l'entrée, quelque deux cents ans plus tôt. Mais où pourrait-elle mieux saisir l'instant qu'ici et maintenant ? pensa-t-elle.

Elle releva son haut. Elle avait mis ses plus beaux sous-vêtements. Assortis, en coton blanc, des petites marguerites brodées sur les bords. Elle vérifia son reflet dans le miroir et posa son doigt sur sa lèvre inférieure. Fit pigeonner ses seins dans son soutien-gorge, rabaissa son corsage et prit une pastille à la menthe.

Dans l'intervalle, Meg était partie et Rachel trouva le bar presque désert. Reg jeta sa cigarette et lui prit la main. Il était robuste et avait un côté authentique qu'elle aimait bien. Il n'était pas immense, mais elle-même était petite et ne lui arrivait qu'à l'épaule. Ils laissèrent les lumières du bar derrière eux et il la prit par la taille, l'attirant à lui. Il sentait la fumée de cigarette, la bière et le sel.

— Regarde les étoiles.

Il s'arrêta et elle leva la tête. Elle n'en avait jamais vu autant.

— C'est magnifique.

Elle ne savait pas quoi dire d'autre. Elle voulait que ça arrive, mais elle voulait en finir au plus vite. Elle voulait qu'il l'embrasse, qu'il lui mette sa langue dans la bouche, qu'il glisse sa main sous sa jupe, qu'il lui caresse les seins – elle sentait que c'était ce qu'il voulait, à la façon dont il les avait fixés toute la soirée –, mais elle voulait aussi rentrer à la maison d'hôtes, retrouver Meg pour tout lui raconter et mettre fin à l'angoisse et à la tension mêlée d'excitation qu'elle ressentait.

— On les voit encore mieux d'ici.

Il l'entraîna loin de la route principale, le long d'un sentier herbeux. Dans le noir, ils passèrent devant un petit cottage avant de déboucher dans la campagne.

— Assieds-toi.

L'herbe était chaude, sèche et moelleuse. La terre s'arrêtait juste devant eux et d'en dessous montait le bruit des vagues qui se fracassaient sur les falaises. À côté d'elle, son bruit à lui, sa respiration, puis ses mains sur elle, tirant sur ses vêtements, et soudain elle se figea. Elle serra étroitement les lèvres. Elle en avait envie pourtant. Elle le lui avait dit, avec ses yeux, avec son rire et avec sa main posée sur sa jambe.

Il continua, tirant, agrippant, soufflant, et elle ne put s'en empêcher – elle commença à se débattre, tenta de se relever, mais il lui attrapa la main, celle qui était blessée, et la cloua au sol. Elle lâcha un petit cri de douleur.

C'est alors qu'il l'embrassa. Il pressait sa bouche si fort sur la sienne qu'elle ne pouvait plus émettre aucun son, et il resta dans cette position, une main enserrant son poignet endolori et l'autre bataillant avec son pantalon, puis il fut sur elle, chassant tout l'air qu'elle avait dans les poumons. Elle repoussa la peur et la panique et fixa les étoiles au-dessus de leurs têtes.

Il la raccompagna ensuite à la maison d'hôtes. Il l'embrassa encore. Elle se laissa faire.

— Et si on dînait ensemble demain ? Je viens te chercher après le boulot ?

Il lui glissa une mèche de cheveux derrière l'oreille.

Elle hocha la tête. Oui. Dîner. Bien sûr.

Alors qu'il s'éloignait, elle sentit une vague d'émotion l'envahir puis la submerger, charriant le remords et la honte dans son sillage.

9

Michael

— On lui a tranché la gorge.

— Je vois ça.

Il aurait fallu être complètement aveugle pour ne pas le voir, pensa Michael en regardant la plaie béante qui avait presque détaché la tête de Reg Carré de son corps.

Ce dernier était allongé dans la cuisine, si on pouvait appeler ça une cuisine. Le cottage n'était composé que d'une pièce principale, avec un canapé et un fauteuil à gauche de la porte d'entrée et sur la droite, une kitchenette : un comptoir, une table et trois chaises poussées sur le côté. La pièce était plongée dans la pénombre. Trois petites fenêtres laissaient filtrer trois rais d'une lumière poussiéreuse, l'ampoule nue qui pendouillait du plafond ne contribuant pas à égayer l'atmosphère miteuse.

Cathy, de la police scientifique, était agenouillée près du cadavre et parlait dans un minuscule dictaphone :

— Je dirais qu'il regardait vers la cuisine quand c'est arrivé. L'artère a été sectionnée, d'où les éclaboussures de sang – l'autopsie le confirmera… Il se préparait du thé on dirait, il a été attaqué par-derrière ?

Elle leva les yeux vers Michael et montra la bouilloire posée sur le rebord de la fenêtre, juste en dessous du mur ensanglanté, puis elle continua :

— Il a reculé en trébuchant, il est tombé en avant et s'est vidé de son sang.

— C'est une hypothèse, acquiesça Michael.

Il se sentait un peu nauséeux. C'était peut-être le fruit de son imagination, mais il avait l'impression que l'odeur qui l'avait assailli à son entrée dans le minuscule cottage – plusieurs heures auparavant lui semblait-il – était plus intense encore depuis que le corps avait été retourné et que la chaleur de la journée avait fini par se frayer un chemin à travers les murs de pierre. Il s'obligea à regarder le visage de Reg. Il était effrayant. Exsangue, les lèvres bleuies, la blessure exposant Dieu sait quoi de l'intérieur de la gorge, en tout cas des choses qui n'étaient pas censées recevoir la lumière du jour. Michael porta brièvement les mains à sa bouche avant de se frotter le menton.

— Si Rob et toi n'avez plus besoin de moi, Cath, je vais aller recueillir le témoignage du constable.

Il sortit dans le soleil. Il avait envoyé un message radio à Derrible pour demander du renfort aussitôt qu'il avait établi que le constable Langlais n'était pas subitement devenu fou, et trois policiers en uniforme encore essoufflés de leur course attendaient au bout de l'allée du jardin envahie par la végétation.

— On a fait aussi vite que possible, chef. Le reste des gars continuent de remballer sur la plage. Où voulez-vous qu'on se poste ?

Michael s'abrita les yeux de la main et observa les environs. Il montra le pré communal, les champs devant le cottage, puis le sentier qui menait à la route principale.

— Pour l'instant, un dans chacune de ces trois directions. Mains gantées, regard à l'affût de tout ce qui pourrait sembler inhabituel.

— Comme quoi, chef ? demanda un jeune agent tout juste sorti de l'école.

— Bachelet, c'est ça ?

Le flic acquiesça.

— Eh bien, Bachelet, si vous voyez quelqu'un couvert de sang ou qui brandit une arme, vous me l'arrêtez. Dans le cas contraire, utilisez votre cervelle, *eh* ? Et regardez où vous mettez les pieds – il y a des crottes de chien partout. J'ai déjà marché dans une de ces saletés.

Marquis arriva en courant depuis le bout du cottage où il venait d'arrimer à la haie le ruban jaune de police.

— Un autre bateau est parti de Guernesey, chef. Avec dix policiers à bord.

— Bien. Dès qu'ils seront là, on lance une recherche fouillée de la zone. Quand vous aurez fini de sécuriser la scène de crime, Marquis, allez donc aider le jeune Einstein là-bas.

Il désigna Bachelet qui farfouillait dans la haie à une centaine de mètres de là. À côté de lui, Marquis, c'était Sherlock Holmes.

Michael trouva Martin Langlais sur le côté de la maison, assis sur un pot de fleurs retourné. Des plaques d'urticaire lui marbraient les joues et le front.

— Vous n'avez pas l'air dans votre assiette, Martin.

— Je ne suis qu'un bénévole – vous le savez bien. Je ne suis même pas payé pour ça, aboya-t-il.

— Je sais, je sais. Inutile de vous justifier. Je ne me sens pas très bien non plus. Mais je dois prendre votre déposition.

— Je le disais justement à ma femme hier : « J'en ai assez, je lui ai dit. J'arrête de faire ça, je ne suis même pas payé, et tout ça. »

— Que s'est-il passé hier ?

— Rien de spécial, répondit-il en se frottant les yeux. Ça fait des mois que ça monte. Avant, c'était un boulot plutôt cool. Les gens venaient me trouver pour des broutilles – les poubelles, des haies pas taillées à temps, des tracteurs qui roulaient trop vite. Des trucs que je pouvais régler, quoi. Mais récemment, il y a eu tous ces problèmes à cause de Monroe. Un coup c'est du vandalisme sur ses propriétés, la fois d'après c'est lui qui fait distribuer des prospectus et coller des affiches. Ou il a commencé par les affiches et seulement après les prospectus – je ne m'en souviens plus, fit-il en secouant la tête. En tout cas, je trouvais ça déjà pénible. Mais aujourd'hui…, conclut-il en se massant le front. J'ai besoin d'un verre.

— Vous avez signalé ces actes de vandalisme, n'est-ce pas ?

— Évidemment ! Je rapporte tous les événements sérieux. J'ai pensé que des briques lancées à travers des carreaux et des récoltes incendiées méritaient une petite visite de votre part, mais visiblement ça n'a pas eu l'air de vous intéresser, vous autres. Il a fallu que je gère ça tout seul.

Michael n'avait jamais rien entendu sur le sujet. Le rapport traînait probablement sur un bureau quelque part au commissariat de Guernesey.

— D'accord. Bon, on regardera ça de plus près. D'abord, il faut qu'on comprenne ce qui s'est passé ici. Dans quelles circonstances avez-vous découvert le corps ? Quelqu'un vous a contacté ? On ne passe pas ici par hasard, si ?

Le teint déjà pâle du constable prit une nuance gris cendré.

— Et merde ! Merde, je suis désolé, dit-il en se prenant la tête dans les mains. C'était le gosse Le Page. Arthur. Il ne doit pas avoir plus de six ou sept ans. Je l'ai surpris en train de dévaler la rue du Fort. Je l'ai arrêté parce qu'il aurait dû être à l'école. Dès que j'ai vu sa tête, j'ai compris que quelque chose clochait… Mais il ne voulait rien me dire et tous les deux on a couru jusqu'ici. J'ai vu la porte d'entrée ouverte – Reg n'était pas du genre à oublier de la fermer, et je suis allé jeter un coup d'œil. Et puis j'ai vu… Avec tout ce stress… j'ai paniqué. J'ai oublié le gosse. Où il est passé ? se demanda-t-il en regardant frénétiquement autour de lui comme si le gamin allait apparaître miraculeusement devant eux. Il est passé par-derrière, j'imagine. Il a dû filer depuis longtemps. Merde ! Je crois que je vais vomir.

Il se leva, tituba et se rassit.

— Inspirez profondément, dit Michael. Je vais regarder.

Le jardin de derrière était aussi mal entretenu que celui de devant : une petite terrasse goudronnée, avec une paire de chaises pliantes sales et une table en plastique percée d'un trou au milieu pour accueillir un parasol, couverte de bouteilles vides et d'un cendrier débordant de mégots de cigarettes. Sur une bande de gazon miteux, devant la haie trop haute qui marquait la limite de la propriété, se trouvaient un enclos fait de bois et de fil de fer ainsi qu'une petite cabane équipée d'une rampe qui descendait vers un espace clôturé. Un poulailler, devina Michael. Il jeta un coup d'œil à l'intérieur. L'odeur le prit à la gorge, une puanteur d'urine et d'autre chose, un mélange d'humidité et de pourriture – du bois vermoulu, peut-être. Des cochons d'Inde – pas des poules – mâchouillaient les rares touffes d'herbe qui défiaient la terre desséchée. Ils avaient le regard vide et l'air pouilleux. Un bol de nourriture dans un coin avait été renversé et des graines s'étaient répandues tout autour. Un réservoir d'eau en plastique semblable à un biberon mais avec un embout en métal à la place de la tétine était attaché à l'enclos par l'extérieur. Il était vide.

Un chuintement. Derrière la cabane, la haie frémit. Un groupe d'hirondelles prit son envol. Michael recula de quelques pas pour mieux écouter. Le sang dans la maison était encore frais. Celui ou celle qui avait tué Reg Carré était de toute évidence encore sur l'île. Il attrapa une bouteille de bière vide sur la table et la tint le long de son corps.

— Il y a quelqu'un ? appela-t-il doucement.

Nouveau chuintement.

— Arthur ? Allez, sors de là.

Michael se voulait ferme mais amical. C'était sûrement un petit garçon effrayé qui se cachait là. L'assassin n'aurait eu aucune raison de s'attarder, pas ici, pas sur la scène de crime. Ce ne serait pas logique.

Mais il y avait un grain de folie dans toute cette histoire, Michael le sentait. Cette île minuscule. Le corps à Derrible. Un vieil homme brutalement assassiné. L'inspecteur-chef sentait une noirceur s'approcher comme un brouillard rampant. Sa main tremblait. Il resserra sa prise sur la bouteille. Fit lentement le tour de la cabane, déclenchant un vent de panique chez les cochons d'Inde qui se mirent à pousser des piaulements stridents. Il jeta un œil dans l'espace étroit et humide, entre l'enclos et la haie.

Il lâcha son arme improvisée par terre.

— Salut, bonhomme.

Le petit garçon était recroquevillé sur lui-même, les genoux collés à la poitrine, une mèche de cheveux sur la figure.

— Tu es Arthur, c'est bien ça ?

Un mouvement. Peut-être un hochement de tête.

— Tu es là depuis tout ce temps ? Tu n'as plus rien à craindre maintenant. Où habites-tu ? C'est loin d'ici ? Et si on allait voir ta maman, tu es d'accord ?

Un gémissement.

Michael s'accroupit. Il cligna des yeux pour mieux voir l'enfant.

— Je m'appelle Michael. Je suis policier. Je parie que tu as eu une sacrée frousse, je me trompe ? Si on allait retrouver ta maman, et ensuite on ira te prendre une glace, hein, qu'en dis-tu ? Et après, quand tu te sentiras mieux, on pourra discuter un peu. Ça te paraît bien ?

Le petit garçon marmonna quelque chose.

— Qu'est-ce que tu dis, bonhomme ?

Michael se rapprocha, en déséquilibre, les genoux en feu.

— Le Bête-Man. (Puis, plus fort.) Bête-Man. (Il hurla.) Bête-Man ! Bête-Man ! Bête-Man !

Le gamin bondit et passa en courant devant Michael qui tomba à la renverse dans la haie.

— Merde !

Le temps qu'il se remette sur ses pieds et atteigne l'avant de la maison, le gosse filait à travers champs en direction du village.

— Que se passe-t-il ? demanda Langlais. C'est qui ce Bête-man ?

Il était toujours assis sur son pot de fleurs et, remarqua Michael, n'avait fait aucun effort pour retenir l'enfant.

— Ce gosse est terrifié. Ça devait faire des heures qu'il était caché là, le pauvre. (*Et c'est ta putain de faute*, aurait-il voulu ajouter, mais il se mordit les lèvres.) Vous savez où il habite ?

— La population de l'île se résume à quatre cent cinquante habitants. Je sais où tout le monde habite.

— Diantre, quel exploit ! Dieu sait ce que ce gosse a vu – il a peut-être aperçu celui qui a fait le coup. Il faut que je lui parle. Tout de suite. Rendez-vous utile, voulez-vous, et trouvez-moi l'inspecteur Marquis. Donnez-lui l'adresse du gosse et dites-lui d'y aller illico. Mes gars vont fouiller les champs. J'ai besoin que vous vous ressaisissiez, et vite. Remontez sur votre vélo et allez parler aux résidents. Dites à chacun de rester où il est et à ceux qui se promènent de rentrer chez eux. Ils le prendront mieux si ça vient de vous. Dites-leur qu'il y a eu un incident et que la police reviendra vers eux avec de plus amples détails dès que possible.

— Et vous, qu'est-ce que vous allez faire ? demanda le constable d'un ton acerbe, et Michael ne put s'empêcher d'élever la voix.

— Je vais attendre ici que les renforts arrivent, puis j'irai parler au garçon. Ça vous va comme ça ?

— OK, OK !

Langlais se leva et se dirigea vers la route.

Michael inspira profondément. S'efforça de se rappeler que ce type était un bénévole qui s'était gracieusement mis au service de la communauté.

— Martin !

— Oui ?

— Quatre cent cinquante âmes sur l'île, c'est bien ça ?

— À la louche. On a aussi une poignée de touristes et quelques travailleurs saisonniers.

— J'imagine que vous avez de bonnes relations avec la plupart d'entre eux ?

Langlais acquiesça.

— Bien sûr, l'île n'est pas très grande.

— Alors soyez prudent. Il se pourrait qu'un de vos amis soit un assassin.

10

Jenny

Les champs étaient desséchés. Des sauterelles bondissaient à chacun de ses pas, comme pour lui ouvrir un passage, leur petit corps bourdonnant dans l'air avant de se fondre dans le paysage environnant. Une brise fraîche vint l'alerter que ses bras étaient en train de brûler et elle se maudit de ne pas avoir acheté de crème solaire au village. C'était toujours comme ça à Sercq. On aurait dit que la puissance du soleil y était démultipliée. Les visiteurs d'un jour rentraient souvent à Guernesey rouges comme des homards, les épaules décorées de marques blanches et le nez qui pelait.

Espérant ne pas tomber de nouveau sur un ruban jaune de la police, Jenny appuya son vélo contre une haie et traversa les champs en direction du pré communal. Elle sortait d'une discussion quelque peu confuse avec Graham au cours de laquelle elle avait tenté de lui narrer les événements dramatiques de la matinée. Elle n'était pas sûre qu'il ait parfaitement compris, la ligne ayant été coupée au moins trois fois pendant l'appel. Mais vu l'excitation qui montait dans sa voix avant que la communication ne s'interrompe pour de bon, elle subodorait qu'il avait entendu le mot

« meurtre ». Le sang frais faisait une meilleure première page que de vieux ossements. Il était peu probable qu'un de ses collègues des *Nouvelles* débarque aujourd'hui même, c'était donc à elle de commencer l'investigation.

Après avoir marché cinq minutes, elle s'arrêta. Tâcha de se repérer. Cela faisait des années qu'elle n'était pas venue au pré communal, et elle n'était jamais passée par les champs pour l'atteindre. Il était même possible qu'elle soit sur une propriété privée, heureusement la pancarte qu'elle avait lue en enjambant l'échalier indiquait que les promeneurs du dimanche étaient tolérés. Elle voyait la mer au loin sur sa droite et devina qu'il s'agissait de l'est. Elle réorienta son trajet vers le nord. Elle détacha sa queue-de-cheval pour qu'au moins sa nuque soit protégée du soleil, puis elle gravit un nouvel échalier.

Et tomba sur un petit enfant qui pleurait à chaudes larmes.

— Ouah !

Jenny leva les bras pour se stabiliser au moment où il lui fonçait dans les jambes. Elle ne réussit pas à reprendre son équilibre et bascula vers l'avant, entraînant le gamin dans sa chute. Il poussa un cri, de surprise ou de douleur, impossible à dire, mais il se remit vite sur ses petites jambes et se débattit pour s'enfuir.

— Hé ! Attends un peu ! fit-elle en le saisissant par la cheville. Arrête ! C'est quoi ton problème ?

Il se retourna et la fixa de ses grands yeux rougis, les joues maculées de traînées de larmes. Il tremblait. Son short était trempé. Il était terrifié.

— Tu vas bien ? Qu'est-ce que tu fais ici tout seul ?

Elle lui donnait dans les sept ans. Sûrement trop jeune pour se balader en solitaire, même à Sercq. Elle jeta un œil en direction de là où il avait surgi. Le pré communal. La maison de Reg Carré.

— Tu fuis quelque chose ? Quelqu'un t'a fait du mal ?

Elle s'accroupit comme pour le protéger.

Il secoua la tête. Elle se détendit. Juste un peu.

— Je veux rentrer à la maison.

Cela dit dans un filet de voix.

— Là. Laisse-moi t'aider.

Elle sourit. Écarta gentiment les cheveux de ses yeux, lui offrit sa main.

Il la contempla un instant, incertain, puis décida apparemment qu'il pouvait lui faire confiance parce qu'il hocha la tête et attrapa sa main tendue. Un frisson glacé parcourut l'échine de Jenny au moment où leurs mains se touchèrent.

Celle de l'enfant était couverte de sang.

Le petit garçon s'arrêta rue de la Seigneurie, devant une grande maison de granit. La maison d'hôtes Beau Séjour. Jenny avait appelé Michael, mais elle n'avait tiré de la conversation que le nom du petit, Arthur, et un ordre aboyé : « Ramène-le chez lui et reste avec lui le temps que j'arrive », sur un ton où pointaient l'exaspération mais aussi le soulagement qu'elle ait trouvé l'enfant, qui, imaginait-elle, était impliqué dans ce qui était arrivé à Reg Carré.

— C'est là que tu habites ?

Il hocha la tête. La porte d'entrée n'était pas verrouillée. Il l'ouvrit et Jenny le suivit dans une vaste entrée. Sur la droite un escalier montait vers un palier et sur la gauche une porte donnait sur un petit salon. Une table basse proposait des plaquettes publicitaires sur les balades en carriole, les restaurants du coin et les excursions en bateau de Tuesday Jones.

— Bonjour, il y a quelqu'un ?

Elle tendit l'oreille. On entendait un bruit d'eau courant dans une canalisation. Quelqu'un prenait une douche, peut-être ? La police lui avait intimé l'ordre de ne pas bouger, et Jenny ne voulait pas tomber par surprise sur quelqu'un qui se croyait bien tranquille aux toilettes.

Arthur prit le couloir qui menait dans les profondeurs de la maison. Jenny le suivit jusqu'à une porte sur laquelle des lettres bleu ciel disposées dans un ordre artistique annonçaient : « CHAMBRE D'ARTHUR ». Elle eut le temps d'apercevoir un lit et un petit bureau qui disparaissait sous les papiers et les crayons de couleur avant que la porte ne se referme violemment sur son nez. Elle frappa doucement.

— Arthur ? Ça va ?

Pas de réponse. Un bruit de papiers qu'on triture. Elle entrouvrit la porte de quelques centimètres et le vit gribouiller, penché sur son bureau. Au-dessus de sa tête, elle entendit le tremblement des canalisations. L'eau ne coulait plus. Le craquement du plancher. Jenny regagna rapidement la porte d'entrée, prit un fascicule sur le meuble et le feuilleta.

Une porte s'ouvrit. Des pas légers sur un tapis.

— Oh ! Je suis désolée ! Mais vous deviez arriver par le dernier ferry, non ?

Une petite femme aux cheveux noirs mouillés, vêtue d'une robe bleue très décolletée, fit son apparition en haut de l'escalier. Elle était d'une beauté classique :

une peau de velours, des lèvres pleines, de grands yeux comme son fils.

Elle remarqua l'air confus de Jenny.

— Vous êtes bien madame Jacobs ? Vous restez trois nuits ?

— Non. Je m'appelle Jennifer Dorey. Désolée pour l'intrusion. J'ai trouvé votre petit garçon dans les champs, au-dessus du pré communal. Il avait l'air perdu, alors je l'ai raccompagné.

— Que faisait-il là-bas ? fit la femme, les sourcils froncés. Il aurait dû être à l'école. Pourquoi ne m'ont-ils pas prévenue ?

Sûre d'elle, s'exprimant bien. Une femme à qui on ne la faisait pas.

— Je l'ignore. Je suis juste tombée sur lui… Littéralement. Il y a eu un accident, ajouta Jenny après une hésitation.

— Quel genre d'accident ?

Un éclair de panique maternelle.

— Je ne connais pas tous les détails. Mais c'est en rapport avec une maison, du côté du pré communal. Et un homme, Reg Carré.

— Reg ? Qu'est-ce qui lui est arrivé ?

— Je pense qu'Arthur a vu quelque chose là-bas. La police va venir vous parler.

— Mon Dieu ! Où est-il ? Où est Arthur ?

— Il est allé par là, dit Jenny en désignant le couloir. Il va bien, vraiment. Un peu secoué, j'imagine.

La femme regarda le couloir, puis se tourna vers Jenny.

— Je vous demande pardon. Je suis très impolie. Merci de votre aide. Je ne veux pas vous retarder, mais merci.

— En réalité, la police m'a demandé de rester jusqu'à leur arrivée.

La femme pâlit.

— Pourquoi ? Que s'est-il passé, bon sang ?

Elle n'attendit pas la réponse et se précipita vers la chambre d'Arthur.

Jenny tendit l'oreille. Elle entendit la voix de la femme s'élever et s'approcha de la porte à pas de loup, pour mieux entendre.

— ... mais quoi ? Qu'est-ce que tu as vu ?

Le garçon sanglotait. La femme avait un ton exaspéré.

— ... directement à l'école ! Combien de fois dois-je te le répéter ? Qu'est-ce que tu as fait ?

Murmure. Un robinet qui coule.

Un coup sec à la porte d'entrée. Jenny traversa vivement le couloir pour aller ouvrir.

— Où est le gosse ? demanda Michael, hors d'haleine.

Elle indiqua la porte d'Arthur.

— Sa mère est là ?

Elle acquiesça.

— Bon. Il faut que je te parle avant ton départ. On se retrouve à la Sirène. Dans une petite heure. Pas un mot de tout ça à qui que ce soit avant qu'on en ait discuté ensemble. Ou tu pourras dire adieu à tes sources dans la police.

Elle regarda sa montre. Un peu moins de seize heures. Le dernier ferry pour Guernesey était à dix-huit heures et elle n'était même pas sûre qu'il reste de la place.

— Je ne sais pas comment je vais rentrer.

— Tu aurais dû y penser avant de te retrouver embringuée dans une nouvelle affaire de meurtre, tu ne crois pas ?

— C'est une enquête pour meurtre ? C'est officiel ?

Il lâcha un soupir.

— On se parle plus tard. Et on repartira en vedette ce soir. Il devrait y avoir de la place pour une personne de plus. Merci de ton aide, pour le gosse. Maintenant, ouste.

La taverne de la Sirène se nichait rue Hotton, à une minute à vélo du village. Une arche s'ouvrant dans un haut mur conduisait à une petite cour pourvue de bancs de pique-nique et d'un barbecue. De la vigne vierge et des clématites couvraient le porche d'entrée et prenaient d'assaut les murs jaune vif de la bâtisse. En attendant Michael, Jenny se dit que l'endroit était aussi adapté qu'un autre pour aborder l'affaire Reg Carré.

L'endroit était plein de monde. Plus qu'un jour de semaine ordinaire, devinait Jenny, mais étrangement calme. Les conversations étaient feutrées ; les têtes s'agitaient, les visages étaient livides. Elle s'installa devant le minuscule bar et commanda du cidre. Assis près d'elle, un homme seul buvait sa pinte. Elle se présenta. Lui demanda s'il connaissait Reg.

— Vous êtes la fille du journal, dit-il, et c'était une affirmation, pas une question. Vous perdez pas de temps, hein ? Le gars n'est pas mort depuis deux heures, d'après ce que j'en sais.

Le gars bafouillait. Ce n'était pas sa première pinte.

— J'étais déjà sur place, j'étais venue écrire un article sur les ossements trouvés sur Derrible.

— Ah oui, il y a ça aussi. C'est une sacrée journée, ça c'est sûr. Vous avez parlé à la police, alors ? Ils sont sûrs que c'est un meurtre ?

— Je ne suis pas informée des détails. (Michael ne pourrait pas lui reprocher d'avoir lancé la rumeur – des tonnes de gens pourraient en être accusés.) Vous connaissiez M. Carré ? demanda-t-elle.

— Bien sûr que oui. Tout le monde le connaissait. On vit sur un caillou de six kilomètres carrés, même pas. On connaît les gens. Qu'on le veuille ou non.

— Ça a dû être un sacré choc.

— J'ai dit que je le connaissais, répondit-il avec un haussement d'épaules, pas qu'on était amis.

Il reposa sa bière et regarda Jenny. Il avait des petits yeux noirs, comme ceux d'un oiseau.

— Quel genre d'homme était-ce ? questionna-t-elle. Il était apprécié ? Il se serait querellé avec quelqu'un récemment ?

— C'est la meilleure de l'année ! s'esclaffa l'autre en assenant une claque sur le bar, puis il fit pivoter son tabouret de façon à s'adresser à la cantonade. Vous avez entendu, les gars ? Elle veut savoir si Reg s'était disputé avec quelqu'un. L'un de vous peut-il expliquer à cette jeune personne comment ça marche par chez nous ?

Un mouvement de chaise dans un coin.

— Tout le monde est secoué, Mal, c'est sûr. Mais gardons la tête froide, tu veux bien ?

L'homme portait un tee-shirt Metallica aux manches remontées sur les épaules. Il avait posé ses poings sur la table ; les muscles de ses bras saillaient, tendus.

— Toi, ça te bouleverse peut-être, mais pas moi, bordel. C'est une interview, pas vrai, ma p'tite dame ?

fit-il avec un regard chafouin à Jenny. Personne ne va le lui dire ? C'est moi qui m'y colle alors, comme toujours.

Elle détectait les vapeurs d'alcool dans son haleine. Le bourdonnement des conversations avait repris dans leur dos, mais Jenny devinait que le public observait et écoutait.

— Si les embrouilles se réglaient à coups de meurtres sur l'île, à l'heure qu'il est on serait tous morts.

Il siffla une gorgée de sa pinte et reprit d'une voix d'où toute menace avait disparu.

— C'est à Len Mauger que vous devriez parler. Len est plutôt réservé, surtout depuis ces deux dernières années, mais Reg et lui étaient très amis.

— Plus maintenant ?

— Ça doit être assez compliqué d'être ami avec Reg en ce moment, non ? (Il éclata de rire.) Enfin bon, c'est vrai qu'ils s'étaient un peu disputés au cours d'une partie de cartes. Et il connaissait votre vieux aussi.

— Pardon ?

— Len. Il connaissait votre père. Vous êtes la fille de Charlie Dorey, je me trompe ?

Elle hocha la tête. Il y avait quelque chose de perturbant à entendre le nom de son père prononcé dans ce lieu et par cet homme.

— J'ai entendu que vous étiez sur l'île. Vous avez ses yeux. Et quelque chose dans l'allure. Toutes ces questions. Je le connaissais aussi. Je l'ai vu dans le coin. Un mec sympa. J'ai joué à l'euchre contre lui quelques fois à Guernesey, et on a bu des bières ensemble quand il passait ici. Mais il était assez lié avec Len. Enfin, juste avant l'accident.

Il secoua la tête, comme s'il pensait à Charlie, ou à sa mort.

— *Ça* c'était un vrai choc !

— Vous vous êtes parlé au cours de la période qui a précédé l'accident ? demanda-t-elle en s'efforçant de conserver un ton dégagé.

— Je peux pas dire ça, fit-il en détournant le regard. Je vous l'ai dit, c'est à Len que vous devriez parler.

Il jeta un coup d'œil à sa montre en avançant et reculant le poignet comme s'il avait du mal à faire le point dessus.

— Il doit être chez lui à l'heure qu'il est, je pense.

— C'est où chez lui ?

— Sur la Petite Sercq. La route le long des mines d'argent. Une maison en granit, porte rouge.

— Vous avez son numéro ?

Il secoua la tête.

— Vous ne lui ferez pas décrocher un téléphone, dit-il mystérieusement.

— Ah ?

Il finit sa bière et conclut :

— Soyez prudente en y allant, *eh* ? Il y a des gars dans le coin qu'aiment pas trop qu'on leur pose des questions. Pas moi, hein, j'aime bien parler. En fait, je vais même vous offrir une déclaration que vous pourrez publier.

Il descendit de son tabouret, posa une main sur le bar pour assurer son équilibre et écarquilla théâtralement les yeux, fixant son regard loin par-dessus l'épaule de Jenny.

— Nous sommes tous dévastés et prions pour que la police trouve très vite celui ou celle qui a infligé ça au pauvre Reg.

Il quitta sa pose et lâcha un nouveau rire.

— Ça fera l'affaire ?

— Je peux avoir votre nom ?

Elle sourit en dépit de son étrange comportement, de peur de le braquer.

— Malcolm Perré. Une *connaissance* du défunt.

— Merci, monsieur Perré.

— Je vous en prie, mademoiselle Dorey. Et, je répète, soyez prudente sur la route.

Jenny ne se détendit que lorsqu'il eut traversé la pièce d'un pas lourd et fut sorti du bar. Il était ivre, cela ne faisait aucun doute, mais sa réaction face au meurtre de l'un de ses voisins avait été pour le moins déroutante. Suffisamment pour mettre tout le monde mal à l'aise. Et le fait qu'il ait connu Charlie, la façon dont il avait parlé de lui avaient été plus déconcertants encore.

Mais ce n'était pas la seule raison de son trouble. « Soyez prudente sur la route. » C'était la deuxième fois aujourd'hui qu'on lui recommandait la prudence.

11

Michael

Le sergent Richard Fallaize, le collègue que Michael aimait le moins – un enfoiré de première –, était assis sur le canapé blanc en rotin du salon plutôt élégant de Tanya Le Page. Il était penché en avant, vif et alerte comme toujours. Ce n'était vraiment pas de chance : de tous les policiers à bord de la vedette qui venait d'arriver, il avait fallu que ce soit Fallaize qui accompagne l'agent de soutien auprès des familles chez les Le Page. Les autres étaient allés directement chez Reg Carré pour mener une enquête approfondie sur la scène de crime. L'agent de liaison, le sergent Emily Gerard, était une femme d'âge moyen à la mine fermée et aux cheveux soigneusement attachés en queue-de-cheval, dont l'abord plutôt froid masquait une empathie qui s'exprimait au moindre sourire. Or elle souriait à cet instant, tandis que Michael entrait avec précaution dans la pièce, deux mugs de thé dans chaque main.

L'objet de l'attention de Fallaize se trouvait être la femme magnifique assise en face de lui. Les longs cheveux sombres de Tanya Le Page étaient mouillés, fraîchement lavés. Michael sentait l'odeur de son shampooing, une fragrance végétale, fraîche, si agréable en fait qu'il était difficile de ne pas la humer sans retenue. Ses grands yeux bruns étaient écarquillés de frayeur, tout comme ceux de son fils le matin même. Sa robe bain de soleil bleu ciel au décolleté profond mettait en valeur sa peau crémeuse. Deux taches d'humidité s'étalaient sous ses cheveux, qui, remarqua Michael avec une certaine gêne, lui arrivaient juste au-dessus des seins. Elle avait calé ses pieds sous le canapé. Petits et nus, ils semblaient ajouter à sa vulnérabilité. Il déposa les mugs sur la table basse devant le canapé et prit place à côté d'elle.

— Il n'y a rien de mieux qu'une bonne tasse de thé pour adoucir tous les maux.

C'était faux, mais quelque chose dans le rituel de préparation du thé était apaisant, et le boire calmait incontestablement les nerfs.

Tanya Le Page en but une gorgée.

— Je n'arrive pas à croire que ce soit arrivé. Pas ici. Je suis revenue sur l'île pour qu'Arthur ait le genre d'enfance que j'ai eue. Pas pour ça.

— Vous êtes de Sercq ? demanda Michael, étonné – elle n'avait pas une once d'accent.

— C'était l'affaire de mes parents. J'ai grandi ici, dans cette maison. Je suis partie dans un pensionnat quand j'avais onze ans. Le temps que je termine mes études, mes parents avaient déménagé à Guernesey. Ils ont gardé la maison d'hôtes – ils ont embauché quelqu'un pour la gérer, mais ça n'a pas marché et je suis revenue reprendre le flambeau. C'est un endroit idéal pour élever un enfant. Pas de voitures, le grand air. Pas de télé, pas d'iPad, rien de ce genre. Arthur adore. Je n'arrive pas à y croire, répéta-t-elle soudain, comme sur le point de fondre en larmes. C'est épouvantable.

— Il va falloir que nous parlions à Arthur, madame Le Page. Le plus tôt sera le mieux.

Elle hocha la tête.

— Le médecin a dit qu'il arrivait aussi vite que possible.

— Je comprends parfaitement que vous souhaitiez le faire examiner. C'est même fortement conseillé, n'est-ce pas, sergent Gerard ?

— Absolument, confirma Emily en lui offrant un de ses sourires réconfortants. Il est essentiel qu'un médecin l'examine.

— Mais voyez-vous, madame Le Page, le temps presse. Il existe une petite chance qu'Arthur ait vu la personne qui a tué M. Carré.

Tanya frissonna.

— Je comprends, inspecteur-chef. Mais je ne vais pas risquer la santé de mon fils. Il a à peine prononcé un mot depuis qu'il est rentré. Il est visiblement traumatisé. Qu'est-ce qui vous fait croire qu'il acceptera de parler à un parfait inconnu ?

— Emily, ici présente, est notre agent de liaison. Elle est formée à ce genre de situation.

Tanya soupira, les yeux embués de larmes.

— C'est un cauchemar.

— Nous vous laisserons tranquille aussitôt que nous aurons parlé à votre fils.

— Si on ne discute pas maintenant avec lui, s'aventura Emily, il faudra le faire plus tard. Autant l'en débarrasser tout de suite, tant que c'est frais dans sa mémoire. Il est même possible que ça l'aide de parler de ce qui s'est passé. Il y a de grandes chances qu'il soit terrorisé. D'une manière ou d'une autre, il se sent peut-être responsable de ce qui est arrivé. Les enfants peuvent se convaincre de choses invraisemblables, affirma Emily, remarquant le regard interloqué de Tanya. Si nous parvenons à le faire parler, nous pourrons le rassurer – lui dire qu'il est en sécurité, qu'il n'aura pas d'ennuis, que tout ira bien, conclut-elle avec un sourire encourageant.

Tanya se passa une main dans les cheveux.

— Cinq minutes ?

— Nous ferons aussi vite que possible, intervint Michael.

Elle acquiesça.

— D'accord, je vais le chercher. Mais s'il manifeste la moindre peur, vous arrêtez tout de suite.

— Bien sûr.

Dès qu'elle quitta la pièce, Fallaize se lâcha :

— On devrait peut-être attendre le toubib. Elle a l'air du genre procédurier.

— Qu'est-ce qui vous fait dire ça ?

Michael rejeta la tête en arrière pour tenter de chasser un torticolis naissant.

— Regardez cet endroit. Que des jolies choses. Et elle a un ton un peu, vous savez, coincé.

— Si vous voulez dire qu'elle s'exprime correctement, vous avez raison, Fallaize. Ce qui n'indique en rien une volonté de nous chercher des noises, selon moi.

Mais le sergent n'avait pas complètement tort, pensa Michael. Tanya Le Page n'était pas du genre à se laisser marcher sur les pieds. Et s'il y avait trop de monde dans la pièce, le gosse pourrait se sentir intimidé.

— Allez au village, Fallaize. Voyez comment Marquis s'en sort avec les témoignages.

— Il vaut peut-être mieux que je reste là, objecta le sergent en fronçant les sourcils. Pour que je puisse intervenir si elle devient, vous savez, difficile.

— Je pense que nous nous en sortirons très bien, le sergent Gerard et moi-même. Merci en tout cas. Maintenant, décampez ! fit Michael en secouant la tête tandis que Fallaize sortait de la pièce, visiblement vexé.

— Il est du genre enthousiaste, hein ? lâcha Emily. Il s'est porté volontaire pour m'accompagner. Il parle beaucoup.

— Que de lui, je suppose.

Michael était certain que Fallaize courait après une promotion – il le défiait moins que d'habitude. Quand la porte s'ouvrit, Michael vint s'asseoir à côté d'Emily. Tanya entra, suivie de son petit garçon.

Michael se pencha en avant.

— Salut, grand chef. Ça va ?

Arthur ne montra pas qu'il avait entendu l'inspecteur, mais il s'assit près de sa mère, imitant sa position, les bras croisés, les jambes bien repliées en arrière.

Elle lui entoura les épaules de son bras.

— Tout va bien, mon chéri. Ce policier veut juste te poser quelques questions. Tu n'as qu'à dire la vérité, tout simplement.

— Rien de ce que tu vas nous raconter ne risque de t'attirer des ennuis, dit gentiment Emily. Absolument rien.

— Commençons par le début, enchaîna Michael. Comment t'es-tu retrouvé chez M. Carré ce matin ? Tu aurais dû être à l'école, je me trompe ?

Arthur regarda sa mère.

— Moi, fit Michael en souriant, je détestais aller en classe les jours comme aujourd'hui. Qui a envie de rester enfermé dans une salle étouffante quand le soleil brille, pas vrai ? Tu vas à l'école tout seul, c'est bien ça ?

— Tous les gosses font ça ici, intervint Tanya, sur la défensive. Je lui disais justement ce matin que c'était sa dernière chance : ou il allait directement à l'école ou je recommençais à l'accompagner. Il est arrivé en retard une ou deux fois. Mais c'est la première fois qu'il fait l'école buissonnière. C'est bien la première fois, Arthur ?

— Je comprends, la rassura Michael. Personne ne vous juge. Ni Arthur. Ce n'est pas la raison de notre présence ici.

Arthur contempla le plancher, les cheveux devant les yeux.

— Alors, Arthur, tu t'es retrouvé chez M. Carré, reprit Michael, puis il prit son temps avant de continuer. Tu l'as vu quand tu es arrivé là-bas ? Il t'a laissé entrer ?

Silence.

— Tu as vu quelqu'un d'autre, Arthur ? Quelqu'un que tu aurais reconnu ? insista Michael. Tu as hurlé quelque chose quand je t'ai trouvé. Tu t'en souviens ? Tu as crié : « Bête-Man. »

Il retint son souffle. Allez, songea-t-il.

Silence. Les épaules du garçon se mirent à trembler et il lâcha un petit reniflement morveux.

— Dis-leur ce que tu as vu, mon chéri.

Tanya lui toucha le bras gentiment, mais c'était comme si elle l'avait éperonné avec un aiguillon pour bétail. Il rejeta violemment la tête en arrière et bondit du canapé en hurlant :

— J'l'ai pas vu ! J'l'ai pas vu !

— Tout va bien !

Tanya attira son fils vers elle, l'entoura de ses bras, le berça en chuchotant :

— Tout va bien, mon bébé, tout va bien… Bon, ça suffit, dit-elle en regardant Michael.

— Absolument, approuva-t-il en levant les mains.

Merde, merde, et trois fois merde.

Tanya entraîna l'enfant hors de la pièce.

— Putain, ragea Michael. J'ai cru qu'on avait une chance. On fait quoi, maintenant ?

— On ne peut plus l'interroger, c'est fini.

— Je sais. Pauvre gosse. Mais c'est vraiment chiant !

Tanya revint. Michael constata avec soulagement qu'elle avait l'air plus troublée que furieuse. Elle fit les cent pas autour du canapé en se mâchouillant l'ongle du pouce.

— Il vient de se mettre au lit. Il s'est enfoui sous les couvertures.

— Je suis désolé, vraiment.

Elle secoua la tête.

— Je sais que vous deviez l'interroger.

— Si ça peut vous consoler, les enfants récupèrent très bien de ce genre de traumatisme. Bien plus vite que les adultes, la rassura Emily. Nous avons une excellente thérapeute – nous organiserons un rendez-vous pour qu'elle vienne vous rencontrer dès que possible.

Tanya ne parut pas l'entendre.

— Je n'arrête pas de lui demander ce qu'il a fait – il s'attire toujours des ennuis – mais il ne veut rien me dire. J'ai cru qu'il s'était blessé. Mais quand j'ai lavé le sang, il n'y avait rien. C'était celui de Reg, le sang ?

— Je suppose, oui.

— Vous auriez probablement voulu le faire analyser. Désolée.

— Ne vous excusez pas.

Michael marqua une pause avant de reprendre :

— Madame Le Page, vous pensez à une raison pour laquelle Arthur serait allé chez Reg ?

— Non. On ne le connaissait pas. Enfin, on le connaissait, bien sûr, mais pas vraiment. Sauf…, fit-elle en hésitant.

— Je vous en prie, dites-moi tout.

— Ça va vous paraître affreux. Quand j'étais gosse, on s'amusait à le suivre. On jouait à voir lequel de nous arriverait à s'approcher assez près de lui sans qu'il le remarque. Il ronchonnait tout le temps, il se plaignait toujours à nos parents même quand on ne faisait rien de mal. Il picolait beaucoup aussi, et quand il avait bu un coup de trop il nous criait dessus. Il nous faisait un peu peur. Mais c'est aussi pour ça que c'était drôle. C'est sûrement de ma faute si Arthur y est allé ce matin. Reg lui a hurlé dessus il y a quelques semaines – Arthur allait trop vite sur son vélo, un truc dans le genre, et il est rentré effrayé. Alors je lui ai raconté ce que nous faisions. J'essayais de lui montrer Reg sous un jour moins terrifiant, pour dédramatiser un peu la situation. Je crois qu'il l'a raconté à ses copains d'école, et ils ont commencé à jouer au même jeu. Je les voyais chuchoter entre eux quand Reg passait à leur hauteur.

— Ce n'était pas un homme très aimé, il me semble ?

— Il était compliqué, c'est certain. Il avait mauvais caractère. Entre nous, je pense qu'il avait des problèmes mentaux ces derniers temps. Un début de démence, peut-être ? Il se conduisait d'une manière encore plus étrange que d'habitude. Je l'ai vu déambuler en parlant tout seul. J'aurais dû m'assurer qu'il allait bien, non ? fit-elle, l'air gênée. Ça faisait des années qu'il était tout seul. Sa femme l'a quitté il y a longtemps. En lui laissant le gosse, Luke. Ça a dû être un coup dur pour lui.

— Vous le connaissez, le fils ?

— Il est un peu plus âgé que moi, acquiesça Tanya. Il habite à Guernesey. Il a quitté Sercq avant que je parte en pension. Il devait avoir dans les seize ans. Il n'a jamais été heureux ici. Pas après le drame de sa mère.

— Un drame ? Quel drame ?

— Sa disparition.

— Elle a disparu ?

— Quand elle les a quittés, je veux dire. Ce n'est quand même pas fréquent qu'une mère abandonne sa famille comme ça. Je n'arrive même pas à l'imaginer. J'ai vu son fils, il y a deux ou trois jours.

— Ici ? À Sercq ?

— Oui. Je ne lui ai pas parlé. Il était tout seul, en train de lire un livre. Je ne voulais pas le déranger.

— Il revient souvent ?

— Oui, pour voir son père.

Elle se figea, comme prise d'une idée subite.

— Si Arthur a vu quelque chose, sommes-nous en danger ? Et si le tueur l'avait vu et voulait l'empêcher de parler ?

Emily s'approcha de Tanya et lui posa une main sur l'épaule.

— Il est plus probable qu'Arthur est arrivé sur place après le meurtre. C'est ce que semble indiquer le sang qu'il avait sur la main. Et nous sommes les seuls à savoir qu'il était là-bas.

— Et la femme ? Celle qui l'a ramené à la maison ?

— Je vais tout de suite faire le point avec elle, lui assura Michael. C'est une de mes connaissances. Je sais qu'elle ne dira rien. Mais par mesure de précaution, nous allons vous placer sous protection. Nous posterons un policier ici. Pour votre tranquillité d'esprit.

Elle hocha la tête et sembla se détendre un peu.

— Tanya, en s'enfuyant ce matin, Arthur a crié : « Bête-Man. » Cela évoque-t-il quelque chose pour vous ? Peut-être que c'est le surnom que les enfants avaient donné à Reg ?

— Seigneur ! soupira-t-elle en secouant la tête. Non, non, ça n'a rien à voir avec Reg. C'est… Vous allez croire que nous sommes tous fous.

— Mais non, voyons, la rassura-t-il.

Quoique au train où allaient les choses, pensa-t-il, elle avait sûrement raison.

— Il faut que vous compreniez que les choses sont différentes ici. Les enfants doivent créer leurs propres distractions. Ils se racontent des histoires, s'inventent des jeux. Comme la Bête de Sercq.

Michael fronça les sourcils.

— En écho à la Bête de Jersey ?

C'était le nom dont la presse avait affublé le célèbre prédateur sexuel qui avait terrorisé l'île voisine de Jersey dans les années soixante, s'introduisant chez les gens, la nuit, vêtu d'un masque en caoutchouc et de bracelets à clous.

— Je suppose que ça vient de là. Cette histoire circule depuis que je suis gosse. Un résident a dû l'entendre aux nouvelles de Jersey à l'époque et l'a fait circuler. En réalité, c'est plus une légende urbaine qu'autre chose. Une légende îlienne, en l'occurrence. On ne savait rien de la Bête de Jersey dans le temps. On disait juste que si vous faisiez des bêtises ou si vous vous comportiez mal avec vos amis, la Bête allait venir vous chercher. Arthur et ses copains sont tout le temps en train de se cavaler après, et celui qui se fait prendre devient Bête-Man et doit se lancer à la poursuite des autres. Ce n'est qu'un jeu.

— Et à quoi ressemble cette créature ?

— Comme je vous le disais à l'instant, inspecteur, ce n'est qu'une fable. Une histoire que les enfants se racontent pour s'effrayer mutuellement.

— Bien sûr. Je comprends. Mais on dirait qu'Arthur a vraiment vu ce Bête-Man ce matin. À quoi pense-t-il que ce monstre ressemble ? Si l'on s'en réfère aux histoires ?

Elle soupira.

— Il est habillé tout en noir. Et, d'après la légende, les traits de son visage sont tellement tordus et étirés qu'il est méconnaissable. C'est pour ça qu'il fait aussi peur. La Bête de Sercq n'a pas de visage.

Michael était habitué à ce que le silence se fasse quand il entrait dans une pièce – il y avait des années qu'il était le sujet des ragots, après la mort d'Ellen d'abord, puis sa disgrâce, et plus tard quand il avait publiquement dénoncé des collègues sans scrupule.

Pourtant, cette fois, c'était différent. Le drôle de regard des Sercquiais lorsqu'il rejoignit Jenny assise au bar, le mot « flic » chuchoté par quelqu'un au fond de la salle au moment où il s'installait près de la journaliste…

— Tout va bien ici ? demanda-t-il à voix basse.

— Super, répondit sèchement Jenny. Je viens de passer les meilleures quatre-vingt-dix minutes de ma vie enfermée dans un bar microscopique rempli de gens potentiellement hostiles.

Michael héla le serveur et commanda une limonade.

— Des rencontres intéressantes ?

— Possible. Et vous ?

— Tu connais la chanson, Jenny. J'ai une enquête en cours. Attendons les résultats de la police scientifique, le rapport du légiste, etc.

— J'ai entendu dire qu'il y avait beaucoup de sang.

Il haussa un sourcil.

— Par qui ?

— Le type dans le coin, là-bas.

Il suivit son regard.

— Avec le tee-shirt Metallica ?

Elle hocha la tête.

— Ce qu'il y a, c'est que tout le monde bavasse. Quelqu'un a dit que Reg avait été férocement poignardé. Une autre femme raconte avoir entendu dire que c'était le boulot d'un professionnel.

— Les gens sont vraiment capables d'inventer n'importe quoi. Saletés de ragots ! Je parie que c'est le constable qui a trop parlé.

— Alors, c'est bien ça ?

— Ça quoi ?

Elle haussa les épaules.

— Une agression violente à l'arme blanche ? Un travail de pro ? Écoutez, Michael, cet endroit est dix fois pire que Guernesey. Si vous ne dites pas aux gens ce qui se passe, ils vont paniquer. Ils paniquent déjà. Vous devez leur exposer les faits, et très vite.

Il se tritura le menton.

— Tu as sûrement raison. Mais je ne peux rien dire tant que je n'en ai pas référé au divisionnaire.

— Bien sûr. Et tout ce que je publierai à ce stade viendra d'une source anonyme.

Il acquiesça. Et confia en baissant encore d'un ton :

— Blessure au cou par arme blanche. La police suit plusieurs pistes. C'est tout ce que je peux te donner pour l'instant. Je vais tenir une conférence de presse le plus vite possible. Il faut d'abord organiser une cellule de crise. Écrire que toutes les ressources disponibles seront affectées à cette enquête et que nous ne connaîtrons pas le repos tant que nous n'aurons pas coincé le coupable.

— Et les ossements sur la plage ?

— Le meurtre de Reg Carré est évidemment une priorité, mais tout sera fait pour identifier les restes trouvés sur Derrible. Lorsque nous aurons établi l'identité de cette personne, nous tenterons de comprendre ce qui lui est arrivé. Ça te va ?

Jenny inclina la tête.

— Bon. Et toi, qu'est-ce que tu as pour moi ?

S'il connaissait bien Jenny Dorey, et il pensait bien la connaître, il se doutait qu'elle aurait autre chose pour lui que des rumeurs collectées dans un bar.

— Reg avait un vieil ami sur la Petite Sercq.

— Son nom ?

Jenny plongea dans ses notes.

— Len Mauger. Je me disais que j'irais bien lui poser quelques questions. Juste pour avoir un peu de contexte.

— Qui t'a donné l'info ?

— Un certain Malcolm Perré. Vous devriez aller l'interroger. Il était un peu bizarre.

— Dans quel sens ? demanda Michael en inscrivant les noms dans son carnet.

— Eh bien, j'ai eu l'impression que ce n'était pas le grand amour entre Reg et lui.

— Tu ne vas pas aller voir ce Len tout de suite, hein ? Pas toute seule ?

— C'était un ami de Reg.

Michael faisait confiance à l'instinct de Jenny pour couvrir une histoire, mais il était moins sûr de son instinct de conservation.

— À ton avis, combien de victimes sont tuées par des inconnus ? demanda-t-il, et l'expression qu'elle afficha montra qu'elle connaissait les statistiques : Reg Carré avait très certainement été tué par quelqu'un qu'il connaissait. Les vedettes de la police repartent à huit heures. Essaie d'éviter les ennuis pendant les deux prochaines heures, tu veux bien ?

Il la laissa seule au bar. S'il avait eu suffisamment de gars, il lui en aurait bien collé un aux basques pour la surveiller, s'assurer qu'elle n'allait rien entreprendre de stupide. Mais ça aurait été outrepasser ses fonctions. Ce n'était pas son rôle. Et même si ça l'avait été, il ne s'était pas révélé particulièrement efficace question protection. Il tenta de chasser cette idée de son esprit, mais elle revenait le hanter. La vision du cadavre de Reg Carré l'avait choqué, certes, mais c'était un vieil homme. Et il était plus facile d'admettre la mort, même brutale, d'une personne âgée que celle d'une jeune femme. Car c'était la scène sur Derrible qui monopolisait le cerveau de Michael. Ces ossements fragiles et desséchés. La femme était morte jeune, Michael en était persuadé. Et à présent, elle n'était plus qu'un tas d'os. Il en avait été secoué jusqu'au tréfonds de son être. Parce que Ellen était morte depuis près de vingt ans, et il savait que dans la tombe bien entretenue, c'était tout ce qui restait d'elle.

12

Rachel

1978

Elle avait refusé de s'asseoir, alors même qu'il lui avait trouvé une place libre. Elle se tenait debout dans l'encadrement de la porte, fixant les vagues qui fouettaient la poupe du bateau. Des cartons et des paquets posés sur les sièges avaient été projetés sur le sol collant et détrempé par les embruns qui l'aspergeaient. La plupart des passagers avaient fait des emplettes. C'était le dernier ferry en partance de Guernesey avant Noël. Elle était bringuebalée d'un côté et de l'autre au gré du roulis et sa main flotta jusqu'à son ventre douloureux.

Elle avait fait ce voyage trois fois, et chaque fois, elle avait laissé quelque chose derrière elle. Elle était loin la joie qu'elle avait éprouvée la première fois qu'elle était venue à Sercq par la mer. L'été. Six mois plus tôt seulement. Comme elle avait été heureuse de dire adieu à son enfance. Quelle ironie, alors, qu'elle ait fait son deuxième voyage sur ordre de son père, avec qui elle avait tenté si désespérément de couper tout lien. Elle avait cru qu'il allait la tuer quand il avait découvert la vérité. Mais il s'était calmé, l'avait fait prier avec lui. Lui avait dit d'y retourner et d'épouser l'homme qui lui avait fait ça, qui que ça puisse être, et si elle avait besoin d'en être convaincue, il s'était proposé de l'emmener au centre pour qu'elle puisse parler aux filles. Puis il avait empaqueté ses affaires et l'avait mise à la porte. Si elle ne s'était pas sentie aussi malade et aussi seule, elle aurait ri de cette hypocrisie.

Elle n'avait pas eu le choix, elle était retournée voir Reg.

Elle s'était tenue au même endroit pour ce deuxième voyage. Elle avait regardé Guernesey disparaître au loin, cette petite île avec ses routes et ses voitures, un fanal d'espoir et de possibilités comparé au caillou qu'elle s'apprêtait à rejoindre.

Et maintenant, cette dernière traversée. Une semaine entière à l'hôpital Princess Elizabeth. Elle avait perdu le bébé. Elle aurait dû se sentir soulagée, mais elle n'éprouvait que du vide. Elle voulait le récupérer avec une intensité qu'elle n'avait jamais connue jusque-là.

Reg avait demandé à son ami Len de venir les chercher avec son tracteur. Elle s'assit dans la cabine tandis qu'il prenait place dans la remorque. Elle était rassurée de ne plus voir son regard intense braqué sur elle. À la maison, Len l'aida à descendre. Elle se demandait ce qu'il savait exactement, si les hommes avaient le même genre de discussions entre eux que les femmes – enfin, ce qu'elle imaginait que les femmes se racontaient entre elles. Elle n'avait pas reparlé à Meg depuis qu'elle avait quitté le pensionnat, et n'avait pas échangé plus d'une phrase ou deux avec les îliennes.

Arrivés à la maison, il lui tint la porte ouverte et la suivit dans la chambre. Il avait remplacé les draps – aucun lavage, si vigoureux fût-il, ne serait venu à bout des taches. Elle s'assit au bord du lit, fit glisser sa main sur le tissu. Le motif imprimé, des torsades brillantes, paraissait déplacé dans cette petite chambre sombre.

— Je peux t'apporter quelque chose ?

Elle secoua la tête.

— Du thé ?

— Je n'ai plus aucune raison d'être là à présent. Je vais repartir. Dès que je me sentirai mieux.

Il prit l'air confus.

— J'ai dit que je t'épouserais. Je m'y tiendrai.

— Pourquoi ? Pourquoi tu ferais ça ? Il n'y a plus de bébé.

Il resta silencieux un moment.

— Reste. S'il te plaît.

Elle s'allongea sur le lit. Lui tourna le dos.

Il dormait. Ronflant dans un fauteuil. Un verre à ses pieds, une bouteille de whisky à moitié vide. Elle ramassa le verre. But la dernière goutte, qui lui brûla la gorge. Une bûche se consumait dans la cheminée, un éclat d'or vif brillant au cœur du bois calciné. Elle lui donna un petit coup de tisonnier et regarda la pluie d'étincelles s'envoler puis se flétrir et se changer en cendres. Reg remua. Changea de position. Il faisait froid et elle hésita à le couvrir d'une couette. Une épouse dévouée l'aurait fait, sans doute. Au lieu de quoi elle attrapa son manteau sur le crochet près de la porte et sortit dans la nuit.

La route était déserte. La terre mêlée de sable crissait sous ses pas. La seule lumière venait d'un mince croissant de lune et des étoiles. Il y en avait tant dans le ciel ; elles tournoyaient dans l'obscurité, comme du lait renversé. Elle se dit qu'elle était sortie sans but, sans destination, mais ses pieds racontaient l'inverse, ils l'emmenaient à un endroit précis : à gauche au croisement, à droite à la barrière, en direction de La Moinerie, où, lui avait-il dit, s'élevait autrefois un monastère.

Le sentier se fit plus inégal, défoncé par les tracteurs, fracturé par les racines entremêlées des hêtres qui le bordaient. Les arbres allaient en s'épaississant. C'était une forêt, supposait-elle. Ou ce qui y ressemblait le plus sur cette île de prairies et de haies, d'ajoncs et de fougères. Le sol était instable sous les pieds. C'était le cas partout sur l'île – les sentiers, les falaises, les maisons, les murs, tout était dur, gris, impitoyable.

Il faisait plus sombre sous les branches. Les marches grossièrement taillées dans la terre et la roche étaient difficiles à voir. Elle trébucha. S'assit. Tâtonna pour se repérer, ses doigts glacés s'égratignant contre les aspérités, se perdant dans des cavités humides. Elle se laissa descendre, à la maigre lueur de la lune qui perçait à travers les feuillages, jusque dans la vallée, où la terre basculait dans la mer, jusqu'à ce qu'elle émerge de l'abri du bois et se retrouve dans les champs, exposée à un vent mordant qui lui cinglait le visage de ses griffes glaciales. Le sentier se fit plus étroit et, à la pointe, un amas de rochers, une paroi rocheuse en fait, obstruait le passage.

À part la « fenêtre ».

C'était un des premiers endroits que Reg lui avait montrés. Quelqu'un avait creusé un passage dans la paroi, il y avait des années de cela. Le caprice d'un seigneur fou : il avait fait percer un trou à l'explosif pour bénéficier d'une vue idéale – la mer azuréenne, les navires qui passaient, Guernesey dans le lointain. D'ici, dans le noir, on aurait cru une sortie de secours. Il y avait de la lumière au bout du tunnel, une étrange luminescence, le reflet de la lune sur l'eau.

Elle passa de l'autre côté. Un vent violent l'ébranlait tout entière. À quelques pas devant elle, un à-pic. Elle s'avança et se dressa là, le corps cambré dans le vent. Elle regarda en contrebas les chevaux blancs prendre la couleur de l'argent, et l'eau virer au noir.

C'était absurde, la folie de cette île. C'est ce qu'il avait dit, la première nuit. Après les verres. Après la balade et l'instant animal, torride, inconfortable qui avait suivi, et puis le dîner, et un autre moment torride, parce que après la première fois elle s'était dit : Pourquoi pas ? Pourquoi ne pas le revoir, passer la semaine à imaginer qu'elle était maîtresse de sa vie, qu'elle pouvait faire ce qui lui plaisait, être heureuse, s'amuser, tenir les rênes ? Elle se secoua. Quelle cruche ! Tout dans sa vie avait été décidé par d'autres. Enfant, elle n'avait pas le choix. Elle devait écouter mère, mère qui écoutait père, car le feu de l'enfer et la damnation n'auraient pas tardé à s'abattre sur elles si elles ne l'avaient pas fait. Elle était entrée dans l'âge adulte comme dans un rêve, comprit-elle. Ou plutôt comme dans un sortilège, de ceux qui vous paralysent et vous condamnent à obéir aux ordres. Elle avait l'impression de s'être réveillée la semaine dernière. Elle avait, par ses cris, rompu le sort.

Elle avança d'un pas. Sentit céder sous son pied le sol instable au bord de la falaise. Entendit un galet claquer, rebondir avec fracas sur la paroi verticale avant de tomber dans la mer. Elle leva le pied et l'agita au-dessus du néant. Le vent la repoussa en arrière, vers la fenêtre. Elle se demanda s'il soutiendrait son poids et écarta les bras, les yeux larmoyants, la vision brouillée, si bien qu'au début, elle crut que c'était son imagination.

Des flashs de lumière. Pas très loin. Elle recula, resserra son manteau autour d'elle, se frotta les yeux, plissa les paupières. Aucun être sain d'esprit ne naviguerait ou ne pêcherait par ce temps.

Allumé, éteint, allumé, éteint.

Cela ressemblait à un signal. Elle se concentra sur la lumière, vive et brillante, son environnement parut prendre de l'ampleur – la hauteur des falaises, la profondeur de l'océan, l'immensité du ciel au-dessus de sa tête, la férocité du froid et du vent – et elle n'eut pas de plus cher désir que de retourner au cottage, se rouler dans une couverture, et s'allonger devant les braises chaudes d'un feu mourant.

Elle se retourna.

Elle n'était pas seule.

Une forme, de l'autre côté de la fenêtre, une silhouette noire aux contours seulement définis par la lune. C'était lui, pensa-t-elle, il était venu la chercher, mais en avançant d'un pas vers le tunnel, elle chancela. La silhouette était différente. Plus petite, plus massive. Elle s'appuya contre la paroi rocheuse. Entendit un bruissement. Une toux. Une odeur de cigarette.

— Quelqu'un finira par se tuer ici.

— Tu le vois ou quoi ? Je gèle, putain.

Ils étaient deux. Leurs voix résonnaient dans le tunnel. Son manteau lui battait les jambes. Elle essaya de ne pas bouger, de ne pas respirer.

— Je le vois.

— C'est bon ?

— Attends une seconde, il faut que je les compte.

En mer, la lumière revint. Allumé, éteint, allumé, éteint.

Nouvelle toux. Les voix faiblirent.

Elle attendit. Cinq minutes. Dix. Elle était tellement raide de froid qu'elle se laissa tomber à quatre pattes de peur de chuter et ricocher, comme le galet, avant de s'écraser dans les flots. Toujours à quatre pattes, elle traversa le tunnel, atteignit l'herbe, puis les bois, suivit le sentier tant bien que mal et courut sans s'arrêter jusqu'au cottage. Elle essaya de calmer sa respiration. Poussa doucement la porte pour ne pas la faire grincer. Elle tremblait de façon incontrôlable, avec la sensation que ses os avaient gelé. Il était toujours dans son fauteuil en train de ronfler. Le feu, entièrement consumé, n'offrait plus que des cendres. Elle déboutonna son manteau. Ses oreilles tintaient ; elle avait les mains engourdies et ensanglantées, son pantalon était sale et déchiré. Elle ne pouvait pas rester ici, dans cette petite maison sur cette petite île. Quelque chose de noir était à l'œuvre ici, quelque chose de mauvais et de malveillant.

Il fallait qu'elle s'en aille avant que cette chose la consume.

13

Jenny

Jenny fit une pause en haut de la côte qui menait à la Coupée. Le trajet à bicyclette depuis le village avait été bref mais intense, et les derniers cinq cents mètres éprouvants. Courbée sur son vélo, elle avait pédalé fort puis mis pied à terre pour gravir les derniers mètres, avant que l'île principale ne se termine brutalement en un affleurement de rochers ocre rouge. Entre eux, le passage s'étrécissait puis tombait en pente raide dans la mer, une centaine de mètres de terre formant un isthme entre la Grande Sercq et la Petite Sercq. De part et d'autre, des falaises abruptes plongeaient dans le grand bleu limpide et glacial.

Elle poussa son vélo sur le pont en serrant les freins pour le retenir tandis que la terre sableuse et instable qui couvrait le chemin glissait sous ses chaussures. Après quelques mètres, la déclivité faiblit. Elle s'arrêta. Elle ne pouvait pas faire autrement.

Sur la gauche, l'eau s'étendait jusqu'aux côtes de Jersey qui se perdaient dans la brume à l'horizon. À droite, des bateaux étaient au mouillage dans les eaux turquoise de la Grande Grève, une large baie peu profonde qui baignait des plages de sable nichées au pied des falaises, quatre-vingts mètres en contrebas. Des marches taillées dans la roche permettaient d'y accéder, une pancarte délavée avertissait les touristes qu'en raison de l'érosion des sols la descente se faisait à leurs risques et périls. Quelqu'un était déjà en bas. Jenny observa la petite tache noire qui traversait le sable blanc.

Des histoires de fantômes circulaient sur cet endroit. Au crépuscule, on entendait les gémissements et les hurlements stridents des morts. Il n'y avait pas eu de garde-fou avant les années 1900. Et la route datait de la Seconde Guerre mondiale ; c'étaient les prisonniers allemands qui l'avaient construite. Avant cela, il n'y avait qu'un pont d'un mètre cinquante de large, un ouvrage grossier, à moitié croulant. Les enfants le franchissaient à quatre pattes. Un fermier qui voulait payer sa dîme de maïs sur la Grande Sercq pendant une tempête avait été emporté par les eaux. Charlie lui avait montré, comme l'indiquait la carte d'orientation en contrebas, la caverne des Lamentations. C'est de là que venaient les gémissements angoissants, avait-il expliqué – l'un des nombreux trous du souffleur de l'île creusés par la marée qui déferlait et refluait dans un passage étroit, charriant des poches d'air à travers des tunnels de pierre. Ou peut-être, avait-il ajouté avec un sourire, était-ce ce pauvre fermier qui ramassait son maïs éparpillé ? L'endroit n'avait rien de fantomatique à cet instant, pensa Jenny. Le soleil brillait, les falaises vertes étaient couvertes d'une végétation généreuse, la vue était spectaculaire ; on aurait dit une photo de guide touristique.

Elle n'avait pas le temps de s'attarder. La Coupée se terminait par une montée abrupte vers la Petite Sercq qui faisait écho à la descente du côté de la Grande Sercq. Elle poussa son vélo puis l'enfourcha avant de dévaler la pente en roue libre. Après sept cents mètres, la route bifurquait. Un panneau indiquait les mines d'argent. Elle jeta un coup d'œil à sa montre. Elle avait moins d'une heure devant elle si elle voulait profiter de la proposition de Michael de la ramener chez elle. En outre, il fallait qu'elle invente une histoire pour expliquer où elle était passée – Michael n'apprécierait pas de découvrir qu'elle avait rendu visite à Len Mauger malgré son interdiction. Mais elle avait un travail à faire et elle pouvait difficilement ignorer une piste qui reliait Reg Carré à son père. *Morts tous les deux*, lui chuchotait la voix de Michael à l'oreille. Elle trouverait la maison. Déciderait quoi faire une fois sur place. Elle suivit le panneau des mines d'argent.

Elle vit très vite ce qu'elle cherchait : une petite maison de granit à la porte rouge vif. Elle appuya son vélo contre la haie. Des carillons japonais suspendus à un pommier dans le jardin de devant tintinnabulaient doucement. Sur le seuil, une paire de bottes noires, mouillées aux deux tiers de leur hauteur, et un seau bleu passé, au tour gondolé. La même scène l'accueillait régulièrement chez elle, quand Charlie rentrait d'une journée en mer avec un petit quelque chose pour le thé, parfois quelques ormeaux qu'il avait promis à un ami. Quelque part, tout près, elle entendit un cri aigu suivi d'un éclat de rire. La maison voisine était à une centaine de mètres, suffisamment proche pour qu'elle puisse apercevoir les enfants qui jouaient dans le jardin. Suffisamment proche pour s'y réfugier, si besoin était.

Elle s'approcha de la maison de Len. Jeta un coup d'œil dans le seau. Il était vide à part un peu d'eau et quelques algues. Elle toqua à la porte. Un bruit métallique sec. Des pas. Puis, à la surprise de Jenny, une clé qu'on tournait. Presque personne à Guernesey ne fermait sa porte à clé, *a fortiori* à Sercq. La porte s'ouvrit, mais à peine. Juste ce que permettait la chaîne de sécurité à l'intérieur.

Une voix derrière la porte. Sèche, rauque.

— Quoi ?

— Monsieur Mauger ? Je peux vous parler quelques minutes ?

— Cassez-vous. J'arrête pas de vous le dire, j'ai pas besoin d'aide. Fichez-moi la paix, vous autres.

La porte se referma dans un claquement. Jenny frappa de nouveau.

— Je ne suis pas là pour vous aider, monsieur Mauger. Je pensais que *vous*, vous pourriez m'aider.

Il était toujours derrière la porte, pensa-t-elle. Ses mots lui parvenaient étouffés mais assez forts pour qu'elle les entende.

— Qu'est-ce que vous racontez ? Pourquoi vous ne me laissez pas tranquille ?

— Je ne sais pas pour qui vous me prenez, monsieur Mauger, mais je voulais juste vous poser quelques questions.

Elle hésita – il n'avait pas l'air d'être du genre à parler à une journaliste.

— Monsieur Mauger, je suis Jenny Dorey. Je voudrais juste… Je souhaiterais juste vous parler de mon père. Charlie Dorey.

Silence. Un coup sourd. Elle attendit. Une minute. Deux.

Depuis la maison voisine, elle entendit quelqu'un rappeler les enfants à l'intérieur. Il faisait encore clair comme en plein midi, mais le soleil avait baissé dans le ciel, la chaleur un peu diminué. Elle allait être obligée de regagner la grande île très bientôt.

— Monsieur Mauger ? fit-elle en frappant à nouveau. Je vous promets que ça ne vous prendra pas trop longtemps.

Un craquement. Le bruit métallique de la chaîne. La porte s'ouvrit.

— Vous feriez mieux d'entrer.

Dans la maison, ça sentait comme dans un bateau. Comme le *Jenny Wren* quand Charlie rentrait d'une grosse pêche ; pas seulement l'odeur du poisson, mais aussi du sable et du sel, avec une pointe de goudron et d'huile de moteur. Dans la cuisine, basse de plafond, un grand faitout d'eau était sur le point de bouillir sur un poêle Aga à l'air ancien. Près de l'évier, une porte conduisait au jardin de derrière. Elle était ouverte, mais Jenny remarqua le verrou au-dessus de la poignée. Bien brillant. Un ajout plus récent que la serrure rayée et rouillée juste en dessous.

— Asseyez-vous.

Len Mauger lui indiqua un tabouret calé sous une table carrée assez basse. Il attrapa un tourteau au fond de l'évier, une main de part et d'autre de sa large carapace. Le crabe agitait follement ses pinces. Len le laissa tomber dans le faitout et rabattit le couvercle dessus.

— Je vais savourer ce petit salopiot. Il m'a chopé le pouce tout à l'heure. Ça ne m'était pas arrivé depuis des années. Je dois perdre la main, fit-il en secouant la tête. Vous voulez boire quelque chose ? J'ai de la bière. Ou un verre de lait ?

C'était un homme de petite taille, dans la soixantaine, estima Jenny, avec une petite brioche, ce qui n'empêchait pas sa chemise de flotter sur ses épaules. Il avait l'air nerveux et tripota sa poche au moment d'ouvrir la porte étroite d'un cellier à l'ancienne. Un morceau de beurre emballé dans du papier ciré sur une étagère, un pain, un carton de lait, des bouteilles rangées dans un casier, une caisse de légumes par terre et un nombre incalculable de boîtes de conserve – des petits pois et des tomates, du maïs, des quartiers de mandarine, des cocktails de fruits. Elle regarda la cuisine. Pas de frigo. Pas de micro-ondes. Pas de bouilloire. Pas de lampes. Tout ici évoquait un mode de vie survivaliste : le système de sécurité renforcé, les stocks de nourriture en cas de catastrophe, l'absence d'appareils électriques en prévision d'un temps où le réseau tomberait en rideau et où le monde serait plongé dans le noir. Elle se demanda ce que quelqu'un comme Len pouvait bien cacher d'autre dans sa maison isolée. Des filets et une corde. Des outils pour travailler sur son bateau. Des couteaux pour vider les poissons.

Le jour déclinant, la pièce s'obscurcit. La petite fenêtre et le plafond bas typiques de ces vieilles fermes semblaient avoir été conçus pour laisser passer le minimum de lumière. Jenny se leva de son tabouret, se tint sur le seuil de la porte ouverte et regarda le champ en friche avec sa serre au fond. Un nuage masqua le soleil au moment où un petit avion à hélice bleu passait dans le ciel en vrombissant.

Len apparut à ses côtés.

— Sacrés emmerdeurs. Le nombre de fois où ils viennent troubler le silence en allant atterrir à Guernesey… Pas pire que l'hélico de Monroe, remarquez. Toute la maison tremble quand il nous survole. Je sais pas pour qui il se prend. Il a un putain d'héliport sur Brecqhou. Bon, asseyons-nous, conclut-il en secouant la tête.

Il lui fit signe de rentrer dans la maison. Elle hésita. Malgré son teint olivâtre, il paraissait pâle, et si fragile. Il s'agrippait au montant de la porte comme s'il avait besoin de ce soutien. Il ne semblait pas fou. Ni dangereux.

Elle le suivit à l'intérieur.

— Vous êtes au courant des événements, monsieur Mauger ?

— Pas s'ils ont moins de trois jours. C'est la dernière fois que j'ai parlé à quelqu'un.

Il prit une gorgée de sa bière.

— Vous n'avez pas le téléphone ?

— Ni téléphone ni télé. Et pas d'Internet.

— Monsieur Mauger… (Elle hésita ; ce n'était pas à elle de lui annoncer ce genre de nouvelle.) Reg Carré est mort, dit-elle très doucement. Il a été tué.

Le couvercle de la casserole tressautait au rythme de l'ébullition de l'eau. Len s'assit, livide, puis il la fixa, sans ciller.

— Je suis désolée. Je sais que vous étiez amis.

— Mort comment ?

— Je ne sais pas exactement.

— Ce n'était pas un accident ?

— Non, répondit-elle en secouant la tête, ce n'était pas un accident. Vous n'avez pas l'air surpris.

Il se releva d'un bond, en colère.

— Pourquoi vous me racontez tout ça ? Je croyais que vous vouliez me parler de votre père.

— En effet. C'est juste que je posais des questions sur Reg et quelqu'un m'a dit que vous le connaissiez, ainsi que mon père.

— Pourquoi ces questions sur Reg ? Qui vous a dit que je le connaissais ?

Elle regarda ses notes.

— Un certain Malcolm Perré.

— Quelle surprise. (Il regarda le carnet de Jenny, puis leva les yeux sur elle.) Vous êtes de la police ? Charlie ne l'a jamais mentionné.

Elle secoua la tête.

— Je suis journaliste. Aux *Nouvelles de Guernesey.*

— C'est vrai. Ça me revient.

— Reg était-il l'un de vos amis, monsieur Mauger ?

Il renifla. S'essuya le nez avec la manche de sa chemise. Il n'avait pas de larmes, mais c'est d'une voix tremblante qu'il répondit :

— Oui. J'ai travaillé pour lui, il y a des années de cela. Je faisais un peu de jardinage.

Il se détourna, replia soigneusement le torchon et se l'enroula autour de la main avant d'enlever le faitout du feu. Il le vida dans l'évier et une vapeur qui sentait l'océan s'en éleva. Il posa le récipient dans l'évier et s'essuya les yeux et le front avec son torchon avant de sortir le crabe du faitout. La carapace, d'un brun boueux un moment plus tôt, avait pris une teinte d'un rouge ardent tandis que l'extrémité des pinces était noire et brillante. Il déposa le crabe sur l'égouttoir et, sans se retourner, plaqua les mains sur le comptoir.

— L'aimait bien les crabes, le Reg. Je lui en apportais de temps en temps.

— Vous l'avez vu récemment ?

Il se retourna.

— Évidemment. Je vois tout le monde. Le moins possible, mais il faut bien que j'aille au village de temps à autre. C'est à peine si on se saluait. Deux vieux schnocks. Plus vraiment grand-chose à se dire. On a pris de la distance quand ils ont eu un bébé, sa femme et lui. C'était il y a une trentaine d'années. On se faisait encore des parties de cartes de temps en temps, à la Seigneurie. Mais de quoi s'agit-il, exactement ? J'ai pas envie de me retrouver dans votre putain de journal. Je sais pas pourquoi je vous parle. Vous m'avez pris par surprise en disant que vous vouliez parler de Charlie. C'était juste un prétexte pour que je vous laisse entrer ?

Il parlait précipitamment à présent, comme s'il était nerveux.

Elle reposa son stylo.

— Non.

— Tant mieux. Je ne répondrai pas à une interview à propos de Reg Carré, bordel ! Ça, je peux vous le garantir.

— Je suis désolée pour toutes ces questions, c'est l'habitude. Je voulais sincèrement m'entretenir avec vous de mon père.

Il reprit le torchon et le tortilla entre ses mains.

— C'était un type bien.

— Merci. D'où le connaissiez-vous ?

— Il pêchait. Je pêche. Je le voyais tout le temps décharger à Guernesey. Je vendais un peu de poissons aux restaus, comme lui. On bavardait. Il venait boire un verre, jouer aux cartes. Quelquefois, quand il était censé être au boulot.

— Il me semble qu'il a passé plus de temps ici, les mois qui ont précédé sa mort. Vous l'avez davantage vu ?

Et que faisait-il, brûlait-elle de demander, *quand il gribouillait toutes ces choses absurdes dans son journal intime après ses voyages à Sercq ?* Mais elle devait y aller doucement. Elle ne voulait pas prendre le risque de braquer Len une nouvelle fois.

Il s'agita. Fit une grimace.

— J'imagine, oui.

— Vous pourriez m'en dire davantage ? Ce n'est pas pour écrire un article, évidemment. Je… je me pose tellement de questions sur ce qui lui est arrivé. Sur son accident, comment ça s'est produit. Si vous l'avez vu sur son bateau, vous savez qu'il savait mieux naviguer que marcher… Ou peut-être que je me trompe, fit-elle en essayant de sourire. Peut-être que je n'ai vu que ce que je voulais voir, et vous allez me dire qu'il était maladroit, qu'il se faisait vieux et que vous n'êtes pas surpris qu'il soit passé par-dessus bord.

Il la fixa ce qui lui parut être de longues minutes.

— Je suis en train de mourir. D'un cancer.

— Je suis désolée.

— J'ai cru que c'était l'hôpital qui vous envoyait. Ce n'est pas la première fois qu'ils m'envoient quelqu'un pour me convaincre de venir me faire traiter.

— Vous ne vous faites pas soigner ?

— C'est dans mes os. Phase terminale. Le médecin d'ici peut me prescrire des antidouleurs. Je n'en prends pas trop pour l'instant, mais ils disent que ça va très vite empirer. Ils disent que si j'allais à Guernesey, ils pourraient prolonger mon espérance de vie. Mais ce n'est pas la même chose que de vivre, vous n'êtes pas d'accord ? Il me reste quelques bons mois, je veux les passer ici.

Elle se rendit compte qu'il la regardait dans les yeux pour la première fois depuis qu'elle était entrée dans la maison.

— Vous connaissez les Écritures ?

Elle secoua la tête.

— Moi si. J'étais méthodiste. Non pratiquant. J'y pense davantage ces derniers temps. Pas étonnant, *eh* ? J'envisage de retourner à l'église, de faire la paix avec Dieu. D'implorer son pardon. Mais c'est trop tard, hein ? Trop tard.

— Le pardon ? dit-elle d'une voix étranglée. Le pardon pour quoi ?

Mais il ne l'avait apparemment pas entendue.

— Trop tard. « Par la douleur aussi l'homme est repris sur sa couche, quand une lutte continue vient agiter ses os. » Ça parle de moi, non ? De mon châtiment, de mes os qui hurlent. Je me demande si c'est mieux ou pire que ce qui est arrivé à Reg.

— Je suis perdue, monsieur Mauger.

Il délirait, pensa-t-elle. Trop de temps passé dans la solitude et la souffrance, et il perdait la tête. Ou il savait quelque chose.

— Quel a été le châtiment de Reg, exactement ?

Il se leva en disant :

— Attendez là.

Et il quitta la pièce.

Elle entendit l'escalier grincer puis des pas à l'étage. Elle avait fait une erreur en venant le voir, mais elle n'arrivait pas à repartir, pas s'il y avait une chance qu'il sache quelque chose, n'importe quoi, sur la mort de Charlie. Elle jeta un coup d'œil à son téléphone. Pas de message. Pas de réseau. Elle se dirigea vers la porte de derrière et leva son téléphone en l'air.

— Voilà.

Il était revenu sans bruit. Surprise, elle sursauta et se retourna vivement.

— On a glissé ça sous ma porte il y a deux ans.

Il posa une feuille de papier sur la table.

Elle s'avança, clignant des yeux pour se réaccoutumer au faible éclairage après la lumière éclatante du soleil.

Elle fixa les mots en lettres capitales, à l'encre noire sur du papier granuleux.

« TU ES LE PROCHAIN. »

— Il y a deux ans ? articula-t-elle péniblement. Quand exactement ?

Len prit l'air sombre.

— Le lendemain de la disparition de votre père.

14

Michael

Par bonheur, le trajet de retour vers Guernesey fut court et calme. Même Jenny était inhabituellement silencieuse, et elle ne s'attarda pas à discuter avec lui au-delà d'un bref « Au revoir et merci » – elle était probablement aussi épuisée que lui. Et sa journée n'était pas encore terminée.

Luke Carré avait été prévenu par téléphone du décès de son père. Michael lui avait livré le minimum d'infos, se contentant d'évoquer les « circonstances extraordinaires » qui entouraient la mort de Reg, et de dire qu'il devait lui parler le plus tôt possible. Ce qui impliquait d'aller le voir tout de suite après sa descente du bateau. Michael monta dans sa voiture et regarda dans le rétroviseur. Il passa la main dans ses cheveux raidis par le soleil et l'air marin. Il avait du sable sur le crâne. Il le frotta et les grains saupoudrèrent ses épaules et ses cuisses. Il ferma les yeux, s'imagina en train de sombrer sur le canapé ou, encore mieux, de prendre une bonne douche bien fraîche pour se laver de la crasse de la journée. Il aurait pu s'endormir ici, pensa-t-il, au chaud et au calme, bien à l'abri dans sa voiture. Il se sentit glisser dans un rêve et se secoua avant de mettre le contact. Encore un peu de travail avant de rentrer.

La demeure des Carré était située à mi-pente de la rue étroite et sinueuse d'Icart. Le vitrail de la porte était orné de roses Mackintosh et la vague lueur émise par l'éclairage de l'entrée projetait des miroitements rouges et verts sur le seuil. Il embrassa du regard le reste de la maison – de grands volets victoriens, des pots regorgeant de fleurs sur les appuis de fenêtre du rez-de-chaussée, des lauriers bien taillés de part et d'autre de la porte d'entrée. Luke Carré ne s'était éloigné de sa maison natale que de quelques kilomètres, mais il était à des années-lumière du minuscule cottage de Sercq. Intrigué, Michael sonna à la porte.

— Chouette baraque.

Il examinait le salon décoré avec goût. Même la peinture avait dû coûter cher, d'une nuance plus riche que ce qu'il avait jamais mis sur ses murs, une déclinaison de bleu marine et de tons neutres. Un lustre raffiné ornait le plafond de la pièce ; la cheminée était recouverte du genre de carreaux qu'on trouve dans les pages des magazines de déco, d'un motif complexe et au vernis craquelé – pas usé, élégamment patiné.

— Merci.

Michael prit une gorgée du café que venait de lui délivrer une machine rutilante qui broyait les grains et ajoutait du lait sur une simple pression d'un bouton chromé. Puis il étudia l'homme assis en face de lui. Grand et athlétique, avec une barbe de trois jours qui lui donnait un look de bad boy étudié, pensa Michael. Il avait un regard épuisé, pourtant. Et son attitude était typique de celui qui vient de perdre une bataille, les épaules basses et avachi sur sa chaise. Pas un homme heureux. Ce qui était compréhensible dans la mesure où il venait d'apprendre que son père avait été brutalement assassiné.

— J'ai cru comprendre que vous étiez à Sercq il y a quelques jours à peine, monsieur Carré. Vous rendiez visite à votre père, c'est bien cela ?

Luke hocha la tête.

— Vous alliez souvent le voir ?

— Assez. Un peu plus ces derniers temps. Quand je me suis rendu compte qu'il perdait les pédales. Ça ressemblait à de la confusion mentale. Je commençais à me dire que c'était peut-être les premiers signes d'Alzheimer.

— Je vois. Quels étaient ses symptômes ?

— Oh, il revenait sur des événements qui s'étaient déroulés des années plus tôt. Il déraillait. Il oubliait ce qu'il avait fait la semaine passée. Il perdait son vélo. Il ne savait plus où il l'avait laissé, mais il était sûr qu'on le lui avait volé. Ce genre de choses.

— On dirait moi les bons jours, nota Michael avec un sourire.

— Ce n'était peut-être rien, fit Luke en haussant les épaules. Juste l'âge. Mais quand même, je me suis dit qu'il fallait que j'y aille régulièrement pour vérifier que tout allait bien. On n'était plus que tous les deux, côté famille.

— Vous étiez proches, alors ?

— Oui.

— Je crois que votre mère est partie quand vous étiez jeune…

— C'est exact.

— Vous êtes toujours en contact avec elle ?

Il secoua la tête.

— Savez-vous pourquoi elle est partie ? Quelle était la nature de ses relations avec votre père ?

— Je n'avais que neuf ans, inspecteur-chef. Je doute d'avoir compris quoi que ce soit à leur relation. Je n'ai jamais vu mon père la frapper, si c'est ce que vous voulez dire. Il n'était pas violent, il ne l'a jamais été. Je présume que ma mère était malheureuse, voilà tout.

— Elle avait des raisons de l'être ?

— Elle connaissait à peine mon père quand ils se sont mariés. Ils avaient eu une amourette de vacances. Ils se sont épousés quelques mois plus tard. Je suis arrivé très vite après. J'étais un petit garçon difficile, apparemment. Elle se sentait seule, déprimée.

— Cela a dû être très dur pour vous quand elle est partie.

— Elle me manquait, bien sûr. Mais j'avais papa, et il a fait de son mieux.

— Quand vous êtes allé le voir la semaine dernière, est-ce parce que votre père vous paraissait plus perturbé que d'habitude ? Un sujet en particulier le préoccupait-il ? Ou quelqu'un ?

Luke Carré hésita et parut déstabilisé pour la première fois.

— Papa m'aidait financièrement. Il m'envoyait de l'argent tous les mois, et ce depuis que j'avais quitté la maison. Le mois dernier, la somme n'est pas arrivée. Normalement, je ne la lui aurais pas réclamée, mais entre Anna, ma femme, qui me quitte, et mon chômage… J'ai essayé d'en parler à papa, mais il avait l'air désorienté. Et comme j'ai beaucoup de temps libre en ce moment, je me suis dit que j'allais lui rendre visite, que j'en profiterais pour aller à la pêche.

— Ah, vous pêchez ?

— Au harpon.

— Du bar ?

— Principalement.

— Donc vous avez fait un peu de plongée puis vous êtes allé voir votre père ?

Luke acquiesça.

— Comment allait-il ?

— Il avait l'air un peu perdu. Pas plus que d'habitude, cela dit. Il radotait sur plein de sujets. Il voulait me montrer les cochons d'Inde. Je n'ai jamais aimé ces satanées bestioles. Bref, je l'ai aidé à faire un peu de ménage. Et je lui ai parlé de l'argent. Il pensait qu'il me l'avait déjà envoyé.

— A-t-il mentionné quelque chose qui vous aurait laissé penser qu'il courait un danger ? Une dispute récente, un événement inhabituel ?

— Pas vraiment. Il m'a dit qu'il était suivi, mais honnêtement, il a toujours été parano, et comme je le disais, il me semblait évident qu'il était en train de perdre la boule. Il m'a dit qu'il avait entendu ce putain de Tchico hurler dans la nuit. Il croyait qu'il venait le chercher. Il avait peut-être raison.

Il secoua la tête.

— Le Tchico ? Le chien fantôme, c'est ça ? Je croyais qu'il « vivait » à Guernesey.

— Il y en a un autre à Sercq. Des yeux rouges, des crocs puissants, des bruits de chaînes. Son apparition est un présage de mort. J'ai répondu à papa que c'était plus probablement un vrai chien qu'il avait entendu.

Les crottes dans son jardin n'avaient rien de fantomatique.

— Vous n'étiez pas suffisamment inquiet pour l'emmener chez le médecin, ou pour faire en sorte que quelqu'un vienne s'assurer de son état de santé ?

— Que pouvait-il lui arriver à Sercq ? Enfin, se reprit Luke, comprenant ce qu'il venait de dire, comment aurais-je pu deviner ce qui allait lui arriver ? Pour moi, dans le pire des cas, il pouvait faire une chute ou se perdre et se tromper de maison, mais tout le monde le connaissait, là-bas. Ils veillent tous les uns sur les autres.

— Sauf qu'il n'était pas très aimé, si j'ai bien compris.

— Vous m'étonnez. Qui vous a dit ça ?

— Oh, j'ai juste entendu des histoires. Comme quoi il pouvait se montrer un peu difficile.

— Il était un peu caractériel – et ça ne s'arrangeait pas avec l'âge. Mais il avait des amis. Et il n'avait pas eu la vie facile non plus. Son mariage avec maman, moi qui débarque. Il avait de grands projets, il me l'a toujours dit. Il voulait voir le monde. Et il a passé son existence coincé sur ce bout de rocher au milieu de la Manche…

Michael hocha lentement la tête.

— Et ses amis ? Vous pouvez nous donner leurs noms ?

Luke parut soudain franchement bouleversé.

— Je n'aurais pas dû le laisser là-bas. J'aurais dû le forcer à revenir avec moi. Ce n'est pas comme si je n'avais pas la place…, soupira-t-il. Len Mauger. Papa et lui étaient amis. Mes parents passaient aussi pas mal de temps avec Malcolm Perré et sa femme, Sharon. J'ignore s'ils étaient toujours amis.

Un téléphone sonna dans l'entrée.

— Excusez-moi une minute.

Michael s'approcha de la cheminée, observa les portraits sur le manteau. Une photo de mariage. Artistique, en noir et blanc. Elle, pieds nus sur le sable, lui, riant, avec son nœud papillon défait. Une autre montrait Luke sur la ligne d'arrivée du marathon de Londres. Michael entendit Luke hausser la voix, puis le silence, et la porte du salon s'ouvrit.

Luke le rejoignit devant la cheminée et montra la photo de mariage.

— Ma femme est retournée chez ses parents, dans le Shropshire.

— Navré de l'apprendre. Vous étiez mariés depuis longtemps ?

— Six ans.

— Des chances de vous réconcilier ?

Il haussa les épaules.

— Elle déteste cet endroit.

— Vraiment ? Une maison aussi belle ? fit Michael en balayant la pièce du regard.

— Pas la maison, Guernesey. Quand j'ai perdu mon boulot, elle a dit que plus rien ne nous retenait ici et qu'elle voulait déménager. L'histoire se répète. Heureusement qu'on n'a pas d'enfant.

Il émit un nouveau soupir désabusé. Michael lui lança un sourire sincèrement empathique.

— Avez-vous des photos de votre mère ? Il n'y en avait pas chez votre père.

Luke fit non de la tête.

— Papa les a toutes brûlées quand elle est partie.

— Il n'y en avait pas de vous non plus.

Luke haussa les épaules.

— Il n'était pas très sentimental.

— Où étiez-vous ce matin, monsieur Carré ?

Comme prévu, la question de Michael prit Luke au dépourvu et il tressaillit. Mais cela ne voulait pas forcément dire quelque chose.

— Je… Ce matin, j'ai couru. Je m'entraîne pour un triathlon.

— Toute la matinée ?

— Je suis sorti tôt. Je suis rentré vers neuf heures… enfin, je crois.

— Vous vous entraînez seul ?

— Non, avec mon ami Seb. Sebastian Clarke.

— Parfait. Si vous pouviez me noter ses coordonnées, l'heure à laquelle vous étiez avec lui et où, nous allons vérifier.

Il passa son calepin et son stylo à Luke, qui s'exécuta.

— Après l'entraînement, vous avez fait autre chose ? Vu quelqu'un ?

Luke secoua la tête.

— Je… je ne sors pas beaucoup en ce moment, avec tout ce qui se passe.

— Je comprends. Un divorce est une rude épreuve, je peux en témoigner. Encore une ou deux choses, monsieur Carré, et je vous laisse tranquille. Votre père vous envoyait de l'argent tous les mois, avez-vous dit.

— C'est exact.

— Combien ?

— Mille livres.

Michael haussa les sourcils.

— D'où un jardinier à la retraite sortait-il une somme pareille ?

— Papa ne me l'a jamais vraiment dit.

— Et vous n'étiez pas curieux ?

Luke haussa les épaules.

— Son père possédait beaucoup de terres. Papa venait d'une famille fortunée. Sa lignée remontait jusqu'aux tout premiers propriétaires de l'île. Je pense qu'il avait choisi ce mode de vie pour prouver quelque chose.

— Hum. Bon, on ne tardera pas à le savoir, j'imagine. Comme vous êtes sa seule famille, vous hériterez probablement de tous ses biens. Ça ne console pas, mais ça tombe à point nommé, entre la perte de votre travail et votre divorce. Au passage, c'est fou ce que ça coûte un divorce, d'ailleurs.

— Comme je vous l'ai déjà dit, inspecteur-chef, nous ne parlions jamais d'argent.

Il avait dans le regard une espèce de souffrance, ou de colère, en tout cas une émotion qu'il s'efforçait de dominer.

— On dit que la frontière est mince entre l'amour et la haine, et c'est vrai. J'ai vu des gens faire des choses terribles aux personnes qu'ils aimaient. Des choses horribles. Pire que ce qu'ils auraient infligé à un étranger. La famille, *eh* ? fit-il en secouant la tête. On se reverra, monsieur Carré.

15

Jenny

Elle pataugea dans la tiédeur du bord de l'eau. Pendant la nuit, le ciel s'était couvert de nuages, empêchant la chaleur de s'évacuer complètement. Comme elle s'enhardissait, avançant toujours plus loin dans la mer, elle sentit le courant froid du fond s'enrouler autour de ses chevilles, puis de ses cuisses. Elle plongea, brouillant les différentes nappes d'eau. Elle avait besoin de froid ce matin, quelque chose pour la secouer un bon coup, pour chasser de ses os la lassitude due au manque de sommeil.

Elle n'avait pas parlé à Michael sur le bateau qui les avait ramenés de Sercq la veille au soir. Elle avait senti son épuisement et celui des autres policiers, mais plus important encore, elle avait voulu éviter de lui parler de sa conversation avec Len Mauger. Elle avait besoin de temps pour en comprendre le sens. Il fallait qu'elle lui reparle.

Dans la baie, l'air était poisseux et opaque. C'est à peine si elle voyait la tour de la canonnière sur le cap de l'Ancresse, le point fixe vers lequel elle nageait toujours, parallèlement à la plage. Elle s'arrêta plusieurs fois, se laissant porter par l'eau, pour se repérer, s'attendant à voir l'éclair rouge et or du drapeau guernesiais qui flottait au sommet de la tour. Elle nagea à en avoir mal aux bras, puis s'arrêta et se laissa flotter. Se tourna vers le grand large, vers la Manche. Il y avait entre l'eau et les nuages un espace sans couleur. Ni l'obscurité des fonds ni la clarté du ciel. Un néant. Elle étendit les bras et les jambes et fit la planche.

Elle prit son temps pour se sécher. Elle se sentait plus fatiguée qu'au réveil, après deux heures à peine d'un sommeil agité, peuplé de rêves réalistes et de la sensation que la pièce bougeait, roulait d'un bord sur l'autre, comme si durant son sommeil le tapis s'était changé en eau et le lit en bateau.

Elle s'habilla, enfilant un vieux pull marin par-dessus son tee-shirt. C'était un chandail rugueux, tricoté à partir de fils de laine trempés dans l'huile pour les imperméabiliser, puis entremêlés pour les renforcer et leur permettre de résister à des années d'exposition à l'air marin. Quand elle était plus jeune, elle refusait d'en porter ; ça la grattait, avait-elle dit quand Charlie lui en avait fait essayer un la première fois. Aujourd'hui, elle en avait plusieurs – elle avait appris à aimer le contact des fibres rêches sur sa peau et l'odeur de la mer qui semblait avoir imprégné la laine au fil des ans.

Elle regarda le lever du soleil, réduit à une tache de lumière brumeuse sur le ciel sombre et lourd. Aujourd'hui, tout était différent, pensa-t-elle. Aujourd'hui, elle s'était réveillée avec la pensée que ses soupçons étaient fondés. Elle n'était pas folle. Elle n'était pas le jouet de son imagination. Charlie avait bien été assassiné. Elle ignorait encore pourquoi, mais elle allait trouver. Et elle traînerait le meurtrier devant la justice.

Mark avait pris en main la réunion du matin et l'avait fixée à sept heures. Tout le monde avait les paupières en capote de fiacre, mais était présent. Jenny fit un compte rendu de sa journée à Sercq. En se concentrant sur le meurtre de Reg et les réactions de la population.

— Il faut qu'on fouille son passé, l'interrompit Mark. Famille, amis, boulot, implication dans la communauté. Tu as l'air d'avoir déjà pas mal d'infos, mais il faut qu'on étoffe un peu. Tu dis qu'il a un fils ?

— Oui. Il vit à Guernesey.

— Bien. On essaiera d'obtenir un commentaire de sa part. Il a peut-être des photos ? S'il a besoin d'encouragement, dis-lui que ça peut faire remonter des souvenirs, que ça peut aider l'enquête. Ce qui sera probablement le cas. Elliot, tu accompagneras Jenny à Sercq. Graham, mets quelqu'un sur la piste du fils. Et les ossements sur Derrible – il nous faut quelqu'un là-dessus, qui pourra nous prévenir dès qu'on saura de qui il s'agit et comment il ou elle a atterri là. Bon… Peut-on imaginer que les deux affaires soient liées ?

— La police n'a fourni aucune information en ce sens. Mais il est difficile d'écarter ou de confirmer cette hypothèse tant qu'on n'aura pas identifié le corps. Une dernière chose, Mark.

— Quoi, il s'est passé autre chose à Sercq ces dernières vingt-quatre heures ?

— Ce n'est pas sûrement prioritaire, mais Corey Monroe m'a approchée hier. Il veut donner une interview. On dirait que la tension entre les locaux et lui s'emballe un peu. Il veut présenter sa version des faits.

— Bon sang, il pleut des nouvelles, fit Mark, l'air ravi. Bien, on va organiser ça. On va mettre un journaliste aguerri sur le coup. Graham.

— J'ai eu l'impression qu'il voulait que ce soit moi qui m'en charge, dit Jenny.

— Non, sans déconner ! murmura quelqu'un dans la salle.

Jenny regarda autour d'elle, pas très sûre qu'elle était d'avoir entendu cette remarque.

— Mais je peux lui suggérer quelqu'un d'autre. Peut-être que Graham devrait s'en occuper, en effet.

— Non, non, répondit Mark. On ne veut pas contrarier Corey Monroe. Faisons ça dès que possible. Demande-lui son point de vue sur l'île, sur le meurtre. Un étranger à l'intérieur, ou un truc dans le genre. Ça va être énorme ! dit-il, soudain excité. Ça pourrait même attirer la presse nationale. Bon, Graham, passe en revue les autres infos.

Ce dernier énuméra les sujets lambda, attribuant les articles aux journalistes en fonction des paroisses qu'ils couvraient. Jade, la nouvelle, avec son décolleté profond et ses bottes qui lui arrivaient aux genoux, s'occupait – ironiquement, supposa Jenny – de Torteval. Elle leva les yeux au ciel quand elle se vit confier un article sur un chien fugueur qui avait attaqué les poules du voisin.

— Vous êtes sérieux ? Il y a eu un meurtre à Sercq, probablement deux, on a une interview exclusive à conduire, et on me colle sur une histoire de poulets morts ? La semaine dernière, j'ai dû patauger dans un champ plein de bouses de vache pour qu'un vieux barbon puisse me montrer un terrier de furets féroces.

— Ne fais pas la fine bouche, Jade, intervint Elliot, j'ai beaucoup aimé ton article intitulé « Les haies d'horreur ». C'était bien trouvé.

Il lui sourit et elle lui répondit d'une moue exagérée – en plus de rougir un peu, remarqua Jenny malgré elle.

— Ça suffit, l'admonesta Graham. Ça fait cinq minutes que tu es là, Jade. Tu piétineras encore pas mal de champs de bouses avant de pouvoir t'attaquer aux plus gros sujets.

Mark conclut la réunion.

— Allez, on s'y met. Jenny, je veux la une pour seize heures. Tu ferais bien de te bouger si tu veux attraper le bateau de huit heures.

Elle jeta un coup d'œil à l'horloge.

— Merde !

Elle referma son ordinateur et le fourra dans son sac à dos.

— Je conduis, dit Elliot en la suivant dehors.

Il mit la clé dans le contact mais ne démarra pas.

— Ça va ? lui demanda-t-il en se tournant vers elle.

— Très bien, pourquoi ?

— Tu as l'air crevée.

— Je n'ai pas réussi à dormir.

— D'accord.

Il haussa les épaules et mit le moteur en marche.

— Tu n'as pas l'air tellement d'accord, lui fit-elle remarquer

— Tu ne veux pas me parler. Je ne peux pas t'y obliger. J'ai au moins appris ça.

Ils ne dirent plus rien pendant le trajet de cinq minutes qui les mena à North Beach. Il la déposa devant le guichet.

— Je te retrouve sur la jetée.

Il fit rugir le moteur et réussit un dérapage contrôlé avant de faire demi-tour en direction du parking. Il était furieux, visiblement. Elle gâchait tout, elle en avait bien conscience. Mais elle ne savait pas pour autant comment y remédier.

Elle acheta les billets. La femme au guichet les fit glisser sur le comptoir.

— Vous devriez vous dépêcher – il doit appareiller d'une minute à l'autre.

Jenny couvrit en courant la courte distance qui la séparait du bateau et attendit Elliot. Puis ils dévalèrent tous deux la jetée, les planches vibrant sous leurs pas.

Un membre d'équipage prit leurs billets.

— Vous avez du courage, hein ?

— Ça va secouer ?

La mer semblait calme. L'homme secoua la tête.

— Un peu de houle, rien d'insurmontable. Je parlais du meurtre. Ou *des* meurtres plutôt. Ça a fait fuir tout le monde, on dirait. Il n'y a que vous deux et deux ou trois autres personnes à bord.

— Pour une fois, on aura les meilleures places.

Elle sourit.

— Bien dit.

Il lui prit son sac à dos et lui tint le bras tandis qu'elle sautait depuis le ponton sur le pont du bateau.

Elle était seule dehors. Elliot était rentré après quelques minutes à peine. Il voulait parler au capitaine et à l'équipage des conséquences du meurtre sur leur business. Il insistait pour dire que tout allait bien entre eux, mais Jenny savait que quelque chose le travaillait. Elle soupçonnait que c'était elle.

Guernesey avait disparu à l'horizon, engloutie par un épais brouillard. Tout était calme. Pas de bavardages d'autres passagers. Même les moteurs du bateau semblaient étouffés, comme si l'air lourd détrempait autant les sons que les surfaces. Les bancs étaient humides de condensation, les garde-corps glissaient sous ses doigts.

Une toux. Elle se retourna. Un passager, qui venait de la cabine.

— 'Jour.

Il s'appuya au bastingage. Il arborait une barbe naissante – clairsemée, saupoudrée de gris. Le col de sa veste en jean était relevé. Les mains tremblantes, il s'alluma une cigarette. Il lui en offrit une.

— Je suis presque sûre que c'est interdit, dit-elle en désignant le grand panneau d'interdiction de fumer tout près duquel il se tenait.

— D'ici qu'ils m'emmènent direct à la prison de Sercq, hein ? répondit-il, l'air soucieux.

— À mon avis, vous allez en prendre pour cinq ans, au moins.

Il éclata de rire.

— Je ne fume même pas. Enfin, pas vraiment. C'est un de mes rituels. Hérité de mes années d'adolescent rebelle. L'air marin en chasse l'odeur des vêtements. J'essaie de m'en griller une en douce à chaque fois que je viens. Normalement, je me serais déjà fait houspiller par une digne rombière.

— Je ne vais pas vous gâcher ce plaisir mais je peux vous houspiller, si ça ajoute à l'ambiance.

— Ce ne serait pas pareil. Vous n'êtes pas une vieille rombière.

Arrivé à la moitié de sa cigarette, il l'écrasa sur le bastingage et la jeta dans la poubelle.

— Vous restez dehors ? demanda-t-il. Il n'y a pas grand-chose à voir.

— Je m'assieds toujours dehors.

— Hum. J'ai embarqué sur trop de bateaux. L'attrait de la nouveauté s'émousse. Profitez-en bien.

Il s'accrocha au sommet de l'encadrement de la porte et baissa la tête pour entrer dans la cabine.

Pour une raison obscure, elle eut envie de lui courir après. De lui dire qu'elle aussi était montée à bord d'un nombre incommensurable d'embarcations et qu'il y avait toujours quelque chose à regarder. Le cri d'un goéland domina le rugissement du moteur et elle regarda le vol de l'oiseau fendre l'air opaque. Pas de poissons pour toi, ici, songea-t-elle. Quand Charlie faisait une bonne pêche, des nuées de goélands suivaient le *Jenny Wren*. « Intelligents, ces oiseaux », disait-il. Et des opportunistes sans foi ni loi. « Ils ont appris à suivre les navires », lui avait-il expliqué. « Ce sont les poissons qu'ils suivent, non ? » lui avait-elle demandé. Il avait secoué la tête. « Observe-les. D'abord, ils suivent le bateau. »

— J'ai changé d'avis.

Il était de retour.

— À propos de quoi ?

— L'attrait de la nouveauté ne s'émousse jamais. Je ne sais pas pourquoi j'ai dit ça tout à l'heure. Et il y a un gars là-dedans qui parle vraiment fort au téléphone. En plus, le soleil montre le bout de son nez.

Il se tint à côté d'elle. Il avait raison. Le brouillard se dissipait. L'eau passait du noir au vert.

— Vous y allez juste pour la journée ? demanda-t-elle.

— Je ne sais pas encore. Sans doute. Et vous ?

— Pareil.

— Vous êtes journaliste.

— En effet. Comment le savez-vous ?

— Un des membres d'équipage vous connaît. Il a dit que vous étiez déjà venue hier. Je m'appelle Luke Carré, continua-t-il après une brève interruption, en la regardant intensément. Reg était mon père.

— Je suis désolée.

Elle se maudit d'avoir failli passer à côté.

— Vous écrivez un article sur lui ?

— Oui.

— Et sur moi ?

— Eh bien, j'allais mentionner que Reg avait un fils. Rien de plus, jusque-là. Je ne communiquerai pas ce que vous me direz ici, par exemple. Sauf si vous voulez vous exprimer officiellement.

Il sourit. Secoua la tête.

— Vous dites vraiment ce genre de conneries ?

Le bateau gîta, la houle s'intensifiant au moment où ils entraient dans le courant traître de Big Russel, le chenal qui séparait Herm et Sercq.

— Asseyons-nous, ça secoue toujours un peu ici.

Elle prit place près de lui, les pieds fermement posés sur le pont pour garder son équilibre.

— Donc, aimeriez-vous vous exprimer officiellement ? Un de nos journalistes s'apprêtait à vous contacter aujourd'hui. Mais vous pouvez me parlez à moi, histoire d'en être débarrassé…

Jenny essayait de ne pas penser à la gueule que lui tireraient ses collègues si elle obtenait une réaction du fils de la victime en même temps qu'un article en première page et une interview avec Corey Monroe.

Il acquiesça.

— Je ne suis pas sûr que ce que j'ai à dire mérite d'être imprimé. Mon père est mort, je suis dévasté, et j'aimerais pouvoir faire mon deuil en paix sans que les *Nouvelles* me tournent autour comme une bande de vautours. Je plaisante à moitié, ajouta-t-il avec un bref coup d'œil.

— D'accord, vous m'autorisez à reformuler ? (Elle lui sourit gentiment.) Personne des *Nouvelles* ne vous harcèlera. Nous ne sommes pas comme les tabloïds de Grande-Bretagne. Au fur et à mesure que l'affaire progressera, nous solliciterons votre avis sur l'enquête, sur la façon dont les choses avancent.

— C'est pour cette raison que je me rends là-bas. J'ai parlé à l'inspecteur-chef en charge de l'affaire. Il n'a aucune idée de ce qui a pu se produire. Ou, s'il le sait, il ne m'en a rien dit. Cela fait vingt ans que je ne vis plus à Sercq, mais c'est toujours chez moi. Je connais cette île. Comme seul un vrai Sercquiais peut la connaître. Je me suis dit que je pourrais peut-être discuter avec des gens. Voir si j'arrive à comprendre quelque chose. C'est une putain de drôle de sensation.

— Laquelle ?

— Perdre un parent.

— Je connais.

— Ah bon ?

— J'ai perdu mon père il y a deux ans à peine.

Il hocha la tête, apparemment plongé dans ses pensées. Le bateau roulait d'un bord sur l'autre en s'approchant de la jetée.

— Je veux dire, on sait qu'ils partiront, à un moment ou à un autre, reprit-il. Qu'il faudra faire avec. Mais je ne m'attendais pas à ressentir… tout cela.

— Que ressentez-vous ?

— Je me sens exposé. Comme si une barrière avait disparu, ajouta-t-il après réflexion. Ou un filet de sécurité. C'est déprimant, *eh* ?

— Oui.

— Désolé, fit-il d'une voix brisée. J'aurais dû deviner que mon père avait besoin d'aide la dernière fois que je suis allé le voir. Je repoussais l'idée qu'il était fragile, qu'il n'avait plus toute sa tête.

— Il a été assassiné. Il n'y a rien que vous auriez pu faire pour empêcher cela.

— Si. En étant présent.

— Vous ne pouviez absolument pas savoir ce qui allait arriver.

Il ne répondit pas.

— Aviez-vous la moindre idée qu'il avait des ennuis ? Que quelqu'un lui voulait du mal ?

— Officiellement ?

— Jenny ?

C'était Elliot, qui tenait deux cafés. Il lui en tendit un. Inclina la tête en direction de Luke.

— Désolé, j'en aurais apporté un troisième si j'avais su.

Il interrogea Jenny du regard.

— Elliot, voici Luke Carré, le fils de Reg. Luke, je vous présente mon collègue Elliot.

Elle crut le voir tressaillir quand il s'entendit qualifié de « collègue », mais elle mit cela sur le compte d'un accès de paranoïa de sa part. Ils ne s'étaient jamais présentés aux autres autrement que comme des « amis » ou des « potes de boulot ».

— Toutes mes condoléances, dit Elliot en serrant la main de Luke.

— Merci.

Un silence un peu gênant, et puis :

— Eh bien, ravi de vous avoir rencontrée, Jenny, je vous laisse à vos cafés.

Elliot attendit que Luke ait disparu en bas des escaliers de la cabine.

— Ça avait l'air tout à fait charmant.

— Aussi charmant que peut l'être une conversation avec une personne en deuil, répliqua-t-elle, trop cinglante.

Il la dévisagea.

— Je plaisantais, Jenny, bon sang.

Elle rougit violemment.

— Je sais. Moi aussi.

Mais c'était faux. Elle s'était sentie sur la défensive. Comme si Elliot l'avait accusée de quelque chose. Comme si elle s'était sentie coupable.

16

Rachel

1980

Des stalactites festonnaient les fenêtres. Lorsqu'elle se réveilla, la première chose qu'elle vit fut la buée que dégageait son haleine. Il était rare, lui avait dit Reg, qu'ils aient un coup de froid comme celui-là même en plein mois de février. Ils dormaient enveloppés avec leurs chaussettes, emmitouflés dans leur manteau enfilé sur leur pyjama, une couverture par-dessus la couette. Les nuits étaient longues, et lourdes du silence de l'hiver.

Mais elle était heureuse. Même s'il gelait dehors, en elle quelque chose fondait. Elle se pencha pour prendre Luke dans son couffin et le mettre dans leur lit. Il n'avait même pas pleuré, juste poussé quelques vagissements. Il était doux et chaud, et elle le tenait contre sa poitrine froide, remontant les draps et les couvertures sur eux. Près d'elle, Reg était réveillé, elle le savait, mais il aurait aussi bien pu dormir, étendu là, immobile et silencieux, respirant lentement et régulièrement.

C'était un miracle, pensait-elle, qu'un aussi petit être puisse accomplir un tel changement. Elle était épuisée, et pourtant plus éveillée qu'elle ne l'avait jamais été. Elle se leva dès que Luke se mit à pleurer, réchauffa le biberon en fredonnant et en chantonnant, environnant l'enfant de sons apaisants.

La nuit précédente, pour la première fois, Reg s'était levé lui aussi. Il avait porté Luke, qui gigotait, hurlant, le visage rouge framboise. Elle avait réchauffé le lait, pris place dans son fauteuil, et Reg lui avait tendu le bébé avant de se mettre derrière elle. Quand elle avait bougé pour trouver la bonne position, la couverture dont elle s'était entourée avait glissé, exposant son épaule, et il avait posé les mains sur sa peau nue. Elle n'avait pas bronché. C'était la première fois qu'il la touchait depuis qu'elle était revenue.

Dès que Reg fut parti travailler, elle prit sa douche. Elle posa Luke sur une serviette par terre près de la baignoire pour pouvoir le voir. Il donnait des coups de pied en l'air, grimaçait à outrance, émettait des petits cris en cherchant son souffle. Il était trop petit pour rêver, elle le savait, trop petit même pour se concentrer. Il n'arriverait pas à la voir nettement avant encore une semaine environ. Imaginez ça, pensa-t-elle. Tout cet amour, toute l'énergie qu'une mère donne à son nouveau-né, et il ne sait même pas à quoi elle ressemble.

La douche était toujours soit trop chaude, soit trop froide, et elle choisissait en fonction de la température extérieure si elle voulait geler ou s'ébouillanter. Reg disait qu'elle exagérait, que presque personne ici n'avait de douche, comme si elle devait lui en être reconnaissante – et elle le devait sûrement : sur ce caillou au milieu de l'océan, on était mieux avec une douche que sans.

Il pensait que les choses avaient changé. Elle était revenue. Il pensait que cela signifiait qu'elle l'aimait. Il avait peut-être raison. Elle n'avait pas réussi à faire le tri dans les sentiments contradictoires qu'il avait éveillés en elle. Quelque part là-dedans, songea-t-elle, il devait y avoir de l'amour, ou une certaine version de l'amour. Une lueur tremblotante. Suffisante pour grandir. Suffisante pour se rallumer. La tête qu'il avait faite quand il avait ouvert la porte sur eux ! Elle avait failli éclater de rire. Il l'avait regardée fixement, là, sur le seuil, toute grelottante, sa valise à ses pieds, le bébé attaché sur elle par une bande élastique. Elle n'avait pas de landau. Pas de poussette. Luke avait fondu en larmes.

— Tu vas nous laisser entrer ?

Il s'était effacé sans un mot.

Après, il l'avait regardée défaire sa valise, dégager de la place dans une commode pour y ranger les minuscules grenouillères du bébé. Quand Luke s'était mis à pleurnicher, il s'était penché sur le couffin et l'avait soulevé, le tenant maladroitement.

— Tu le savais, quand tu es partie ?

— Après… ce qui s'est passé… mon cycle n'est pas revenu à la normale. (Ses joues l'avaient brûlée quand elle avait évoqué ce détail intime. Ridicule, à ce stade.) Je ne savais pas ce qui m'arrivait. Et puis j'ai compris… j'étais terrorisée. Je ne savais pas comment te l'annoncer.

— J'ai le téléphone, tu sais.

Il semblait déconcerté, mais pas fâché.

— Je suis désolée. Il te ressemble.

Elle avait interrompu son rangement. Il avait regardé Luke.

— Les yeux, peut-être. Tous les bébés se ressemblent. (Mais il l'avait dit en chuchotant, un sourire aux coins des lèvres.) Tu vas rester, alors ?

— Bien sûr. Je n'étais pas bien quand je suis partie. Je pensais de travers. Plus maintenant.

Il n'avait pas eu l'air convaincu. Mais il avait doucement recouché Luke dans son couffin, rajusté la couverture autour de lui, puis il l'avait aidée à s'installer.

17

Michael

La corne de brume hurlait depuis les premières lueurs de l'aube. Allongé dans son lit, il guettait chaque coup étouffé. Heureusement qu'il ne volait pas aujourd'hui. La sirène était le héraut du malheur pour quiconque avait réservé un vol : un brouillard épais entraînait inévitablement des annulations et des retards à l'aéroport. Frustrant si vous aviez un rendez-vous d'affaires en Angleterre ; très fâcheux si vous aviez une correspondance pour Disney World, en Floride, comme Sheila et lui une année. Coup de chance, ils n'avaient pas dit à Ellen où ils se rendaient et l'assurance les avait remboursés. À la place, ils avaient passé une semaine dans un Center Parc.

À cinq heures du matin il renonça à dormir. Il se fit un café et le but encore brûlant, à petites lampées, debout dans l'encadrement de la porte de derrière. Il regarda la nuit s'effacer et le ciel passer du noir au gris avant de se fixer sur un jaune intense, écœurant. Le brouillard était si épais qu'il apercevait à peine le tronc du pommier qui se trouvait pourtant à quelques mètres seulement, il voyait tout juste les branches les plus fines, chargées de fruits, qui pointaient vers lui d'un air accusateur. *Tout dépend de toi*, semblaient-elles dire. *La sécurité de toute une île est entre tes mains.* Il se frotta les yeux. Il fallait qu'il retourne à Sercq mettre fin à ce cauchemar.

La table de la cuisine était couverte de paperasse, concernant pour l'essentiel l'enquête sur les Black Pearl. Il avait voulu l'étudier la veille au soir, mais après être rentré de chez Luke Carré, c'est tout juste s'il avait eu l'énergie de prendre une douche rapide avant de s'effondrer sur son lit. Pas qu'il y ait grand-chose à étudier. Ils n'avaient aucune idée de la façon dont la drogue arrivait sur l'île. Ils surveillaient les suspects habituels, observaient le terminal des ferrys et pistaient les avions privés, mais cette affaire était manifestement différente des autres cas de contrebande auxquels ils étaient habitués. Plus sophistiquée. Les pilules, glissées par trois dans des petites enveloppes, arboraient toutes un dessin basique. Jusque-là, ils en avaient découvert quatre différents : un pirate, un bateau, un coffre au trésor et un perroquet. Ça plus un nom glamour et une couleur noire – Dieu seul sait ce qu'il y avait dedans pour leur donner cette teinte –, Michael était à peu près certain que les dealeurs ciblaient les jeunes. Les ados, les gosses qui revenaient de la fac. Et ça marchait. C'était très malin. Et dévastateur. Et il n'aurait pas le temps de s'en occuper aujourd'hui.

Il finit son café. Ramassa un autre dossier sur la table. Un cas de mort inexpliquée en mer. Le fichier était mince – le signalement de la disparition, deux ou trois interrogatoires, une copie des résultats de l'autopsie et une du verdict rendu par la cour. Verdict ouvert, ce qui signifiait que personne ne savait ce qui s'était passé. Il pouvait s'agir d'un accident comme d'un suicide ; il n'y avait pas assez de preuves convaincantes pour conclure dans un sens ou dans l'autre. Mais l'enquête présentait des « incohérences », apparemment. On faisait état, dans le rapport initial, d'empreintes trouvées sur le bateau et qui n'appartenaient pas à la victime. Cela avait suffi à faire qualifier le décès de suspect. Sauf que lesdites empreintes n'avaient jamais été passées dans le fichier central. Et à présent, on n'en retrouvait plus la trace dans la salle des pièces à conviction. Comme si elles n'avaient jamais existé.

Michael savait tout cela avant que la police britannique ne le lui signale. Il avait remarqué ces incohérences des mois plus tôt. Il avait déjà passé des heures à examiner les documents. Il avait déjà menti à Jenny à ce sujet. Lui avait caché que sa signature figurait, à côté de celle du magistrat, sur le dossier qui classait l'affaire Charlie Dorey. Il était passé à côté de quelque chose deux ans plus tôt. Et cette chose était revenue le hanter.

Michael jeta le dossier sur la table. Et regretta, une nouvelle fois, de ne pas avoir pris sa retraite depuis des années.

La vedette de la police le déposa à Sercq avant huit heures du matin et il fila directement rejoindre le petit centre communautaire près de l'église Saint-Pierre où il avait été décidé d'installer la cellule de crise. Le lieu était aussi peu approprié que possible à une enquête sur un meurtre. Michael y était déjà venu pour les noces d'un ami de Sheila. Il avait trouvé un peu prétentieux de se marier ici alors que ni la mariée ni le marié n'avaient rien à voir avec cet endroit. Cela dit, ça avait été un très beau mariage (« magique », avait dit Sheila), avec calèche tirée par des chevaux et un bon repas au Stocks après. Michael avait du mal à se représenter le couple qu'ils formaient alors, Sheila et lui, la vingtaine, amoureux, avant que la vie ne fiche tout en l'air. Il était en forme à cette époque. Costaud, mais elle aimait ça. Elle disait qu'elle se sentait plus en sécurité. C'était toujours une belle femme. Il l'avait vue à Guernesey le mois précédent, avec son nouveau mari.

Marquis toussota dans son dos, interrompant le flot de ses pensées, et Michael vit un groupe de policiers qui attendaient dehors. Il les fit entrer en les comptant. Dix. Onze avec lui. La pièce était petite et poussiéreuse, avec son plancher de bois brut et ses chaises disposées en cercle pour le club de tricot qui se réunissait une fois par semaine. Michael avait demandé à Marquis de les empiler dans un coin, pendant que deux autres policiers réquisitionnaient une table-bureau au centre touristique du village. Le reste de l'équipe installait des ordinateurs portables et le téléphone. Comme Michael l'avait expliqué, ils n'avaient pas besoin d'être suréquipés : c'était un exercice de relations publiques plus qu'autre chose – les gens du coin avaient besoin d'un endroit où ils pourraient venir chercher des informations, ou en donner. Ils n'apprécieraient pas d'avoir à appeler Guernesey, c'est pourquoi le policier de service avait comme mission de le faire aussitôt qu'il recevait des témoignages en rapport avec l'enquête.

— Marquis, il me faut les relevés bancaires de Reg, ses papiers de retraite, tout ce que vous pourrez trouver. Apparemment, il avait une belle petite fortune. Je veux en connaître le montant et la provenance. Et voyez s'il a rédigé un testament. Concernant les suspects potentiels, je veux les noms de tous ceux avec qui Reg Carré se serait disputé ou aurait entretenu une relation. Jusqu'ici, la seule personne qui semble lui avoir parlé récemment est son fils, Luke Carré. Il dit qu'il est allé courir avec un ami hier matin – un de nos gars à Guernesey est en train de vérifier. Dans l'intervalle, nous allons continuer l'enquête de voisinage. L'île compte quatre cent cinquante habitants, moins si on enlève les gosses. On devrait pouvoir recueillir le témoignage et l'alibi de tout le monde dans les prochaines quarante-huit heures. Où en est-on des listes des passagers du ferry sur les quinze derniers jours ?

— Je suis déjà dessus, monsieur. J'ai contacté la compagnie, répondit Marquis.

— Bien. Et je veux la liste des clients de tous les hôtels et maisons d'hôtes. Le camping tient aussi sûrement un registre. Il me faut l'identité de toutes les personnes qui sont venues sur cette île ou l'ont quittée au cours des deux derniers mois. Il n'y a qu'une seule façon d'arriver ou de repartir d'ici. C'est un avantage pour nous. Et tout le monde se connaît. Si des étrangers ont traîné dans le coin, ou si un individu a eu un comportement inhabituel, quelqu'un l'aura bien remarqué.

Un ricanement monta du fond de la pièce.

— C'est vrai que c'est hilarant, un meurtre.

Michael chercha du regard Fallaize qui tenait régulièrement le rôle de l'enfoiré de service, mais le gloussement venait du jeune Bachelet, à présent cramoisi.

— Désolé, monsieur. C'est juste que, vous savez, les gens du coin sont déjà plutôt originaux, même dans des circonstances normales.

— Putain, et qu'est-ce que c'est censé vouloir dire, ça ?

— Rien, monsieur.

— J'espère bien. À Jersey, ils pensent tous que les Guernesiais sont bizarres, et on sait tous que c'est que des conneries. C'est différent ici, voilà tout. Vous traiterez tous les habitants avec respect. Et comme de potentiels meurtriers. Maintenant, au boulot.

Il avait à peine fini d'organiser la pièce qu'on frappa un coup à la porte grande ouverte. Michael vit un homme corpulent, aux joues rouges, vêtu d'une salopette et d'un polo brodé « Florence » sur la poche-poitrine. Florence était le nom du salon de thé de la Seigneurie, la résidence ancestrale du seigneur de Sercq.

— Je cherche l'inspecteur Gilbert, fit-il d'une voix nasale et haut perchée.

— Je suis l'inspecteur-chef Gilbert. Que puis-je faire pour vous ?

— Je suis Jeremy Botham, le secrétaire particulier de Sir William de Bordeaux. Sir William se demandait quand vous auriez le temps de venir vous entretenir avec lui. Il a hâte de savoir ce qui se passe.

— Ça, je n'en doute pas.

L'homme parut insulté par le ton de Michael.

— C'est le seigneur. Il doit rédiger une déclaration. Les gens d'ici attendent toujours qu'il exerce son leadership sur la communauté, malgré les récents bouleversements politiques.

Il fronça le nez, comme si la récente démocratisation de Sercq dégageait une odeur nauséabonde.

— Il est le prochain sur ma liste. J'y serai d'ici vingt minutes. On a été un peu occupés, je suis certain que vous comprenez.

L'homme acquiesça.

— Je m'en vais lui dire que vous êtes en chemin.

— Oui, faites donc ça.

Michael regarda le personnage s'éloigner dans la rue. Il aurait pu l'accompagner, mais il ne voulait pas que Sir William s'imagine que la police guernesiaise était à sa botte. Michael était déjà à la merci de trop de patrons.

— Ce Sebastian Clarke, chef, l'alibi de Luke Carré – il a confirmé qu'il avait couru avec Luke hier matin.

— À quelle heure, exactement ?

— Tôt. Il a dit qu'ils s'étaient retrouvés à six heures et qu'ils étaient rentrés à huit pour pouvoir se préparer pour le boulot. Mais cela n'aurait tout de même pas laissé assez de temps à Luke pour venir à Sercq.

— Hum. Je suppose que non. En tout cas, gardons un œil sur Luke. Il y a un truc chez lui qui me dérange, mais je n'arrive pas à mettre le doigt dessus. Il ne nous a pas tout dit, j'en suis certain. Bon. Je vais discuter avec ce fichu Sir William de putain de Beauvoir, ou je ne sais quoi dans le genre. Souhaitez-moi bonne chance.

Cachés derrière de hauts murs, les Jardins de la Seigneurie étaient la plus grande attraction touristique de Sercq. Grâce à son sol fertile et à la douceur de son climat, nombre de plantes qui seraient mortes du gel ou de la pluie sur l'île principale s'épanouissaient dans cette oasis protégée. Des tonnelles couvertes de rosiers, un lit d'orchidées de Singapour, des treillages couverts de clématites exotiques, une serre remplie de cactus – en été, tout cela attirait des centaines de visiteurs qui incluaient le site dans leur tour d'Europe des jardins, juste après Kew et Wisley.

Michael s'achemina vers la maison en traversant une zone du domaine marquée « Privé », moins entretenue. Les bordures plantées de lavande et d'herbes aromatiques odorantes débordaient sur l'allée. La brume s'attardait, planant au-dessus des arbustes, se traçant un chemin entre les fleurs. À travers les arbres, Michael aperçut l'« étang » – terme inapproprié, en fait, pour désigner l'ancienne pièce d'eau qui avait précédé la propriété de plusieurs centaines d'années, sinon des milliers. Comme toujours, remarqua Michael, il était plongé dans l'ombre. Il frissonna. Il lui avait toujours donné la chair de poule.

La maison en elle-même était magnifique. L'extension contemporaine sur le devant était semblable à celle des anciennes fermes guernesiaises, mais à l'échelle supérieure. Derrière, les tours et les tourelles du bâtiment original s'élevaient au-dessus des toits. De près pourtant, la décrépitude était manifeste. Michael avait lu dans *Les Nouvelles de Guernesey* des articles sur la demeure, dont l'état aurait exigé des travaux de restauration et de rénovation – travaux dont Sir William affirmait qu'ils incombaient aux États de Guernesey, en dépit du fait qu'il était plus ou moins cousin au troisième degré de la reine, et vraisemblablement pété de thunes. Typique des riches, avait pensé Michael, bien assis sur leur magot. La peinture s'écaillait autour des encadrements de fenêtre fissurés, une couche de lichen jaunissait la pierre gris-bleu de la façade et la porte d'entrée grinça sur ses gonds quand elle s'ouvrit à son approche.

À l'intérieur, les pas de Michael résonnèrent sur le dallage froid. Des balustrades en bois sombre épousaient la courbe d'un escalier qui menait au premier étage. Jeremy Botham introduisit Michael dans le petit salon où Sir William de Bordeaux trônait, grand et raide, sur une bergère. L'homme avait visiblement hérité de bons gènes. À présent octogénaire, il était bien connu pour se promener partout avec la seule aide d'une canne en noyer polie à l'extrême, car il évitait scrupuleusement d'utiliser le scooter pour lequel il avait reçu une permission exceptionnelle. Il régalait les touristes en se présentant aux manifestations de l'île en grande tenue – à présent antique – de la RAF, la poitrine bardée de médailles étincelantes.

— Ah, vous êtes arrivé. Je vous attendais. J'ai besoin d'être informé de la progression de l'enquête. Je vais devoir faire une déclaration officielle. Quarante-cinq ans que je suis le seigneur de Sercq, jamais vu un truc pareil. C'est révoltant. Que se passe-t-il ? Et que faites-vous à ce sujet ?

Michael caressa l'idée de lui répondre qu'il ne pouvait pas discuter des progrès de l'enquête. Il aurait été dans son bon droit, d'ailleurs. Le seigneur n'avait plus de rôle officiel sur l'île, c'était à peine un personnage honorifique. Mais il se dit soudain que l'homme pouvait se révéler utile. Il aurait certainement un point de vue différent de celui du reste de la population. Il lui fit donc un bref compte rendu des événements des jours précédents.

— Tout cela est fort perturbant, dit le seigneur. Je compte sur vous pour me tenir au courant. Dès que vous aurez des résultats, aussitôt que vous procéderez à une interpellation, vous devrez m'en informer.

— Bien sûr.

— Je présume que vous prévoyez d'organiser une réunion pour informer les îliens ? L'on peut aisément imaginer combien les gens doivent être inquiets. Il vous faut les rassurer. Cet endroit est bien trop petit, inspecteur-chef – chacun d'entre nous vit peut-être à quelques mètres d'un assassin !

— Oui, monsieur, acquiesça Michael. Nous organiserons une réunion dès que nous serons opérationnels.

— Je ferai une déclaration. Quelque chose qui pourra être repris par la presse, dans le style : « Je suis à la fois choqué et bouleversé, et j'enjoins à la population de tout faire pour aider la police dans son enquête. »

— Merci. Cela nous aidera beaucoup.

— Bien que non, en fait. Pas vraiment.

Michael fronça les sourcils.

— Vous n'allez pas faire de déclaration ?

— Je ne suis pas vraiment choqué.

Il tendit la main vers une table d'appoint et fit tinter une petite cloche en laiton. Jeremy passa la tête par la porte.

— Apportez-nous du thé, Jeremy, je vous prie.

— Certainement, monsieur.

Michael attendit que la porte se referme.

— Que voulez-vous dire exactement ?

— Inspecteur-chef, vous connaissez le fonctionnement de l'autocuiseur ?

Michael tâcha de masquer un soupir de frustration, sans y parvenir totalement.

Sir William ne s'en rendit pas compte et poursuivit :

— Vous jetez tous les ingrédients dans la cocotte, vous mettez le feu dessous, et au bout d'un moment, les aliments sont cuits. Avec le bon niveau de vapeur et de temps de cuisson, vous obtenez un repas délicieux. Mais dans de mauvaises conditions, si vous l'oubliez par exemple, ou si vous la fermez mal, qu'obtiendrez-vous ? Une explosion, inspecteur-chef. Voilà. Un récipient pulvérisé et une cuisine tapissée de bouillie brûlante.

— Je vois… Sir William, reprit Michael après un instant de réflexion, avez-vous la moindre idée de qui aurait pu tuer Reg Carré ? Ou en quoi sa mort pourrait être mise en rapport avec la situation que vous venez de décrire ?

— Seigneur Dieu, non ! Je connaissais à peine l'homme.

— Mais vous dites qu'au vu des circonstances, vous n'êtes pas choqué par ce meurtre sanglant ?

— Inspecteur-chef, Sercq n'est plus ce qu'elle était. Je n'ai plus de pouvoir aujourd'hui, je l'ai compris. Il a toujours été très limité, remarquez. Ma grand-mère, dame Florence, fut le dernier véritable gouverneur de l'île. La démocratisation était inéluctable. Je ne m'en formalise pas. Mais quelque chose d'autre est arrivé. Les actes de vandalisme, les affiches – il y a tellement de rancœurs. Plus que cela même. De la rancune, inspecteur-chef. Trop de rancunes. Elles nous polluent tous à présent, dressant les voisins les uns contre les autres, les frères contre les sœurs. Ce n'était qu'une question de temps avant que quelqu'un en pâtisse.

18

Jenny

Pour la troisième fois, Jenny frappa à la porte de Len Mauger. Elle souleva le rabat de la boîte aux lettres, l'appela par la fente. Il y avait de grandes chances, pensa-t-elle, qu'il l'ignore volontairement. Elle l'avait effrayé, la veille, en le soumettant à un feu roulant de questions, et elle était repartie précipitamment sans obtenir beaucoup de réponses. Elle avait gagné un nouveau sursis après avoir demandé à Elliot d'entrer en contact avec la police tandis qu'elle s'occupait de « régler quelques questions ». Il avait soupçonné, à juste titre, qu'elle mijotait quelque chose. Il faudrait bien qu'elle lui dise la vérité, tôt ou tard.

Elle fit le tour de la maison, jetant un coup d'œil à l'intérieur par les vitres sales. De retour vers le perron, elle se figea dans l'allée quand elle comprit qu'il manquait quelque chose. Les bottes et le seau qu'elle avait vus devant la porte n'y étaient plus. Len devait avoir des pièges à crabes quelque part à proximité. Un endroit accessible depuis la terre ferme, si l'on en jugeait par les bottes mouillées qu'elle avait aperçues. Le plus court chemin vers la côte consistait à aller tout droit, en direction des mines d'argent.

Elle descendit la colline sous une voûte d'arbres. Il faisait lourd, le soleil timide perçant les frondaisons tavelait le sol à ses pieds, et elle fut soulagée d'émerger dans un paysage ouvert.

De part et d'autre du sentier, des hautes herbes ondulaient dans les champs. Bientôt, des balles de foin odorantes seraient roulées dans les coins. Le chemin menait à une ferme et une grange, les derniers bâtiments habités sur la Petite Sercq avant que la terre ne plonge dans la mer. Elle se demanda si les voisins de Len Mauger venaient de temps en temps voir s'il allait bien, s'ils savaient où il était, mais au dernier moment, elle choisit de ne pas leur poser la question. Beaucoup trop de Sercquiais semblaient déjà savoir ce qu'elle faisait dans la vie, ou avaient du moins assez de soupçons pour l'éviter ou éluder ses questions. Par ailleurs, le mot qu'elle avait lu la veille l'avait convaincue qu'une personne au moins ne s'arrêterait pas là. De toute façon, il n'y avait pas signe de vie dans la maison, juste un gros chat roux qui la regarda, les yeux mi-clos, avancer vers les vestiges des mines.

« Funeste », c'était l'adjectif couramment employé pour évoquer le sort des mines de Sercq. Tout avait commencé par un éblouissement, un fermier qui avait soulevé une pierre étincelante. Les grottes avaient été explorées. On avait trouvé, courant dans la roche noire, un filon aussi épais que le bras d'un homme. Des fortunes avaient été évoquées dans des discussions enfiévrées. Des terres achetées, d'autres vendues. Des familles entières avaient débarqué de Cornouailles, attirées par la promesse d'un salaire fixe payé en argent massif. Quatre puits avaient été creusés à Port Gorey, et huit galeries percées à l'explosif au fond de la mer.

On avait installé des pompes à vapeur pour évacuer l'eau et les gravats. À certains endroits, quelques mètres à peine de roche séparaient les mineurs de l'océan. On disait qu'ils entendaient le bruit des vagues qui déferlaient et refluaient au-dessus de leur tête. La population locale s'était angoissée. Ce n'était pas normal d'être sous la mer. Ce n'était pas naturel.

Et puis il y avait eu des rumeurs de coups de malchance. Des accidents, pas dans les mines elles-mêmes, mais après les heures de travail. Des naufrages par beau temps. Des maladies. Un enfant mort-né. Puis, une nuit, alors qu'il rentrait chez lui après sa journée à la mine, un Sercquiais avait vu le Tchico. Il se tenait sur la Coupée, tous crocs dehors, les yeux rouge sang, des chaînes cliquetant à son cou. Terrifié, l'homme était retourné à fond de train au camp. La malédiction leur était destinée à tous, avait-il dit, et tant que les mines fonctionneraient, tout le monde serait en danger. À moitié fou de terreur, il avait pris un bateau avec l'idée de retourner en Angleterre sans avoir à passer par la Coupée et son molosse, certainement un missionnaire de l'enfer. La mer avait rejeté des morceaux d'épave au petit matin.

Après cela, personne n'avait plus voulu travailler dans les mines. Finalement, elles avaient été abandonnées. Il n'en restait plus que les cheminées, des empilements de granit couverts de mousse qui dépassaient des bosquets d'ajoncs et de bruyères, certains encore intacts, d'autres à demi éboulés.

Le chemin vers la grève n'en était pas vraiment un. Le sol s'abaissait à l'approche de la Manche et se couvrait d'une herbe élastique de plus en plus clairsemée, qui abandonnait le terrain aux pierres et à la caillasse avant de toucher la mer. Par endroits, des fleurs sauvages – des œillets marins d'un rose délicat, des silènes d'un blanc éclatant – et des lichens couleur moutarde formaient une marqueterie sur les jaunes et les bruns du bord de la falaise. Jenny prit le chemin qui lui parut le plus facile, marchant avec précaution sur des plaques de schiste branlantes, empruntant une faille entre deux affleurements rocheux. Plus elle avançait, moins elle avait de chances de trouver Len Mauger. On ne pouvait pas poser un panier à crabes ici, encore moins en tirer un.

Elle fit le tour d'une profonde flaque creusée par la mer dans un rocher. Des anémones gélatineuses, rouge sang, s'accrochaient aux bords. L'eau disparaissait dans une crevasse sur l'un des côtés, s'écoulant sous les falaises. Charlie lui avait dit qu'on pouvait trouver des pieuvres sous des rochers comme ceux-là. Il lui avait expliqué que la meilleure façon de les attraper était de glisser le bras dessous et d'attendre. La pieuvre attaquerait en enroulant ses tentacules autour du membre assaillant ; à ce moment précis, il fallait l'arracher de son trou et la cogner très fort contre une surface dure. « Ce n'est pas plus compliqué que ça », avait-il conclu en souriant. Elle ignorait s'il plaisantait ou non, mais rien que d'y repenser, elle en avait encore des fourmis dans les bras. C'était le problème avec Charlie : la ligne entre fiction et réalité était toujours floue. Ce n'était pas intentionnel, mais il racontait toutes ses histoires avec un égal enthousiasme. Les blagues devenaient des légendes, les légendes des faits, et elle n'avait jamais eu l'occasion de lui demander ce qui était quoi. Enfin si, rectifia-t-elle. L'occasion, elle l'avait eue. Elle ne l'avait jamais saisie.

Elle s'arrêta au bord de l'eau et se dressa sur une pierre plate qui bascula d'un côté sur l'autre sous son poids, la paroi de la falaise derrière elle projetant son ombre sur la mer. Sur l'horizon, cachés par d'épais nuages, Paimpol et Saint-Brieuc. Dans son dos, vers le nord, Carteret et Cherbourg. Par une bizarrerie de l'histoire, ces îles, avec leurs coutumes gaéliques, embrassées par le duché de Normandie d'un côté et la Bretagne de l'autre, appelaient l'Angleterre le continent. Jenny ne s'était jamais considérée comme anglaise, se sentant bien plus chez elle dans les rues pavées de Saint-Malo, si semblables à celles de Saint-Pierre-Port, que dans les rues de Brighton, avec ses arcades de jeux criardes, sa circulation polluante et sa plage – des galets, des détritus et du monde partout quand le soleil daignait se montrer.

Une vague s'écrasa sur ses pieds et elle réalisa que la marée montait. Autour d'elle, les pierres, grises et sèches un instant plus tôt, étaient maintenant glissantes et noires, encore à découvert, mais la mer timide s'enhardissait à chaque vague, gagnait du terrain à chaque reflux. Elle fit demi-tour, vit à son plus grand désarroi que l'eau l'avait encerclée – elle avait rempli les bassins naturels qui débordaient à présent, se répandant sur la surface sèche que Jenny avait traversée à peine cinq minutes plus tôt.

Merde. Plus embarrassée que paniquée, elle retourna sur ses pas ; seulement à présent l'eau glacée lui arrivait aux chevilles. Une erreur de touriste : ne pas anticiper les caprices de la marée. Elle atteignit le cap, les chaussures transformées en pataugeoires.

— Qu'est-ce que vous foutez, nom d'un chien ?

Len Mauger se tenait là, un seau dans une main, une canne à pêche dans l'autre.

— Je vous cherchais.

— Vous n'alliez pas me trouver en bas, si ? Ces rochers sont maudits. En tout cas, ils l'étaient si l'on en croit les mineurs. Un des gosses des baraquements s'est noyé juste là. Pas longtemps avant qu'ils arrêtent toute l'opération.

— C'est pour ça que vous ne descendez pas ici ?

— Je n'y descends pas parce que c'est une putain de souricière. La marée arrive de nulle part et s'engouffre là-dedans.

Elle se sentit rougir.

— C'est ce que j'étais en train de me dire.

Elle marcha à ses côtés, les talons irrités par ses chaussures trempées. Ils avançaient lentement, Len s'arrêtant toutes les minutes ou presque.

— Vous voulez que je porte votre seau ?

Il hocha la tête. Le lui tendit. Elle grimaça sous le poids. Il y avait un congre enroulé sur lui-même à l'intérieur, sa peau gris-vert luisante. Elle grimaça de plus belle.

— Vous n'aimez pas le congre ? demanda Len.

— Je n'en ai mangé qu'une seule fois. Je n'ai pas tellement apprécié.

— Il faut bien lever les filets, c'est bourré d'arêtes.

— Vous l'avez attrapé depuis la grève ?

Les congres préféraient la haute mer.

Il hocha la tête.

— Dans le bassin de Vénus. Il y a deux trois bons coins là-bas. Ce petit bonhomme a dû se laisser piéger dedans. Doit peser plus de vingt-cinq kilos. Pour être tout à fait franc, je suis un peu rincé.

Il avait le teint livide et des perles de sueur dégoulinaient sur son col malgré la fraîcheur. Elle se demanda combien de temps il tiendrait ici, seul, malade, refusant toute aide. Il sembla lire dans ses pensées.

— Je ne vais plus pouvoir faire ça très longtemps.

— Vous devriez aller à Guernesey. Accepter le traitement qu'ils vous proposent. Vous avez de la famille là-bas ?

— Je n'ai qu'une sœur. Elle vit à Perth. Je ne l'ai pas vue depuis près de dix ans.

— Elle sait que vous êtes malade ?

— Je doute même qu'elle sache que je suis encore en vie. On n'a jamais été proches, offrit-il en guise d'explication. J'ai toujours eu mes amis. Je ne me suis replié sur moi-même qu'il y a deux ans. Depuis..., fit-il en s'arrêtant de marcher pour s'essuyer le front. Votre père... Avant de mourir, il a vu quelque chose.

— Ah bon ?

Elle serra fort la poignée du seau.

— Dans les eaux de Brecqhou. Personne n'est autorisé à s'approcher trop près de l'île. C'est une mesure exceptionnelle que Monroe a réussi à obtenir quand il a acheté l'endroit, dit Len avec un haussement d'épaules. Toujours est-il qu'il voulait empêcher les journaux de prendre son château en photo ou ce qu'il traficote là-bas. Votre père a vu un bateau, un soir, continua-t-il après une pause. Tout près de la grève, du côté du château. Il a pensé que c'était peut-être un de ces paparazzi qui essayait de prendre une photo et il a décidé de le suivre.

— C'était sûrement le bateau de Monroe. Il en a forcément un pour ses allers et retours à Sercq.

— Il n'appartenait pas à Monroe. Le sien est quasiment plaqué or, on ne peut pas le rater. Celui dont je parle était un simple bateau de pêche. Bref. Arrivée à hauteur de Port du Moulin, l'embarcation a commencé à envoyer des signaux lumineux. Votre père a pensé que c'était une sorte de code. Pour dire le vrai, c'est devenu une obsession pour lui. Je suis sûr que vous savez de quoi je parle. En tout cas, il s'est mis à poser des questions à ce sujet. Il croyait avoir levé un lièvre.

— Quel genre de lièvre ?

Il secoua la tête.

— Aucune idée.

— Pensez-vous que Corey Monroe ait un quelconque rapport avec l'événement ?

— Je ne pense rien, et je n'ai aucune idée de ce dont il s'agit, répondit-il sèchement. Je vous répète ce que Charlie m'a dit après deux ou trois bières à la Sirène. C'était sûrement un tas d'âneries. Je n'ai rien d'autre à vous dire.

Il lui reprit le seau des mains, grimaça sous son poids.

Ils atteignirent la maison. Len franchit le portail et fit quelques pas dans l'allée.

— Qu'est-ce que… ?

Il lâcha le seau. Qui se renversa sur le côté. La tête du congre glissa sur les pavés, le regard noir, mort, d'un bleu iridescent. Quelques gouttes d'eau s'échappèrent du récipient, traçant une ligne sur les pierres sèches, ne s'arrêtant qu'à la porte.

Jenny suivit le regard de Len en direction du seuil et des murs de la maison. Tout était maculé de brun. Une mouche à viande voleta devant son visage. Jenny se rapprocha. L'odeur lui brûla la gorge.

— C'est du purin de la ferme. C'est déjà arrivé. Des gosses en balancent partout. Pour rigoler, fit Len d'une voix frémissante.

Jenny secoua la tête.

— Ce n'est pas du fumier, on dirait de la merde de chien.

— Bon Dieu. C'est elle.

— Qui ?

Jenny étendit le bras pour soutenir Len alors qu'il chancelait.

— Rien de tout cela ne se serait produit avant. Pas votre père. Pas Reg. Elle a débarqué, et tout a changé. Ce n'est pas la façon de faire de Sercq, dit-il d'une voix réduite à un filet et il se mit à respirer par à-coups, d'un souffle rauque.

— Qui ça ? S'il vous plaît, dites-moi ce que vous savez !

— Allez-vous-en, je vous en supplie. Partez, et ne revenez pas.

Il avait le teint cendreux et la peau moite. Il s'affaissa dans les bras de Jenny qui ploya sous son poids.

— Rentrons. Vous devez vous allonger.

Elle le traîna vers la maison en le tirant à moitié, ignorant la merde de chien sur la poignée de la porte qu'elle tentait d'ouvrir.

— C'est verrouillé. Où est la clé ? Où est la clé, Len ?

Il avait les yeux fermés et respirait difficilement. Elle l'allongea aussi doucement que possible sur le sol. Des mouches s'agglutinèrent immédiatement sur son visage. Elle les chassa.

— Cassez-vous !

Elle paniquait. N'arrivait plus à réfléchir. Elle prit son téléphone.

Pas de signal.

Merde.

19

Michael

— C'est un ratage monumental, un plantage comme j'en ai rarement vu.

Michael retira sa veste et la lança vers la chaise. Il manqua son coup et elle tomba par terre, où elle se macula instantanément de poussière.

— Martin Langlais prétend avoir signalé les actes de vandalisme il y a des mois. Aujourd'hui, le seigneur me raconte la même chose. Si jamais le meurtre de Reg est une histoire de vendetta qu'on n'a rien fait pour stopper, on est tous baisés, et dans les grandes largeurs.

Michael n'était pas du genre à proférer des grossièretés, mais son vocabulaire empirait avec son humeur. Et vu la tête que faisait Marquis, le jeune policier concluait de cette dernière déclaration que des ennuis se profilaient à l'horizon.

— Le seigneur vous a-t-il communiqué d'autres informations utiles ?

— Allez savoir, Marquis. Il m'a parlé de cocottes qui explosent et de rancunes qui ne demandent qu'à se laver dans le sang, un point c'est tout. D'ailleurs, du sang, il y en a partout sur les murs de la cuisine de Reg Carré, *eh* ?

— Je ne comprends pas très bien, monsieur, fit Marquis en trifouillant la boucle de sa ceinture, son tic quand il était nerveux.

— Eh bien, il se pourrait que le seigneur ait perdu les pédales, Marquis. C'est possible, je vous l'accorde. Voyons les choses en face, il a de la bouteille, mais il ne m'a pas semblé complètement gâteux non plus. Plutôt le contraire même. Et il avait l'air de penser que toute l'île avait basculé en enfer. Si j'en crois la journée et demie qu'on a passée ici, je suis enclin à partager son avis, dit Michael en se triturant le menton. On n'est pas près de coincer l'assassin de Reg. On lance des appels au calme, évidemment, mais le coupable, quel qu'il soit, est dangereux. Chaque heure qui passe… Je préfère ne pas y penser, soupira-t-il en secouant la tête. Et on n'a pas reçu l'ombre d'une info sur les ossements. Il faudra des jours, voire des semaines, avant que le labo puisse nous en apprendre davantage.

On entendit un bruit de pas du côté de la porte. Michael se retourna brusquement.

— Oui ?

Un homme se tenait là, l'air emprunté.

— On peut vous aider ?

Michael n'avait pas de temps à consacrer aux badauds.

— Oui. Mais je ne voudrais pas vous déranger.

L'homme entra dans la cellule de crise. Il faisait bien plus d'un mètre quatre-vingts, les épaules larges et le visage fraîchement rasé, une démarcation de bronzage bien visible sous le col ouvert de sa chemise à carreaux. Il se gratta la nuque.

— J'ai vu M. Carré tôt hier matin. Il revenait de l'épicerie, j'pense.

Michael saisit la pile de témoignages recueillis auprès des citoyens qui s'étaient présentés la veille.

— Vous en avez parlé à quelqu'un hier ? demanda-t-il.

— Oui, j'ai fait une déclaration. Benjamin Perré.

— Je l'ai.

Michael la sortit de la pile et se plongea dedans en hochant la tête au fil de sa lecture.

— Tout est là.

L'homme se dandina d'un pied sur l'autre.

— Je n'en suis pas si sûr.

— Asseyez-vous. Marquis, vous voulez bien nous apporter des cafés ? Du village, et demandez un reçu. Monsieur Perré, je vois là que vous étiez en tracteur et que vous avez croisé M. Carré. Il se reposait contre une haie. Vous avez pensé qu'il avait fait un malaise. Vous vous êtes assuré qu'il allait bien et vous avez échangé quelques mots. Il était un peu plus de neuf heures, hier matin. Qu'est-ce qu'on a raté ? fit Michael en levant la tête.

Benjamin soupira.

— C'est stupide. J'ai dit à ma femme que je passerais pour un imbécile.

— Mais vous êtes quand même venu. Vous savez, j'ai entendu suffisamment d'idioties avant vous pour que vous n'ayez pas à vous sentir gêné. Si quelque chose vous tracasse, dites-le-nous.

— Je connaissais M. Carré depuis toujours. Luke et moi – c'est le fils de Reg –, on est amis. Je lui ai parlé dimanche soir, justement.

— Vous avez parlé à Luke ? De quoi ?

— Oh, juste des ossements sur Derrible.

— Vous étiez au courant dès dimanche soir ?

— Sûr. Martin – vous savez, le constable –, il était à la Sirène en train de siffler une pinte.

— Vous vous voyez souvent, Luke et vous ?

— De temps en temps. Je lui raconte les ragots de l'île. (Il s'interrompit et prit un air soucieux.) Je ne devais pas en parler ? Des os ? Martin ne m'a pas dit que c'était confidentiel ou quoi que ce soit. C'était le sujet du jour, au pub.

— Pas de problème. Vous me parliez de Reg.

— Oui. Exact. Hier, quand je suis passé devant lui, je me suis arrêté, comme j'ai dit. Il allait bien, il se reposait, c'est tout, qu'il m'a dit. Il faisait chaud. Mais quand je lui ai parlé du squelette sur Derrible, là, il a eu l'air très… troublé.

— Dans quel sens ?

— Ben, c'est difficile à dire. Ça a eu l'air de l'affecter.

— Plus que n'importe quel quidam en apprenant qu'on a découvert un corps dans une grotte ?

Benjamin hocha la tête.

— Je dirais que oui. Il n'avait pas l'air vraiment surpris. Plutôt paniqué, ajouta-t-il en regardant Michael. C'est stupide. J'ai probablement tout imaginé. Pauvre gars. Peut pas échapper aux vieux ragots, même mort.

— Quels vieux ragots ? Vous n'en avez pas parlé hier.

— Bah, c'était pas le sujet, si ? Et c'étaient juste des sales rumeurs. C'est mon père qui les a lancées, alors je le sais.

— Quelles rumeurs ?

— Quand la femme de Reg a disparu.

— Disparu ? Je croyais qu'elle l'avait quitté ?

— Oui. C'est justement ça le problème. Elle l'a quitté. Mais ça a été très soudain. Et elle est jamais revenue pour revoir Luke ni rien. Alors les gens ont jasé.

— Et qu'est-ce qu'ils racontaient, les gens ?

— Que Reg l'avait trucidée, vous voyez. Enfin, personne ne le pensait *vraiment*. Ils disaient ça en blaguant, c'est tout. Mais ça m'est revenu hier, quand je lui ai parlé des os. J'ai vu sa tête. Ça m'a rappelé mon père il y a vingt-cinq ans, juste après le départ de Mme Carré. Il en avait parlé avec ma mère. « Je ne serais pas surpris qu'il l'ait zigouillée, et enterrée dans son jardin. » À quoi ma mère avait répondu un truc du genre : « Ne dis pas de bêtises. Il y a de bien meilleurs endroits pour cacher un corps dans le coin. »

Il surprit l'expression ahurie de Michael.

— Ils plaisantaient, inspecteur-chef. C'était pour rigoler. Mais je n'avais que dix ans et je me souviens que je n'avais pas trouvé ça très drôle.

Michael sentait monter une migraine.

— D'accord. Je vois. Vous avez bien fait de venir, on va creuser le sujet. Parlez-en à vos parents – savent-ils que vous nous avez raconté tout ça ?

Benjamin secoua la tête.

— Non. Ça ne devrait pas poser de problème. Ils seront ravis d'aider, maman en tout cas.

Marquis entra avec les cafés au moment où Benjamin Perré repartait.

— Tout va bien, monsieur ?

— Pas vraiment.

— De quoi s'agissait-il ?

— D'une nouvelle couche de ragots et de rancunes, Marquis. On aura du chemin à faire avant de voir la lumière, moi je vous le dis.

— En tout cas, j'ai un truc intéressant. Ça vient du guichet de la Sark Shipping. Hier, ils ont vendu un aller simple pour Guernesey sur le bateau de midi.

— D'accord. Et ?

— Eh bien, la fille qui s'occupe du guichet n'est pas de Sercq, du coup elle n'est pas très sûre que la femme qui l'a acheté soit du coin ou non, en tout cas elle ne l'a pas reconnue.

— OK. Il serait incongru pour une touriste de ne pas acheter de billet de retour – c'est ce que vous voulez dire ?

— Exactement. Et l'horaire – quelques heures après l'assassinat de Reg Carré. J'ai pensé que ça méritait qu'on s'y intéresse.

— Et comment, sacré nom d'un chien ! On sait qui c'est ? À quoi elle ressemble ?

— Ils ne demandent pas l'identité des passagers sur le Sark Ferry, patron, c'est encore des tickets en papier. L'équipage en déchire la moitié à l'embarquement. On aurait pu regarder les relevés de règlements par carte, mais la femme a payé en liquide, et l'employée du guichet n'est pas outrageusement observatrice. Elle a parlé d'une femme qui portait un chapeau de paille et des lunettes de soleil. Elle n'a vu ni son visage ni ses cheveux. Taille et corpulence moyennes.

— Je vois. Bien, lançons un avis de recherche. On verra si quelqu'un se présente. Et allons interroger toutes les personnes dont on sait qu'elles étaient sur le ferry hier – sur toutes les traversées depuis et vers Sercq. Vérifiez les paiements par carte, comme vous l'avez suggéré, et demandez à tous ceux qui ont payé en liquide de venir pour que l'on procède à des recoupements afin de voir s'il manque quelqu'un. Peut-être que cette femme a eu un comportement étrange ; des gens l'auront peut-être remarquée. Joli travail, Marquis, conclut Michael en hochant la tête comme pour lui-même.

Le téléphone du bureau sonna. C'était un faux vieil appareil qui pesait une tonne et on pouvait presque entendre la cloche qui le secouait de l'intérieur. Michael prit le combiné. Écouta. Soupira. Grogna. Porta la main à son front.

— D'accord. D'accord. Oui, compris. On sera là dans dix minutes.

— Que se passe-t-il, monsieur ?

Michael regarda par la porte, les sourcils froncés.

— Un autre acte de vandalisme. Une maison sur la Petite Sercq. Le propriétaire est tombé dans les pommes.

— On ne devrait pas plutôt se concentrer là-dessus ? demanda Marquis en pointant du doigt la pile de notes prises pendant les entrevues et sous laquelle, ils le savaient l'un comme l'autre, se trouvaient les photos du corps de Reg Carré et de la scène de crime de Derrible Bay.

— Si. Mais le labo ne nous donnera pas de nouvelles avant vendredi, au mieux. Et ce gars, Len Mauger, est sur la liste des personnes que je veux interroger. C'était un ami de Reg. Jenny Dorey est avec lui. C'est elle qui vient d'appeler.

Michael quitta la pièce et s'engouffra dans la rue.

— Allez, venez ! cria-t-il au jeune inspecteur par-dessus son épaule. Allons voir ce que votre chère cousine a causé comme problème, cette fois.

20

Rachel

1984

Si seulement on pouvait trouver des chaussures à Sercq ! Elle n'avait pas de mal à lui trouver des vêtements à sa taille – si un tee-shirt était un peu grand, il n'avait qu'à le rentrer dans la ceinture, et il pouvait rouler les jambes des pantalons –, mais les chaussures, c'était une autre histoire. Elle en achetait toujours deux paires de tailles différentes, et elle rendait celle qui n'allait pas. Cette fois-ci, la petite paire était bien trop serrée et la grande avait la bonne longueur, mais elle était trop étroite et lui comprimait le pied.

— Emmène-le à Guernesey. Habille-le convenablement. Il ne reste plus qu'une semaine avant la rentrée. Les premières chaussures pour l'école, ce n'est pas rien. Je me souviens encore des miennes. Qu'est-ce que tu en dis, Luke ? dit Reg en ébouriffant les cheveux du gamin. Une petite balade à Guernesey ?

Luke hocha la tête.

— On pourra monter dans une auto quand on sera là-bas ?

Il n'avait jamais pris de voiture. Il n'avait jamais quitté l'île.

Cette idée la rendait malade : être au milieu de tous ces gens. High Street, les boutiques, la foule, ce serait trop difficile de le protéger.

Reg perçut son angoisse.

— Je vais vous accompagner. On passera une bonne journée. Ça lui fera du bien, au petit. On jouera les touristes, plaisanta-t-il.

Elle ne rit pas. N'esquissa même pas l'ombre d'un sourire.

— C'est un petit gars fort et robuste, Rachel. Arrête de te faire du mouron. Il ne va pas se casser.

Reg avait raison. Luke était fort et robuste. Il était intelligent aussi, et curieux, plein de questions sur le monde qui l'entourait, sur la nature, le temps et le ciel, la nuit. Un voyage à Guernesey n'allait pas le casser. Elle, c'était une autre histoire.

Ils partirent un jeudi. Luke lui tenait mollement la main et elle devait constamment le ramener vers elle. Elle s'était dit que la présence de Reg serait utile, une deuxième paire d'yeux pour le surveiller. Au lieu de quoi il sabotait ses efforts.

— Lâche-le.

— Il a quatre ans.

— Il veut juste regarder partout. On est à côté.

— Il n'est pas habitué aux pavés, il pourrait tomber.

— Eh bien, on le relèvera.

Il commençait à perdre patience, mais elle ne lâcha pas la main de Luke. Elle la serra plus fort même.

Pour couronner le tout, c'était le jour de la kermesse de la ville. Des drapeaux et des banderoles multicolores flottaient entre les bâtiments. En marchant depuis le front de mer vers Le Pollet, la rue pavée qui menait à High Street, ils croisèrent un homme habillé en clown. Il tenait un bouquet de ballons criards gonflés à l'hélium. Il se pencha et sourit à Luke.

— Tu viens voir le spectacle ?

Luke regarda sa mère. C'était un bon garçon, il savait qu'il ne devait pas parler aux étrangers.

— Je ne crois pas, merci.

Elle reprit sa marche, entraînant le garçon avec elle.

— C'est quand ? demanda Reg à l'homme.

— À onze heures devant l'église. C'est un spectacle de marionnettes.

Les yeux de Luke s'agrandirent. Il chuchota à sa mère :

— On peut y aller ?

C'était tellement difficile de lui dire non.

— On verra, répondit-elle.

Pour les chaussures d'école, il n'y avait qu'une adresse digne de ce nom, selon Reg : Beghin. C'était juste à côté de l'église où la tente des marionnettes, déjà installée, faisait de l'œil à Luke avec ses rayures blanches et rouges.

— On a tout le temps, Luke, le rassura Reg. D'abord on va te chausser, ensuite on se trouvera une bonne place pour regarder les marionnettes, *eh* ?

Et voilà, c'était décidé. Elle pouvait difficilement refuser maintenant. Elle fusilla Reg du regard. Il fit comme s'il n'avait pas remarqué. Ils entrèrent dans la boutique.

Un vendeur austère, en costume sombre, cravate vert foncé et lunettes à monture de métal en équilibre sur le nez, posa le pied de Luke sur un encombrant bidule en métal pour le mesurer. Il lui dit de se tenir bien droit, de glisser son talon vers l'arrière, et il disparut sans un mot. Il revint quelques minutes plus tard avec des boîtes calées sous le menton. Luke essaya sagement toutes les paires, faisant chaque fois un aller-retour dans la boutique, remuant les orteils pour que le vendeur puisse les palper à travers le cuir rigide. La quatrième paire fut déclarée parfaite, et Luke confirma que les chaussures n'étaient ni trop grandes ni trop petites, ni trop étroites ni trop glissantes et qu'il arriverait presque certainement à courir très vite avec. Le vendeur les remit dans la boîte en prenant soin de replier le papier de soie dessus.

— Je vais vous encaisser, dit-il avec un sourire.

— Pouvons-nous prendre la taille au-dessus ? demanda Rachel.

Il fronça les sourcils.

— Mais celles-là lui vont parfaitement.

— Non, une deuxième paire. Comme celles-là, mais plus grandes.

Elle aurait bien demandé une troisième paire d'une taille supérieure encore, mais elle craignait que Reg ne regimbe devant la dépense. Il se contenta de lui jeter un regard, puis leva les yeux au ciel. Beaucoup de ses excentricités le dépassaient, mais il aimait bien la voir heureuse.

Au spectacle de marionnettes, Luke gronda de rire jusqu'à ce que Guignol mette le bébé dans le hachoir à viande. Alors, quand la machine se mit à cracher son long ruban de chair à saucisse sur toute la longueur de la tente, il regarda sa mère, un peu troublé.

— Le bébé est mort ?

Il avait les larmes aux yeux.

— Il fait juste semblant, mon chéri. Et regarde, ajouta-t-elle en indiquant la scène.

Les saucisses repartirent en sens inverse dans le broyeur ; le bébé en ressortit et Guignol parada, de long en large, avec le petit intact mais qui tanguait dangereusement dans ses bras.

— Il n'aurait pas dû faire ça, dit Luke tout bas.

— C'est pour de faux, répliqua-t-elle. Et attends de voir ce qui va se passer à la fin.

Une fois le bébé rendu sain et sauf à Madelon, Luke se remit à rire, et le temps que le diable arrive pour emporter le méchant, il applaudissait et poussait des cris de joie.

Rachel chercha des yeux Reg qui se tenait dans le fond, un sac de courses dans chaque main.

— Allez, viens, il est temps de rentrer.

Luke eut un coup de fatigue pendant le retour en ferry et quand elle le prit dans ses bras, il nicha sa tête au creux de son cou.

— Ça aurait été mieux si le policier l'avait attrapé, chuchota-t-il d'une voix où perçait l'inquiétude.

— Que veux-tu dire ?

— Ça aurait été mieux si Guignol était allé en prison. Parce que quand le diable l'a tapé, après il allait bien, et il pourrait être encore méchant avec le bébé et la dame.

— Elle s'appelle Madelon. Je ne crois pas qu'il recommencera à être méchant avec eux. Pas après avoir vu le diable. Je crois que n'importe qui en tirerait une leçon, pas toi ?

— Tu as déjà vu le diable, maman ? Il ressemble vraiment à ça ?

Il lui agrippa plus fort la main.

— Ne fais pas ton gros bêta.

Elle sentit qu'il se détendait un peu. Ses cils lui caressaient la joue.

— Il ne vient que pour les vilains, c'est ça, hein ?

— Exactement, Luke. Nous n'avons pas à nous inquiéter.

Elle avala péniblement la boule qu'elle avait dans la gorge.

21

Jenny

Elle faisait les cent pas dans l'allée du petit jardin de devant, le nez froncé à cause de l'odeur, la bouche fermée à cause des mouches. L'air trop grand pour sa bicyclette, Michael vint s'arrêter à sa hauteur en chancelant. Il l'étreignit un peu maladroitement, moitié embrassade, moitié tape dans le dos, sa façon habituelle de la saluer. Son sourire habituel, en revanche, était absent.

— En plein cœur de l'action, pour changer, lâcha-t-il sèchement. Comment va le pauvre gars ? Et que se passe-t-il exactement ?

Elle montra la maison. Il s'approcha de quelques pas.

— Est-ce que… ?

— De la merde, confirma-t-elle. À l'arrière aussi. M. Mauger a perdu connaissance juste après avoir vu les dégâts. Douleurs thoraciques.

— Des traces d'effraction ? Des dégâts dans la maison ?

— Pas à ma connaissance. Mais je ne suis pas sûre. J'ai couru chez les voisins et j'ai utilisé leur téléphone, puis je me suis assise à côté de Len jusqu'à ce que le médecin arrive. Il est malade. Il devrait être à l'hôpital mais il refuse d'y aller.

— Et en quoi tout cela te concerne-t-il ?

— Je voulais lui parler de M. Carré. Ils étaient amis. J'espérais qu'il me donnerait un peu de contexte.

— Alors ? Quelque chose d'intéressant ?

Elle hésita. Ce n'était pas le moment d'évoquer la mort de Charlie. Michael en avait déjà assez sur le dos. Elle serra plus étroitement son sac à dos. Le mot que Len avait reçu deux ans plus tôt était dedans. Il lui faudrait quelque chose de plus consistant avant de faire appel à Michael. Elle secoua la tête.

— Ils ne se voyaient plus. J'ignore pourquoi.

— Et ça ? fit Michael en montrant la maison du menton. C'est quoi ce souk ?

Jenny haussa les épaules.

— Votre hypothèse sera la mienne. Il y a eu pas mal de troubles ici dernièrement. Peut-être que ça n'en est qu'un prolongement.

Michael fronça les sourcils.

— Pour le coup, c'est vraiment dégueulasse. Qui peut faire une chose pareille ? Qui a pu se donner la peine de ramasser une tonne de crottes pour en barbouiller la maison d'un vieil homme ? On change de catégorie, là. M. Mauger n'a pas idée du pourquoi ?

Jenny secoua la tête.

— Non. Dès qu'il a compris ce que c'était, il a eu une attaque, il s'est mis à trembler et à suffoquer. J'ai cru que c'était le stress, mais il s'est effondré. Il aurait besoin d'un électrocardiogramme, mais il refuse d'aller à Guernesey. Je crois qu'il a peur de ne plus jamais en revenir.

— Ouais, parce que c'est tellement génial ici, *eh* ? Je ne sais pas toi, Jenny, mais en ce qui me concerne, j'ai l'impression que personne sur cette île n'est vraiment franc avec moi.

Il la dévisagea un moment de trop et elle se sentit rougir. Elle fut soulagée d'entendre la porte d'entrée grincer. Joe Lawton s'approchait d'eux en se bouchant le nez.

— Comment va-t-il, docteur ? demanda Jenny.

— Je suis presque sûr qu'il a fait un infarctus mineur. Je lui ai trouvé un lit à l'hôpital Princess Elizabeth. Le *Flying Christine* vient le chercher tout de suite.

La vedette-ambulance de Saint-Jean était le seul moyen de transférer les patients à Guernesey.

— Il a donné son accord ? s'étonna Jenny.

— Je lui ai dit qu'il ne verrait peut-être pas se lever le jour, demain matin, s'il restait chez lui tout seul sans soins. Ajouté au sédatif que je lui ai administré, il semblerait que ça ait eu l'effet escompté.

— Est-il en état de parler ? demanda Michael. Je ne veux pas être brutal, mais si M. Mauger sait quelque chose sur l'auteur du vandalisme, j'ai besoin d'être au courant.

— Il n'est pas en état de quoi que ce soit pour l'instant. Il est très somnolent. Et nous devons le mettre dans l'ambulance aussitôt qu'elle arrivera. Mais vous vous intéressez à ce genre de broutilles, inspecteur-chef ? Ça me surprend. Vous n'en avez pas encore assez sur les bras ?

— Si, je croule même. Simplement, je ne suis pas très sûr de ce qui se passe ici. Avez-vous vu quelque chose de ce genre récemment ?

— Je ne suis là que depuis quelques mois et j'ai l'immense plaisir de dire que je n'avais pas encore eu la malchance d'avoir à m'aventurer dans une maison couverte de déjections canines. Ce sont sûrement des gosses, à moins que… Se pourrait-il que cela soit en lien avec votre enquête ?

— C'est le genre de blagues qui font marrer les gamins de Sercq ? C'est ce que vous voulez dire ?

Joe Lawton haussa les épaules.

— Les enfants de l'île ne me paraissent pas très différents de ceux d'ailleurs. Un peu plus indépendants peut-être. Ils ont plus de liberté ici qu'en bien des endroits de ma connaissance. Et ils s'ennuient. Ce qui mène à une certaine sauvagerie parfois. Je suppose que ce n'est qu'une blague qui a dérapé.

Le rugissement du tracteur signala l'arrivée de l'ambulance. Le conducteur descendit de la cabine en même temps qu'un secouriste sautait de la remorque, et les deux hommes se mirent à courir avec un brancard.

— Il faut transférer Len tout de suite, dit le médecin. Si vous avez d'autres questions, je serai dans le service chirurgie une bonne partie de l'après-midi.

— Et c'est où ?

— La grosse bâtisse juste avant le virage pour La Moinerie.

— L'imposante maison avec les piliers ? Vous vivez là ? s'enquit Michael.

— Un peu ridicule, hein ? C'est tellement grand que je m'y perds, mais c'est fourni avec le boulot.

Joe Lawton s'approcha de l'ambulance et donna ses instructions.

— Il est assez imbu de lui-même, non ? murmura Michael. Quoi ? Qu'est-ce que j'ai dit ? fit-il, remarquant le sourire de Jenny.

— Pour un policier, vous avez d'étranges rapports avec l'autorité.

— Qu'est-ce que c'est censé vouloir dire ? lança-t-il avec un regard furibond. *Eh ?* Ce satané toubib n'a aucune autorité sur moi.

— Si vous le dites. (Elle regarda sa montre.) Merde ! Je devais retrouver Elliot il y a près d'une heure.

— Ah. Tu es venue avec ton complice, cette fois. Ravi de l'apprendre. Tâche d'éviter les ennuis, d'accord ? Et tu n'as pas fini de me raconter ta conversation avec Len…

— Il faut que je file. Maman vous passe le bonjour, au fait. Vous devriez l'appeler, organiser ce dîner.

Il s'éclaircit la voix.

— Oui, oui, je devrais. Je le ferai. Mais d'abord, débarrassons-nous de ça, *eh* ?

La manœuvre était grossière, mais elle fonctionna. Michael, distrait, retourna vers la maison, oubliant ses questions sur Len Mauger. Pour le moment, du moins.

Elliot était furibond. Encore. Qu'elle ait débarqué au café avec plus d'une heure de retard n'avait rien arrangé.

— Comment ça, tu veux rester ici cette nuit ? On a tout ce qu'il nous faut, non ? Il va nous falloir des heures pour en tirer un article.

Il fit un signe à la serveuse, celle qui avait déjà servi Jenny la veille, et lui demanda l'addition.

— Je peux travailler d'ici, et il y a une autre personne à qui il faut que je parle.

— De Reg Carré ? Ou de ton père ? Jenny, tu dépasses les bornes, là. Je sais ce que tu mijotes – je ne suis pas stupide. Ton père est venu à Sercq juste avant sa mort, et tu te comportes comme toutes les fois où une idée te turlupine.

Il s'arrêta pour la regarder. Ajouta en baissant d'un ton :

— Écoute, il s'agit d'une enquête pour meurtre. On doit se concentrer là-dessus.

— Et c'est ce que je fais. Il ne s'agit pas de mon père. Pas que. Len Mauger était un ami de Reg aussi, je te rappelle.

Les traits d'Elliot s'adoucirent.

— Je me fais du souci pour toi, Jen. (Il lui replaça une mèche derrière l'oreille.) Cette histoire avec ton père… Attends, fit-il en levant la main pour prévenir sa réplique. Je ne dis pas que ce n'est rien ou que tu cherches des réponses qui n'existent pas. Ce n'est pas ça. Je te demande juste d'y aller mollo. Tu n'es pas obligée de t'attaquer au sujet tout de suite. On a assez de pain sur la planche. La police fait un point presse demain. Ils nous donneront des informations sur l'enquête et lanceront un appel à témoins. Il faudra qu'on y assiste pour couvrir le sujet.

— Parfait. Tu as quoi d'autre ?

Elliot feuilleta son carnet.

— J'ai discuté avec plusieurs habitants. Tout le monde raconte à peu près la même chose. Les gens sont choqués, bouleversés, etc., etc. Ton cousin m'a dit qu'ils étudiaient la liste des passagers du ferry, j'en déduis qu'un volet de l'enquête s'oriente vers la fuite du tueur. C'est ce qu'on verra à la conférence de presse demain. Oh, et une bonne femme a parlé de jeux d'argent. Elle était très remontée sur la question. Selon elle, il y a des gens ici qui feraient mieux de ne pas jouer aux cartes. C'est l'œuvre du démon, apparemment.

— C'est une île méthodiste. Beaucoup des anciens de l'île sont encore très pieux. Qui joue, elle te l'a dit ?

— Je l'interrogeais à propos de Reg, donc j'imagine qu'il était visé. Je ne vois pas bien quel rapport ça a avec le reste.

— Va savoir.

— Tu penses qu'elle lui a tranché la gorge pour avoir brisé la règle méthodiste ?

— Très drôle.

— Bon. Une dispute ou un truc dans le genre ? Une querelle à cause d'une partie de cartes ? Ça me paraît un peu excessif.

— Tout est excessif sur cette île. (Elle se frotta les yeux.) Je suis désolée. Je sais que je t'ai tenu à l'écart. Et cette histoire m'obsède. Je vais arrêter. Ou je vais te laisser passer en mode obsessionnel avec moi.

— Ça me paraît mieux. Je ne veux pas te laisser affronter ça toute seule. En attendant, l'un de nous deux doit rédiger ces rapports.

Il se pencha pour l'embrasser.

Il avait les lèvres chaudes et sèches, et il sentait le propre, comme toujours. Elle se trouva stupide de ne pas avoir partagé ses interrogations avec lui depuis le début.

Il se redressa et son téléphone émit un bip. Elle eut le temps d'apercevoir l'écran quand il le sortit de sa poche.

— Il faut que j'y aille.
— D'accord. Je t'appelle plus tard.
— Pas de problème. (Il lui pressa les épaules en partant.) Tâche de dormir un peu, tu veux ? Tu as l'air épuisée. Et, pour l'amour du ciel, sois prudente. Cet endroit me flanque la chair de poule, pour dire les choses sobrement.

Elle le regarda s'éloigner, la tête courbée sur son téléphone. Elle ne savait pas si elle était triste ou en colère, seulement qu'elle était seule et que Jade envoyait des textos à Elliot au sujet d'un verre au Cock and Bull. Elle était sûre que c'était pour cela qu'il devait rentrer aussi vite à Guernesey, et elle ne pouvait rien dire ni faire contre ça, parce que c'était de sa faute à elle. Elle l'avait tenu à distance, tellement immergée qu'elle était dans son passé, si absorbée par les histoires des autres qu'il n'y avait plus suffisamment d'énergie en elle pour raconter la sienne.

La serveuse se présenta avec l'addition.
— Vous ne devez rien.
— Pardon ?
— M. Monroe dit que c'est cadeau de la maison. Et il vous demande aussi si vous pourriez le rejoindre sur les marches du Havre Gosselin quand vous aurez terminé.
— Il était là ?
— Il y a dix minutes environ. Il vous observait, vous et votre petit ami. Il avait l'air un peu contrarié d'ailleurs. Veinarde.
— Comment ça ?
— Eh ben, Monroe est un enfoiré de première, mais il est aussi milliardaire. Il me laisse un pourboire de cinq livres chaque fois qu'il prend un verre ici.

Imaginez ce qu'il vous donnerait si vous lui prépariez son petit déjeuner le matin.

Jenny en perdit temporairement l'usage de la parole.

— Vous feriez bien de vous bouger, il déteste attendre. Même son café, ajouta la serveuse malicieusement.

Quand il vit Jenny approcher, Corey Monroe s'étira comme un chat. Il était musclé, remarqua-t-elle, ses biceps en béton à peine cachés par son polo Fred Perry. Il devait avoir une salle de gym dans son manoir. Il se leva du banc qui donnait sur le Havre Gosselin, le petit port entouré de rochers entre Sercq et Brecqhou, et lui tendit la main. Ses lunettes de soleil aux verres miroirs perchées sur le haut de son crâne reflétaient le gris du ciel. Il semblait fatigué, songea-t-elle, il avait des poches sous les yeux, mais son sourire était toujours aussi radieux, confiant. Presque agressif.

— Bien. Ravi que nous ayons pu organiser cette rencontre.

Il lui serra la main. Il avait une poigne sèche et ferme.

— Merci de m'avoir proposé le rendez-vous, monsieur Monroe. Mon rédacteur en chef s'est réjoui quand je lui ai dit que vous étiez prêt à répondre à une interview. Cela dit, je suis sous pression, je dois rendre un rapport cet après-midi. Je me demandais s'il serait possible que nous remettions notre entretien à une date ultérieure. Il se passe beaucoup de choses en ce moment, vous n'êtes pas sans le savoir, j'imagine.

La bouche de Monroe s'affaissa légèrement.

— En effet. Ce sont des circonstances terribles pour se rencontrer. Mais il n'y a rien de mal à en tirer quelque chose de bon. J'ai pensé que vous aimeriez venir voir Brecqhou. Visiter un peu l'endroit. Cela ne prendra pas longtemps. Je vous ferai ramener dans une heure environ.

— Vous me laisseriez entrer dans votre maison ?

Jenny avait de bonnes raisons de vouloir reporter l'interview – elle n'avait pas le temps de brosser le portrait d'une personnalité, que le sujet soit passionnant ou non –, mais un coup d'œil à la maison de Brecqhou était une occasion à ne pas manquer.

— Je n'ai jamais vraiment compris la fascination que ma maison exerce sur les gens. Mais ma volonté farouche de préserver mon intimité vient de m'exploser à la figure. C'est difficile de se faire des amis quand on est considéré au mieux comme distant et au pire, eh bien, Dieu seul sait ce qu'on dit de moi. Mais peut-être le savez-vous ?

Il voulait se montrer sous son meilleur jour, pensa-t-elle. Mais cette volonté de coopérer était fragile et pourrait se muer très rapidement en hostilité si elle échouait à satisfaire ses attentes. Qui étaient, dans le cas présent, qu'elle agisse selon son bon plaisir.

— Pourquoi, monsieur Monroe ? Pourquoi vous adresser aux *Nouvelles* après tant d'années passées à éviter la presse ?

— Comme je vous l'ai dit hier, Jenny, la situation à Sercq devient intenable. C'est mauvais pour les affaires. Mes précédentes tentatives pour entrer en contact avec la population se sont avérées vaines. J'ai décidé de tenter autre chose. Et étant donné que j'ai des intérêts considérables sur l'île, je crois que tout ce que je pourrais avoir à dire a un rapport avec la tragédie d'hier.

— Je pourrai vous poser toutes les questions que je voudrai ?

— Bien sûr, mais je ne suis pas obligé d'y répondre. (Elle avait l'impression que ça l'amusait.) On y va ? fit-il en indiquant le sentier. J'aimerais vous montrer quelque chose avant de prendre la mer.

S'éloignant du Havre Gosselin, elle le suivit sur un sentier herbeux qui descendait vers un champ. Il s'arrêta à la barrière. En bois de couleur ambre, elle avait l'air flambant neuve et trop immaculée pour son emplacement : au milieu d'une haie indocile couverte de hautes herbes et de ronces. Jenny regarda au-delà, dans le champ. Il était essentiellement planté de rangées bien nettes d'oliviers aux feuilles vert argent. Mais plus près d'eux, les arbres étaient flétris et noirs. Elle pensa tout d'abord aux ravages d'une maladie, mais la brise lui fournit une autre explication.

— De l'essence ?

— Ça fait quinze jours et on la sent encore. Vous imaginez quelle quantité ils ont dû utiliser ?

— Qui a fait ça ?

— J'ai une petite idée, mais pas de preuves, je ne dirai donc rien. La Sark Olive Oil Company pourrait employer jusqu'à vingt personnes. Mais les Sercquiais préféreraient se couper le nez plutôt que travailler pour moi. L'île est moribonde, Jenny. L'agonie a commencé bien avant que je n'arrive. C'est moins cher d'aller passer ses vacances d'été en Espagne, en Grèce ou aux îles Canaries que de venir à Sercq. C'est pourtant mille fois plus beau ici, bien sûr, mais les touristes exigent le soleil garanti et les parties de karaoké et de jambes en l'air sur la plage, dit-il en lui lançant un regard, pas des bassins rocheux, des balades sur les falaises et du brouillard.

La pente qui partait du Havre Gosselin était raide. Une herbe drue et piquante poussait de part et d'autre du chemin et ils durent marcher l'un derrière l'autre, Jenny mettant ses pas dans ceux très assurés de Monroe. Il était chez lui ici, songea-t-elle. Sûr de lui, et pas que physiquement. Il sentait qu'il faisait partie de l'île, même si ses habitants étaient prêts à tout pour se débarrasser de lui. Il se retourna sans crier gare et elle faillit le percuter. Il était si proche qu'elle voyait les pores de sa peau. Il pointa le doigt vers le ciel, vers un faucon qui planait en battant des ailes pour maintenir sa position stationnaire à l'aplomb de la proie qu'il avait repérée dans les hautes herbes.

— Je pourrais les regarder pendant des heures, dit-il.

Ils restèrent là, côte à côte, attendant que le rapace descende en piqué, au lieu de quoi, l'oiseau bascula légèrement sur une aile et s'éloigna d'eux, de plus en plus loin, avant de fondre dans la mer.

— J'en ai vu un attraper un lapereau un jour, dit-il. C'était incroyable de voir le faucon batailler avec sa proie. Ils ont une force incroyable pour leur taille. Le lapin devait peser presque aussi lourd que lui, mais le rapace ne l'a pas lâché. Il l'a réduit en charpie.

Il reprit sa descente sur le chemin. Jenny attendit qu'il soit à une cinquantaine de mètres d'elle. Elle se sentait mal à l'aise près de lui. C'était son après-rasage, décida-t-elle. Il avait une odeur légèrement métallique. Comme le sang.

Corey conduisit le canot pneumatique semi-rigide vers une jetée de pierre claire. À cet endroit, pas de terrain accidenté ni d'herbes folles, mais une large allée de granit poli dont la couleur s'harmonisait avec la pâle jetée. Elle montait en décrivant des lacets, de gros blocs de roche d'un côté et de l'autre une prairie battue par les vents qui s'aplanit bientôt. Deux piliers pas très hauts marquaient le départ de murs qui allaient croissant au fur et à mesure qu'ils avançaient vers la maison, à présent visible.

Tout le monde, à Sercq et à Guernesey, l'appelait le manoir, mais Jenny voyait maintenant qu'il ressemblait davantage à un château français. Construit de la même pierre que l'allée, le bâtiment principal, sur trois niveaux, était aussi large que trois, voire quatre maisons. Deux tours plus hautes en composaient les pignons. Le toit d'ardoise rose donnait à l'ensemble un air de conte de fées. Jenny aurait voulu trouver le tout tape-à-l'œil, mais force lui était de reconnaître que l'effet produit, allié au ciel gris pâle et au bruit des vagues qui déferlaient tout autour, était enchanteur.

— Qu'est-ce que c'est ? demanda-t-elle en indiquant un bâtiment plus petit situé derrière l'édifice principal.

— La maison des invités.

— De combien de chambres la grande maison dispose-t-elle ?

— Douze.

Il la devança. Lui montra un deuxième bâtiment.

— Voilà le pub.

— Il y a donc bien un pub. Je croyais que c'était une rumeur.

— Je ne l'ouvre que lorsque je reçois des hôtes.

— Où se trouve l'héliport ?

— De l'autre côté de l'île.

— Qui pilote l'hélico ?

— Moi, en général. Je l'ai proposé aux îliens pour les cas d'urgence. Ils ne m'ont jamais sollicité. Il est aussi équipé pour les missions de recherche et de sauvetage. Venez, entrons.

D'immenses doubles portes donnaient sur un vestibule frais et lumineux, puis dans la « salle de lecture » – Monroe prononça ces mots avec une quasi-déférence. Il la guida vers une banquette ménagée dans un bow-window. Les rideaux blancs mousseux attachés sur les côtés encadraient une vue spectaculaire sur le passage du Gouliot et Sercq, au-delà.

Une femme apparut d'une porte latérale. Grande et mince, elle faisait très directrice de galerie d'art.

— Puis-je vous offrir quelque chose, Corey ?

— Du thé, s'il te plaît, Margot. Et ce que Jenny voudra.

Elle demanda un café et attendit que la femme reparte.

— Vous avez beaucoup d'employés ?

— Toute une flopée. Margot est mon bras droit. Je ne pourrais pas m'en passer.

Il fit signe à Jenny de venir s'asseoir, ce qu'elle fit en sortant son carnet et son stylo.

— Monsieur Monroe, comme le temps file, puis-je vous demander de me parler du différend qui vous oppose aux habitants de Sercq ? Inutile de dire, je pense, que vos relations ont atteint un point critique. Pourriez-vous expliquer à nos lecteurs les raisons de ce conflit ?

— Bien volontiers. Comme vous vous en souvenez peut-être, les tensions ont atteint leur paroxysme pendant la période des élections. Beaucoup de locaux ont saisi leur toute première chance de se présenter sur une liste anti-Corey Monroe. Ce qui est un peu ironique quand on sait que si Sercq a profité d'élections libres et équitables, c'est uniquement grâce à moi. Ce sont les jeunes qui m'ont surpris, ajouta-t-il après une pause. Qui aurait cru que des gens de votre âge s'opposeraient si violemment à la démocratie ?

— Puis-je vous demander – et je ne cherche pas à vous froisser – quel est votre intérêt à ce que Sercq ait des « élections libres et équitables » ? Vous saviez comment fonctionnait cette île quand vous avez acheté Brecqhou. Pourquoi vous immiscer dans les affaires des îliens ? Qu'avez-vous à y gagner ?

— Rien. (Il remarqua son haussement de sourcils.) J'ai du mal à comprendre comment qui que ce soit peut défendre un système de gouvernement qui ne représente que les propriétaires terriens. Un système dans lequel le représentant n'a pas été élu et s'est contenté de naître. Un système dans lequel un homme peut battre sa femme autant qu'il le veut, à condition que son bâton ne soit pas plus large que son pouce.

— D'accord. C'est bien beau tout ça, mais ces particularismes faisaient partie de ce qui rendait l'île spéciale. Ce petit je-ne-sais-quoi qui en faisait une « terre oubliée par le temps ».

— Elle est toujours oubliée par le temps, Jenny, répondit-il sèchement. On ne s'y déplace qu'à pied. Et mon hélicoptère – bon sang, si j'avais fait mes allers-retours sur le dos d'un dragon qui crache le feu, j'aurais mieux compris les controverses que j'ai déchaînées. Enfin, c'est comme ça. Je ne peux rien y changer. Je ne le souhaite pas d'ailleurs. Mais je suis fier qu'aujourd'hui les hommes qui battent leurs femmes soient passibles d'emprisonnement.

— Mais qu'avez-vous à y gagner ? On voit des vitrines vides partout sur l'Avenue. On a parlé de hausse des loyers…

Elle n'acheva pas sa phrase.

— Non, répliqua-t-il en secouant la tête. J'ai déversé des millions dans l'économie sercquiaise. Des millions. J'ai rénové des hôtels, embauché de la main-d'œuvre locale dès que c'était possible. J'ai essayé de remplir les cuisines avec des produits locaux. D'employer les gens du coin. En pure perte. Ils essaient de me faire dégager.

— Pour quelle obscure raison ?

— Bonne question. À laquelle je m'efforce de trouver une réponse. Je sais que des rumeurs folles ont circulé au sujet d'un parc à thèmes que j'aurais soi-disant voulu lancer.

— Vous suggériez de construire une voie ferrée qui ferait le tour de l'île.

Il chassa l'argument de la main.

— Une maladresse. Et je n'en ai jamais vraiment eu l'intention, je jetais des idées en l'air, j'essayais de trouver des moyens de ranimer l'industrie touristique de l'île. Croyez-le ou non, ce n'est pas moi le méchant de l'histoire.

— Qui alors ?

— Ce n'est jamais aussi simple, n'est-ce pas ? Mais si je devais incriminer une personne en particulier, ce serait le seigneur de l'île : il y a causé plus de ravages que n'importe qui.

Elle était stupéfaite de sa franchise.

— Il a pourtant très largement soutenu le processus de démocratisation. Dans les interviews que j'ai lues, du moins.

— Il a dit ce qu'il fallait dire en public. En privé et avec les îliens, il en a été bien autrement.

— Vous pensez qu'il est derrière les actes de vandalisme ?

— Pas directement, de toute évidence. Mais je pense qu'il les a incités.

— Vous avez des preuves ?

Il secoua la tête.

— Je ne peux pas publier d'allégations non fondées.

— Et je ne vous le demande pas, Jenny. (Il détourna le regard.) Il fait vraiment gris aujourd'hui, une vraie purée de pois, comme aurait dit mon père. J'ai grandi dans l'East End, à Londres. Le saviez-vous ?

— Oui. J'ai lu quelque part que votre père avait connu les jumeaux Kray. C'est vrai ?

Il partit d'un éclat de rire.

— C'est très exagéré. Les tabloïds adorent m'enduire de goudron et de plumes. Il venait du même quartier et habitait au même endroit à la même époque qu'eux, mais mon père était un bourreau de travail, pas un bourreau tout court. Il m'a aidé à acheter mon premier bateau. Tout cela est le fruit de son dur labeur, et du mien.

— C'est une belle histoire.

— Parfois je me dis qu'elle joue un rôle dans ma relation compliquée avec les gens.

— Comment ça ?

— D'une façon générale, les gens adorent en dire pis que pendre, mais ils sont plus à l'aise avec les fortunes héréditaires. C'est bien plus facile de les accuser de tous les maux. Face aux milliardaires autodidactes en revanche, ils se sentent médiocres – évitez de me citer pour cette remarque.

Il regardait toujours la Manche.

— Vous avez une vue magnifique sur le passage vers Sercq. Vous voyez beaucoup de bateaux ?

— Pas de ce côté-ci de l'île.

— Les gens n'ont pas le droit de croiser dans ces eaux ?

— En effet, comme vous le savez sûrement. Avant que je réussisse à avoir gain de cause, quand je me plaignais que les gens qui passaient devant ma maison avec leurs téléobjectifs violaient ma vie privée, il y en avait tout le temps. Un bateau de la Jersey Star s'est échoué juste ici. (Il montra un amas de rochers déchiquetés entre la jetée et la côte de Sercq.) Il a fallu que je me porte à leur secours. Je leur ai fait du thé pendant qu'ils attendaient le canot de sauvetage. Je les ai inondés d'attentions, ajouta-t-il en se tournant vers elle avec un sourire.

— Et la nuit ?

— Quoi, la nuit ?

— Avez-vous remarqué quelque chose d'inhabituel ? Des bateaux ? Des faisceaux de lampe torche ?

Il hésita. Juste assez pour qu'elle le remarque.

— Vous voulez parler des visites des grottes ? Cette femme, Thursday je ne sais quoi, elle organise des visites nocturnes deux ou trois fois par semaine. Ils ne viennent pas jusque-là. Ils n'y sont pas autorisés.

Et de toute façon, le passage est trop étroit. Trop de rochers.

— J'ai entendu parler de ces sorties. Vous n'avez rien vu d'autre ?

— Pourquoi cette question ?

— Je suis sûre que ce n'est rien, mais certains locaux disent avoir vu des bateaux naviguer après la tombée de la nuit. Probablement des astronomes amateurs, comme Tuesday Jones.

Elle sentait son regard toujours posé sur elle.

— Oui. Quels qu'ils soient, ils devraient se montrer prudents. Vous avez une idée du nombre de bateaux qui se sont échoués sur ces rochers et ont été réduits en pièces par des tempêtes qui envoient des embruns jusqu'ici ? (Il prit un temps avant de continuer.) J'adore cet endroit. Je l'ai adoré à la minute où je l'ai visité, il y a vingt-cinq ans de cela. Je l'adore toujours. J'ai bon espoir, même après tout cela, que Sercq redevienne la communauté joyeuse et épanouie qu'elle était jadis.

Il la dévisageait à présent, et ce fut comme si une ombre passait sur son visage.

— Parce que nous avons tous pu constater jusqu'où l'animosité pouvait conduire, n'est-ce pas, Jenny ? Ça commence par une brique balancée à travers un carreau et ça finit par un cadavre.

Dans le salon, on n'entendait que le fracas des vagues qui se brisaient sur les rochers.

— Vous sous-entendez que la mort de Reg Carré a un rapport avec la situation politique de l'île ?

— Il paraît que la tête de la victime était presque détachée du corps. Ça ne peut être que le produit de la haine et de la rage. Ou de la peur.

Il y eut un instant de silence, seulement brisé par le cliquetis des verres posés sur le plateau de Margot qui revenait avec les boissons.

— Vous savez, je n'ai vraiment pas beaucoup de temps, dit Jenny en enfouissant son calepin dans son sac, soudain pressée de fuir cet endroit étrange et cet homme dont le comportement charmeur était devenu en une fraction de seconde presque dérangeant. Je dois rendre mon article pour les *Nouvelles* de demain. Merci. De m'avoir parlé avec autant de sincérité.

— Je vous en prie, tout le plaisir était pour moi. Nous allons vous ramener.

Le nuage était tellement épais qu'elle avait du mal à distinguer le quai du Havre Gosselin, une simple jetée et un escalier abrupt creusé dans la paroi rocheuse. Monroe ralentit et vint buter sur les premières marches. Il coupa le moteur et sauta du bateau dans un mouvement visiblement maîtrisé au fil du temps. Il s'amarra à un anneau et tendit la main à Jenny. Elle n'avait pas d'autre choix que de la saisir : elle ne pouvait s'accrocher à rien d'autre. Elle le rejoignit sur la jetée.

— Que vouliez-vous dire en parlant de peur ?

— Pardon ?

— Vous avez dit que le ou la meurtrière de Reg avait peut-être agi sous le coup de la peur. J'ai eu l'impression que vous parliez d'expérience.

— Pas spécialement. C'est la nature humaine. Ou est-ce l'instinct animal ? Se battre ou fuir ? Vous savez tout cela, très certainement. J'ai entendu dire que vous aviez contrarié quelques personnes quand vous travailliez à Londres. Vous leur avez fait peur. Et la peur fait faire des folies. Regardez ce qui vous est arrivé.

Elle se figea.

— J'espère que nous aurons l'occasion de nous reparler très bientôt, Jenny.

Il défit le nœud de l'amarre, sauta dans le dinghy, démarra le moteur et manœuvra habilement pour gagner le chenal. Il leva la main en signe d'adieu et fila dans le brouillard.

« Regardez ce qui vous est arrivé. » Il ne pouvait parler que de l'agression. Il suffisait de surfer sur Internet pour en connaître les détails. Comment on l'avait enlevée, menacée, laissée dans la forêt d'Epping les yeux bandés et les mains liées dans le dos. Mais Internet ne racontait pas toute l'histoire. À l'époque, la plupart des journaux en avaient parlé comme d'une tentative de viol qui aurait mal tourné. On avait spéculé que ses assaillants projetaient de la violer, mais qu'ils avaient été dérangés par un passant. Seules une ou deux sources avaient mentionné qu'elle était journaliste, que peut-être l'agression était en rapport avec un article sur lequel elle travaillait.

Et c'était bien le cas. Mais cette version n'avait jamais été publiée. Les vraies raisons de cette agression ne se trouvaient nulle part en ligne. Il n'y avait que Jenny qui les connaissait. Et les policiers à qui elle avait parlé. Et ses assaillants.

22

Michael

Malcolm et Sharon Perré étaient les propriétaires d'Ariel's Grotto, le magasin de jouets de la rue Hotton. La Sirène n'était qu'à quelques centaines de mètres plus bas. Michael y avait passé de nombreuses nuits à faire le pilier de bar quand il était en rotation pour deux semaines sur l'île, il y avait une éternité de cela. La dernière fois, c'était l'été de la mort d'Ellen. Il était saoul comme un cochon et il avait manqué le bateau du matin – le seul vrai boulot du flic de service à Sercq consistait à veiller à ce qu'il n'y ait pas de fauteurs de troubles à bord. Selon la loi de l'emmerdement maximum, Peter Norman avait choisi justement ce jour-là pour débarquer. Alcoolique notoire et voleur à la petite semaine, il s'était fait pincer en train de piquer un vélo une demi-heure après avoir accosté. L'absence de Michael sur le ferry du matin avait été remarquée, et dûment rapportée par le constable passablement zélé de l'époque. Michael n'avait pas été réaffecté à Sercq l'année suivante et, très vite, plus personne n'y avait été envoyé. Aucun problème de quelque nature que ce soit ne semblait justifier une présence policière constante. Jusqu'à ce jour.

— Je venais quand j'étais gosse, dit Marquis avant de renifler bruyamment.

Il sortit un mouchoir de sa poche et souffla dedans.

— Ça va ?

— Pff, c'est mes allergies. Le rhume des foins.

Michael leva les yeux au ciel. Il ne connaissait pas un seul individu de son âge qui soit allergique.

— Allons, on va rentrer. Éloignons-nous du foin.

Un carillon retentit quand ils poussèrent la porte, et Michael se souvint qu'il avait emmené Ellen dans cette boutique. Elle avait sauté dedans, dehors, dedans pour faire tinter la cloche jusqu'à ce que la propriétaire lui demande d'arrêter. Ce n'était pas la même personne, il en était sûr, qui se tenait derrière le comptoir aujourd'hui. Une femme proche de la soixantaine, les cheveux artificiellement noirs coiffés d'une façon que même le regard profane de Michael estimait démodée d'une vingtaine d'années – courts et inégaux, les côtés renvoyés en arrière pour lui dégager le visage. Un très joli minois, décida-t-il, le genre qui souriait vite et le plus souvent possible, de belles lignes s'étoilant au coin de ses yeux, de profondes fossettes creusant ses joues.

Elle perdit un peu de sa contenance en voyant Michael et Marquis côte à côte.

— Je peux vous aider ? Vous cherchez quelque chose en particulier ?

— Madame Perré ?

— Oui. Vous êtes… ?

— Inspecteur-chef Gilbert, inspecteur Marquis. Nous souhaiterions vous poser quelques questions au sujet de Reg Carré.

— Le pauvre diable.

La voix leur parvint étouffée de derrière le comptoir. Elle fut suivie d'un toussotement, puis d'un bruissement, puis d'un grincement. Une main empoigna l'arrière du plan de travail, celle d'un homme au visage poussiéreux et aux yeux aussi noirs que perçants.

— Mon mari, Malcolm. Il était à la cave, expliqua Sharon.

Michael jeta un coup d'œil vers la trappe et le départ d'un escalier en bois.

Ledit Malcolm posa une petite boîte près de sa femme.

— C'est la dernière. Il faut que tu en commandes, rapidos. Et c'est le bazar en bas. Tu pourrais peut-être filer un coup de plumeau, c'est crade.

Il se passa les mains sur le visage et les essuya sur son pantalon.

— Désolée. J'irai m'en occuper plus tard.

— Vous venez poser des questions sur le vieux Reg, alors ? Je me doutais que vous vous pointeriez, nota Malcolm en regardant Michael avec intérêt.

— Oui. Nous avons parlé à votre fils Benjamin hier.

Sharon porta une main à sa joue, puis sur une mèche folle. Elle s'apprêtait à répondre, mais Malcolm lui grilla la politesse.

— L'aime bien causer, le Ben. L'avait des trucs intéressants à raconter, *eh* ?

— Il a évoqué quelques rumeurs, en fait. Sur Reg et son épouse. De vieilles histoires.

Malcolm sortit de derrière le comptoir avant de s'y appuyer, un sourire dur plaqué sur le visage. Dans son dos, Sharon blêmit. Michael l'observa pendant que son mari parlait.

— Il y a toujours eu des rumeurs à propos de Reg, hein, Shaz ? Y crachait pas sur la… (Il fit mine de porter un verre à ses lèvres.) Et les femmes. Il aimait les femmes, hein, Shaz ?

— Je ne pense pas que ce soit vrai, Malcolm, objecta-t-elle en jouant encore avec ses cheveux, sur l'autre joue cette fois. Il n'en avait que pour Rachel. Ils n'ont pas eu la vie facile. Ils ont perdu un bébé. Une fausse couche. Elle était dévastée. Elle est partie de Sercq un moment, puis elle est revenue ; ils ont eu Luke, mais je ne suis pas sûre qu'elle se soit jamais vraiment remise.

— Ah, les femmes, *eh* ? (Malcolm leva les yeux au ciel.) Un bébé chougne, et elles fondent. C'est pour ça qu'ici c'est devenu un sacré bordel – Ben et sa chérie viennent d'en avoir un. Shaz, ici présente, ne peut pas les lâcher, pas vrai, chérie ?

— J'ai été un peu distraite. C'est notre premier petit-enfant.

Elle sourit, mais sans chaleur, plutôt avec une pointe de désespoir. Elle avait peur. De son mari, ou des questions de Michael, ou de tout autre chose, Michael n'aurait su le dire.

— La disparition de Rachel a été très soudaine, si j'ai bien compris.

Ni Malcolm ni Sharon ne répondirent. Michael insista.

— À l'époque, le bruit a circulé qu'elle ne serait peut-être pas partie du tout.

— Il me semble bien qu'on serait tous au courant si elle était encore là, n'est-ce pas, inspecteur-chef ? s'exclama Sharon. Je veux dire, c'est ridicule. On ne peut pas passer vingt-cinq ans à Sercq sans que personne vous remarque !

— À moins qu'elle ait été enfermée dans une grotte, fit Malcolm comme s'il suçait un bonbon.

— Malcolm, ne dis pas de bêtises ! C'est complètement irresponsable de dire des trucs pareils en ce moment, avec tout ce qui se passe. Oui, fit-elle en regardant Michael d'un air implorant, il y a eu des rumeurs à l'époque. Mais ce n'étaient que ça, des rumeurs. Je suis passée donner un coup de main à Reg de temps à autre, après le départ de Rachel.

Petite inspiration de Malcolm. Sa première réaction spontanée, pensa Michael. L'homme avait quelque chose du méchant d'un théâtre de marionnettes, un rôle qu'il paraissait savourer.

— Luke et Ben étaient amis, poursuivit Sharon. Et se retrouver père célibataire, il y a vingt ans et même plus, c'était dur pour Reg. Il a dû batailler. C'était un homme vraiment charmant. Personne ne savait ce qu'il traversait avec Rachel. Elle avait des problèmes, vous savez. (Elle se tapota la tempe.) Honnêtement, je crois qu'elle a rendu le meilleur des services à son fils quand elle est partie.

— Ce que ma femme semble vouloir dire, inspecteur-chef, c'est que même s'il s'était débarrassé d'elle, elle l'avait bien cherché. Pas vrai, Shaz ?

Il se retourna vers sa femme, le regard sournois.

— Ne commence pas, Malcolm. Ce n'est pas le moment.

— Faites pas attention à elle, reprit Malcolm, l'air parfaitement détendu. Elle est ménopausée depuis dix ans, hein, ma chérie ? Ça fiche le boxon dans ses émotions.

Pour la première fois depuis bien des années, Michael ressentit – alors qu'il n'était pas confronté à une menace physique directe – une crampe dans la main droite. Comme mus par leur volonté propre, ses doigts s'enroulèrent en un poing serré.

— Vous pensez donc que M. Carré aurait tué sa femme. C'est bien ce que vous êtes en train de dire, monsieur Perré ?

Marquis avança de quelques pas jusqu'à se trouver sur le flanc droit de son supérieur.

— Ça se pourrait qu'il l'ait fait, c'est sûr. Dans c'cas, je lui reprocherais pas. C'est comme c'qu'a dit ma femme. C'était un putain de cauchemar, cette fille. Elle passait ses journées à rêvasser. Toujours malheureuse. Parfois, ils se disputaient salement. J'ai toujours pensé qu'elle avait un petit côté vicieux. Je parie que c'était un bon coup au pieu, mais ça se paye toujours, au bout du compte.

Il éclata de rire comme si de joyeux souvenirs l'assaillaient, mais il s'arrêta brutalement quand sa femme referma la trappe en la claquant.

— Tais-toi, Malcolm.

— D'accord, d'accord ! fit-il en levant les mains dans un geste de reddition.

— Je suis en retard pour un rendez-vous, inspecteur-chef. Vous voulez savoir autre chose ? demanda-t-elle d'une voix tendue.

— Pas pour l'instant, madame Perré. Merci.

Elle jeta un immense sac à main en travers de son épaule et partit.

Malcolm siffla.

— Je ne sais pas ce qui lui prend. Elle aussi elle pense que Rachel était une saloperie de tarée.

— Vous pourriez développer, monsieur Perré ?

— Comment ça ?

— Eh bien, Mme Carré aurait-elle eu une attitude qui vous aurait permis de parvenir à cette conclusion ?

— Non. Rien de spécial. C'était simplement ce genre de bonne femme. Je veux dire, regardez-la, répondit-il en indiquant la direction qu'avait prise sa femme un instant plus tôt. Elles sont toutes pareilles.

Alors qu'il se dirigeait vers la sortie, et dans sa hâte d'échapper à la présence de Malcolm Perré, Michael buta sur un panier débordant de peluches.

— On peut arrêter quelqu'un pour crime de bêtise crasse ? murmura Marquis en remettant le panier d'aplomb après y avoir replacé une licorne rose et argent.

— Malheureusement non.

— Quelle journée…

— L'enfer, Stephen. Vous visez le prix Nobel de la litote ? C'était une putain de journée de merde. Et ce n'est pas fini.

Ils avaient à peine fait quelques mètres quand un bruit de pas derrière eux les arrêta dans leur élan.

— Messieurs !

C'était Sharon Perré qui courait pour les rattraper.

— Ça va, ma petite dame ?

Elle eut l'air surprise par la sollicitude de Michael.

— Vous voulez dire avec Mal ? Je vous en prie, dit-elle en chassant l'idée d'un revers de main. Il faudrait un peu plus qu'un de ses petits délires pour m'énerver. (Elle prit un temps avant de continuer.) Il n'est pas si mauvais. La moutarde lui monte au nez quand…

quand un grain de sable remet en cause le statu quo, je suppose.

— Comme l'assassinat de Reg Carré ?

— Oui, évidemment que ça l'a secoué. Comme nous tous. Ce que je voulais dire est plus… Eh bien, c'est difficile à expliquer.

— Faites de votre mieux.

— C'était au moment où j'aidais Reg, après le départ de Rachel. Ça avait été très subit, vous savez. Un jour elle était là, et le lendemain elle avait emballé ses affaires et elle était partie en laissant ce pauvre bébé derrière elle. Ça m'a brisé le cœur. Il fallait que je fasse quelque chose. Alors j'ai commencé à lui apporter des repas deux ou trois fois par semaine. Je faisais la cuisine pour nous de toute façon, c'était pas la mer à boire. Mais Malcolm ne voyait pas les choses sous cet angle. Il disait que je passais beaucoup trop de temps là-bas. Reg et lui se sont même disputés à ce sujet. C'était affreux, dit-elle en devenant rouge vif. Ça s'est passé ici, dans la rue.

— Vous pourriez nous raconter ?

— Ils avaient tous les deux trop bu – Mal avait raison là-dessus : Reg picolait, parce qu'il était déprimé je pense. Dans le temps, les gens ne demandaient pas de l'aide comme aujourd'hui, vous savez, pour les problèmes psychologiques, tout ça. Bref, Malcolm accusait Reg de tous les maux. Je ne pense pas qu'il croyait tout ce qu'il disait, et Reg a tout démenti, bien sûr. Mais Malcolm ne voulait pas lâcher. Il disait qu'il ne serait pas surpris si le cadavre de Rachel finissait par être recraché par la mer très bientôt, et même si Reg ne voulait pas… me sauter, peut-être qu'il avait l'intention de me tuer. (Elle s'interrompit, les joues en feu.) C'est là que Reg a frappé Malcolm. À ce moment-là, un attroupement s'est formé. Ils se sont battus. Reg a cassé le nez de Malcolm. Finalement, quelqu'un les a séparés. Les rumeurs sur Reg ont commencé ce jour-là et n'ont jamais cessé.

— Et vous avez arrêté de l'aider après cet incident ?

Elle eut un regard de défi.

— Non. Pas du tout. Pourquoi j'aurais fait ça ? J'ai continué à lui apporter des repas jusqu'à la semaine dernière.

— Et Malcolm le savait ?

— Je suppose. On n'en a jamais discuté. On n'a plus discuté de grand-chose après la bagarre. Il nous a fallu du temps pour nous en remettre.

— Madame Perré, il faut que je vous pose la question, étiez-vous impliquée dans une relation affective avec Reg Carré ?

— Non.

Elle avait répondu catégoriquement, mais ses yeux racontaient une autre histoire.

— Madame Perré, pensez-vous que Reg Carré a assassiné sa femme ? Pensez-vous que c'est elle qui se trouve dans la grotte ?

Elle secoua la tête.

— C'était un type bien.

— Ça ne répond pas à ma question.

— Non, je ne crois pas qu'il l'ait fait. Je ne l'aurais pas aidé, je n'aurais pas… passé du temps avec lui si je pensais que c'était un meurtrier. Je… je suis désolée. Je vous fais perdre votre temps. Je ferais mieux d'y aller.

— Votre rendez-vous.

— Je n'ai pas de rendez-vous. Pas vraiment. Je vais aider Ben. Son gosse a des coliques et la femme de Ben a du mal à s'en sortir. Vous les hommes, vous ne pouvez pas comprendre ce que c'est ! lança-t-elle, soudain en colère. C'est tellement dur. Vous avez un bébé, vous croyez avoir gagné quelque chose, mais en fait vous avez aussi perdu quelque chose. Un petit morceau de celle que vous étiez avant. Qui disparaît. Toutes les mères que je connais ont dû batailler à un moment. Moi comprise. Et Rachel aussi, j'en suis sûre. Je ne veux pas que vous vous imaginiez que mes remarques sur elle étaient cruelles. Elle n'était pas folle. Elle souffrait. Dieu merci, les gens peuvent se faire aider de nos jours.

Elle prit la direction du village.

Marquis attendit qu'elle soit hors de portée de voix.

— Mince alors, c'était intense.

— Il est évident qu'elle doit encaisser pas mal de choses.

— Vous pensez que c'est le squelette de Rachel Carré dans la grotte ?

— Peut-être.

— La découverte des ossements a pu confirmer les soupçons que quelqu'un entretenait depuis longtemps, selon lesquels Reg Carré avait tué sa femme. Malcolm Perré, par exemple ?

— Ne nous emballons pas, Marquis. Rachel Carré n'a jamais été déclarée disparue. Donc personne ne l'a jamais recherchée. Commençons par là – voyons si on ne peut pas l'éliminer de notre enquête de cette façon. Si ça se trouve, elle coule des jours heureux quelque part sur la planète et n'a jamais voulu qu'on la retrouve.

Nous allons aussi relever l'empreinte ADN de Luke Carré. Qu'on soit couverts des deux côtés.

— Si le cadavre dans la grotte est celui de Rachel Carré, c'est Luke qui deviendra le suspect numéro un, pas Malcolm.

— Exposez-moi votre théorie.

Ça l'aidait toujours d'entendre Marquis raisonner à voix haute, surtout quand il était sur une piste intéressante.

— Bon. Il doit être au courant pour les rumeurs. Les ossements dans la grotte les confirment. Il adorait sa mère, alors il a tué son père. Un peu shakespearien tout de même, vous ne trouvez pas ?

— Vous voulez dire freudien.

Marquis parut troublé.

— Freud parlait des fils qui voulaient tuer le père et, vous savez… avec leur mère, expliqua Michael.

— C'est exact. Othello.

— Œdipe. C'est une bonne théorie. Mais Luke n'a pas pu gagner l'île à temps. Pas si son alibi est confirmé, c'est impossible. Ça va ?

Marquis avait l'air vraiment patraque.

— Pour être franc, patron, je me sens un peu faible.

— C'est la chaleur, Marquis. Pareil pour moi, en fait. Allons boire quelque chose de frais. Avant qu'on tombe dans les pommes tous les deux.

23

Rachel

1986

Il balança l'argent sur le comptoir, se laissa tomber dans son fauteuil et ôta ses chaussures.

— Où est Luke ?

— Chez Ben. (Elle ramassa l'argent.) Tu dois être le meilleur joueur d'euchre de la planète. Des mains gagnantes tous les mois…

Il la regarda.

— Tu as quelque chose à me dire ?

Il était de plus en plus comme ça dernièrement. Depuis la lettre. C'était comme si toute chaleur l'avait quitté. Sauf quand il était avec Luke.

— J'aimerais juste savoir d'où ça vient.

— Pourquoi ? Qu'est-ce que ça changerait ?

— Est-ce que tu trempes dans des activités illégales ?

Il rit doucement.

— Rachel. S'il te plaît.

— Ça a quelque chose à voir avec Len, je me trompe ? Il a toujours plein de blé. Et Malcolm aussi d'ailleurs – il exhibe toujours son fric. Je ne lui fais pas confiance, Reg. Si tu fricotes avec Malcolm, arrête.

Il se leva. S'approcha du comptoir. Il avait un drôle d'air. Furibard. Effrayant. Elle recula.

— Et après, Rachel ? Si j'arrête de faire ce que je fais, où est-ce qu'on trouvera des sommes pareilles ?

— Je ne sais pas. Pardon. Je n'aurais pas dû m'en mêler.

— Non, en effet. Tu n'aurais pas dû t'en mêler. Ça marche très bien comme ça. Ce serait dommage de tout gâcher.

— Que veux-tu dire ?

— Qu'il vaudrait mieux pour tout le monde qu'on continue tous à faire comme si de rien n'était.

Un coup à la porte. Il alla ouvrir. Rachel libéra l'air resté coincé dans ses poumons.

— Ça va, mon bonhomme ?

En une fraction de seconde, Reg était redevenu lui-même. Sharon sur les talons, Luke déboula dans la maison en traînant son cartable, un bout de carton couvert de lentilles et de macaronis dans l'autre main.

— Ils ont passé une très bonne journée.

Sharon sourit. Elle souriait toujours, et pourtant elle était mariée avec Malcolm.

— Merci de l'avoir invité, Sharon. Qu'est-ce qu'on dit, Luke ?

— Merci, madame Perré.

— Je t'en prie, mon trésor. À bientôt.

C'était peut-être son imagination, mais Rachel crut intercepter un échange de regards entre Sharon et Reg, juste avant qu'elle ne reparte. Chargé de quoi, elle l'ignorait. De solidarité ? De camaraderie ? De complicité ? *Elle savait.* Il lui avait dit. Sauf qu'il n'aurait jamais fait ça, bien sûr. C'était absurde. Elle eut envie de rire. Et puis, soudain, très envie de pleurer.

Luke était déjà blotti contre Reg ; ils regardaient ensemble son livre de lecture qui parlait de Billy et son chapeau bleu. Luke mettait du temps à apprendre à lire. « Comme moi », disait Reg. Pas de quoi s'inquiéter. Il y arriverait, en son temps. C'était un petit garçon intelligent.

Elle s'approcha d'eux.

— Il faut qu'il prenne son bain.

— Je m'en occuperai quand on aura fini de lire.

— Il est tard.

Il ne leva pas la tête du livre.

— Tu es fatigué, Lukey ?

— Non, papa.

— Parfait, c'est réglé. Le bain quand on aura fini, d'accord ?

Il serra plus fort son fils contre lui. Il pencha légèrement la tête, et ses cheveux, noirs et rêches, dégringolèrent sur ceux de Luke, doux et brillants, châtains avec des reflets de miel.

Elle eut l'impression qu'un poing se refermait sur son cœur.

Il utilisait son amour pour son fils comme une arme.

Il lui montrait son pouvoir.

24

Jenny

La lumière de la lampe irisait la toile d'araignée et projetait sur le papier peint l'ombre grêle de la carapace desséchée de l'arachnide. La pièce n'était pas sale – les draps sentaient le propre, le lavabo et la cuvette des toilettes de la minuscule suite étincelaient – et pourtant, la vieille dame de la maison d'hôtes où Jenny avait pris ses quartiers une heure plus tôt n'avait pas eu l'idée d'épousseter dans les coins, pas depuis un moment en tout cas. Ou peut-être avait-elle estimé la tâche superflue, n'imaginant pas que sa visiteuse s'allongerait sur le lit et contemplerait le plafond, trop fatiguée pour bouger, trop inquiète pour oser se laisser aller au sommeil.

L'angoisse était une sensation familière pour Jenny. Elle tenta de repousser l'impression de danger imminent. Inspirer profondément. Penser clairement. Rationnellement. Si cela empirait, elle intensifierait l'exercice. Elle n'avait pas nagé ce matin-là, elle n'avait pas eu le temps. Il fallait qu'elle réveille ses endorphines pour chasser les mauvaises pensées à coups de sérotonine. Elle avait consulté une thérapeute. Au début, elle avait pesté contre ce qu'elle considérait comme de la complaisance envers elle-même, mais elle avait fini par se rendre compte qu'après chaque séance elle se sentait mieux, vraiment, et que si parler ne soignait pas, c'était un chemin vers la guérison. Il y avait eu les cachets, avalés chaque fois avec une impression terrassante d'échec. Elle trouvait de moins en moins convaincante l'idée que les troubles mentaux se traitent comme la migraine ou la pneumonie, et elle était de plus en plus déterminée à se passer de médicaments à la prochaine crise.

C'était cette détermination qui obscurcissait son jugement. Parce que désormais, quand ses tripes se nouaient et que son cœur s'emballait, sa première réaction était de les ignorer. De les écrabouiller. D'outrepasser le système d'alarme de son corps.

Détends-toi. Tout va bien. Il n'y a pas de danger.

Sauf que parfois si, il y avait du danger. Parfois, la raison de son angoisse n'était pas imaginaire mais bien réelle. Un homme malade et une note menaçante. Des murs barbouillés de déjections canines. Le chuchotement de la violence sous le rugissement d'un moteur de hors-bord, des vieux ossements et un cadavre à la gorge tranchée.

Elle se leva du lit, encore tout habillée, prit la grosse clé de l'entrée sur la table de nuit, quitta la pièce et claqua la porte derrière elle.

Suspendue au plus fin des fils, l'araignée morte frémit.

— Vous sortez, ma chère ?

Rosie, la propriétaire de la maison d'hôtes, émergea en traînant la jambe de la cuisine située à l'arrière de la maison. Elle portait un sweat-shirt informe et un pantalon de survêtement en velours rouge foncé, et ses cheveux argentés formaient une choucroute spectaculaire.

— Oui, je vais prendre un peu l'air.

— Profitez-en pour grignoter un morceau. Je pourrai vous confectionner un sandwich plus tard, peut-être un œuf, mais je ne fais pas la cuisine, pas pour une personne toute seule. Désolée, ma chère.

— Pas de problème.

— Je devais recevoir une famille de cinq personnes, mais ils ont annulé. C'était déjà dur avant, ajouta-t-elle en secouant la tête. Mais c'est en juillet que je fais mon chiffre. Je me demande si on s'en remettra un jour.

— Je suis certaine que quand la police aura attrapé le coupable, les choses reprendront leur cours normal.

— Ah oui ? (Son regard perçant était d'un violet un peu déstabilisant.) Les gens du coin ont bonne mémoire. Surtout les morts. Ils ne laissent rien en paix. Croyez-moi, il faudra beaucoup de temps pour que tout cela disparaisse dans l'oubli.

Le crépuscule tombait et la lampe du vélo que Jenny avait loué était si anémique et tremblotante qu'elle peinait à éclairer les bosses et les cailloux de l'étroit sentier. Elle n'avait pas de but précis, elle voulait juste de la compagnie, entendre une autre voix pour faire taire celle qu'elle avait dans la tête, une voix qui lui dirait que tout se passerait bien, qui chasserait les fantômes que Rosie avait réveillés.

Un vent du sud, chaud mais violent, se leva, cinglant son visage et ses bras nus. Les haies étaient noires contre le ciel d'encre, et de longues herbes hautes et sèches lui égratignaient les jambes alors qu'elle tâchait d'éviter les nids-de-poule. Elle s'arrêta au bout du chemin, devant la barrière d'un champ. Une piqûre d'ortie sur sa cheville lui arracha un juron. Personne n'était là pour l'entendre en dehors des vaches blotties contre le métal du portail, le museau humide. Elles reculèrent craintivement devant elle, le troupeau tout entier faisant un pas en arrière, les pattes fléchies, leurs petits yeux écarquillés de peur. Jenny vit l'éclat de la clôture électrique, le mince fil rouge tendu entre deux fins poteaux en plastique, en perçut la vibration, sourde, menaçante. Elle se demanda combien de chocs une vache pouvait encaisser, combien de fois elle venait se frotter contre la clôture avant de reconnaître le danger et d'apprendre à rester à bonne distance.

L'idée de l'obscurité qui allait l'avaler la propulsa vers l'Avenue et elle força sur les pédales. Elle ralentit à la vue du lampadaire au coin, le seul de Sercq, et chercha un endroit où se poser. Il n'y avait rien sur l'Avenue, réalisa Jenny en passant devant les pancartes « FERMÉ » accrochées aux portes obscures des boutiques et des cafés aux volets clos, aux stores baissés. Devant elle, une unique fenêtre était éclairée.

C'était la boutique de Tuesday Jones. Les horaires des excursions en bateau étaient affichés sur le mur. À l'intérieur, Tuesday était plongée dans sa paperasse, les cheveux tombant en rideau devant son visage. Jenny chercha un prétexte pour entrer, une question à lui poser, quand soudain, venus de nulle part, les mots de Len Mauger lui revinrent en mémoire : « Elle a débarqué, et elle a tout changé. Ce n'est pas la façon de faire de Sercq. » Une femme. Pas de Sercq.

Tuesday leva les yeux. Croisa le regard de Jenny. Et lui sourit.

— Ils ont un bon *fish and chips* au bar. De toute façon, je n'avais pas l'intention de faire la cuisine ce soir.

Tuesday recrachait la fumée de sa cigarette par-dessus son épaule, mais le vent la ramenait dans la figure de Jenny, et pour la première fois depuis des années, elle pensa à refumer. Elle crapotait plutôt, à l'adolescence, mais en fac elle aimait bien en griller une de temps en temps, avant un examen, pour se détendre les nerfs. Elle associait toujours l'odeur du tabac à l'état de relaxation dont elle aurait eu bien besoin en cet instant.

Tuesday avait eu l'air contente de la voir. Elle lui avait proposé un verre, avait déclaré à quel point il était bon d'avoir quelqu'un de différent à qui parler, percevant peut-être la solitude de Jenny. Peut-être voulait-elle aussi apprendre ce qu'elle savait. Les paroles de Len résonnaient encore dans sa tête. Combien de résidentes de l'île n'en étaient pas originaires ? Sûrement un paquet. Mais combien avaient un bateau ? Tuesday connaissait les eaux de Sercq, elle l'avait dit elle-même. Elle connaissait les grottes. Et grâce à ses excursions autour de l'île au ciel noir, elle savait se repérer la nuit.

Des têtes se tournèrent quand elles entrèrent dans le minuscule bar de la Sirène, et la fatigue qui engourdissait Jenny à peine une heure plus tôt fut oubliée. Elle repéra Malcolm Carré, juché sur le même tabouret que la veille. Cette fois, une femme était debout à ses côtés, du même âge que lui, les cheveux noirs courts, l'air fatigué, probablement sa femme. Jenny eut l'impression qu'elle venait juste d'arriver ou s'apprêtait à partir – elle portait une veste et son sac à l'épaule. Elle jeta un bref coup d'œil inquiet à Jenny, puis elle se détendit immédiatement, comme si elle s'attendait à voir quelqu'un d'autre et était intensément soulagée de s'être trompée. Un jeune couple que Jenny ne reconnut pas occupait une table dans un coin. Ils la dévisagèrent ouvertement. Sans doute le traitement habituel sur l'île, pensa Jenny, quand un étranger entrait dans un bar bien après le départ du dernier ferry pour Guernesey. À la table d'à côté, face à elle, elle reconnut un visage familier.

Luke Carré reposa son livre et eut un geste d'invite en direction des chaises vides à sa table.

— Vous vous faites vite des amis, dites donc, lança Tuesday. Je vais nous chercher à boire.

Jenny la remercia et s'assit près de Luke en se demandant quoi penser de la sensation qui l'avait prise la première fois qu'elle l'avait vu. L'espace d'une longue seconde, elle regretta de ne pas être venue seule au bar.

— Comment ça va ?

— Je me sens très seul. Je me noie dans les condoléances.

— C'est pénible.

Elle avait vécu la même chose à la mort de Charlie. Les gens passaient leur temps à lui dire combien ils étaient désolés, que s'ils pouvaient faire quelque chose… Comme si on pouvait y faire quoi que ce soit. Ce n'était pas leur faute. Margaret avait eu l'air d'apprécier ces attentions. Jenny n'avait qu'une envie, parler d'autre chose et garder son chagrin pour elle.

Son téléphone vibra dans son sac. Douze messages. Les messages de toute la journée.

— C'est le seul endroit de l'île où on a à peu près du réseau, et le wifi, commenta Luke. Tout le monde se met à vibrer en franchissant cette porte.

Elle parcourut ses textos. Sa mère. Le boulot. Graham, qui réclamait davantage d'interviews des locaux. Elle savait ce que ça voulait dire. Il escomptait des photos des habitants, les yeux écarquillés de peur, affirmant combien ils craignaient pour leur vie. Elle se demanda pourquoi elle restait aux *Nouvelles de Guernesey*. Elle pouvait incriminer le manque d'options – sa seule autre possibilité sur l'île serait de bosser pour un journal d'entreprise ou d'écrire des articles pour des magazines sur papier glacé comme ceux qu'on trouvait sur les vols intérieurs de la Manche – ou dans les agences immobilières haut de gamme qui publiaient les témoignages d'exilés fiscaux célèbres qui vivaient perchés sur les falaises dans des maisons de verre postmodernes à trois millions de livres. Mais ce n'était pas ça. Elle pouvait difficilement prétendre que ce qu'elle faisait était mieux, car dans l'ensemble ce n'était pas souvent le cas. Écrire des entrefilets sur des boîtes à légumes vandalisées, interroger les députés des États sur les futures réformes du système éducatif, rien de tout cela n'était très grisant. Mais de temps en temps, même à Guernesey, une affaire sortait de l'ordinaire. Et les *Nouvelles*, malgré ses défauts de petit journal provincial, serait le seul à en parler.

Le dernier texto venait d'Elliot : Je n'arrête pas de penser à toi. Aurais dû rester. Ou non ? Je ne sais jamais ce que tu veux ! Dis-moi que tu vas bien.

Huit heures venaient de sonner. D'après le message sur son téléphone, l'heure à laquelle il prenait un pot avec Jade. Peut-être n'y était-il pas allé ? Peut-être était-ce un rendez-vous de boulot ? Peut-être qu'il s'apprêtait à la ramener chez lui ? Comme il l'avait fait pour Jenny ? Elle jeta son téléphone dans son sac. C'était pour cela qu'elle avait cessé de s'investir autant. À cause des doutes. Des complications. De l'impression qui ne l'abandonnait jamais de faire toujours tout foirer. Elle avait besoin d'un verre. Tuesday était toujours au bar, en grande conversation avec le barman.

— Des mauvaises nouvelles ? demanda Luke, l'air inquiet.

— Le boulot, c'est tout.

— Vous devez être bien occupée. Des nouvelles de la police ? Il paraît que vous êtes amis, l'inspecteur-chef Gilbert et vous.

— C'est une relation professionnelle, répondit-elle sèchement.

— C'est évident, fit-il en fronçant les sourcils, et il sourit pour la première fois. Bien que ce soit visiblement un sujet sensible.

— Désolée. La journée a été longue. Vous avez réussi à aller chez votre père ?

— Non. C'est toujours une scène de crime. J'ai passé deux heures au pré communal. J'y jouais quand j'étais gosse. C'était pratiquement mon jardin. L'un de mes meilleurs souvenirs. Allongé au soleil, loin des disputes parentales pendant une heure ou deux. (Il but une gorgée de sa pinte.) C'est drôle. Triste en fait. À l'époque, je n'aurais jamais imaginé qu'ils me manqueraient, vous comprenez ? Je pensais que s'ils disparaissaient tous les deux, ma vie serait merveilleuse. Je serais très bien dans le cottage, tout seul. Et si un problème surgissait, je pourrais toujours aller voir Mme Perré. Elle veillait toujours sur moi. Même quand maman n'avait pas encore disparu. Mon Dieu, je me suis senti tellement coupable après le départ de maman. Comme si c'était moi qui l'avais chassée d'un vœu. Je me souviens avoir pleuré dans mon oreiller pendant quinze jours après son départ, convaincu que c'était de ma faute.

— Tu as toujours été un pleurnichard, Luke Carré.

Le ton pâteux et moqueur, Malcolm Perré était descendu de son tabouret et s'appuyait de tout son poids contre le bar, un petit verre de ce qui paraissait être du whisky à la main.

— Ça suffit, Malcolm. (Sa voisine avait l'air mortifié.) Je suis navrée, Luke. On a eu une journée stressante, il a trop bu.

— Pas de problème, madame Perré, dit Luke en levant son verre à l'intention de Malcolm. Vous avez raison, monsieur Perré. Et j'ai toujours su gré à votre charmante femme d'avoir veillé sur moi.

— Tu l'as dit. Tu as de quoi être reconnaissant, putain de merde. Tu nous as causé assez d'emmerdes comme ça, tu crois pas ?

— Arrête, Malcolm !

La voix de Sharon interrompit les bavardages dans le bar, qui se firent murmures avant de s'éteindre complètement.

— Oh, la patronne s'énerve. J'vais me faire sacrément sonner les cloches à la maison.

Malcolm vida son verre et tenta de le reposer violemment sur le comptoir mais il rata son coup et le verre s'écrasa par terre, volant en éclats. C'est à peine s'il cilla.

— Désolé, Tom. (Il fit signe au barman.) Désolé, mon pote. J'ai loupé le comptoir.

Il avait l'air sincèrement navré d'avoir cassé le verre, mais quand il se tourna vers Luke, il n'y avait pas l'ombre d'un remords dans son regard.

— Et désolé, Luke. Bien sûr que rien de tout cela n'est de ta faute. Tu n'as pas demandé à naître, hein. (Des larmes glissaient lentement sur les joues de Sharon tandis que son mari parlait.) Et sincèrement, si je devais en vouloir à quelqu'un, ce serait à ton vieux, pas vrai ? S'il avait pas foutu ta mère en cloques, ma Sharon n'aurait pas eu besoin de veiller sur toi, hein ? Ni sur ton vieux, hein ? Cette saloperie de pute.

Un coup de poing vola. Une pluie de sang vint éclabousser la table. Jenny laissa échapper un cri. Luke se jeta en avant et tira sa chaise vers lui, loin de Malcolm Perré qui s'écroulait sur le sol en gémissant, une main plaquée sur son nez ensanglanté.

Du verre brisé crissa sous les pas de Tuesday Jones quand elle recula pour contempler le résultat de son intervention.

— Navrée, ma chère, fit-elle à l'adresse de Sharon, plantée là, stupéfaite. Mais ton mari est un connard de première.

— Alors, tu vas écrire un article sur moi dans ton journal ?

Tuesday termina son troisième rhum-Coca et fit claquer le verre sur la table.

— Comment pourrait-on l'intituler ?

Jenny était à la moitié de sa deuxième pinte de cidre et voyait Tom au bar aligner une nouvelle tournée. Elle avait essayé de boire lentement et tenté d'orienter la conversation vers le meurtre de Reg Carré afin d'évaluer la réaction de Tuesday, elle avait peut-être même fait allusion à Len Mauger, mais ça n'avait pas été facile, la discussion étant centrée sur le pétage de plomb de Malcolm et l'intervention musclée de Tuesday.

— Que diriez-vous de : « Une vache folle frappe un enfoiré de salaud dans un pub de Sercq » ? Ça sonne pas mal, vous ne trouvez pas ? Je plaisante ! Nan, pas taper !

Luke avait un peu trop bu et il s'avachit dans son fauteuil en riant et en pleurant à moitié.

— Des années qu'on écoute les conneries de Malcolm, reprit Tuesday. Il déblatère sur tout et tout le monde. On lève les yeux au ciel et on l'ignore, bon. Mais, continua-t-elle en regardant Luke, je refuse d'entendre parler de sa femme comme ça. Ça, c'est hors de question. Sharon est une bonne personne. Dieu seul sait comment elle arrive à le supporter. Et je parie qu'on ne voit pas le pire. Il est grand temps que quelqu'un remette ce type à sa place.

— Qu'est-ce que tu veux dire par là ? demanda Jenny.

— Quand un type parle de sa femme en ces termes et en public, tu crois qu'il est comment derrière des portes fermées ?

— Je l'ai vu derrière des portes fermées, répondit Luke, toute trace de sourire effacée alors qu'il se remémorait la scène. Il est venu chez nous, un jour. Deux ou trois ans après le départ de maman. Et ce n'était pas joli, je peux vous le certifier. Il gueulait beaucoup. Mais je crois qu'il n'est que ça : une grande gueule.

— Toutes les horreurs qu'il balance à sa femme, et vous croyez qu'il se contente de beugler ? intervint Jenny. Je n'en mettrais pas ma main à couper.

Elle sentait chez Malcolm quelque chose de malveillant qui dépassait les mots.

— Moi non plus, renchérit Tuesday. Vous ne connaissez pas ce gars, pas ce qu'il est devenu en tout cas. Depuis combien de temps avez-vous quitté l'île ?

— Ça fera vingt ans. Mais je connais Malcolm. Je connais cette île. Elle ne vous quitte jamais, peu importe combien de temps on en reste éloigné. Si on y est né, bien sûr. Et qu'on y a grandi. C'est différent pour une intruse comme vous.

Il lança un sourire à Tuesday, mais elle s'était crispée, les yeux étrécis. Un moment Jenny crut qu'elle allait encore se lâcher. L'atmosphère changea quand Tom s'approcha, un nouveau plateau de boissons brandi à bout de bras.

— Bon, voilà ta récompense. Bois ça. Merci d'avoir aidé à faire le ménage, mais la dernière chose dont j'aie envie, c'est que la police me fasse baisser le rideau.

— Merde. Il est si tard que ça ?

Minuit passé. Jenny regarda la cour. Noire. L'idée de l'obscurité, des rues silencieuses sur son trajet de retour à la maison d'hôtes la fit frissonner.

— Ça va ? lui demanda Tuesday.

— Oui, il faut que je rentre. J'ai encore du travail.

— Tu es hébergée chez Rosie ?

— Oui.

— Ce n'est pas le cas. Monroe voulait donner une interview. Je suis restée une heure avec lui, grand max. Il a le droit de raconter sa version des faits.

— Si tu le dis.

— Donc tu ne sais rien ? Tu n'as pas vu de bateaux en mer au cours de tes excursions à la belle étoile ?

— Je n'ai jamais dit ça. J'ai dit que mes excursions ne m'emmenaient pas dans ce coin.

Elle se mit à redescendre la colline.

— Alors que sais-tu exactement ?

Tuesday se contorsionna sur sa selle, plissant les yeux à cause de la lampe de Jenny. Jenny baissa le faisceau et la voix de Tuesday s'éleva dans la nuit noire :

— Tu ne vas pas lâcher le sujet, hein. Je viens de t'escorter jusque chez toi. Je t'ai protégée du grand méchant loup. Qu'est-ce que tu veux de plus ? Du sang ?

— Non, je…

— Parce que c'est le prix qu'on aura à payer. C'est trop tard, Jenny. On a essayé. Mais ils sont allés trop loin.

— Qui ça ?

Tuesday ne répondit pas.

— Je t'aime bien, Jenny. Rends-toi service, barre-toi d'ici. Demande aux *Nouvelles* d'envoyer quelqu'un qui sera moins susceptible de nous faire tous tuer.

Michael trouva qu'il avait une attitude un peu particulière pour un policier affecté à une enquête pour meurtre.

— Au fait, monsieur, juste pour que vous sachiez, la presse a débarqué hier en fin de soirée.

— Les *Nouvelles* ? Ça fait plusieurs jours qu'ils sont là. Tenez-vous au courant, mon garçon.

— Non, deux envoyés de la presse nationale.

— Comment sont-ils arrivés ici ?

— Par charter depuis Jersey. J'imagine qu'ils voulaient être présents à la réunion.

Michael soupira.

— Oui, sans doute. Allez venez, Fallaize. Faisons notre entrée dans la fosse aux lions.

En sortant, Fallaize s'arrêta devant une vitrine poussiéreuse pour se mirer dedans. Visiblement soucieux d'être beau à la télévision, il ramena ses cheveux sur le côté et rajusta sa veste. Il n'avait pas l'air dans son assiette, pensa Michael. Son étincelle habituelle de kakou moyen était un peu ternie. À part ses boutons de manchette, tout sauf discrets : des mini-voitures de sport plaquées or. Kakou.

Le vestibule de l'école était le seul endroit assez grand pour asseoir tous ceux qui assisteraient à la conférence de presse. Les journalistes, déjà sur place, attendaient dehors. Ils n'étaient pas aussi nombreux qu'il l'avait craint.

— Un commentaire, inspecteur-chef Gilbert ?

— Êtes-vous sur le point d'arrêter le meurtrier ?

— Avez-vous une idée du mobile ?

— La mort de Reg Carré est-elle liée à la découverte macabre des ossements sur Derrible Bay, lundi ?

— Je te raccompagne.

— Mais c'est idiot. Tu habites de l'autre côté de la rue.

— Je vais te dire ce qui serait idiot : de te laisser te balader toute seule alors qu'il y a un tueur dans la nature.

— Mais il faudra bien que tu rentres toute seule chez toi après !

— Je pense qu'on est tous d'accord pour dire que je peux me débrouiller. Comme l'a dit Lukey ici présent, je suis une vache folle. (Elle vida son verre et ramassa son sac.) Je vais me fumer une petite cigarette. On se retrouve dehors.

Elle souhaita bonne nuit à Tom et sortit du bar.

— Je l'ai froissée, fit Luke en s'agitant sur sa chaise. Merde. J'ai trop bu. Cet endroit… Je ne sais pas pourquoi je suis venu là. Ça ne fait qu'envenimer les choses. (Il se prit la tête dans les mains.) J'aurais dû lui rendre visite plus souvent quand il était encore là. Quelle putain de perte de temps d'être venu maintenant. Croire que je suis l'un des leurs. Quel con je fais. Vous m'excuserez auprès d'elle ?

— Tuesday ?

Il hocha la tête.

— C'est moi qui aurais dû lui mettre mon poing dans la figure. J'aurais dû défendre Sharon. Au nom de tout ce qu'elle a fait pour moi.

Elle reconnut le chagrin et les remords d'avoir quitté la maison, de ne pas être revenu, de ne pas avoir été là pour Reg, et elle savait que c'était un fardeau qu'il porterait très longtemps, peut-être jusqu'à la fin de ses jours. Elle se pencha par-dessus la table et posa sa main sur la sienne.

— Ça va aller.

— Ça finit par passer ?

Elle hocha la tête.

— Allez, tout le monde dehors !

Tom éteignit la lumière. La lueur émise par les blocs de sécurité les baigna d'un faible halo d'un vert glauque. Luke lui prit la main. La pressa doucement.

— Il est temps de partir.

Son expression était indéchiffrable. Il se leva, passa devant elle et sortit sans ajouter un mot.

Elles s'étaient mises en marche, Tuesday fumant une énième cigarette et Jenny tenant sa torche quand soudain elle se souvint.

— Zut, j'ai laissé mon vélo !

— T'inquiète. Va le chercher, je t'attends, répondit Tuesday en s'appuyant contre le mur d'Ariel's Grotto.

Elle n'était qu'à une dizaine de mètres à peine de la Sirène. Elle avait laissé la bicyclette dans un râtelier à vélos derrière le pub. Elle pénétra dans la cour. L'obscurité y était plus dense. Elle promena rapidement le faisceau de sa torche autour d'elle. Ce n'était pas utile. Elle n'était partie que depuis quelques minutes.

C'était le seul vélo. La roue avant était coincée dans le râtelier et elle dut lui donner de franches secousses pour le dégager. Il se libéra brusquement et elle bascula en arrière, lâchant sa torche qui roula sur les pavés avant de finir sa course dans le fossé qui séparait le pub des champs.

Elle était dans le noir presque complet. Elle résista à l'envie d'appeler au secours, de se rouler en boule en s'enveloppant de ses bras pour se protéger de la nuit. Elle prit une profonde inspiration, appuya le vélo contre le mur et s'avança d'un pas précautionneux vers la lumière faiblarde de la torche. Le fossé était profond et large, et la seule façon d'attraper la lampe de poche était d'y descendre. Elle s'enfonça dans les feuilles jusqu'aux genoux. Elles étaient fraîches et humides contre ses chevilles, sèches et craquantes en surface. Elle pataugea dedans pour attraper sa lampe qui s'enfonça davantage dans le matelas de végétation. Sa lumière faiblit jusqu'à ce que l'obscurité devienne presque insupportable. Jenny sentit un hurlement monter dans sa gorge et sa bouche s'ouvrit, prête à le libérer. Mais alors sa main tomba sur sa torche, elle la prit et balaya le faisceau d'avant en arrière, puis de gauche à droite.

Un bruit venu du champ.

Elle s'arrêta. Écouta. Rien. À part le doux bruissement des herbes dans la prairie. Le chuintement des feuilles sous ses pieds. Elle avait rêvé. Elle se retourna pour sortir du fossé. Entendit une nouvelle fois le bruit.

Un sourd grondement. Pas mécanique. Animal.

Et autre chose.

De plus en plus près, jusqu'à ce qu'elle entende nettement des pas qui couvrirent les battements affolés de son cœur.

Un grognement, long, soutenu.

C'était un chien. Mais elle n'avait jamais entendu un son aussi long, aussi sourd. Il résonnait autour d'elle, emplissait l'air et ses oreilles, lui donnait la chair de poule et hérissait ses poils sur ses bras. Quand il se tut, le silence se fit plus lourd qu'avant, chargé de menace.

Du calme. Son attaque de panique quand elle s'était retrouvée plongée dans le noir l'avait rendue vulnérable. Exposée. C'était juste un chien. Les chiens étaient mus par l'instinct. Elle s'était trop rapprochée de son territoire ; il voulait qu'elle s'en aille, voilà tout. Elle s'en allait. Il n'avait aucune raison de lui faire du mal.

Pas de mouvements brusques. Elle pivota très lentement, s'efforçant de faire le moins de bruit possible, et s'extirpa du fossé, les muscles tendus, les coudes douloureux et les jambes tremblantes.

Lentement, doucement. Quelques pas à reculons en direction du pub. Elle récupéra la bicyclette le long du mur et attendit d'être montée dessus pour rallumer la torche et la braquer sur le champ.

Désert. C'était absurde. Elle l'entendait toujours respirer, chaque souffle lent et chargé de moiteur. Apparemment si près que Jenny eut l'impression de le sentir, chaud et humide sur sa peau nue, sur sa nuque et ses omoplates, autour de ses chevilles. Elle en fut glacée jusqu'aux os. Le malaise qu'elle ressentait presque constamment, déjà exacerbé par les événements de la journée, s'amplifia, étendit ses longs doigts glacés pour se refermer sur sa gorge, lui arrachant un cri étranglé. Les deux pieds à terre, Jenny fit le tour des tables à pique-nique en courant à moitié, le reste en pédalant, et s'éloigna rapidement du bar.

Derrière elle, un bruit de feuilles piétinées. Un bruit sourd, si lourd qu'elle eut l'impression que le sol tremblait sous ses pieds. Un crissement de griffes sur le ciment.

Elle pédala de toutes ses forces, manquant mordre la poussière quand elle négocia un peu trop rapidement le passage sous le porche et l'arrivée sur la terre instable du sentier, se rétablissant juste à temps, freinant brutalement au niveau du magasin de jouets. Tuesday, sur un VTT qui semblait bien trop grand pour elle, fumait une nouvelle cigarette.

— Viens vite !

— Qu'y a-t-il ?

— Un chien.

— Où ça ? fit Tuesday en tentant de percer l'obscurité. Je ne vois rien.

Jenny tendit sa torche d'une main tremblante. La route était déserte.

— Il était à mes trousses. Je l'ai entendu.

— Quel genre de chien ?

— Pas vu. Gros, je pense. Allez, on y va.

Elle prit de l'avance, imaginant la sensation des griffes sur ses jambes nues, des crocs sur sa gorge. Elle accéléra l'allure, entendit le grincement du vélo de Tuesday dans son dos. Ce ne fut que lorsqu'elle atteignit le bout de l'Avenue qu'elle ralentit et jeta un coup d'œil derrière elle. Rien. Tuesday la rattrapa. Elle avait réussi, Dieu sait comment, à pédaler et à fumer en même temps.

— J'te l'avais dit, y a rien.

Elle balança son mégot dans les broussailles.

Il n'y avait rien à cet endroit. Plus maintenant en tout cas.

Elles repartirent, le cœur de Jenny battant toujours la chamade, un poids énorme dans l'estomac, les retombées familières d'une soudaine poussée d'adrénaline. Elle se sentait épuisée. Comme si elle était sur l'île depuis des semaines. Et elle n'avait pas progressé d'un pouce. N'était arrivée à rien. Son père. Les ossements. Reg Carré. Len Mauger. Les bateaux. En surrégime, son cerveau mélangeait faits et légendes, établissait des connexions inexistantes, imaginait des créatures de l'ombre. *Ressaisis-toi, Jenny. Putain…*

Elles avaient quitté le village. Les lumières combinées de leurs deux vélos suffisaient à peine à éclairer le chemin devant elles. La couverture nuageuse était encore épaisse, la lune une vague lueur laiteuse. Pas d'étoiles. Tuesday flageolait sous l'effort, réussissant à peine à garder son équilibre, les pieds à quelques centimètres du sol.

— C'est ton vélo ?

Tuesday secoua la tête.

— Emprunté.

— À qui ?

— À celui qui l'a laissé devant le pub.

— Tu l'as volé ?

— Oh, t'emballe pas ! Je le remettrai où je l'ai trouvé. Tu es du genre droite dans tes bottes, toi, je me trompe ?

— Quoi ? Non, pas du tout. Qu'est-ce qui te fait dire ça ?

— Tu me fais penser à une chef de classe chargée de faire régner l'ordre. Pas qu'on en ait eu dans mon école. Mais tu ressembles à l'idée que je m'en fais.

— J'ai bien été chef de classe.

— Ha ! gloussa Tuesday. Je le savais.

— Mais je ne respecte pas toujours les règlements. Pas quand il faut passer outre.

— Sans déconner ? Fourrer ton nez partout et briser les règles quand ça t'arrange ? Tu aurais dû devenir flic.

Le sentier rétrécissait et devenait très raide. Tuesday prit la tête et Jenny la suivit, toutes deux rendues silencieuses par l'effort qu'elles devaient fournir pour grimper la colline avant de redescendre enfin en roue libre sur l'autre versant. Tuesday pila devant chez Rosie.

— J'espère que tu as une clé. La vieille Rosie doit être couchée depuis belle lurette.

— Oui, je l'ai, merci. Et merci de m'avoir raccompagnée. (Elle marqua une pause.) C'est drôle que tu suggères que j'aurais dû entrer dans la police.

— Ah bon ?

— J'adore enquêter. J'ai toujours aimé ça. Je voulais te poser une question, en fait.

— Ah oui ? fit Tuesday, un peu sur la défensive.

— J'ai entendu des rumeurs au sujet de bateaux qui navigueraient de nuit. Des éclats de lumière. Dans les eaux de Brecqhou.

— J'en étais sûre. Écoute-moi bien : tu peux dire à Corey Monroe qu'aucune de mes excursions ne s'approche de sa précieuse petite île, comme il le sait parfaitement bien d'ailleurs.

Son visage était plongé dans l'ombre, mais sa voix résonnait avec la clarté d'une cloche.

Elle n'avait pas le ton, se dit Jenny, de quelqu'un qui avait quelque chose à cacher. Au contraire, elle avait plutôt tendance à trop extérioriser. Ses sentiments, et ses poings.

— Ça ne vient pas de Monroe.

— Peu importe. Tu as papoté avec lui, n'est-ce pas ? dit-elle, plus calme à présent. Fais attention. Les gens du coin refuseront de te parler s'ils pensent que tu es cul et chemise avec lui.

25

Rachel

1989

Elle relut la lettre. C'était la quatrième, mais celle-ci était différente. Elle regardait fixement les mots comme si elle pouvait les changer. Tracés en noir sur le papier blanc, ils s'étaient gravés dans son esprit. Terrifiants. Indélébiles.

Elle entendit ses pas étouffés au-dehors. Elle fourra la lettre dans son corsage. Porta ses mains tremblantes à ses joues brûlantes. Elle s'en occuperait plus tard. D'une manière ou d'une autre.

À sa façon d'ouvrir la porte, elle sut qu'il était saoul. Il batailla avec le verrou, puis repoussa trop fort le panneau et l'envoya rebondir contre le mur en vibrant. Après quoi il resta planté sur le seuil, titubant.

— Il n'est même pas trois heures.

Elle se détourna de lui et se mit à faire furieusement la vaisselle.

Il haussa les épaules.

— Et alors ?

Il s'avança en chancelant. Tenta de l'enlacer. Il ne l'entreprenait que lorsqu'il était ivre.

— Luke va bientôt rentrer de l'école.

Elle le repoussa sans le regarder. Il sentait le whisky. Parfois quand il avait bu, il se mettait en colère et cassait des choses. Des assiettes, des tasses. Une fois, il avait enfoncé son poing à travers la porte.

— Que Luke soit là ou pas là, c'est pareil en ce qui te concerne.

— Il ne devrait pas te voir dans cet état. Pourquoi tu n'irais pas t'allonger ?

— Regarde-moi.

Elle continuait de laver et de récurer, s'éraflant les mains sur le tampon abrasif.

— Merde !

L'eau savonneuse irritait sa peau à vif.

— Rachel, dit-il doucement.

Il savait bien que ce n'était pas son vrai nom. La semaine où elle avait jailli de nulle part, elle lui avait dit qu'elle voulait prendre une autre identité sur l'île. Il avait trouvé l'idée amusante. « Tu seras Rachel, alors, tant que tu vivras ici », avait-il dit en riant. Et dix ans plus tard, elle était toujours là.

Elle arrêta de frotter. S'essuya les mains sur sa jupe. Puis se tourna vers lui.

— Qu'est-ce que tu as ? demanda-t-il, sans méchanceté.

C'était horripilant, cette façon qu'il avait de la connaître aussi bien. Elle se remplit un verre d'eau au robinet. Le but. Sa gorge, brûlante des cris qu'elle retenait, s'apaisa. Elle sortit la lettre. La lui tendit.

Il ne la prit pas.

— Encore de l'argent ?

Elle secoua la tête.

— Quoi alors ?

Il prit le courrier.

— S'il te plaît, Reg.

Tandis qu'il lisait, ses joues s'empourprèrent au point de devenir deux taches rouge vif.

— On va arranger ça, murmura-t-elle, peinant à retenir ses larmes parce qu'elle savait qu'ils n'y parviendraient pas.

Il le savait aussi. Il abattit son poing sur le comptoir.

— Reg, je t'en prie. Luke va rentrer d'une minute à l'autre.

Elle jeta un coup d'œil à l'horloge. Trois heures passées, déjà. Il pouvait débouler à n'importe quel moment maintenant, pour raconter sa journée en réclamant un câlin ou un goûter.

Reg hurla. Pas des mots. Juste de rage et de désespoir. Elle en fut bouleversée et les larmes se mirent à rouler, sans retenue, sur ses joues.

— Je t'en prie. On va trouver une solution.

Mais ça ne servait à rien. Elle l'avait perdu. Il balaya le comptoir du bras, brisant les verres, envoyant valdinguer la vaisselle et une casserole qui fit un boucan d'enfer en tombant par terre. Elle s'enfuit de la cuisine. Mais elle n'avait nulle part où se cacher dans cette petite maison.

— Ça suffit ! gronda-t-il, écumant de rage. Ça suffit. Ça suffit, répéta-t-il plus calmement.

À peine. Il s'accroupit, se couvrit la tête de ses mains. Il tremblait.

— Reg ?

Il restait accroupi, tremblant, silencieux.

— Reg ?

Elle s'approcha de lui. Posa sa main sur son épaule.

Il leva les yeux. Son visage était convulsé de fureur, de chagrin, et d'autre chose. De la haine. Elle s'en rendait compte à présent. Il la haïssait. Il se releva, s'avança d'un pas. Elle prit peur. Elle n'avait nulle part où s'enfuir. Elle ferma les yeux. Elle s'était assise tant de fois à l'église, répétant les mots vides de sens que son père prononçait en chaire, murmurant le « Notre Père », le credo et la prière eucharistique, sans jamais réfléchir à ce qu'elle était en train de réciter. Mais plus maintenant. Elle fouilla son âme, rassembla les mensonges, les tromperies et les malhonnêtetés, et les envoya à Dieu. En implorant son pardon.

26

Michael

Encore un coup de klaxon et Michael extirperait Fallaize de la voiture par la peau du cou et lui passerait un savon.

— Le jour se lève à peine. Vous allez réveiller tous les voisins. Vous m'avez vu vous faire signe depuis le seuil de la porte, pesta Michael en arrivant au bout de son allée.

Il grimpa maladroitement sur le siège passager et tenta de caser ses pieds et ses affaires pour la nuit sur le tapis de sol. Fallaize conduisait une Lotus Elise orange vif, probablement la voiture la plus ridicule qu'on pouvait posséder sur Guernesey. En fait, sur l'échelle des voitures grotesques, Michael la classerait même devant ces satanés gros SUV que des mères utilisaient pour leurs allers-retours à l'école. Ces engins étaient bien trop gros pour les routes de l'île, mais au moins étaient-ils confortables et spacieux. La Lotus n'offrait rien de tout cela. Seulement assez de chevaux pour atteindre les deux cent cinquante kilomètres-heure, comme Fallaize l'avait trompeté à qui voulait l'entendre quand il l'avait achetée. Ce qui était vraiment impressionnant. Et complètement absurde sur une île où la vitesse maximum autorisée était de soixante kilomètres-heure, et encore, uniquement sur la route côtière.

— Désolé, monsieur, dit Fallaize, l'air pas si désolé que ça, mais il éteignit néanmoins la musique. Je ne voulais pas qu'on soit en retard.

Il fit vrombir le moteur comme s'il s'apprêtait à courir le Grand Prix de Silverstone et atteignit la vitesse de quinze kilomètres-heure avant de s'arrêter sur la ligne jaune au bout de la rue de Michael.

— Comment pourrait-on être en retard ? Ça ne va pas commencer sans nous, hein ?

Michael s'agita sur son siège, tâchant de trouver une autre position pour ses jambes que croisées sur son ventre.

— Je ne pense pas, non. Vous croyez qu'on va devoir rester combien de temps, du coup ?

— Jusqu'à la fin de la semaine, au moins. Peut-être davantage. Ça dépendra de quand on chopera ce salopard, vous êtes d'accord ?

— Un problème avec Marquis ?

— Malade.

La plaie.

Michael aurait mille fois préféré Marquis et ses « allergies » plutôt que d'avoir à gérer les conneries de Fallaize, mais le rhume des foins s'était révélé être une souche épouvantable de grippe estivale et donc à présent, en plus de tout le reste, Michael devait supporter cette espèce de crétin.

L'Avenue était déserte. La fine couverture nuageuse était de celles qui laissent passer la chaleur du soleil et l'empêchent ensuite de s'évacuer, étouffant tout le monde. Une forte brise avait rendu le voyage inconfortable, mais il faisait toujours cinq degrés de plus qu'à Guernesey et Michael regrettait déjà d'avoir mis cette chemise à manches longues. De la sueur perlait sur son front.

Le nouveau café qui proposait les cupcakes à la mode était encore fermé, malgré l'écriteau promettant l'ouverture à huit heures. Michael vit une lamelle de store se soulever quand ils passèrent devant. Le gars qui tenait l'épicerie était planté dans la vitrine et les observait sans se cacher. Alf, le loueur de vélos, semblait être le seul à pied d'œuvre. Même lui était calme et il leur tendit leurs vélos avec un bref hochement de tête. Ils s'arrêtèrent dans la salle paroissiale où le constable Bachelet, les yeux chassieux, était assis derrière un bureau.

— La nuit a été calme ? demanda Michael.

— Trop, monsieur.

— Que voulez-vous dire ?

— Je n'ai pas fermé l'œil, pour être tout à fait franc. Il faisait trop chaud. En plus, je vis en ville. J'ai l'habitude d'entendre un peu de bruit et d'agitation. On n'entendait rien hier soir, à part les criquets. Et des chauves-souris. Je crois bien que c'étaient des chauves-souris. Ça couinait.

Il frémit. Puis bâilla.

— Bien. Bon, on a hâte de découvrir tout ça. On va poser nos affaires à la maison d'hôtes et s'installer à l'école. Vous gardez le fort, d'accord ?

— Ouaip, pas de problème.

Il lâcha un nouveau bâillement.

Michael leva la main.

— Comme vous le savez, l'enquête démarre à peine. Cette conférence s'adresse prioritairement aux habitants de Sercq. Vous pouvez rester sagement assis au fond, et je ferai de mon mieux pour répondre à vos questions à la fin de la réunion.

— Jonathan Boswell, de Channel News. Pourriez-vous commenter la rumeur selon laquelle Reg Carré a été assassiné à la suite d'une querelle de vingt ans avec son voisin ?

On colla un micro sous le nez de Michael.

— J'ai dit que je répondrais à ces questions plus tard ! tempêta-t-il en repoussant le micro. Et ne soyez pas aussi irresponsable, bon sang, siffla-t-il entre ses dents. Les gens du coin sont assez angoissés comme ça sans que vous jetiez de l'huile sur le feu.

Satanée presse locale, pensa-t-il, prise dans les filets des ragots de l'île. Pire, et de loin, que les journaux nationaux.

Il s'arrêta avant d'atteindre le vestibule. Il balaya du regard le petit groupe de journalistes. Il n'était pas au complet.

— Vous attendez quelqu'un, monsieur ? risqua Fallaize.

— Non. Pas particulièrement. Jennifer Dorey – je sais qu'elle a passé la nuit sur l'île. Je pensais la trouver là. (Il sortit son téléphone. Pas de putain de réseau.) Vérifiez à la maison d'hôtes, Fallaize, vous voulez bien ? Chez Rosie, je crois. Assurez-vous qu'elle va bien.

— Absolument, monsieur, répondit le sergent, sur un ton dépourvu de son habituelle pointe d'insolence.

Ce qui, pensa Michael, était pour le moins déconcertant.

Des enfants passèrent à vélo en bavardant et en riant, puis ils rangèrent leurs engins dans le râtelier à gauche de la porte de l'école. Ils avaient l'air plutôt heureux. Pas d'angoisse apparente malgré ce qui allait se dire derrière la porte voisine. Michael se souvint de ces jours bénis où les mauvaises nouvelles ne concernaient que les grandes personnes. À Guernesey, même les adultes étaient protégés des atrocités du monde. Il avait visité Londres au cours d'une formation organisée dans la foulée des attaques de l'IRA, au début des années quatre-vingt-dix. Les journaux n'avaient parlé que de ça, mais il avait été frappé de constater que ses collègues en Angleterre regardaient sous leur voiture avant d'y monter. Plus tard, la même semaine, il avait vu un mouvement de panique provoqué par un sac à dos sans propriétaire à la cafétéria.

Et même maintenant, Guernesey restait loin de tout, l'eau qui entourait l'île faisant tampon – un coussin psychologique entre elle et les horreurs du monde extérieur. Sur leur petit bout de caillou, c'étaient les drames du quotidien qui touchaient le plus la population locale. Les accidents de voiture, les overdoses, les suicides et, oui, les meurtres. Le choc en était amplifié, ricochait sur toute la communauté, chacun étant concerné d'une manière ou d'une autre. C'était assez terrible à Guernesey. Ce serait bien pire encore ici. Tout le monde connaissait Reg Carré. Il y avait de grandes chances que certains îliens sachent qui était le meurtrier. Peut-être assisteraient-ils à la conférence ? Et le tueur aussi, assez vraisemblablement.

Michael aida à installer les chaises. Il y avait de quoi asseoir deux cents personnes et il restait des places debout dans le fond. La dernière fois qu'il avait participé à une réunion de ce genre, il avait dû admettre devant l'assistance qu'un tueur noyait des jeunes femmes depuis des décennies, à l'insu de tous. Au moins, cette fois, il n'aurait pas à affronter l'hostilité de la population. Non, cette fois, ils étaient prêts. Ils savaient à quoi ils avaient affaire. Deux meurtres. Connectés ? Sûrement. Il ne savait pas comment, mais il se plaisait à le répéter chaque année aux jeunes recrues, les coïncidences n'existaient pas. Deux victimes étaient toujours liées par un fil, même ténu. Peut-être, se dit-il, que le lien entre les deux corps était bien plus épais qu'il n'y paraissait. Pas un fil d'ailleurs, un anneau d'or.

Parce que plus il y pensait, plus il estimait vraisemblable que la femme de la grotte soit Rachel Carré. Luke Carré avait déjà accepté de faire un test ADN. Les résultats n'arriveraient que dans quelques jours, l'extraction de l'ADN à partir d'ossements prenant un temps infini. Un résultat positif serait, de l'avis du policier qu'il était, la meilleure nouvelle possible. Car, raisonnait-il, s'il s'agissait bien du squelette de Rachel, il parierait sa paye que c'était Reg Carré qui l'avait placé là. Ce qui ferait de l'affaire un drame familial.

Michael jeta un coup d'œil à sa montre. Dix heures dix. Le vestibule était maintenant plein à craquer. Malcolm Perré arborait un affreux œil au beurre noir. Sharon s'était assise sur la même rangée que son mari, mais à quelques sièges de lui. Manifestement, ces deux-là ne s'étaient pas réconciliés. Le constable

Langlais avait l'air plus mal en point que l'avant-veille, plus maigre, comme si c'était possible, et son menton était couvert d'une barbe éparse. Quant à Luke Carré, il avait visiblement la gueule de bois. Une mine de papier mâché, les yeux rouges. Avait-il picolé à cause du chagrin ou de la culpabilité ? Michael s'interrogeait. Juste derrière lui, Jenny Dorey et son collègue et petit ami, Elliot. Michael avait été soulagé de les voir arriver, non sans remarquer qu'ils avaient l'un comme l'autre l'air épuisés et stressés.

Tanya Le Page était assise au dernier rang. Silhouette solitaire, le cheveu pendouillant, un cardigan kaki bien trop grand pour elle jeté sur ses frêles épaules. Plusieurs chefs plaids, le gouvernement désormais démocratiquement élu de Sercq, étaient de service. Ils étaient assis ensemble et parlaient entre eux, l'air très officiel. Michael reconnut une femme du village, une blonde décolorée très séduisante, même si son attitude décourageait tout projet de conversation. Elle était debout au fond, les bras croisés, alors qu'il restait quelques places vides.

Il s'éclaircit la voix. Le public se redressa. Les pieds des chaises grincèrent sur le parquet ciré. Michael s'avança pour prendre la parole.

— Attendez une minute ! Une minute !

Sir William de Bordeaux se fraya un chemin dans le vestibule, sa canne rythmant son arrivée. Il s'assit, lentement, sur une chaise au premier rang.

— On ne peut pas tenir une conférence sans la présence du seigneur de l'île, n'est-ce pas ?

Michael pensa qu'il avait tenté un trait d'humour, mais la réponse du public fut le silence. Glacial, par ailleurs.

— Enchanté que vous ayez pu venir. J'allais commencer.

— Que je ne vous retarde pas. Allez-y.

Michael se hérissa, puis repensa au commentaire de Jenny sur son rapport compliqué avec l'autorité, lança un sourire crispé au vieil homme, et entreprit de résumer les événements, de la découverte des ossements sur la plage jusqu'à celle du corps de Reg Carré.

— La chronologie est cruciale. M. Carré a été vu juste après neuf heures du matin en train de rentrer du village chez lui avec son sac de provisions. Le constable Langlais a trouvé son corps peu après onze heures et demie du matin, heure à laquelle nous pensons qu'il était déjà mort depuis deux heures environ. Donc, l'assassin de M. Carré l'attendait très probablement chez lui, ou est arrivé très vite après son retour. M. Carré était en train de se faire du thé quand il a été tué, ce qui nous amène à penser que le tueur était peut-être de son entourage. Ce qui signifie que vous le connaissez certainement.

Michael laissa sa dernière phrase faire son effet, et le silence se densifia tangiblement.

— Vous avez été nombreux à vous présenter spontanément pour nous dire quand vous aviez vu M. Carré pour la dernière fois, comment il était, ou pour nous exposer vos théories sur ce qui avait bien pu se produire, et nous vous sommes tous extrêmement reconnaissants de votre coopération. Pour l'instant, nous sommes à la recherche d'un individu qui aurait été vu sur ou près de la propriété de M. Carré lundi matin…

— Un homme ? coupa le seigneur. C'est tout ce que vous avez ? Quel genre d'homme ? Qui l'a vu ? lança-t-il, prenant l'assistance à témoin.

— Je crains de ne pas pouvoir partager cette information avec vous. (Michael vit Tanya Le Page s'agiter sur sa chaise, resserrer un peu plus son cardigan sur elle.) Et j'ai bien conscience que cette description est vague. Mais si quelqu'un était dans les parages de chez Reg lundi matin, il ou elle devrait venir se présenter, qu'il ou elle ait vu quelque chose de suspect ou non.

« Nous recherchons aussi une femme avec un grand chapeau de soleil qui aurait acheté un aller simple sur le bateau qui repartait pour Guernesey lundi midi. C'était probablement une touriste qui rentrait chez elle, mais étant donné l'heure de l'achat du billet, nous souhaiterions pouvoir l'éliminer de notre liste de témoins.

— Et les ossements ? demanda la blonde debout au fond de la salle.

— Nous tâchons d'établir l'identité du corps retrouvé sur Derrible. Quiconque détiendrait des informations à ce sujet est prié de venir nous en parler.

— Qui les a trouvés, alors ?

La même femme.

— C'était un tuyau anonyme. Nous aimerions vivement parler à la personne qui en est à l'origine.

— À votre avis, pourquoi quelqu'un fouinait-il dans ces grottes ?

— Je suis désolé, commença Michael, décontenancé. Vous êtes madame… ?

— Jones. Tuesday Jones.

— Madame Jones, je n'en ai strictement aucune idée. Pour l'instant, l'enquête ne s'est pas focalisée sur ce point.

— C'est peut-être une erreur.

— Si vous savez quelque chose, madame Jones, il faut nous le dire.

Elle secoua la tête, esquissa un sourire.

Michael réalisa soudain qu'une tension s'était installée dans la pièce. Personne ne parlait plus, même à voix basse. Personne ne bougeait. Ils étaient tous assis bien droit, parfaitement immobiles. Et personne ne le regardait, ni lui ni la femme au fond qui posait les questions.

Une main s'éleva.

— Oui, Jennifer ?

— La police considère-t-elle que les deux affaires sont liées ?

— Je ne suis pas en mesure de commenter cette possibilité tant que nous n'aurons pas identifié le corps de la grotte.

— Devons-nous nous enfermer à clé la nuit, inspecteur-chef ? S'agit-il d'un autre tueur en série en liberté dans la nature ?

La question était posée par ce crétin de Channel News, toujours le même.

— Non, monsieur Boswell, nous ne pensons pas qu'un tueur en série se balade dans la nature. Et les spéculations de cet ordre sont parfaitement contre-productives. (Il fit une pause avant de continuer.) Cependant, nous conseillons toujours aux habitants de verrouiller leur porte, et compte tenu des circonstances, j'ajouterai qu'ils seraient bien avisés de suivre cette recommandation dès ce soir.

— Foutaises.

Michael tressaillit.

— Vous avez un commentaire à faire, Sir William ?

— Ce ne sont que des foutaises. Cet endroit a basculé en enfer et ce n'est pas un malheureux tour de clé qui y changera quoi que ce soit. (Il se mit debout et s'adressa à l'assistance.) J'espère que vous êtes tous contents. Vous avez fait un pacte avec le diable, n'est-ce pas ? Et regardez où ça nous a menés.

Il cracha, avec une violence insoupçonnée, en direction du groupe des chefs plaids.

— Une petite minute !

Michael s'avança vers lui, mais le vieil homme brandit sa canne.

— Je m'en vais. Et vous devriez tous faire pareil. Vous perdez votre temps. Vous ne tirerez rien de cette engeance.

Un sanglot étouffé brisa le silence : Tanya Le Page, les épaules tremblantes, la tête dans les mains.

— Que tout le monde se calme, dit Michael, alors que seule Tanya faisait du bruit. Tout ira bien.

— Comment pouvez-vous dire ça ? lança-t-elle en redressant la tête. Personne n'est en sécurité. Personne, répéta-t-elle en balayant la pièce d'un geste.

— Nous n'avons aucune raison de croire que quiconque soit en danger. Bien sûr, si n'importe lequel d'entre vous a des raisons de penser le contraire, qu'il nous les expose sur-le-champ.

— J'ai besoin d'une cigarette, déclara Tuesday, l'air de s'ennuyer ferme. Merci du temps que vous nous avez consacré, inspecteur-chef Gilbert. Je suis certaine que tout le monde apprécie.

Michael aurait pu jurer qu'un peu de tension quittait la pièce avec elle. Suffisamment en tout cas pour que le murmure des conversations reprenne, que les chaises grincent et claquent contre le sol.

— Cette femme, fit Michael, tout bas. Tuesday Jones…

— Quel nom débile, commenta Fallaize sans prendre la peine de baisser la voix.

— Allez me recueillir des infos sur elle. D'où elle sort et depuis quand elle habite l'île. Puis allez lui parler. Demandez-lui des éclaircissements sur ce qu'elle a dit à propos de la grotte. Voyez si elle sait qui nous a tuyautés.

— Je suis sur le coup.

Toute l'assistance, pensait Michael, semblait terrifiée. Même le coup de colère du seigneur ressemblait à un cri d'angoisse. Tout le monde sauf Tuesday Jones. Elle n'avait pas eu l'air effrayée du tout.

Jenny et Elliot attendaient devant la porte de l'école. Elle s'approcha de Michael, l'air déterminé.

— Tu vas bien ? s'enquit-il. Tu n'es pas trop affectée par les événements ?

— Je vais bien, répondit-elle en réussissant à afficher un semblant de sourire. Je vais chez Tanya Le Page. Elle m'a demandé si elle pouvait me parler.

— De quoi ? Si elle a des plaintes au sujet de l'enquête, il faut qu'elle vienne nous voir. Tu ne peux rien publier qui risque d'ébranler la confiance de ces gens, pas à ce stade. Tu as bien vu l'ambiance, dans la salle.

Michael sentait sa pression artérielle s'emballer. Son œil gauche se mit à l'unisson de son pouls et commença à tressauter.

— Elle avait l'air inquiète, pas fâchée. Je vous dirai ce qu'elle me confiera. Et puis j'ai couvert à peu près tout ce que je pouvais sur le meurtre de Reg Carré. À moins que vous n'ayez une nouvelle info pour moi ?

— Rien pour le moment. Tu rentres à Guernesey, alors ?

Elle secoua la tête.

— On pourrait discuter ? Pas tout de suite, précisa-t-elle avec un regard à Fallaize qui se tenait à quelques pas d'eux et qui visiblement les écoutait. Plus tard dans l'après-midi ?

Michael lui jeta un regard interrogatif.

— À quel sujet ?

— J'ai conduit quelques recherches. Sur mon père.

Elle se sentit mal à l'aise en prononçant ces mots, s'attendant visiblement à un commentaire.

Elle ne fut pas déçue.

— Pour l'amour du ciel, Jenny ! fit Michael en se plaquant la main sur les yeux. J'ai déjà assez de pain sur la planche.

— Je sais que vous n'avez pas de temps à consacrer à cette affaire. Mais cela pourrait se révéler pertinent.

Fallaize lâcha un soupir dubitatif.

— Comment ça ? demanda Michael.

— Plus tard. À la Sirène ?

— Je ne pourrai pas prendre de pause avant dix-sept heures.

— Va pour dix-sept heures.

Il soupira en la regardant partir.

— Je sais que vous êtes amis, monsieur, mais je ne prendrais pas trop au sérieux ce qu'elle raconte. Elle a toujours l'air d'être au bord de la dépression nerveuse.

— Ai-je sollicité votre opinion, Fallaize ? Allez plutôt parler à Tuesday Jones.

Et par-devers lui il ajouta :

— Quel insolent petit salopard.

Il attendit que Fallaize se soit éloigné à vélo de la cellule de crise et se jucha sur le mur. Ces débriefings le rendaient toujours malade. Ça allait tant qu'il s'exprimait, mais après, c'était comme si toute la tension qu'il s'efforçait de contenir s'évacuait d'un coup. Il la sentait remonter de son estomac jusque dans sa poitrine, comme un reflux d'angoisse.

Il allait devoir dire à Jenny ce qu'il savait de la mort de Charlie Dorey. Il aurait dû le faire depuis des mois. Dès que les incohérences lui avaient sauté aux yeux. Elle aurait compris. Tout le monde commettait des erreurs. C'était le fait de ne pas les admettre qui posait problème. La dissimulation était encore pire que le crime lui-même.

27

Jenny

— Vas-tu enfin me dire ce qui ne va pas ?

Ils s'arrêtèrent au carrefour avant la maison de Tanya Le Page. Ils n'avaient pas échangé deux paroles depuis qu'ils avaient quitté l'école.

— Avec tout ce qui se passe, je suis un peu ailleurs, Elliot, c'est tout.

— Il y a autre chose, Jenny. Je commence à en avoir assez de devoir deviner ce qui te trotte dans la tête. Pourquoi tu ne me le dis pas tout simplement pour qu'on règle le truc ?

— Tu es sorti avec Jade, hier soir ?

Il eut l'air pris de court.

— Oui.

— Et c'est moi qui fais des cachotteries ?

— Jenny, je ne voulais pas te contrarier.

— Tu crois me faire une fleur en ne me disant pas que tu couches avec quelqu'un d'autre ? Va te faire foutre, Elliot !

— Enfin, bordel ! s'exclama-t-il en secouant la tête. Je ne couche avec personne d'autre, Jenny. C'était juste un pot entre collègues. À l'initiative de Jade, c'est tout.

L'explication était trop simple pour être sujette à caution. Elle la digéra, puis sentit, avec une pointe d'embarras, ses yeux la picoter.

— Je suis désolée… Je… je me suis fait un film, là.

— En effet, acquiesça-t-il.

— Quels collègues ?

— Quelques-uns.

— Les habituels ?

Il soupira, exaspéré.

— Ce n'est pas moi qui l'ai organisé. Et de toute façon, toi tu étais là, alors…

Ils restèrent plantés là, en silence, dans la chaleur écrasante.

— Il faut que j'aille parler à Tanya Le Page.

— Et laisse-moi deviner, il faut que tu y ailles seule ?

— Elliot, je ne cherche pas à t'évincer. Mais elle ne me parlera pas si tu es… Elle est très protectrice vis-à-vis de son fils.

— C'est bon, Jenny, j'ai pigé. Tu n'as pas besoin de moi, pas de problème. On se verra à Guernesey. Enfin, je présume que tu finiras bien par rentrer, tôt ou tard.

Il y eut quelque chose de très définitif dans sa façon de prendre congé d'elle, sans lui dire au revoir, sans un dernier regard en arrière.

Arthur Le Page était agenouillé devant une table basse sur laquelle étaient étalés ses crayons de couleur. Un vase de roses Baccara était poussé sur le côté. Il était penché sur un cahier à dessin, ses longs cheveux retombant comme un rideau protecteur de part et d'autre de son visage.

— C'est à peine s'il a prononcé un mot de toute la semaine, murmura Tanya qui avait les yeux rouges depuis le point presse. Que des banalités. Rien à propos de ce qui s'est passé. Le médecin dit qu'il est en plein stress post-traumatique, qu'il ne faut pas le brusquer. Je sais que la police a hâte qu'il parle, mais il n'a rien vu, j'en suis certaine. On peut parler dans la cuisine ? ajouta-t-elle d'une voix brisée.

— Bien sûr.

Jenny la suivit à travers le salon lumineux, jusqu'à une longue pièce basse de plafond. Des casseroles en cuivre bien brillantes étaient suspendues au-dessus d'un îlot central. L'évier en céramique débordait de vaisselle. Un fourneau étincelant bourdonnait dans un coin.

— Voulez-vous du thé ?

Tanya se leva mais sembla oublier instantanément pour quoi, se rassit et se prit la tête dans les mains.

— C'est un cauchemar.

— Je vais m'en occuper.

Jenny remplit la bouilloire et rinça deux mugs pris dans l'évier.

— Merci, fit Tanya avec un faible sourire. Je ne savais pas qui vous étiez quand vous avez ramené Luke à la maison. Votre père est l'homme qui s'est noyé au large de Sercq il y a deux ans.

— En effet.

— Ça doit être dur pour vous de revenir là.

— Pas vraiment, répondit Jenny avec un haussement d'épaules. C'est plus pénible chez moi, où tout me le rappelle. En plus, j'adore Sercq. J'ai de merveilleux souvenirs de lui ici.

— Je suis certaine que beaucoup de gens parlent de lui avec chaleur.

Jenny n'était pas sûre que ce soit une question.

— Il avait des amis sur l'île. De quoi vouliez-vous me parler, madame Le Page ?

— Tout le monde sait que c'est Arthur qui a trouvé le corps de Reg.

— Je n'ai rien dit ! s'insurgea Jenny.

Elle avait suivi les instructions de Michael qui lui avait spécifiquement demandé de n'en parler à personne, même pas à Elliot.

— Je sais que ça ne vient pas de vous. Le constable Langlais est l'un des hommes les plus indiscrets qu'il m'ait été donné de rencontrer. Je suis convaincue qu'il a brigué ce poste juste pour satisfaire son insatiable soif de racontars. (Elle prit un peu de temps avant de continuer.) J'aimerais que vous écriviez un article sur le meurtre, mais en insistant sur le fait qu'Arthur ignore qui a tué Reg Carré, dit-elle, une tension perceptible dans la voix. La police répète que nous sommes en sécurité, mais comment peut-elle en être sûre ? Et voilà qu'ils parlent d'un témoin qui aurait vu un homme, très vite quelqu'un comprendra qu'il s'agit d'Arthur. (Ses grands yeux brillaient. Elle arracha un morceau de sopalin et se tamponna sous les paupières.) Je suis désolée.

— Cela fait deux jours, dit Jenny doucement. Assez pour qu'Arthur ait eu le temps de parler.

— Sauf qu'il n'a rien dit ! coupa sèchement Tanya.

— Je le sais comme vous. Mais pas le meurtrier. Il n'aurait aucune raison de s'attaquer à Arthur. Et même s'il l'avait voulu, il serait déjà passé à l'acte, vous ne pensez pas ?

— Peut-être, soupira Tanya. Allez savoir. Il ne s'agit pas d'une personne ordinaire, n'est-ce pas ? Les gens normaux ne font pas ce genre de chose. (Elle frissonna.) Alors, vous voulez bien ? Pour l'article ?

— Bien sûr.

Graham adorera, pensa Jenny. Surtout avec une femme aussi photogénique.

— Je peux aller dire un petit bonjour à Arthur avant de repartir ?

— Désolée, mais je ne pense pas que ce soit une très bonne idée, objecta Tanya en secouant la tête. Il s'est fait pipi dessus quand le laitier a sonné hier.

— Pauvre petit bonhomme. Je comprends, je ne veux pas le perturber davantage.

Un fracas venu du salon. Un gémissement. Tanya pâlit et se précipita hors de la cuisine. Jenny la suivit.

— Qu'est-ce que… À quoi tu joues ?

Les roses s'échappaient du vase renversé et de l'eau dégoulinait sur la table et la moquette d'un blanc crémeux. Arthur se leva en serrant ses albums de coloriage sur sa poitrine. Jenny lui trouva un air de défi.

— Bon sang, Arthur ! Comme si je n'avais pas assez de soucis comme ça ! fit sa mère en entreprenant de ramasser les fleurs. Merde ! Et des roses, forcément !

Elle suça la goutte de sang qui avait perlé sur le bout de son pouce et redressa le vase.

La porte d'entrée se referma en claquant.

— Oh, Seigneur, non !

Tanya courut après son fils, Jenny sur les talons. La rue était déserte.

— Il faut qu'il arrête de s'enfuir. À chaque fois qu'on se dispute, il détale.

— Je vais vous aider à le chercher, proposa Jenny.

— Non. Vous en avez assez fait. Je le trouverai. En temps normal je le laisserais revenir, mais pas cette fois. Pas tant qu'ils n'auront pas arrêté ce cinglé. Dieu seul sait combien de temps ça prendra, la police n'a pas d'indice apparemment.

— Ce n'est pas ce que je dirais, objecta Jenny, se sentant aussitôt obligée de défendre Michael. Cela ne fait que deux jours, or ils doivent attendre les résultats de la police scientifique qui ne sont pas encore revenus du labo.

— J'avais oublié, vous êtes amie avec l'inspecteur-chef Gilbert, c'est ça ? Désolée. Il a l'air gentil. Mais deux jours, ça paraît immensément long quand on a le sentiment d'être piégé sur une île avec un assassin.

C'est Jenny qui trouva Arthur. Il était assis à l'entrée d'un champ, à quelques centaines de mètres seulement de chez lui. Il dessinait encore dans son cahier.

— Salut.

Il leva les yeux.

— Qu'est-ce que tu dessines ?

Elle s'assit près de lui. Regarda la page.

— J'aime bien celui-là, c'est Batman ? (L'enfant masqua son dessin avec sa main.) Tu aimes les super-héros ?

— C'est pas Batman.

Il savait parler, tout compte fait.

— Ah bon. En tout cas, c'est un chouette dessin.

— Il est mauvais.

— C'est toujours mieux que ce dont je suis capable. Je suis archinulle en dessin, dit-elle avec un sourire.

— C'est le mauvais monsieur.

L'enfant plongea ses yeux dans ceux de Jenny, qui frissonna.

— Tu as vu quelqu'un qui ressemblait à ça ?

Il hocha la tête.

— Maman a dit de ne pas le dire.

Jenny repoussa gentiment la main qui cachait le dessin. Le personnage était tout de noir vêtu, le visage à moitié recouvert d'une espèce de masque, les yeux immenses comme ceux d'un insecte.

— On dirait un peu Batman.

Jenny se demanda si le traumatisme qu'il avait subi avait pu affecter ses souvenirs. Peut-être qu'il était plus facile pour lui de se représenter une image familière plutôt que ce qu'il avait réellement vu.

— C'est pas Batman, c'est Bête-Man.

— Arthur !

C'était la voix de Tanya.

Il se raidit.

— Maman a dit de rien dire, chuchota-t-il.

— Sur Bête-Man ? chuchota Jenny en retour.

— Sur rien.

— Arthur !

La voix se rapprochait.

Jenny n'aurait su dire si elle était inquiète ou en colère. Ils étaient cachés à sa vue, mais Tanya les verrait dès qu'elle arriverait à l'entrée du champ.

— Va retrouver ta maman. Je reste là. Elle ne saura pas que tu m'as parlé.

Il eut l'air de réfléchir une seconde, puis acquiesça.

— D'accord.

Il se releva d'un bond et trottina jusqu'à sa mère.

— Ah, te voilà !

Tanya n'était qu'à quelques mètres de Jenny. Encore un peu et elle la verrait. Mais leurs pas s'éloignèrent, la voix de Tanya se fit murmure et Arthur ne dit plus rien.

Jenny attendit de ne plus rien entendre. Patienta quelques minutes de plus pour leur laisser le temps de rentrer chez eux. Puis elle se releva. Épousseta les brins d'herbe séchés sur ses fesses. Ramassa le cahier à dessin qu'Arthur avait laissé et le glissa dans son sac.

Elle passa l'après-midi dans sa chambre de la maison d'hôtes, à finir un compte rendu de la conférence de presse tenue le matin même par Michael (« La police recommande la plus grande vigilance aux îliens, mais il n'y a pas lieu de paniquer »), tout en s'attaquant à un article sur Tanya (« "C'est un cauchemar" : une mère de famille sercquiaise se confie ») et un autre sur Corey Monroe (« Monroe : "J'ai essayé de sympathiser avec la population" »). De quoi faire le bonheur de Graham, jusqu'au lendemain du moins. Elle s'allongea sur le lit. Réfléchit à ce qu'elle allait dire à Michael. Le pétage de plomb de Malcolm. L'avertissement de Tuesday. Le dessin étrange d'Arthur. Et Monroe. Son allusion à l'agression dont elle avait été victime à Londres. Mais était-ce bien cela ?

Putain, elle était épuisée. Elle parcourut ses messages. Rien d'Elliot.

Elle en écrivit un. Désolée. On pourra parler à mon retour ? Elle ajouta un émoticône « bisou ». L'effaça. Appuya sur « Envoyer ». Le témoin du wifi clignota. Une barre, puis deux, puis zéro. Un point d'exclamation : message non envoyé. Il faudrait attendre qu'elle retourne au pub.

Dehors, les arbres bruissaient. Elle ferma les yeux. Sombra dans un sommeil sans rêves.

Elle se réveilla en sursaut. Il y avait eu un bruit soudain. Un claquement de porte, peut-être ? La chaleur était étouffante, mais une lumière pâle, argentée, baignait la pièce, et pendant une fraction de seconde, Jenny, paniquée, pensa qu'elle avait dormi jusqu'au coucher du soleil. Elle vérifia son téléphone. Quatre heures et demie. Elle ouvrit les rideaux. Ce n'était pas l'obscurité. Il ne faisait pas complètement jour non plus. Le ciel était couvert, le paysage lavé de toute couleur.

Ce bruit, encore. Elle s'aspergea le visage d'eau fraîche. Enfila son dernier haut propre et son short. Sur le palier, elle identifia ce qui l'avait tirée du sommeil. Une fenêtre ouverte, un courant d'air et la porte d'une chambre qui claquait. Jenny la referma et descendit l'escalier.

Un chuintement. Elle se demanda si Rosie passait ses journées assise dans sa cuisine à guetter les pas de ses hôtes dans l'entrée.

— À votre place, je ne rentrerais pas trop tard. Le temps va se gâter. Je le sens rien qu'à la pression de l'air.

Elle se frotta le haut du nez puis riva sur le tee-shirt de Jenny un regard réprobateur.

— Attendez ici.

Elle disparut dans la cuisine et en revint avec un K-Way jaune fluo.

— Mettez donc ça.

— Merci.

— Soyez prudente. C'est traître dans le coin, quand il fait mauvais. Tout le monde se réjouit de cette espèce de statut d'île au ciel noir parce que ça permet d'admirer les étoiles. Personnellement, je préférerais qu'on ait deux ou trois lampadaires de plus, histoire de voir où on met les pieds.

Michael était assis à une table d'angle, devant ce qui ressemblait à de la limonade, tandis que Fallaize sifflait une bière accoudé au bar. Jenny fit un signe de tête à ce dernier. Il n'avait pas l'air en forme, pensa-t-elle. Il avait le teint cireux et ses cheveux d'ordinaire impeccablement coiffés étaient en bataille. Il eut un mouvement de menton en réponse et appela le barman en tapotant le bord de son verre. Jenny rejoignit Michael.

— Il va bien ? demanda-t-elle avec un regard en direction de Fallaize.

— Va savoir, fit Michael en levant les yeux au ciel. Il n'est pas en service. Il a dû choper cette saloperie de grippe. Et je ne lui souhaite pas de mal, mais je serais vachement soulagé s'il se cassait chez lui. Il me rend dingue. La plupart du temps il me traite avec le plus grand mépris, et voilà que je n'arrive pas à m'en dépêtrer. Ce salopard ne sait plus quoi faire pour être aimable avec moi. J'imagine qu'il vise une promotion. Comme si mettre en veilleuse son arrogance deux ou trois jours allait me faire oublier la décennie qu'il a passée à m'emmerder. Enfin… Bon, on va se promener ? Il y a trop de monde ici.

Elle le suivit vers la sortie.

Fallaize abattit sa pinte sur le comptoir.

— Vous allez où ?

— Ça vous regarde pas, merde ! aboya Michael. Écoutez, dit-il plus gentiment, je sais que vous êtes de repos, mais j'ai besoin que vous vous remettiez très vite en selle. Allez vous allonger un petit coup, hein ? Ça vous fera pas de mal, j'ai l'impression. Et allez-y mollo. Vous ne me servirez à rien si vous avez la gueule de bois.

— Compris, chef.

Fallaize le gratifia d'un salut. Il n'avait pas du tout l'air disposé à rentrer chez lui.

— Qu'est-ce qu'il fait chaud ! dit Michael en tenant la porte à Jenny puis en remontant ses manches. On va vers le phare ? On ne devrait pas y croiser grand monde par ce temps. Et il fera plus frais.

Jenny l'approuva et ils marchèrent côte à côte, tournant à gauche au bout de la rue, puis à droite, devant une succession de bâtiments de ferme apparemment abandonnés. La route s'étrécissait pour se réduire à un étroit sentier caillouteux, creusé d'ornières et envahi par l'herbe au milieu. Les haies étaient de plus en plus hautes jusqu'à ce qu'ils se retrouvent à couvert d'un bosquet de grands ifs au tronc noueux et dont les branches tordues ombrageaient le chemin. Les païens plantaient des ifs près des sépultures – les aiguilles et les graines qui tapissaient le sol étaient un poison violent qui décourageait les animaux de fouiller la terre fraîchement remuée. La tradition s'était perpétuée. Les ifs demeuraient, pleureurs silencieux, dans la plupart des cimetières chrétiens. Il y en avait un à quelques pas de la tombe de Charlie.

— Alors, qu'est-ce que tu as pour moi ? commença Michael, rompant le silence.

À voix basse, Jenny lui fit un rapide résumé de ce qui l'avait occupée dernièrement – les gens à qui elle avait parlé, ce qu'ils lui avaient dit, ou pas dit. Michael l'écouta, les mains enfoncées dans les poches. Il ne fit pas de commentaires.

Le sentier aboutissait à une barrière blanche cadenassée sur laquelle une pancarte « FERMÉ » se balançait dans la brise ; derrière, des marches en ciment clair conduisaient à la Pointe Robert et au phare. Michael grimpa par-dessus et sauta de l'autre côté, atterrissant plutôt gracieusement pour un homme de sa taille.

Jenny l'imita.

— Ce n'est pas une intrusion illégale dans une propriété privée ?

— Mmm, ça se pourrait. Je te passerai les menottes à la fin de notre conversation.

Ils descendirent l'escalier. Il faisait déjà meilleur ; l'air fraîchissait en passant au-dessus de l'eau avant d'atteindre la terre ferme. Le blanc éclatant du phare octogonal se dressa devant eux. Il était automatisé depuis des années, mais jadis c'était un poste très convoité. L'isolement de Sercq expliquait pourquoi son phare était considéré comme une *rock station*, c'est-à-dire un phare occupé uniquement par un gardien, tandis que la famille de ce dernier devait rester à terre – ce qui valait aux gardiens du phare de l'île d'être très bien payés, pour compenser la pénibilité apparente de la tâche. Jenny se demanda combien de gardiens de *rock stations* pouvaient aller au pub en moins d'un quart d'heure. Ce n'était pas une si mauvaise affaire. Et se réveiller tous les matins face à cette vue imprenable…

Ils étaient derrière le phare qui s'élevait directement du cottage au toit plat du gardien et des locaux de service qui se trouvaient dessous. La terrasse en ciment sur laquelle ils se tenaient à présent était entourée de rambardes métalliques. L'ensemble était accroché à la falaise, une soixantaine de mètres au-dessus des flots qui s'écrasaient sur les rochers du Blanchard, les écueils que le ferry devait négocier chaque fois qu'il entrait dans les eaux de Port-Maseline.

Charlie lui avait raconté des histoires de pirates qui utilisaient le réseau de grottes pour cacher les précieux chargements de leurs bateaux. Ils débarquaient sans doute la nuit, en toute discrétion, escaladaient dans le noir les rochers glissants et les falaises abruptes, leur butin sur le dos. Elle avait toujours imaginé qu'ils entreposaient là de vrais trésors, des coffres débordants d'or et d'argent, de coupes et de joyaux, comme dans les contes de fées. Mais peut-être que leurs cargaisons avaient une autre valeur. Des barriques de rhum ou de whisky. Des ampoules de morphine.

— Pourquoi le tuyau concernant les ossements était-il anonyme, d'après vous ? demanda-t-elle.

— À quoi penses-tu, Jenny ? Tu as une théorie, j'imagine ?

Le cri de deux huîtriers domina le mugissement d'une bourrasque qui les enveloppait. Deux éclairs blanc et noir qui volaient en rase-mottes au-dessus de la houle.

— Selon moi, la personne qui les a trouvés faisait quelque chose qu'elle n'était pas censée faire.

— Tu as parlé à cette femme, comment s'appelle-t-elle déjà, Tuesday ? C'était elle ? Elle sait quelque chose ?

Jenny secoua la tête.

— Je ne fais que spéculer. Peut-être la personne en question était-elle occupée à cacher quelque chose qui lui appartenait ?

— Continue.

— Tout est lié. Les ossements sur la plage. La mort de Reg. Celle de mon père.

Michael resta silencieux.

— Eh bien ?

— Si la découverte des os et le meurtre de Reg le même jour ne sont pas liés, on peut parler d'une coïncidence inouïe, je te l'accorde. On creuse cette piste. Mais ton père… Je n'y crois pas, Jenny.

— Reg Carré et Len Mauger étaient amis. Ainsi que Len et mon père. Papa s'est noyé par mer calme, dans des eaux dans lesquelles il avait pêché toute sa vie. Le lendemain, Len Mauger reçoit ça.

Elle sortit le message de son sac.

Le visage de Michael se vida de son sang.

— Quand as-tu trouvé ça ?

— Il me l'a donné lundi.

— Len Mauger a reçu ce mot le lendemain de la mort de ton père ?

— C'est ce qu'il m'a dit.

Michael contempla la note.

— Il faut la transmettre à la police scientifique. Même si les espoirs sont minces de relever une empreinte après tout ce temps.

— Alors vous acceptez le principe d'un lien entre les deux affaires ?

Michael ne répondit pas. Il semblait lutter avec une idée, une pensée qu'il n'arrivait pas à formuler.

— Jenny, je…, commença-t-il, puis il secoua la tête. Ton père est mort depuis deux ans. Comment peux-tu penser que son décès a un rapport avec celui de Reg ?

— Mon père a vu quelque chose. Des lumières en mer. Il a remarqué un schéma récurrent.

— Quel genre de schéma ?

— Une sorte de signal.

— Provenant d'où et destiné à qui ?

— Il a suivi un bateau qu'il avait repéré près de Brecqhou. Un bateau qui n'aurait pas dû croiser dans ces eaux, et il a pensé que c'était un paparazzi. Il se voyait probablement rentrer à la maison et nous raconter qu'il allait faire la une du *Daily Mail.* Mais le bateau s'est arrêté à Port du Moulin et s'est mis à faire clignoter ses lumières.

— A-t-il vu quelqu'un répondre aux signaux ?

— Je n'en sais rien. C'est Len Mauger qui m'a raconté tout ça. Mais ça colle avec ce que papa a écrit dans son journal.

— Bon. Pour l'instant, je vais partir du principe que tout cela est vrai – je ne doute pas de ton histoire, Jenny, mais ce sont des informations de troisième main. Disons simplement que ton père a vu ces signaux. Tu penses qu'il s'agissait de quoi ?

— D'un trafic illégal.

— Indubitablement.

— Impliquant des bateaux.

— Tu prêches l'évidence, là, mais oui, des bateaux sont impliqués.

— Il doit s'agir d'une histoire de drogue. Ils en planquent dans les grottes. C'est comme ça que les ossements ont été trouvés.

— Tu as raison sur le chapitre des spéculations, fit Michael en se mordillant la lèvre. Bon. Oublions le squelette une minute. Jenny, admettons que ton père, qui était féru de bonnes histoires à ce qu'il me semble, ait raconté à Len ce qu'il avait vu. Ils ont échafaudé des hypothèses. Quelqu'un les a entendus. A tué ton père. Reg, impliqué d'une manière ou d'une autre, est brutalement assassiné. Vu le type d'individu capable de ce genre d'exaction, pourquoi ne pas avoir tué Len aussi ? Et pourquoi ce mot ?

Jenny haussa les épaules.

— Peut-être que Len est un ami du coupable ?

Michael se tut. Un peu de couleur revint sur ses joues.

— Ce sont de vieux ossements, Jenny. Ils remontent à plusieurs dizaines d'années. Si, et je dis bien *si*, la mort de Reg est liée à celle de Charlie, comment introduis-tu dans l'équation un meurtre qui s'est produit il y a vingt, trente ou quarante ans ?

— Peut-être que ça dure depuis cette époque ?

— Un trafic de stupéfiants organisé à partir de Sercq depuis des décennies ?

— Pourquoi pas ? Vous fouillez souvent les bateaux de pêche à la recherche de drogue ?

— Tout le temps. On sait que des stupéfiants arrivent de France, par bateau, depuis très très longtemps.

— Vous inspectez les bateaux en provenance de France ?

— Pas que de France – de Jersey, d'Angleterre…

— De Sercq ?

— On fouille des bateaux sercquiais, oui.

— Souvent ?

— Il faudrait que je vérifie avec les douanes.

— Non mais à la louche ?

— Rarement.

— Alors ce serait logique, non ? On introduit d'abord la marchandise à Sercq depuis la France ou l'Angleterre, puis on l'achemine vers Jersey et Guernesey. Délivrer la marchandise à Sercq est plus discret, et il y a moins de risques qu'elle soit contrôlée à Guernesey.

— Le truc, Jenny, c'est que l'endroit est trop petit. Comment veux-tu qu'une opération de cette envergure reste secrète ? Hein ?

— On n'essaierait même pas.

— Comment ça ?

— Il suffit de mouiller suffisamment de gens, de près ou de loin, dans l'affaire. Du coup, tout le monde la boucle.

— C'est de la folie, Jenny, soupira-t-il en secouant la tête.

— Réfléchissez. Qu'avez-vous vraiment découvert ces deux derniers jours ? Personne ne dit rien. Rien d'intéressant en tout cas.

— Tu veux dire que l'île tout entière serait parvenue à garder un secret pareil ?

Elle haussa les épaules.

— Toute l'île, peut-être pas. Mais une bonne partie, pourquoi pas ? C'est une hypothèse. Ça expliquerait certains comportements étranges que j'ai remarqués. Les avertissements. Les attitudes passives-agressives.

Elle frissonna en repensant à Corey Monroe, sa silhouette disparaissant dans le brouillard quand il avait filé dans son dinghy l'après-midi précédent.

— Ça ne peut pas durer, dit-elle.

— Quoi donc ?

— L'omerta. Un secret de cette envergure ? Quelqu'un va bien finir par parler.

Michael semblait perdu dans ses pensées.

— Je me demande…

— Quoi donc ?

— L'augmentation du trafic de drogue sur Guernesey. Peut-être que quelqu'un est tombé sur quelque chose qu'il n'aurait pas dû voir, et s'est attaqué à un trop gros morceau. Ou bien il a commis une erreur sous la pression des événements. Je ne sais pas, fit-il en secouant la tête. Ce ne sont que des hypothèses. Il nous faudrait du concret.

— Comme la description du tueur ?

— Eh bien, ce serait l'idéal, oui, mais ce gosse est mutique, non ?

Elle lui tendit le carnet de croquis.

— C'est quoi ?

— Un dessin du *Bête-Man*.

Michael le prit. Observa l'image.

— C'est le gosse qui a dessiné ça ?

Jenny acquiesça.

— Et il n'a pas perdu brutalement l'usage de la parole. C'est sa mère qui lui a ordonné de ne rien dire.

— Qu'est-ce que… *quoi* ?!

— Je crois qu'elle est terrifiée. Elle ne veut pas l'impliquer.

— Merde ! Elle nous a fait dire par le médecin qu'il était traumatisé.

— Je suis certaine que c'est le cas. Elle essaie de le protéger, c'est tout.

— Explique ça à la prochaine personne qui va mourir parce qu'on n'a pas pu identifier le psychopathe lors de son premier coup ! Je vais passer un appel.

Elle le suivit dans l'escalier et au-delà du portail. Il avançait tête basse et le dos rond. Il ruminait, pensa-t-elle. Fâché. Contre qui ? Lui-même ? Tanya ? Contre elle ?

Il s'arrêta devant la Sirène.

— Je m'en charge à partir de maintenant. Merci. Tu as un certain talent pour faire parler les gens. Je ne sais pas très bien comment tu t'y prends, parce que tu es vraiment pire que du poil à gratter.

Elle haussa les épaules.

— J'ai juste volé un carnet de croquis. Mais je suis heureuse de voir que ça peut éventuellement vous aider.

— Si on n'a que ça, peut-être pas. Mais si on obtient plus de précisions de la part de l'enfant – en quoi était le masque de l'individu, quels vêtements il portait – ce sera un bon début.

— Et tout le reste, Michael ? Mon père ?

— Jenny, chaque chose en son temps. Si comme tu le penses, tout est lié, on trouvera le salopard et on repartira de là, d'accord ? On en reparle. Je te le promets. Plus tard.

Le pub était bondé. Jenny entendait les cris et les rires qui venaient de l'intérieur. Il fallait qu'elle mange quelque chose – elle avait dormi à l'heure du déjeuner et son estomac protestait bruyamment – mais dans un endroit tranquille, où elle pourrait réfléchir. Elle prit son vélo, pédala sur la courte distance qui menait au salon de thé de Florence, dans les Jardins de la Seigneurie. Elle s'assit sous un grand parasol vert, à une table sur laquelle une pile de serviettes en papier était calée par un galet. Elle commanda un sandwich au crabe, acceptant le verre de sauvignon blanc que le serveur lui suggérait pour accompagner son repas. Elle avait la gorge sèche. Le vin frais lui fit du bien et lui calma les nerfs.

Elle avait eu peur de partager avec Michael ses soupçons au sujet de la mort de Charlie. Peur qu'il se moque d'elle, qu'il la traite de folle. Mais il n'avait rien fait de tel. Il l'avait prise au sérieux. C'était tout ce qu'elle demandait. Elle sortit son calepin. Commença à gribouiller une chronologie. La visite de Charlie à Sercq, les lumières qui clignotaient, l'accident, le mot adressé à Len. Le début d'une révélation concernant la mort de son père. L'air était lourd du parfum de lavande qui montait des plates-bandes et embaumait la terrasse. De gros bourdons planaient paresseusement au-dessus des fleurs. Une guêpe vrombissait autour de son verre vide. Elle la chassa d'un revers de main avant d'en commander un autre.

— Nous fermons dans quelques minutes, mademoiselle, dit le serveur qui lui apportait son verre avec l'addition.

Elle jeta un coup d'œil à sa montre. Presque sept heures. Elle avala rapidement le vin. Elle avait assez bu pour être sûre de s'endormir directement quand elle rentrerait chez Rosie. Une nuit de plus, décida-t-elle, et demain, à la première heure, elle quitterait ce paradis tordu, avec ses silhouettes confuses et leurs menaces voilées. Au moins pour un moment. Le temps que Michael résolve le meurtre de Reg Carré. Et que l'enquête sur la mort de Charlie soit rouverte.

Elle traversa les jardins, passa devant des parterres débordant de roses et d'orchidées, longea un labyrinthe et suivit le panneau indiquant la direction de l'étang. Elle eut un pincement au cœur quand un souvenir de Charlie remonta à la surface. Il l'avait amenée ici et lui avait raconté des histoires tandis qu'ils « chassaient les fantômes » – sa façon à lui de pimenter les cours d'histoire. C'était l'emplacement du prieuré de Saint-Magloire. Les moines avaient canalisé un ruisseau pour créer un réservoir d'eau et de pêche. Elle voulait le voir. Ranimer les paroles de Charlie, le son de sa voix, graver l'endroit dans sa mémoire pour ne jamais l'oublier. Devant elle, l'un des gardiens cornaquait les derniers retardataires. Charlie ne se serait pas laissé décourager. Elle baissa la tête et se hâta de prendre le chemin qui menait à l'étang.

Il faisait encore plus chaud sous les frondaisons. L'humidité y était piégée, presque visible, comme une brume, s'enroulant autour des branches arrondies, se faufilant entre les feuilles. La surface de l'étang était couverte d'algues et sentait l'eau croupie. C'était ça. Ici. Sa main dans celle de Charlie.

— Y a un fantôme qui habite là, avait-il dit.

Elle devait avoir dix ou onze ans. Elle était assez grande pour ne plus avoir peur des histoires. Assez âgée pour se montrer sceptique.

— Encore un fantôme ?

Il avait haussé les sourcils.

— Aussi vrai que je te parle. Mais il ne fait pas peur.

— Un gentil, alors. Comme Casper ?

Elle avait eu un grand sourire.

— Pas comme Casper. Un vrai. Un moine.

— Et qu'est-ce qu'il veut ?

Charlie lui avait expliqué que tous les fantômes voulaient quelque chose. C'est pour cela qu'ils s'attardaient sur terre.

— Ceci est une terre sacrée. Le site d'un monastère fondé par saint Magloire, celui qui a introduit le christianisme dans les îles Anglo-Normandes. Mais on ne va pas lui chercher noise parce qu'il en a profité pour accomplir une tonne de miracles, avait-il dit en souriant. Il y a un petit sanctuaire, ici, quelque part. Le premier de nous deux qui le trouve gagne une glace.

Elle se mit à le chercher, se rappelant vaguement une niche tapissée de minuscules galets sur la berge de l'étang, une petite effigie de la Vierge Marie incrustée dedans. Elle avait presque fini de faire le tour quand un bruit la fit s'arrêter.

Un aboiement.

Elle se figea.

Un halètement. Un bruissement de végétation.

Et puis soudain, juste devant elle. Un chien.

Il était immense, et très noir et très réel.

Il ne bougeait pas. Ramassé sur lui-même. Puis il bondit vers elle, lui renifla les mollets et les pieds, agitant sa longue queue.

— Sybil ! Sybil !

Un homme surgit de sous les arbres. Très corpulent, il avait les joues roses et il était en nage. Il tenait une petite truelle dans une main et un seau dans l'autre, qu'il reposa avant de s'essuyer le front.

— Elle est gentille, ne vous inquiétez pas. Vous ne devriez pas être ici. Les jardins ont fermé il y a vingt minutes.

Jenny grattouilla les oreilles de la chienne.

— Je suis désolée, je m'apprêtais à partir. C'est un labrador ?

L'homme hocha la tête.

— Je crois que je l'ai déjà vue. À la Sirène.

L'homme haussa les épaules.

— Vous m'en direz tant. Ce n'est pas la mienne, c'est la chienne de Sir William. Je suis son secrétaire particulier, ajouta-t-il. Il faut vraiment que vous partiez maintenant, dit-il avec un geste vers le chemin qui ramenait vers l'entrée.

Au moment de passer devant lui, elle jeta un coup d'œil dans le seau et fronça le nez de dégoût.

— Sir William est très pointilleux sur la propreté des jardins, dit-il en remarquant son expression.

Le seau était à moitié plein de déjections canines.

Elle retraversa précipitamment les jardins. Elle s'arrêterait à la salle paroissiale pour raconter à Michael ce qu'elle venait de voir. Le secrétaire particulier du seigneur était-il de près ou de loin impliqué dans ce qui s'était passé chez Len Mauger ? Ou peut-être le seigneur lui-même ? Corey Monroe avait dit qu'il le soupçonnait d'encourager les actes de vandalisme. Jenny regretta son second verre de vin, elle aurait préféré garder l'esprit clair. Les barrières étaient fermées, mais pas verrouillées. Son vélo était là où elle l'avait laissé, appuyé contre le mur. Et le sergent Fallaize était assis juste à côté.

— Ça va ?

Il se releva péniblement, tenta ce qui voulait sûrement être un sourire mais se figea à mi-chemin entre grimace et expression lubrique.

— Ça va, je vous remercie. Et vous ? Tout va bien ? Que faites-vous là ?

— Suis venu me promener. J'ai reconnu votre vélo. J'ai pensé qu'on pourrait discuter un peu.

— À quel sujet ?

— Vous êtes toute décoiffée.

Elle se passa instinctivement une main dans les cheveux, les ramenant sagement sur ses épaules.

— Nan, c'était joli. Comme si vous veniez de sortir du lit.

— Vous êtes saoul.

— Et alors ? Vous êtes tellement coincée, c'est dingue. Vous vous détendez qu'en présence du Beau-Gosse, c'est ça ? Comment qu'y s'appelle déjà… Elliot ?

Elle rougit. D'abord mal à l'aise, puis agacée. Elle n'aurait pas dû se sentir gênée qu'il se conduise comme un goujat. Elle essaya de garder un ton aimable.

— Je pense que vous devriez rentrer vous allonger pour cuver.

La rue était déserte, mais elle entendait un murmure de conversations derrière les murs du jardin, des bruits distants de vaisselle entrechoquée – le personnel du salon de thé fermait l'établissement pour la journée.

— J'y songerai. Venez donc avec moi, ça vous ferait peut-être du bien, *eh* ?

Il tendit la main. Voulut toucher ses cheveux. Elle recula.

— Je suis trop jeune, c'est ça ? Peut-être que t'es attirée par les vieux. On parle que de ça, tu le savais pas ? Au commissariat. C'est une blague, évidemment. Pas de danger que le vieux Gilbert arrive à suivre ton rythme. T'es en forme, hein ? Jolie musculature, fit-il avec un mouvement de menton en direction de ses bras nus. Je t'ai déjà vue courir. Et nager. Gilbert ferait une crise cardiaque avant même de démarrer.

— Dégage, Fallaize.

— Mais si je fais ce que tu dis, je vais pas pouvoir te dire mon secret. Enfin, c'est pas vraiment mon secret. C'est celui de ton amoureux. Il te cache quelque chose.

L'estomac de Jenny se tordit. Si Elliot couchait vraiment à droite et à gauche, la dernière personne de qui elle voulait l'apprendre était bien le sergent Fallaize.

— Et comment tu le saurais ?

Elle n'avait pas pu se retenir.

— Eh ben, je travaille avec lui, pas vrai ? Je vois bien ce qu'il traficote, même s'il essaie de faire ça en douce.

Jenny lâcha un soupir de soulagement. Il parlait de Michael.

— Ouais. Il se trimballe partout avec ce dossier. Depuis qu'il t'a rencontrée. Celui dont tu nous rebats les oreilles.

— Quel dossier ?

Un froid glacé lui parcourut l'échine et elle frissonna.

— Celui de ton père, chuchota-t-il. Chaque fois que tu lui en parles, il te demande d'arrêter de te tracasser, pas vrai ? Il dit à sa petite Jenny de ne pas s'inquiéter. Parce qu'il ne veut pas que tu saches la vérité.

— Et c'est quoi la vérité ?

— Ça fait des mois qu'il sait que ton vieux a été assassiné. Et il a rien fait.

28

Michael

Michael faisait les cent pas dans la salle paroissiale. Il n'y avait pas beaucoup d'espace. Ils avaient réussi à y entasser quatre bureaux, plus un tableau blanc couvert de Post-it et d'annotations à peine lisibles. C'était bruyant : deux policiers parlaient au téléphone ; Bachelet avait le nez collé sur son écran et tapait furieusement sur son clavier.

— On en est où avec Tuesday Jones ?

Bachelet releva le nez.

— Ses antécédents et les notes de son interrogatoire sont sur votre bureau, monsieur. Le sergent Fallaize et moi-même lui avons parlé cet après-midi. Elle a des alibis pour lundi matin – plusieurs personnes sont allées à son agence d'excursions. Elle dit qu'elle a aussi enregistré des réservations par téléphone pendant la matinée. On vérifie les rapports. Tout a l'air en béton armé.

— Bon, c'est déjà ça. Et les ossements dans la grotte ?

Il ramassa les notes et les feuilleta.

— Je ne pense pas qu'on lui en ait parlé, monsieur.

— J'avais spécifiquement demandé qu'on l'interroge sur la raison qui l'a poussée à poser cette question à la réunion. Et où sont les relevés bancaires de Reg Carré ? (Bachelet balaya la pièce d'un regard vide.) Où est l'inspecteur Marquis ? On a besoin de lui, là, bordel ! Apparemment, c'est le seul zèbre à savoir suivre une piste dans le coin !

— Justement, il a téléphoné, monsieur. (Bachelet fourragea dans ses notes.) Il a dit qu'il avait pris un cachet et qu'il avait réussi à passer quelques heures au commissariat – il cherchait l'adresse de Rachel Carré. Il n'en a pas trouvé trace. Il n'y a même pas de certificat de mariage au greffe, du coup il ne retrouve pas son nom de jeune fille. Il dit que c'est comme si elle n'avait jamais existé.

— Ils n'étaient pas mariés. Elle ne s'appelait donc pas Carré ? Alors qui était-ce, bon sang ? C'est à pleurer. On n'avance pas d'un millimètre.

Michael jeta le rapport sur le bureau. Se frotta le front. Ce n'était pas bon. Il fallait qu'il parle au petit garçon. Il n'était pas censé le faire. Pas sans l'agent de liaison. Mais les circonstances étaient exceptionnelles. Le gosse était leur seule piste. Le dessin en lui-même ne valait rien. Un gribouillis d'enfant qui ne montrait pas à quoi l'homme ressemblait. Mais peut-être qu'il savait autre chose. Qu'il avait remarqué la démarche du suspect, l'avait entendu parler, savait dans quelle direction il était reparti. Peut-être qu'il avait vu l'arme. Une lame longue et courbe, avait dit la police scientifique. Et aussi aiguisée que possible. Pas étonnant qu'il soit terrorisé. Et Michael comprenait que sa mère veuille le protéger. Mais un tueur se baladait en liberté dans la nature. C'était absolument irresponsable. Il sentit une vague de colère contre Tanya Le Page et les gens de son espèce, qui cachaient délibérément des informations pour une raison ou une autre. Puis il se sentit aussitôt honteux. Qui était-il pour les juger ?

— Je sors.

— Je vous accompagne, monsieur ? proposa Bachelet, la mort dans l'âme.

— Non, je pense qu'il vaut mieux que je m'en occupe tout seul.

Il frappa à la porte de Tanya Le Page. Il y avait de la lumière à l'étage et des ombres bougeaient derrière les rideaux tirés. Il y avait quelqu'un, c'était certain. Il frappa une nouvelle fois. Toujours pas de réponse. Il était sept heures à peine. Tanya était sûrement en train de coucher le petit. Il essaya la porte. Verrouillée. Bien sûr. Il ne voulait pas les effrayer, mais cela ne pouvait pas attendre le matin. Il avait déjà perdu bien trop de temps à suivre Luke Carré à la trace. Il tambourina à la porte.

— Police, ouvrez !

Ce fut le sésame.

— Que se passe-t-il ?

— Je dois vous parler, ainsi qu'à votre fils, madame Le Page.

— Nous avons déjà évoqué le sujet. Il ne veut rien dire !

— J'ai des raisons d'en douter.

— Quelles raisons ? demanda-t-elle d'une voix moins assurée.

Il avait intérêt à négocier avec précaution. Il voulait la garder de son côté.

— Madame Le Page, s'il vous plaît, puis-je entrer ?

Elle eut l'air de peser le pour et le contre, puis elle hocha la tête et ouvrit la porte en grand. Elle se posta en face de lui dans l'entrée, les bras croisés.

— Je comprends que vous protégiez votre fils, madame Le Page, sincèrement. Mais il n'aura plus besoin d'être protégé quand on aura coincé celui qu'il a vu chez Reg, vous ne pensez pas ? Et j'ai des raisons de croire qu'Arthur peut nous aider.

Il sortit le carnet de croquis. Lui montra le dessin. Elle lui accorda à peine un regard, mais elle blêmit.

— Où avez-vous trouvé ça ?

— C'est un passant qui l'a ramassé. Près de chez vous. C'est celui d'Arthur, n'est-ce pas ?

— Je ne pense pas.

— Si.

Une petite voix. Arthur se tenait en haut de l'escalier, enveloppé dans une robe de chambre Spiderman.

— Je l'ai perdu.

Michael lui sourit.

— Eh bien tu as de la chance, on l'a retrouvé. Tu peux le reprendre. J'ai simplement deux ou trois questions à te poser à propos de ce dessin. Ça te va ?

Arthur regarda sa mère.

Elle l'encouragea d'un mouvement de tête.

— Tout va bien, Arthur, tu peux descendre.

Elle prit la main de son fils et l'attira à elle, puis elle le conduisit dans le salon. Michael les suivit. Il ne voulait qu'une description et il pourrait laisser la mère et l'enfant tranquilles. Il n'y avait aucune raison que quiconque au commissariat apprenne qu'il était venu les voir.

— Alors comme ça tu aimes dessiner, Arthur ?

Il inclina la tête.

— Bien. D'après ce dessin, j'ai l'impression que tu t'en sors très bien. Maintenant, je sais que c'est difficile d'en parler, mais c'est l'homme que tu as vu, c'est bien ça ? Celui que tu appelles Bête-Man ?

Arthur chercha le regard de sa mère.

— Tu peux lui dire, mon chéri.

Elle avait les mains tellement crispées sur ses genoux que ses articulations étaient toutes blanches.

Le garçon opina.

— Et d'après ton dessin, il porte un masque, c'est ça ? Un peu comme un superhéros, hein ? Il l'a porté tout du long, Arthur ?

L'enfant hocha de nouveau la tête.

— Super. Tu es doué, dis donc. Tu te débrouilles très bien. Encore une ou deux questions. L'homme était déjà là quand tu es arrivé sur place ?

— Oui.

— Et il était dans la maison ? Avec M. Carré ?

— Oui.

— Et qu'est-ce qu'ils faisaient ? Ils discutaient ?

Il secoua la tête.

— Non ? Ils se battaient, peut-être ? Cet homme faisait du mal à M. Carré ?

Un nouveau non de la tête.

— M. Carré était par terre.

— Quand tu es arrivé ? Il était déjà par terre ?

Un hochement de tête.

— Et cet homme, Arthur, où était-il ?

Rien. Les yeux baissés.

— Où se trouvait-il dans la pièce ?

Une larme s'écrasa sur le sol, laissant une minuscule éclaboussure sombre sur la moquette.

— Il était penché sur M. Carré.

— Je vois. Très bien. Et puis, il t'a vu ?

Non de la tête. Plus de larmes.

— Je crois pas. Je regardais par la fenêtre.

— Parfait. Donc l'homme était penché sur M. Carré. Et après, qu'a-t-il fait ?

— Il est parti.

— Par la porte de devant ou celle de derrière ?

Il resta silencieux un instant.

— La porte de derrière. Je crois.

— Formidable ! Je te revaudrai ça, promis – tu seras policier en un rien de temps. Maintenant, qu'as-tu fait après que l'homme est sorti par la porte de derrière ?

— Je suis rentré dans la maison. Pour voir si M. Carré allait bien et pour…

Tanya aspira une goulée d'air.

— On doit vraiment lui faire revivre la scène ? Bon sang, ce n'est pas une obligation, tout de même !

Elle se leva d'un bond et partit dans la cuisine. Elle revint avec son téléphone sur lequel elle tapotait furieusement.

— Vous avez fait pression sur moi pour que j'accepte. C'était absolument déplacé de votre part de venir ici, de me forcer à vous laisser entrer.

— Madame Le Page, je n'ai rien fait de tel.

— Je vis seule ici, vous le savez. Que suis-je censée faire quand un policier tambourine à ma porte ? Refuser de le laisser entrer ? Comment pouvais-je prévoir votre réaction ?

— Je suis navré que vous pensiez cela, madame Le Page. Je ne voulais vous intimider en aucune manière – mais il faut que je coince cet homme. Pour m'assurer qu'Arthur et vous puissiez dormir sur vos deux oreilles à l'avenir. Et j'en ai terminé. Vous m'avez été très utiles, tous les deux. Merci.

— Je peux ravoir mon cahier, s'il vous plaît ? demanda Arthur en tendant la main.

— Bien sûr. Mais je vais t'emprunter cette page, d'accord ?

Michael arracha le dessin de Bête-Man et rendit le carnet de croquis à Arthur. Le petit garçon laissa échapper le cahier qui s'ouvrit sur le sol.

— Oups, désolé, bonhomme. Tiens. (Michael se pencha pour le ramasser.) Il y a plein d'autres super dessins, dis donc. (Il contempla le bateau de pirates sur la page ouverte. Il lui rappelait quelque chose.) Très joli. Tu aimes les pirates ?

— Oui.

Michael feuilleta le carnet.

— Vous avez fini ? demanda Tanya.

Leurs regards se croisèrent. Michael chercha dans ses yeux la confirmation qu'elle avait vu la même chose que lui. Son regard restait froid et détaché, mais la main qu'elle tendit tremblait.

— Je vais devoir t'emprunter celui-là aussi. J'espère que ça te va ?

Il n'attendit pas la réponse du garçon pour déchirer la deuxième page et rendit le carnet à Tanya.

Une fois dehors, il sortit son téléphone. Appela la cellule de crise. Le signal était trop faible : l'appel ne passa pas. Merde. Il voulait faire surveiller la maison. Pour être certain qu'elle ne ressortirait pas. Il chercha un wifi. Tomba sur « Lepageguest ». Pas de mot de passe. Il envoya un message à Fallaize et un à Bachelet. Il s'éloigna de quelques mètres de la maison et attendit dans la pénombre.

29

Fallaize

Fallaize était allongé sur le lit de la maison d'hôtes minable dans laquelle ses supérieurs l'avaient collé. Il essayait de dormir. Chaque fois qu'il se sentait dériver, une partie pourrie de son cerveau le ramenait vers la conscience. Pourquoi avait-il parlé à cette fichue Dorey, bon sang ? Il avait trop bu, il avait cru qu'il pourrait déstabiliser Gilbert, mais ça risquait de lui revenir à la figure. Cette bonne femme était comme un chien avec un os. Elle ne lâcherait jamais.

Son téléphone bipa. Il l'attrapa et le colla devant son visage, tâchant de se concentrer sur les mots.

Merde.

Il s'assit. Elle paniquait. Si elle paniquait, c'était foutu. Il essaya de trouver une réponse vaguement rassurante. Il s'appliqua, pressant chaque lettre fermement, délibérément.

Je m'en occupe.

Mais il en était incapable. Il ne pouvait pas éternellement maintenir les choses sous le boisseau. Pas ici.

Il ferma les yeux. Le téléphone bipa encore. Il fut tenté de l'ignorer. Ce serait stupide. Et dangereux. Il plissa les yeux devant l'écran.

Ce n'était pas elle.

C'était Gilbert.

Et merde.

30

Jenny

Michael n'était pas venu à la salle paroissiale et personne ne semblait savoir où il était passé. Elle avait pédalé une demi-heure à sa recherche et décidé finalement de s'installer à la Sirène où le signal réseau était à peu près potable. Cela ne l'avançait pas à grand-chose, pourtant, puisqu'il ne décrochait pas. Elle avait bu deux verres de vin de plus et lui avait laissé trois messages vocaux, passant d'un ton légèrement interrogateur (« Fallaize vient de me dire un truc. Je suis sûre que ce n'est rien, mais… »), puis provocateur (« Vous le saviez ? Vous étiez au courant, Michael ? »), au mode franchement accusateur (« Oui, vous le saviez. Vous étiez au courant, putain de merde ! Quand je mettrai la main sur ce dossier, je vais tout faire péter, Michael ! Décrochez, bordel ! »). Après ce dernier message, elle abattit brutalement son téléphone sur le comptoir, bouillonnante de rage.

— Comment font les gens pour vivre ici quand la moitié du temps ils ne peuvent pas s'appeler ou vérifier leurs e-mails ?

La question était adressée à Tom, mais la réponse lui parvint de derrière.

— La majorité des touristes adorent. Ils disent que grâce à ça ils se libèrent du stress et des contraintes de la vie quotidienne. Ou ce genre de conneries.

Luke Carré se jucha sur le tabouret voisin du sien.

— Il se trouve que je ne suis pas en vacances. J'essaie de bosser, moi.

— Vous allez bien ? Vous êtes toute tremblante.

Jenny posa ses mains sur ses cuisses.

— Stressée. Et claquée. Sercq n'a apparemment pas le même effet bénéfique sur moi.

— Pour être honnête, votre présence ici ne relève pas de circonstances particulièrement roses. Vous prenez quelque chose ?

Elle secoua la tête. Elle avait les joues brûlantes et elle commençait à regretter le dernier message laissé à Michael.

— J'ai déjà trop bu. Rosie, de la maison d'hôtes, m'a prévenue que le temps allait « virer » d'une minute à l'autre, quoi que ça veuille dire. Demain à la première heure, je me casse d'ici. Il faut que je retourne au bureau.

Retrouver un semblant de normalité, pensa-t-elle. Finalement, c'était bien que Michael ne décroche pas. Elle avait besoin de réfléchir. D'exposer les faits à Elliot. De prendre un peu de recul.

— Je repars ce soir, dit Luke.

Jenny regarda sa montre en plissant les yeux.

— Le dernier ferry est parti il y a des heures.

— Je ne prends pas le ferry. J'ai un bateau. Je peux vous emmener, si vous voulez.

— Vous savez faire de la voile ?

— Il se trouve que oui. Mais ce n'est pas un voilier. C'est un hors-bord.

— Une minute. Je vous ai vu sur le ferry à l'aller. D'où sort ce bateau ?

— Sacré bon sang, vous êtes bien indiscrète. J'ai eu des problèmes de moteur quand je suis venu voir papa la semaine dernière. Je l'ai laissé ici pour le faire réparer. Maintenant, je le ramène à Guernesey. Toujours est-il que je pars dès que j'ai avalé un morceau. Vous êtes la bienvenue.

— Et ça ne vous dérange pas… de naviguer de nuit ?

Elle avait la tête qui tournait légèrement et elle n'était pas sûre d'avoir correctement articulé.

— Je pourrais rentrer à Guernesey les yeux fermés s'il le fallait. Mais je les garderai ouverts, rassurez-vous.

— Et la météo ?

Il haussa les épaules.

— On annonce de la tempête, mais plus tard. Pour l'instant, ça va. Un peu de houle, mais rien de grave. Si on part dans la prochaine demi-heure, on sera arrivés bien avant que ça se déchaîne.

Elle n'avait plus grand-chose à faire à Sercq. Et l'idée de passer une nouvelle nuit à contempler le plafond de cette chambre d'hôtes poussiéreuse, à ruminer ce que Fallaize lui avait dit et ce que Michael avait fait – ou pas fait –, tout cela en écoutant les bruits de la nuit, cette seule pensée la rendait dingue. Enhardie par l'alcool, pleine de ressentiment face à l'apparente trahison de Michael, elle accepta.

— D'accord, merci. Je vais récupérer mes affaires.

Elle sauta à bas du tabouret. Vacilla quelque peu. L'aller-retour à vélo arrangerait ça.

— Le bateau est à Dixcart. On se retrouve là-bas ?

— Oui, à tout à l’heure.

À l’extérieur du pub, l’air frais mit fin à son vertige pour laisser place à une douleur sourde, obsédante. Et au sentiment tenace que le monde marchait sur la tête et qu’elle avait commis une erreur stupide. C’était Michael, décida-t-elle. Elle n’aurait pas dû lui parler de cette façon. Elle le rappela une dernière fois. Tomba encore une fois sur son répondeur. S’excusa pour le message précédent. Lui dit qu’elle rentrait à Guernesey avec Luke.

Ils pourraient discuter, dit-elle.

Demain.

31

Michael

Le téléphone de Michael vibra. Son cœur chavira à l'écoute de l'avalanche de messages, et il finit par avoir l'impression d'avoir une pierre au creux de l'estomac. Il fourra le téléphone dans sa poche. Il n'avait pas le temps de s'occuper de Jenny maintenant. Fallaize, en revanche, c'était différent. Et en parlant du loup… Le jeune policier tourna au coin de la rue à vélo et s'arrêta tant bien que mal devant l'entrée d'un champ à quelques mètres de chez Tanya Le Page.

— Vous êtes ivre, mon gars ? siffla Michael tandis que Fallaize s'efforçait de se tenir droit. Qu'est-ce qui se passe dans ce putain d'endroit ? Personne ne peut rester sobre plus de cinq minutes d'affilée !

— Je vais bien.

— Vous puez l'alcool. Combien de pintes avez-vous bues ?

— Juste deux.

— Plus le reste. Qu'avez-vous raconté à Jennifer Dorey, bordel ?

Fallaize leva les mains.

— Patron, je suis désolé. Elle me posait toutes ces questions et comme vous êtes proches tous les deux, j'ai pensé qu'elle était au courant des incohérences dans l'affaire de son père. Sûr, quand j'ai vu son expression, j'ai compris que j'avais fait une grosse bourde. C'est logique. Que vous ne lui ayez rien dit.

Michael le fusilla du regard.

— Rentrez à la maison d'hôtes. Et dessaoulez. Je m'occuperai de votre cas plus tard.

— J'ai dit que j'allais bien ! Je suis désolé, répéta-t-il, baissant d'un ton devant le regard noir de Michael. J'ai bu quatre ou cinq pintes. Vous savez comment c'est – le stress, ça vous bouffe. Mais j'ai arrêté de picoler il y a plus de deux heures. Je ne suis pas saoul. Vous avez dit que c'était urgent. Je suis arrivé aussi vite que possible. Il n'y a que moi ici – autant faire appel à moi. Quel est le sujet ?

— Tanya Le Page.

— Quoi, Tanya Le Page ?

— Elle est impliquée dans le trafic de Black Pearls.

Silence. Un raclement de gorge.

— Ça paraît très improbable.

— Très improbable, en effet. Mais à moins que son fiston chéri ne transmette ses petits croquis à celui ou celle qui empaquette les pilules qui inondent Guernesey, Tanya Le Page trempe dans cette opération.

Il lui tendit le dessin du bateau pirate.

— Les derniers paquets que nous avons saisis arboraient tous un de ces dessins. Ou quelque chose de très proche : des bateaux de pirates, mêmes voiles, même petit drapeau. Vous les avez vus, je le sais. Ce sont les dessins du gosse, je suis formel.

— C'est ridicule. Tous les dessins d'enfant se ressemblent. Que comptez-vous faire ? Arrêter Mme Le Page pour avoir laissé son gosse dessiner ?

L'arrogance familière de sa voix était revenue, avec quelque chose en plus. De l'agressivité.

— Je vais lui poser directement la question. Et vous allez m'épauler. Ou nous allons avoir une petite explication au commissariat. Devant le patron.

De toute façon, elle aurait lieu, pensa Michael, mais ce ne serait pas mauvais d'avoir Fallaize à ses côtés quand il confronterait Tanya. Ce regard qu'elle lui avait lancé juste avant qu'il ne reparte. Froid et calculateur. Il ne pouvait pas risquer qu'elle déforme son propos ou, que Dieu l'en préserve, qu'elle porte plainte contre lui, contaminant tous les arguments qu'ils pourraient trouver à sa charge. Tout devait être parfaitement bordé.

— Attendez. On devrait attendre demain matin. Tout exposer au patron d'abord. C'est la procédure, non ? Pour les cas sensibles comme celui-là ? Et de toute façon il faudra perquisitionner la maison, et pour cela il nous faut un mandat.

— Elle sait que je sais, Fallaize. Je l'ai vu dans ses yeux. Si on lui laisse jusqu'à demain matin, je parie qu'on pourra toujours se brosser pour trouver quoi que ce soit chez elle. Il faut qu'on y aille tout de suite. S'il le faut, on l'arrêtera et on fera surveiller la maison. La perquisition peut attendre demain.

Chaque minute passée à discuter était du temps que Tanya Le Page pourrait mettre à profit pour éliminer les indices, pour couvrir ses traces et son implication dans l'affaire, quelle qu'elle soit, dans laquelle elle trempait.

— Allez ! aboya Michael.

Il prit la direction de la maison.

Fallaize lui emboîta le pas à contrecœur.

— C'est du harcèlement. J'ai déjà appelé le commissariat de Guernesey. J'ai porté plainte. Vous n'auriez pas dû parler à Arthur sans qu'un officier de liaison soit présent. Sans que son médecin donne son accord. Je n'aurais pas dû vous laisser faire. Et je vais contacter un avocat. Vous nous avez causé beaucoup d'angoisse.

— Avec tout le respect que je vous dois, madame Le Page, les souffrances que votre fils a endurées lui ont été infligées par l'assassin de Reg Carré. J'essaie de mettre la main sur cet individu pour le traîner devant la justice. Nous sommes du même bord, vous et moi. Du moins, je le croyais.

— Qu'insinuez-vous précisément ?

Elle jouait très bien la dignité outragée, pensa Michael. Debout devant lui, offensée et dans son bon droit, on lui aurait donné le Bon Dieu sans confession.

Fallaize avait pris place sur le canapé opposé, déjà en proie aux affres de la gueule de bois. La mort incarnée.

— Madame Le Page, me permettez-vous de jeter un rapide coup d'œil à la maison ? demanda Michael.

— Non, absolument pas.

Elle s'avança vers lui. Fallaize s'agita sur le canapé.

— Vous avez quelque chose à cacher, peut-être ? demanda doucement Michael.

Il sortit de sa poche le dessin d'Arthur.

— Madame Le Page, comment se fait-il que les dessins de votre fils se retrouvent sur les emballages de centaines, voire de milliers de pilules illégales introduites en contrebande à Guernesey ? Et que savez-vous de la mort de Reg Carré ? Pourquoi votre fils était-il chez lui ce matin-là ?

Parce que plus Michael y réfléchissait, plus il doutait de l'explication de Tanya quant à la présence de son fils au cottage de Reg le jour du meurtre. Tout était lié. Tanya. La drogue. Reg. Arthur.

— Je vais vous demander de partir.

— Entendu, mais vous venez avec nous.

— Ne soyez pas ridicule.

— Madame Le Page, je suis dans l'obligation de vous demander de me suivre pour répondre à quelques questions dans nos locaux. Nous pouvons faire garder Arthur, si vous le souhaitez.

— Je n'irai nulle part.

— Si vous refusez de nous suivre de votre plein gré, je crains que nous ne devions vous arrêter.

Michael fit un signe de tête à Fallaize, lui indiquant que le moment était venu de sortir ses menottes.

Mais Fallaize resta assis, la tête courbée, et l'espace d'un instant, Michael crut qu'il s'était assoupi.

— Sergent Fallaize ! (Pas de réponse.) Fallaize ? Qu'est-ce qui ne va pas chez vous ?

— Oh, bon sang de merde, Rick, fais quelque chose, cracha Tanya de l'autre bout de la pièce.

C'était comme si Fallaize s'était pris une claque. Il redressa vivement la tête, les joues brûlantes.

— Et qu'est-ce que tu veux que je fasse, Tanya ? C'était sûr que t'allais tout faire foirer, vu comme t'es avec ton putain de gosse.

Michael tenta de comprendre l'échange. Il regarda Tanya. Elle était furieuse, le visage tordu de rage. Et Fallaize n'avait pas la gueule de bois, comprit Michael. Il était désemparé.

Tanya se jeta en avant.

Un cri venu du seuil.

Le garçon.

Michael se retourna vers lui.

Erreur.

Un éclair argenté. Puis l'insoutenable bris du verre contre l'os, et il aurait juré entendre le craquement de son crâne résonner jusque dans ses oreilles. La dernière chose qu'il vit avant de s'effondrer fut une éclaboussure de sang, son sang, sur le tissu du canapé, tache cramoisie au milieu des délicats motifs floraux.

Son crâne le lançait.

Il avait les poings liés.

Des fourmis dans les bras et les jambes.

Il ouvrit les yeux. Vision floue. Pensées floues. Des fleurs roses. Du sang rouge.

Les pièces fracturées de sa mémoire se remirent en place, accompagnées par une décharge d'adrénaline.

Et il eut peur.

Parce que le frapper avec un vase était stupide et osé, certes, mais ce n'était que le résultat de la panique. Tanya Le Page, impliquée – à quel point, il l'ignorait – dans une opération de trafic de drogue, piégée et désespérée, avait agi d'instinct, pour se protéger. Mais le laisser là, blessé, en sang, les mains attachées, c'était autre chose. Les termes qu'il allait utiliser pour monter le dossier à charge contre elle déferlaient dans son crâne douloureux.

Intention. Violence. Conspiration.

Conspiration. Fallaize.

Fallaize était dans le coup.

Même sans sa blessure à la tête ou les mains liées dans le dos, Michael n'avait aucune chance de remporter un combat contre Fallaize – le policier était plus jeune, plus fort et en meilleure forme physique que lui. Il fallait qu'il leur fausse compagnie.

Il tendit l'oreille. Ralentit sa respiration. Maudit le battement de son cœur à ses oreilles. Il les entendait parler, à voix basse, sur un ton pressant. De l'eau coulait d'un robinet. Ils étaient dans la cuisine. Il essaya de se rappeler la configuration de la maison. Son cerveau tournait au ralenti. Il ferma étroitement les yeux. La cuisine était sur l'arrière. La porte d'entrée, derrière lui, sur la droite. Il n'avait qu'à l'atteindre, l'ouvrir d'une manière ou d'une autre (c'était une vieille maison, pensa-t-il, un bon coup de pied pourrait suffire) et crier. Quelqu'un l'entendrait. Peut-être qu'il pourrait envoyer un passant chercher du renfort.

Michael tenta de s'asseoir, mais une vague nausée mêlée de vertige le força à se rallonger.

Un tambourinement. Quelqu'un à la porte.

Un fracas dans la cuisine.

Des pas.

Des voix tendues. La porte qui s'ouvrait. Qui se refermait. Des murmures. Une exclamation :

— Tanya ? Il se passe quoi, putain ?

Michael tourna la tête en direction de la voix, luttant contre un étourdissement. La silhouette surgit devant lui. Haute et mince.

— Dieu merci, venez m'aider, articula Michael.

Il eut la sensation de parler sous l'eau, la voix épaisse et lente, et il crut un instant que Martin Langlais ne l'avait pas compris. Le constable s'était figé sur le seuil.

— Aidez-moi. Ma tête… Ils m'ont attaché.

Langlais amorça un mouvement vers lui.

— Non ! s'exclama Tanya en entrant dans la pièce.

— Tanya ! C'est de la folie. Pourquoi m'as-tu appelé ? Tu es allée trop loin. Il faut que tu laisses tomber maintenant… C'est un policier.

— Tu dois nous aider à le déplacer.

Langlais blêmit.

— Moi ? Tu ne me mouilleras pas là-dedans !

— Tu es déjà mouillé, assena Tanya, très doucement à présent. Tu as laissé faire sans protester, tu ne l'as jamais signalé, tu as encaissé ta part tous les mois. Tu tomberas avec nous.

— Il n'y a pas de preuves, répliqua Langlais, mais il n'en avait pas l'air si sûr.

— Zéro, à part l'inspecteur-chef ici présent, dit Tanya en souriant. Et je suis quasi certaine qu'il va deviner ton niveau d'implication.

— Martin…, fit Michael en s'efforçant de se redresser, s'aidant du canapé dans son dos. Aidez-moi, et quelle que soit votre participation dans cette affaire, on pourra en discuter. De toute évidence, vous vous êtes laissé embringuer malgré vous…

— La ferme ! lança Fallaize, l'air encore patraque mais visiblement dégrisé.

Il vint se planter près de Michael, regarda Tanya.

— Tu vas enfin me révéler ton putain de plan ou quoi ? Pourquoi on aurait besoin de Langlais ?

— L'inspecteur-chef Gilbert est venu ici seul. Il était en colère. Son amie journaliste venait de lui dire que j'avais empêché Arthur de lui parler. C'était peu judicieux, je le reconnais, mais j'ai agi dans le plus strict intérêt de mon fils. Quand j'ai refusé de le laisser parler à Arthur, il m'a frappée. J'étais terrifiée. Je me suis défendue. J'ai appelé le constable Langlais qui va de ce pas conduire Gilbert en prison.

— C'est tout ce que tu as trouvé ? s'exclama Fallaize. Personne ne croira jamais qu'il t'a attaquée, tu peux toujours rêver. Ce type a un casier vierge et plus de trente ans dans la police. C'est un putain de héros, pour l'amour du ciel !

— Peu importe qu'on me croie ou non, ce sera à eux de prouver que je mens. Et ils n'y arriveront pas.

Michael sentit de la bile lui remonter dans la gorge. Il essaya de bouger les poignets, pour tester la résistance des liens.

Fallaize assena un coup de pied au canapé.

— Tu aurais dû me laisser m'en occuper !

— Oui, parce que tu es champion à ce jeu, n'est-ce pas, Rick ? Tu veux que je raconte à ton chef comment tu t'es dépatouillé du dernier bordel dont je t'ai demandé de t'occuper ? Allez, raconte-lui. Ça ne changera plus rien à présent.

Fallaize prit une profonde inspiration.

— Ta gueule !

Si Tanya se sentit menacée, elle n'en montra rien.

— Il foire toujours tout, c'est sa spécialité, inspecteur-chef. Je lui avais juste demandé de donner un avertissement au gars. Propose-lui une centaine de livres, voilà ce que je lui avais dit, et si ça ne marche pas, dis-lui qu'on s'en prendra à sa famille. À sa femme. À sa fille.

— La ferme, Tanya ! s'écria Fallaize en se précipitant sur elle.

Elle l'esquiva et il trébucha. Elle éclata de rire.

— Va falloir faire mieux que ça, Rick.

Michael luttait pour démêler la situation. Comprendre Tanya. Comprendre Fallaize, à terre à présent, la tête sur les genoux.

— La femme et la fille de qui ?

— Je ne l'aurais pas fait, comprenez-moi bien, dit Tanya. Je voulais simplement lui faire peur. Mais le sergent Fallaize a tout fait foirer. Il est allé voir le pauvre bougre et il l'a tué. Je ne sais pas ce qui lui a causé le plus d'ennui – le fait de l'avoir assassiné ou l'effort qu'il a dû faire pour couvrir ses traces. Il a dû falsifier le dossier, n'est-ce pas, Rick ? Dis à l'inspecteur-chef comment tu as détruit les preuves et fait en sorte que la mort de Charlie Dorey passe pour un accident.

Le silence qui suivit s'abattit sur Michael comme une couverture de dix tonnes qu'on aurait jetée sur la pièce. Il en eut le souffle coupé et des larmes lui montèrent aux yeux. Cela ne dura que quelques secondes, qui lui parurent des heures, avant qu'un sanglot déchirant retentisse.

— Espèce de garce !

Et avec une impression troublante de déjà-vu, pour la deuxième fois de la soirée, Michael aperçut un reflet dans la pièce. Un morceau du vase brisé, petit et tranchant, brillait dans la main tendue de Fallaize. Il y avait des tessons partout sur le sol du salon, remarqua Michael.

— Espèce de salope !

Fallaize se remit debout.

Michael tâtonna sur la moquette derrière lui. D'avant en arrière, d'un côté puis de l'autre. Priant pour que ses doigts trouvent ce qu'il cherchait.

— Bonté divine !

Langlais recula vers la porte d'entrée. Tanya restait impavide.

— À ta place, Rick, j'y réfléchirais à deux fois avant d'utiliser ce truc.

— J'en ai ras le bol de tes conneries, Tanya. J'ai dit que je ferais en sorte que tes cargaisons ne soient pas contrôlées, que je t'aiderais avec la paperasse. J'ai jamais été d'accord pour le reste.

— Tu aurais dû y penser avant de faire passer Charlie par-dessus bord, tu ne crois pas ? À partir de ce moment-là, il n'y avait plus de retour en arrière possible. Et c'est toi qui l'as fait, Rick. En ce qui me concerne, je n'ai jamais tué personne. Et toi, Martin ? fit-elle en regardant Langlais. Tu as assassiné quelqu'un récemment ?

— Bien sûr que non ! s'exclama-t-il en se tournant rapidement vers Michael. Je ne savais rien de tout cela – vous devez me croire.

Michael toussa. Se déplaça sur le côté. Il continuait à tâtonner. Il sentit un bout de verre, dur et froid.

— Que tout le monde se calme.

Il attrapa la lame de fortune dans sa main droite. Grimaça quand elle lui entailla la chair. Entreprit de scier la corde, luttant pour ne pas la lâcher quand ses doigts devinrent poisseux de sang.

Il regarda Fallaize qui se tenait là, ouvertement provocateur, l'éclat de verre toujours serré dans sa main tremblante. Imbécile, salaud d'imbécile. Il était mouillé jusqu'au cou. Quelqu'un d'autre l'aurait compris, aurait peut-être laissé tomber, prêt à accepter son sort, mais ce type avait toujours été un merdeux arrogant, il n'allait jamais s'avouer vaincu.

— Ne faites pas ça, Fallaize, déclara Michael en s'efforçant de prendre un ton péremptoire, mais sa voix était faible et sèche. Quelles que soient vos exactions, vous pouvez arrêter maintenant. Vous pouvez implorer la clémence.

Il sentait la résistance de ses liens diminuer tandis qu'il en sectionnait chaque brin.

Fallaize, le regard verrouillé sur Tanya, abaissa lentement son arme.

À présent, Michael tentait de se dépêtrer de la corde effilochée qui lui entourait les poignets. Elle lâcha. Il fallait qu'il bouge. Tanya le vit changer de position. Il voulut se mettre debout, et le tesson lui échappa. Tanya se jeta sur lui. Mais avant qu'elle puisse l'atteindre, Fallaize, aussi rapide qu'un serpent, l'avait attrapée par le cou et lui appuyait son morceau de verre sur la joue.

— C'était un accident, dit-il à l'adresse de Michael, la voix tremblante, ravalant un sanglot. Il faut que vous le compreniez. Je voulais juste lui parler. J'y suis peut-être allé un peu fort. Il m'a bondi dessus. M'y attendais pas. C'était de la légitime défense. J'ai tendu le bras pour le neutraliser. Il est tombé et s'est cogné la tête. J'ai paniqué. Évidemment, Tanya en a aussitôt profité, elle a proféré des menaces, avertissant les autres qu'ils y passeraient aussi s'ils ouvraient leur gueule. Comme si tout avait été planifié. Mais ce n'était pas le cas. C'était un accident. Je le jure.

La peau de Tanya avait blanchi à l'endroit où le tesson s'enfonçait dans sa joue. Elle avait les yeux rivés sur Michael. Langlais gémissait.

— Lâchez ça, Fallaize, ordonna Michael en luttant contre un étourdissement.

— Sinon quoi ? J'irai en prison ? J'y vais de toute façon, je me trompe ? Au moins, comme ça, elle aura ce qu'elle mérite.

— Rick, fit Tanya d'une voix éraillée. Rick, on a fait des projets, tu te souviens ? Toi et moi, et Arthur. Ce n'est pas trop tard. Tu me fais mal, Rick. Je t'en supplie.

— Je ne marche pas, Tanya. Pas cette fois. Tu t'imagines que je ne sais pas que tu baises avec n'importe qui ? J'ai entendu les gars qui font les transferts. Il paraît que tu descends à moitié nue et que tu fais mine d'être surprise de leur présence. C'est bien ça que tu fais, non ? Tu montres un bout de sein, tu te mordilles la lèvre avec ton air de « pauvre petite chose toute seule avec mon petit garçon », une vraie sainte-nitouche. Même Gilbert a eu pitié de toi.

Il brandit son bout de verre en direction de l'inspecteur-chef et à cet instant, avec une rapidité qui étourdit encore davantage le policier, Tanya échappa à la poigne de Fallaize et lui flanqua un violent coup de pied dans les parties. Il se plia en deux mais ne lâcha pas son arme, la main en sang.

— Tu as vraiment merdé, Rick, lança Tanya en se plaquant le dos au mur.

Langlais était coincé dans l'angle. Michael et Fallaize se faisaient face, à quelques pas l'un de l'autre.

— Mais ça va aller, reprit-elle, comme si elle parlait à un enfant. La seule façon de se sortir de ce merdier, c'est de rester soudés. Tu es avec moi, mon chéri ?

Tout en gardant les yeux fixés sur Fallaize, Michael en appela à Langlais qui était clairement le maillon faible de ce triumvirat contre-nature.

— Martin, vous avez vraiment l'intention de marcher dans leur combine ? Vous croyez qu'elle va se salir les mains et me tuer ? Elle vous forcera à le faire, mon gars. Et vous n'avez pas les tripes pour ça. Et vous, Fallaize, comme elle l'a dit, vous avez complètement merdé. Dieu sait qu'on ne s'adore pas tous les deux, mais vous m'avez certifié que c'était un accident, et je vous crois. Vous pourrez conclure un marché. Je parie que vous en savez long, hein ? Je suis sûr que vous obtiendrez une réduction de peine. Vous sortirez après quelques années. Vous êtes jeune. Si vous la suivez, fit-il en désignant Tanya du menton, c'est fini. Vous finirez vos jours en prison.

— Ne l'écoute pas, lâcha-t-elle d'une voix métallique.

— Vous avez raison, répondit Fallaize, l'air hagard, comme s'il pensait se réveiller d'un cauchemar et se retrouvait en plein dedans. Je pourrais sûrement négocier pour ne prendre que quinze ans. Dehors au bout de douze. Mais vous savez ce qu'ils font aux flics en tôle. Quelle que soit la façon dont on considère l'affaire ma vie est finie.

Il s'approcha de Michael, le morceau de verre directement pointé sur son cœur. Michael rassembla toute l'énergie qui lui restait. Il serra le poing et frappa.

Fallaize esquiva.

Le coup de Michael partit dans le vide.

Fallaize se jeta sur lui.

Une douleur fulgurante au flanc.

Michael chancela. Regarda le bout de verre à moitié enfoncé au niveau de sa taille.

— Je suis désolé, dit Fallaize en portant sa main égratignée à sa bouche, se maculant de sang – on aurait dit un clown sorti des enfers. Je suis désolé…

— Ne fais pas ta mauviette, Rick, répliqua Tanya en s'approchant. Qu'on en finisse avec tout ce merdier.

32

Jenny

Plus facile à atteindre que Derrible, Dixcart n'en était pas moins beau. La marée basse révélait un amas de rochers comme semés du haut du ciel. Ils dégringolaient vers la grève, de plus en plus petits, d'abord brisés puis polis tels des galets, et enfin mêlés aux vestiges de créatures marines disparues depuis des éternités – coquilles de moule, bigorneaux et berniques, os de seiche et coraux – broyés et réduits en poudre, le sable jaune et fin de la grève.

Ancré à quelques centaines de mètres de la plage, un bateau solitaire tanguait.

Luke Carré attendait près d'un dinghy crasseux. Il lui fit signe tandis qu'elle parcourait les derniers mètres vers la plage.

— On tiendra à deux là-dedans ?

— C'est un peu exigu, mais on ne va pas très loin.

Il ôta ses chaussures et les lança dans le bateau. Elle fit de même, puis ils tirèrent le dinghy vers les premières vagues. Il le tint fermement, de l'eau jusqu'aux chevilles, tandis qu'elle se hissait à bord.

Luke mit les rames en place. Il les manœuvrait avec aisance et ils avançaient très vite. Ils arrivèrent au

Elle donna de violents coups de pied, se plaqua les bras le long du corps.

Creva la surface.

Elle n'était restée immergée que quelques secondes, mais elle avala des goulées d'air comme si elle n'avait pas respiré depuis des jours, toussant et hoquetant tandis que l'eau continuait à la submerger. Elle devait nager, retrouver son énergie avant que les vagues ne l'engloutissent. Elle nageait de toutes ses forces, battue d'un côté, tirée de l'autre par un courant contraire. Elle vit la lumière de la cabine, le bateau, qui prenait de la gîte, baignant dans une flaque d'un jaune glauque, et Luke, silhouette frénétique, d'abord à la barre, puis hurlant par-dessus bord :

— Jenny ! Jenny !

Il avait l'air paniqué. Brisé.

Peut-être qu'elle avait tout interprété de travers – il était mêlé à l'affaire, certes, mais ce n'était pas un assassin. Il croyait qu'elle était tombée à l'eau, s'efforçait désespérément de la sauver.

Ou peut-être savait-il qu'elle avait sauté volontairement. Peut-être cherchait-il seulement à s'assurer qu'elle était morte.

Elle s'enfonça sous l'eau. Recommença. Chaque fois, c'était plus difficile de remonter à la surface, et chaque inspiration était plus superficielle que la précédente, et ses membres, privés d'oxygène, se faisaient plus lourds.

Elle se concentra sur les lumières qui brillaient toujours sur Brecqhou. Elle estima que par mer calme, elle aurait été à un quart d'heure de nage de la côte. Aujourd'hui, peut-être trente. Si elle y arrivait. Elle mit le cap sur l'île. Resta à distance du faible hors-bord en quelques minutes. À la demande de Luke, Jenny se hissa la première sur l'échelle souplement arrimée puis lui renvoya une amarre qu'il noua à l'annexe, la laissant flotter derrière le bateau principal. Il grimpa les barreaux deux à deux et le bateau tangua, sans vraiment se stabiliser une fois Luke à bord. La houle était plus forte alors qu'ils étaient encore tout près des côtes. Jenny sentit les premières gouttes de pluie, épaisses et lentes.

— Je pense que Rosie avait raison finalement, dit-il, la main posée sur le toit de la cabine pour se stabiliser. Le temps se gâte.

— On fait demi-tour ?

Il secoua la tête.

— On a fait le plus gros, plaisanta-t-il. Tout ira bien. Ça va peut-être un peu secouer, c'est tout.

Il s'avança vers le gouvernail et mit le contact. Le moteur du bateau ronronna. Il mit les gaz. Jenny était cramponnée au bastingage et écartait les pieds pour se stabiliser quand le bateau plongeait et s'élevait au-dessus des vagues. Les embruns arrosaient son visage et ses bras nus, le vent fouettait frénétiquement ses cheveux et lui piquait les yeux, et c'est à peine si elle voyait où ils allaient. C'était grisant et elle éclata de rire, se rassit lourdement, écarta ses cheveux qui lui tombaient sur les yeux.

Il était neuf heures passées et le ciel était couvert, mais pas encore complètement noir. Çà et là, des trouées dans les nuées révélaient des éclaboussures de couleur, la lueur abricot du soleil couchant. Au large de la baie de Dixcart, la terre s'incurvait comme avalée par la gorge de Convanche qui s'ouvrait sur leur droite. Jenny arrivait à deviner les garde-corps de la

Coupée à une cinquantaine de mètres au-dessus d'eux. Luke fit décrire au bateau un grand arc de cercle qui suivait la configuration de la côte. Elle apercevait les cheminées des mines d'argent sur le cap et, dessous, une série de doigt rocheux qui plongeaient dans l'océan.

— Ça va ?

Luke devait crier pour couvrir le bruit du moteur.

— Super ! C'est bien mieux que le ferry de Sercq !

— Attendez qu'on soit sortis des récifs. Je vais vous montrer de quoi ce petit bijou est capable. En fait, ajouta-t-il avec un sourire, il n'avance pas beaucoup plus vite que ça. Il a des années, et quelques problèmes de moteur. Mais je vous ai impressionnée au moins une seconde, non ?

— Ah oui, énormément. C'est assez rapide comme ça. La traversée prendra combien de temps ?

Il réduisit le régime du moteur.

— Une demi-heure. Peut-être moins. Vous voulez bien faire du thé ? Il y a une bouilloire là-dedans, fit-il en lui indiquant l'escalier de la minuscule cabine. À moins que je le fasse, si ça vous dit de barrer ?

— Mon Dieu, non ! Merci. Je n'ai jamais vraiment bien appris à naviguer. Avec moi, on accosterait à Jersey.

— Tout sauf Jersey, plaisanta-t-il. Dans ce cas, je vous laisse vous occuper du thé.

Elle dut baisser la tête pour entrer dans le réduit obscur qui tenait lieu de cabine. Elle trouva un interrupteur. Une ampoule solitaire se mit à clignoter faiblement au plafond. Sur un côté, un comptoir accueillait une petite bouilloire en plastique posée sur un tapis antidérapant près d'un évier. En face, une banquette qui servait visiblement de lit, avec un oreiller et une couverture soigneusement pliée.

— Vous dormez à bord ? cria-t-elle.

— Parfois. Quand je venais voir papa. Je n'aime pas séjourner dans la maison. Je n'aimais pas séjourner dans la maison, rectifia-t-il. Même avant.

Elle trouva deux mugs délavés et ébréchés rangés sous le plan de travail, et des sachets de thé dans un pot en plastique.

— Vous avez du lait ?

— En poudre. Je n'ai pas de frigo. Je sais qu'il en reste. Dans l'un des sacs au bout du lit.

Elle trouva deux sacs à provisions en jute et un fourre-tout noir. D'une main, elle se retint à la paroi. C'était toujours déstabilisant d'être sous le pont ; en bas, on déconnectait – une scène familiale, une cuisine, un lit, mis en scène de façon artificielle. Cela perturbait les sens. La rendait malade.

Elle trouva le lait en poudre et un paquet de biscuits dans l'un des sacs. L'autre était rempli de bières. Le fourre-tout était à moitié ouvert. Elle regarda à l'intérieur. Le bas du pantalon de Luke était visible sur le pont supérieur. Il était toujours à la barre. Elle ouvrit le sac. Du matériel de plongée. Des gants. Des palmes. Un masque noir.

Elle le sortit du sac. Il était plus grand qu'un masque avec tuba : l'élastique couvrait aussi le front et le nez. Les verres, larges, évoquaient des yeux d'insecte. Comme ceux qu'Arthur avait dessinés quand il avait représenté Bête-Man.

La bouilloire émit un déclic.

Luke Carré n'était pas à Guernesey au moment où son père avait été tué. Elle l'avait vérifié auprès de

Michael dès leur première rencontre – déformation professionnelle, tout autant qu'intérêt personnel. Il avait un alibi, Michael le lui avait confirmé. Luke Carré n'était pas suspect dans l'enquête sur le meurtre de son père.

Elle laissa retomber le masque dans le fourre-tout. Se tourna pour préparer le thé. Remarqua que le bateau avait encore ralenti ; puis le moteur se tut.

Elle remonta sur le pont avec les mugs, heureuse que le roulis masque le tremblement de ses mains. Luke était assis. Il faisait plus froid à présent, et la pluie tombait dru. Il lui indiqua les nuages les plus noirs. Un éclair.

— On ne devrait pas se dépêcher ?

— C'est encore à des kilomètres d'ici.

Un rugissement de tonnerre dans le lointain. Des rafales de vent les enveloppaient. Il la regarda, les yeux brillants.

— C'est pour la pêche au harpon. Les trucs que vous regardiez.

Les joues de Jenny s'enflammèrent.

— Je n'aurais pas dû fouiller dans vos affaires, désolée.

Il continuait à la fixer comme s'il essayait de déchiffrer son expression. La Petite Sercq était dans leur dos, Brecqhou réduite à une ombre noire sur tribord.

— Il faut qu'on se dépêche ou qu'on fasse demi-tour. On n'arrivera jamais avant la tombée de la nuit. Ou avant que la tempête éclate, dit-elle d'une voix où perçait un peu de la panique qui s'emparait d'elle.

— Ce n'est pas ce que vous croyez, souffla-t-il.

Elle recula d'un pas. Avec la houle sous leurs pieds, le bateau escaladait les vagues et se précipitait dans les creux avec plus de force à chaque fois. Elle se renversa du thé brûlant sur la main et étouffa un juron.

— Ce que je crois n'a aucune importance. Seuls les faits comptent.

Il fallait qu'il la voie comme une alliée, pas comme une menace. Jusqu'à ce qu'ils débarquent, il devait absolument croire qu'elle était son amie.

— Et quels sont les faits, Jennifer ?

— Vous n'êtes pas suspect. Vous avez un alibi. Ne vous sentez pas menacé. Ni par moi ni par de prétendus indices.

Il éclata de rire.

— J'ai vraiment un alibi, vous avez raison sur ce point. Pour le reste, je n'en suis pas si sûr.

Il se leva. Elle se plaqua contre la paroi du bateau.

Le moteur coupé, ils avaient dérivé, le courant les emmenant vers le passage du Gouliot, l'étroit chenal qui séparait Brecqhou de Sercq. Le soleil avait disparu, abandonnant derrière lui une nuée luminescente, le souvenir de la lumière qui jouait sur l'océan. La coque grinça. Sercq disparaissait derrière eux. *L'île au ciel noir*. Pas d'éclairage public. Pas de rues non plus, pas de ce côté-ci de l'île. Elle n'arrivait pas à se souvenir s'il y avait même des maisons. Réfléchis. *Réfléchis*. Il y avait un petit hôtel. À vingt minutes à pied du Havre Gosselin, le minuscule port de l'autre côté du passage. Trop loin pour qu'on l'entende crier.

Ils se rapprochaient du chenal et des rochers qui en encadraient l'entrée.

— Luke, reprenez la barre. Remettez les gaz. Sortez-nous d'ici. Ou ce que les gens pensent n'aura plus aucune importance.

Il ne parut pas l'entendre, et une fois que la dernière lueur naturelle se fut éteinte, que la rotation de la Terre eut effacé la chaleur à l'horizon, il se changea en une ombre noire et indéchiffrable, la faible lueur émanant de la cabine dans son dos ne suffisant pas à éclairer ses traits.

— Luke, que faites-vous ? Vous devez nous ramener.

— À quoi bon ?

En colère. Au-delà de toute raison.

— Si vous ne nous tirez pas de là, on va s'écraser sur les rochers ! Laissez-moi faire, au moins.

Elle fit un pas vers la barre.

— Non.

Il n'avait même pas élevé la voix. Elle entendait les vagues se briser sur les rochers, mais ne voyait rien, pas même des formes ou des ombres, que du noir. Elle avait du mal à garder son équilibre, le pont tanguant sous ses pieds et rendu glissant sous la pluie continue. Elle se cogna douloureusement la hanche et s'agrippa au bastingage, s'évitant un plongeon tête la première dans la mer.

Et puis, sur leur gauche, un scintillement.

Brecqhou.

Il y avait des lumières sur Brecqhou.

Le manoir.

Jenny était très bonne nageuse. Se baignait par tous les temps. Le froid, elle pouvait le supporter, la houle aussi, même forte comme à cet endroit, bien qu'elle n'en ait jamais affronté d'aussi puissante.

C'est le noir qu'elle n'était pas sûre d'arriver à gérer.

L'autre option était d'arracher la barre à Luke. Mais physiquement, elle ne faisait pas le poids. Jusque-là, il n'avait montré aucun signe d'agressivité. Mais à cet instant, ses actes n'étaient pas ceux d'un individu sain d'esprit. Et le masque. Sa réaction quand il l'avait vue tomber dessus. Comme s'il avait été percé à jour. Elle ne pouvait que conclure qu'il avait vraiment tué son père. Que cette absence de violence contre elle n'était que provisoire. Il fallait qu'elle agisse en conséquence. Elle devait s'échapper.

Et il n'y avait qu'une échappatoire.

Un bruit atroce de raclement et de déchirure.

Le choc imprimé au bateau la projeta en avant, dans les bras de Luke, qui sembla sortir d'une transe.

— Merde !

Il la rattrapa, bascula en arrière, et ils s'affalèrent tous les deux sur le pont. Elle s'efforçait de se relever lorsque le bateau fut projeté dans une autre direction. De l'eau s'infiltra dans ses chaussures, l'alourdissant. Elle s'en débarrassa d'un coup de pied. La lumière de la cabine se mit à trembloter. Luke se releva d'un bond, s'empara du gouvernail et des clés. Le moteur cracha son retour à la vie. Il allait les sauver. Ou du moins essayer. Leur seule chance était le Havre Gosselin. Ils arriveraient peut-être à l'atteindre. Il se tourna vers elle. Il la voyait, dans la cabine faiblement éclairée, mais lui restait dans l'ombre, son expression indéchiffrable. Il y avait quelque chose dans sa façon de se tenir, pourtant. Prêt à tout.

Désespéré.

Dangereux.

Au choc suivant, il vacilla. Elle s'écrasa contre le bord du bateau. Le côté orienté vers Brecqhou. Vers les lumières.

Le moteur gémit. Elle entendit Luke lâcher un juron. De l'eau lui léchait les chevilles. Le prochain choc, la prochaine chute pourrait être fatal. Et si Luke arrivait à les sortir de là, où l'emmènerait-il ? Que ferait-il d'elle ?

Elle relâcha sa prise. *Respire*. Et au roulis suivant qui les renvoyait vers le large, elle lâcha tout.

Et plongea dans les profondeurs.

Froid. Un froid glacial, à couper le souffle.

Le silence.

Non. Pas le silence. L'absence de bruits familiers. Les oreilles et le nez pleins d'eau de mer. Des échos. Le déferlement des vagues entendu à l'envers. Étouffé. Diminué. Réconfortant. Elle se sentait protégée, enveloppée par la masse liquide qui se déchaînait à quelques mètres au-dessus de sa tête, la houle réduite à un doux moutonnement. Le froid apaisait ses membres endoloris. Elle avait si souvent cherché refuge dans l'eau. Ce n'était pas la première fois qu'elle se disait combien il serait plus facile de ne jamais remonter à la surface.

Une brûlure au fond de la gorge.

Un filet, lent, continu, d'eau de mer.

Elle ouvrit les yeux.

Elle se tortilla, paniquée, se concentra sur le reflet d'une lumière.

Le plongeon lui avait coupé le souffle, la claque quand elle avait heurté la surface de l'eau aussi violente qu'une chute sur un sol dur. Ses poumons réclamaient de l'air, une inspiration. Mais son cerveau répondait en hurlant : *Ferme la bouche !*

Remonter. Il fallait qu'elle remonte.

halo lumineux qui enveloppait le bateau. Les hurlements de Luke faiblirent tandis qu'elle s'éloignait de trente mètres, cinquante, cent. L'obscurité s'intensifia. S'épaissit.

Mais il n'y avait pas de place pour la peur.

Chaque cellule de son corps se concentrait sur le combat contre les vagues, pour toucher terre, atteindre la chaleur et la lumière.

Son seul espoir était Corey Monroe.

33

Michael

Il était dans une cellule. Ils l'avaient maîtrisé. Facilement, vu son état. Ils lui avaient rattaché les mains. L'avaient bâillonné. Traîné. Il se souvenait du poids d'une couverture sur sa tête, d'une porte qui claquait. Ils l'avaient enfermé ici. En prison. Cela faisait partie de leur plan, de convaincre tout le monde que c'était lui, Michael Gilbert, le criminel. Ils étaient repartis nettoyer, détruire les preuves. Puis ils s'occuperaient de lui. Tanya ne savait pas comment. Elle ne l'avait pas dit, mais Michael l'avait deviné, avait perçu l'hésitation dans sa voix, même quand elle avait aboyé ses ordres aux deux hommes qui semblaient complètement sous sa coupe.

Il tremblait de façon incontrôlée, ce qui intensifiait sa douleur à l'abdomen. Épuisé, il avait la sensation que toute vie l'avait quitté. Il regarda sa blessure au flanc. Sa chemise était couverte de sang, mais l'hémorragie s'était réduite à un filet. Fallaize lui avait donné une serviette de table. L'avait roulée en boule et lui avait dit de la presser contre sa blessure. Michael ignorait s'il avait voulu l'aider ou limiter les dégâts dans le salon de Tanya. Quoi qu'il en soit, il lui avait certainement sauvé la vie. Pas pour longtemps. Michael ne doutait pas que c'était le bout de la route. Vieux et faible, ligoté et bâillonné sur le sol d'une prison. Ce n'était pas comme ça qu'il l'avait imaginé.

Enfin, peu de choses dans sa vie s'étaient déroulées comme il l'avait prévu. Fut un temps où il avait tout eu. Une femme et une fille magnifiques. Cela paraissait si loin à présent. Au moins, Sheila était heureuse. Elle le méritait. C'était bien de l'avoir laissée partir. Et de tourner la page. Il retint un grommellement. Pathétique ! Il se mentait à lui-même – ce jour entre tous ! – quand il se racontait qu'il avait tourné la page. La seule personne pour qui il éprouvait un semblant de sentiment était Margaret Dorey, et même avec elle il s'était retenu, parce qu'elle n'était pas Sheila. Et Jenny n'était pas Ellen.

Des pas. Derrière la porte. Michael gémit. Le bâillon lui entaillait les commissures des lèvres, mais il ignora la douleur et tenta d'ouvrir plus grand la bouche, pour gémir plus fort.

Un cliquetis à la porte. Le verrou qu'on ouvrait.

— Taisez-vous ! intima une voix d'homme dans un chuchotement paniqué. Fermez-la si vous voulez que je vous aide.

Michael fit un effort pour se concentrer. La lumière du corridor envahit la cellule. C'était Martin Langlais.

L'inspecteur-chef gémit encore, plus doucement cette fois, secouant la tête d'un côté et de l'autre pour signifier : « Ôtez-moi le bâillon. »

— Non. Il reste en place, murmura Langlais en jetant un coup d'œil par-dessus son épaule. On a dix minutes devant nous, quinze max. Je suis censé vous surveiller. En attendant le retour des deux autres.

Michael plissa les paupières, posant une question muette. Ce n'était pas logique. Si Langlais voulait sauver sa peau, il aurait pu tout simplement s'enfuir.

— Je ne fais pas partie de tout ça. J'étais au courant pour la drogue, comme la plupart des autres. Elle m'a payé pour s'assurer de mon silence, c'est tout. Le reste, c'est de la folie pure. Je vais vous emmener chez le médecin. Ensuite, ce sera à vous de jouer.

Il l'aida à se relever. Michael lâcha un sourd grondement quand la douleur se rappela à lui.

— Il est tard, il n'y a personne dans les rues. Mais si vous essayez d'attirer l'attention de qui que ce soit, je vous ramène directement ici, c'est bien compris ?

Michael hocha la tête.

— J'aurais pu m'enfuir, vous le savez ? Vous leur direz ? Que je vous ai aidé ?

C'était donc ça. Langlais réclamait un bon point. Un argument qu'il pourrait utiliser pour minimiser son implication dans l'affaire. Michael vacilla. Il tenta de traduire par son regard le mépris que lui inspirait le constable. Puis il acquiesça.

— En route. Gardez la tête baissée.

À la seconde où il fut dehors, Michael sentit la morsure du sable et de la terre sur son visage. Les rues, désertes, étaient d'un noir d'encre. Ils passèrent devant des maisons, qui pour certaines laissaient filtrer à travers leurs rideaux fermés la lueur froide d'un écran de télévision. Plus ils avançaient, plus les habitations se faisaient rares. Langlais utilisait son téléphone en mode torche, mais seulement quelques secondes pour éclairer le chemin, puis il l'éteignait.

Il se mit à pleuvoir, quelques gouttes éparses au début, puis très vite, le visage ruisselant, il lui fut plus difficile encore de voir la direction qu'ils prenaient. Michael avait l'impression de marcher dans de la mélasse, la silhouette longiligne de Langlais s'escrimant à le soutenir. Ils se déplaçaient lentement, ne parcourant que quelques mètres à la minute. Les mains attachées dans le dos, Michael ne pouvait pas tendre les bras, trouver son chemin à tâtons dans la nuit noire. Il trébuchait et chancelait. Il tenta de se souvenir où le médecin avait dit qu'il habitait. En hauteur, près de La Moinerie. Loin. Ils marchaient depuis vingt minutes environ quand Michael s'arrêta.

Il n'y arriverait jamais.

— Qu'est-ce que vous faites, bon sang ? fit Langlais en braquant la lumière de son téléphone sur lui.

Michael restait immobile. Il grogna sous le bâillon.

— Allez, avancez ! le pressa Langlais en haussant la voix pour couvrir le rugissement du vent.

Michael secoua la tête.

— C'est quoi ce bordel ? Je vais vous laisser là !

Michael marmonna quelque chose qui ressemblait à : « Ne vous gênez pas. »

— Merde, merde, soupira le constable. Ils doivent le savoir à présent. Que je vous ai laissé filer. Ce n'est pas le moment de traîner.

Michael haussa les épaules.

— Si vous faites le moindre bruit, je jure que vous mourrez ici.

Des mains sur son visage. Langlais lui ôtait le bâillon à tâtons.

— Putain, dit Michael dans un souffle rauque. C'est trop loin.

Parler lui tiraillait les commissures des lèvres, douloureuses et à vif. Il ouvrit et referma la bouche, goba quelques gouttes d'eau, les avala dans l'espoir d'apaiser sa gorge desséchée.

— Un petit kilomètre, répondit le constable.

— Trop loin pour moi. Emmenez-moi à la maison la plus proche. On appellera le médecin de là.

Il y eut un long silence.

— Quel est le problème ? (Michael toussa. Il avait l'impression qu'on le poignardait à nouveau.) Vous m'avez aidé, mais vous n'en tirerez aucun bénéfice si je ne peux pas en témoigner. Laissez-moi dans la première maison qu'on trouvera et tirez-vous. Ou restez dans le coin. Ça fera meilleur effet dans votre dossier.

— Je ne sais pas à qui je peux me fier.

— Que voulez-vous dire ?

— Le toubib. Il n'est ici que depuis quelques mois. Ils ne doivent pas lui graisser la patte. Pas encore. Les autres… N'importe qui peut travailler pour elle. Elle a des gens à sa solde. Qui surveillent. Écoutent. Partout. Si on sonne à la mauvaise porte, elle le saura.

Michael n'arrivait pas à le croire.

— Vous êtes parano !

— Non, pas du tout.

À cause de la tempête, ils n'avaient pas entendu les pas approcher. La main de Fallaize était enveloppée dans des bandages pleins de sang, et s'il avait abandonné son tesson de verre, il tenait maintenant un couteau dont la large lame étincelait à la lumière tremblotante du téléphone de Langlais.

34

Jenny

Elle heurta encore un rocher. Et cette fois elle essaya frénétiquement de s'y cramponner, réussit à se plaquer dessus. Elle ne ressentait pas la douleur, mais elle savait qu'elle était couverte d'égratignures et d'ecchymoses. Seule la chance lui avait évité d'être réduite en charpie – la chance, et le fait que la mer était plus calme à cet endroit, dans le chenal relativement abrité qui séparait les deux îles. Le vent était tombé aussi. Pas beaucoup, mais suffisamment pour que les vagues se contentent de lui fouetter le visage au lieu de la submerger comme depuis qu'elle avait plongé du bateau.

La jetée de Brecqhou était toute proche. D'une proximité presque irrésistible. Au bout, deux lampes de sécurité pareilles à deux sentinelles, deux balises dans l'obscurité, projetaient une lueur étrange, argentée sur l'eau environnante. En plein jour, elle aurait eu une petite chance de l'atteindre par voie terrestre – en escaladant les rochers, en suivant la côte ou en se hissant sur le cap –, mais sous le dais noir de la nuit, ce serait impossible. D'abord, elle n'avait aucun moyen d'évaluer la hauteur des falaises. Si elle tombait, elle pourrait se casser le cou et sombrer dans les profondeurs, et ses os pulvérisés se mêleraient au sable au cours des siècles à venir.

Elle resserra sa prise sur le rocher, déterminée à ne pas le lâcher, sentant instinctivement que l'eau était bien plus dangereuse que la terre ferme, tout en sachant qu'elle devait y retourner. Personne ne viendrait à sa rescousse. La seule personne qui la savait en difficulté était Luke. Et elle était à peu près sûre qu'il n'appellerait pas les secours. Même s'il pouvait le faire. Elle se démancha le cou pour regarder derrière elle, vers le large, cherchant une trace du bateau. Elle avait écouté ses cris, entendu les crachotements du moteur, mais les bruits avaient vite été couverts par ses propres halètements, son souffle enragé, les pulsations affolées de son cœur.

Ses doigts glacés lui faisaient mal. Peut-être que si elle criait quelqu'un l'entendrait au manoir. Peut-être. Oui, mais… Et si Luke était dans les parages, toutes lumières éteintes, moteur coupé, et qu'il n'attendait que ses appels justement ? Plus elle tendait l'oreille, plus elle était convaincue d'entendre les grincements du bois, les gifles des vagues sur une coque, les cliquetis rythmés de l'accastillage. Comme elle scrutait l'obscurité, elle se dit que oui, elle le voyait – quelque chose bougeait là-bas, ça se rapprochait, de plus en plus, un souffle d'air chaud, un effleurement spectral, une plainte étranglée, inhumaine –, alors elle hurla, un cri râpeux, misérable, la gorge brûlée par l'eau de mer, un cri bien plus fragile que celui de la mouette qui la frôla, manifestement terrifiée, et se mit à pousser des hurlements stridents doublés de jacassements hystériques.

Elle se secoua. Elle n'avait qu'à rester sur sa lancée, elle pouvait y arriver. Elle rassembla ses dernières forces, prit son élan pour se jeter loin du rocher et plongea dans le chenal.

À présent, l'eau travaillait pour elle. Elle l'entraînait vers le passage qui séparait les deux îles, elle le sentait. Elle n'aurait qu'à s'en extraire avant que le courant ne la rejette en pleine mer. Elle mit le cap sur la jetée, mais le courant était trop fort, il l'emporta, la jeta dans la flaque de lumière, puis au-delà, de l'autre côté. Si elle ne parvenait pas à s'en dégager rapidement, c'en serait fini d'elle. Déjà ses mouvements devenaient faibles et inefficaces, lui permettant à peine de garder la tête hors de l'eau. Elle aurait dû rester sur le rocher, encore mieux, elle aurait dû passer la nuit à Sercq. Elle aurait quitté le pub en ayant bu raisonnablement, sans avoir laissé des messages confus sur le répondeur de Michael, sans accepter de prendre le bateau avec un quasi-inconnu. Et comme elle s'affaiblissait, elle envoya vers le large la promesse silencieuse que si elle s'en sortait, elle ferait quelque chose de sa vie, quelque chose de bien.

Elle plongea. Retint son souffle. De l'eau dans les narines, accumulée au fond de sa gorge. La poitrine en feu. L'angoisse qui déferlait.

Se noyer était censé être paisible – c'est ce qu'on disait –, mais non, c'était le chaos et la panique et la douleur. Elle se débattit, hoquetante, remonta à la surface, juste une seconde, juste le temps d'aspirer une goulée d'air mêlé d'eau, puis elle replongea, plus profond, plus noir. C'était comme si son âme luttait pour quitter son corps, pour jaillir de l'intérieur, son corps entier la brûlait, c'était une véritable torture, alors elle n'eut plus d'autre choix que d'ouvrir la bouche pour la laisser s'échapper.

35

Michael

— Avancez !

Ils n'avaient aucune chance de le neutraliser : Michael était trop faible et avait les mains entravées dans le dos, et Langlais était une poule mouillée. Ils allaient se faire tuer, voilà tout.

— Qu'est-ce que vous foutez, Fallaize ? demanda Michael d'une voix rauque. Vous devez savoir que votre seul espoir est de vous rendre. Et si vous ne voulez pas, il ne vous reste plus qu'à vous enfuir. Partez, laissez-nous ici. Laissez Martin m'emmener chez le médecin. Nous ne déclencherons pas l'alerte. N'est-ce pas, Martin ?

Langlais secoua la tête.

— Où est Tanya, *eh* ? Que vous a-t-elle dit ? Que vous formeriez une jolie petite famille ? Elle va tout vous mettre sur le dos, mon gars, vous le savez très bien.

— Ce ne sera pas nécessaire. Il n'y aura plus rien à mettre sur le dos de personne quand vous ne serez plus là, Langlais et vous.

— Vous croyez que la police va clore une enquête pour meurtre parce que j'ai disparu ? Vous savez bien que non, Fallaize. Ils iront au fond des choses, ils trouveront ce qui est arrivé à Reg, avec ou sans moi.

— Je n'ai rien à voir avec ça. Et Tanya non plus.

— Ben voyons.

— Je n'ai aucune raison de vous mentir. Tanya est allée chez Reg ce matin-là. Je suppose que c'est comme ça que le gosse s'est retrouvé là-bas. Il la suit partout. Reg travaillait pour le business depuis des années. Il commençait à perdre la boule, elle avait peur qu'il se trahisse. Mais il était déjà mort quand elle est arrivée chez lui.

— Elle vous a fait gober ce qu'elle voulait, hein, fit Michael en secouant la tête. Comment savez-vous qu'elle vous dit la vérité ? Et si Reg travaillait pour elle « depuis des années », ça veut dire qu'elle a commencé au berceau ?

— C'est une affaire de famille.

Michael s'efforça de prendre la mesure de ce qu'il venait d'entendre.

— De famille ? Comment ça ?

— S'il vous plaît, arrêtez, pleurnicha Langlais. Laissez-moi partir, Richard. Je ne dirai rien, je le jure. Vous pouvez me faire confiance. Ça fait des années que je tiens ma langue.

Le poing de Fallaize arriva de nulle part. Langlais poussa un cri, s'écroula par terre, lâcha son téléphone et se prit le nez à deux mains.

Un murmure :

— Voilà toute la confiance que vous m'inspirez, Langlais. Allez, debout, et avancez.

Fallaize écrasa le téléphone sous son pied et sortit une lampe torche de sa poche pour éclairer le sentier.

Langlais partit le premier en se tenant le visage à deux mains. Michael suivit en traînant les pieds, de plus en plus lentement, jusqu'à ce qu'il sente la pointe d'une lame s'enfoncer dans son dos.

— Dépêchez-vous.

— J'avance aussi vite que je peux. (Il toussa, peinant à reprendre son souffle.) J'étais déjà à bout de forces quand vous avez débarqué.

C'était vrai. Il lui avait fallu toute son énergie pour rester debout, *a fortiori* pour marcher, mais Fallaize lui enfonça le couteau un peu plus fort dans les reins et, puisant dans des réserves qu'il ne soupçonnait pas, Michael réussit à mettre un pied devant l'autre.

Il tâcha de localiser l'endroit où ils se trouvaient. Fallaize braquait le faisceau de sa lampe sur le sol. Un chemin caillouteux. Plat et rectiligne. Michael aperçut quelques touffes d'herbe de part et d'autre, et devina qu'ils étaient dans les champs. Satanés nuages. Par une nuit claire, la lumière des étoiles ou un croissant de lune auraient permis de voir quelque chose.

— C'était quoi ? demanda Langlais d'une voix comme encombrée de glaires, et Michael soupçonna une fracture du nez, ou alors il avait pleuré.

— Quoi donc ?

— J'ai entendu un bruit, droit devant.

Ils firent une halte. Fallaize leva la torche. Balaya le faisceau de droite à gauche. Des arbres. Un bois. Michael sut où ils se trouvaient. Sur la route de Port du Moulin, la fenêtre dans la roche.

— Il n'y a personne. Allez, avancez.

Fallaize se remit en marche.

Langlais ne bougeait pas. Michael s'affaissa vers l'avant et tomba à genoux.

— Je vous dis qu'il n'y a personne. Allez !

— Je ne peux pas.

Les épaules de Michael lui faisaient mal à force d'être tirées vers l'arrière. La corde qui lui liait les poings le brûlait. Sa blessure au flanc saignait toujours. Et son crâne… il avait dans le cerveau des palpitations pareilles aux vagues qui martelaient la grève, inlassables, implacables, recouvrant tout. Il ferma les yeux. Se laissa flotter.

Tiré. Traîné. Langlais le tenait par un bras et Falaize de l'autre. Ils le charrièrent dans les bois où les arbres se refermèrent sur eux, et le chemin se fit plus inégal encore, déformé par des racines noueuses, boursouflées, instable à cause de fragments d'ardoise et de granit délogés et branlants. Était-ce vraiment aussi calme, se demanda Michael, ou avait-il perdu l'ouïe ? C'était tellement paisible. Du moins ça l'aurait été sans la douleur. Elle remplissait le silence. Chacun de ses assauts lui faisait l'effet d'une branche qui craquait dans sa tête. Une, puis une autre, puis une autre, jusqu'à ce qu'il en soit complètement encerclé, une cacophonie de brindilles qui craquaient. Il aurait voulu se boucher les oreilles, mais il ne pouvait pas, alors il ferma les yeux et s'abandonna à l'obscurité.

36

Jenny

Charlie n'avait pas très envie d'aller nager ce jour-là. Il n'était pas tenté par la plage, il y avait trop de touristes et trop de sable, disait-il, il avait passé la semaine sur l'eau et il en avait sa dose pour la semaine. Mais Jenny l'avait harcelé, et Margaret avait dit qu'elle ne cracherait pas sur deux heures de tranquillité pour ranger la maison, alors il avait soupiré et tenté de persuader Jenny qu'une balade au réservoir serait plus amusante. Elle l'avait supplié, imploré de l'emmener à la plage, et quand elle avait senti fondre sa détermination, elle avait couru enfiler un maillot de bain avant qu'il change d'avis.

À présent, il avait les deux pieds dans l'eau et un journal coincé sous le bras. Il la surveillait, la main en visière au-dessus des yeux, la rappelait quand il trouvait qu'elle s'éloignait trop, ce qui était fréquent, même si c'était une bonne nageuse, la meilleure de sa classe, même meilleure que les garçons. Pas plus rapide que lui – il l'aurait battue à la course – mais elle pouvait aller plus loin. Dix longueurs de piscine sans s'arrêter. C'était la seule capable de cet exploit. Et maintenant elle voulait nager jusqu'à Pembroke.

C'était bien trop loin, elle le savait, mais si elle voulait faire la traversée avant ses dix ans, il fallait qu'elle commence à s'entraîner. Sauf que Charlie ne la laissait pas s'aventurer en eaux profondes.

Debout, Jenny regardait avec envie les adultes faire le ludion en pleine mer, où leurs pieds ne touchaient pas le fond – ça valait mieux, pensa-t-elle, parce qu'on ne savait jamais très bien ce qui reposait au fond. Un de ses copains avait été piqué par une vive la semaine précédente, il avait dit que ça faisait plus mal qu'un vaccin chez le docteur, alors Jenny ne voulait surtout pas prendre ce risque.

Elle fit signe à Charlie. Peut-être qu'il voudrait bien venir dans l'eau, après tout, pour jouer au requin et au goujon avec elle. Mais il était avec quelqu'un, là. Un de ses copains joueurs de cartes. Ils bavardaient. Ils ne la regardaient pas. Elle reporta son regard sur la mer. Cela ne lui prendrait que quelques secondes, trente peut-être, pour s'approcher des vrais nageurs. Une femme au bonnet de bain jaune vif fendait l'eau comme des ciseaux, les bras telles des lames, en haut en bas, la tête tournée vers la plage une brassée sur deux, ce qui permit à Jenny d'entr'apercevoir son visage et ses yeux protégés par des lunettes, un clip sur les narines. Jenny pourrait la suivre. Copier ses mouvements. Et voir si elle arrivait à suivre son rythme. Juste une ou deux minutes. Pendant que Charlie était occupé à discuter.

Elle leva les pieds. Elle était restée debout dans une eau relativement chaude, mais son corps avait séché au soleil et l'eau parut glacée sur sa poitrine et ses épaules. Froide en surface, chaude en profondeur. Ça faisait drôle. Pour gagner en aérodynamisme, elle plongea afin de se mouiller le visage et les cheveux. Elle rouvrit les yeux. À cet endroit, l'eau était censée être très propre, mais elle avait l'air boueuse, une soupe verte avec des petits morceaux d'algues et du sable qui tourbillonnaient tout autour d'elle. Elle scruta le fond. Elle aurait aimé avoir des lunettes de plongée pour y voir correctement. Aucun signe de vives. Elle n'était pas très sûre de savoir à quoi ça ressemblait en vrai, mais elle imaginait qu'elles devaient avoir des nageoires aiguisées, comme les mini-requins, qu'elles faisaient ressortir du sable en attendant un petit pied d'enfant pour s'y planter.

L'eau lui piquait les yeux et elle remonta à la surface. Vérifia que Charlie était toujours occupé (il l'était) puis chercha des yeux la nageuse professionnelle (Jenny avait décidé qu'elle devait au moins être une championne du club de natation de Guernesey, sinon du club des îles Anglo-Normandes, vu son attirail et sa technique si sûre). Elle l'aperçut. Elle avait déjà nagé assez loin en quelques minutes, et donc Jenny ne perdit pas de temps à essayer de la rattraper. Elle plongea la tête dans l'eau et partit en crawl, mais elle constata que c'était plutôt difficile d'avancer en ligne droite, bien plus en tout cas que dans une piscine. C'était à cause des courants, dont Jenny savait tout : Charlie passait son temps à lui en parler, lui expliquant que lorsqu'on savait les trouver, on débusquait plus facilement le poisson. Mais ils pouvaient se révéler dangereux aussi. Des gens s'étaient fait emporter comme ça. Elle sentit une petite boule d'angoisse se former au creux de son estomac. Un léger tortillement des nerfs. Elle se retourna. Elle était plus loin de la côte qu'elle ne l'avait jamais été. Plus, même, que la dame au bonnet de bain jaune qui semblait regagner la plage. Charlie ne l'avait pas encore repérée, Dieu merci, Jenny allait rentrer se sécher aussi vite que possible, et ils iraient manger une glace. Et elle devrait s'entraîner davantage à la piscine avant de pouvoir retenter une chose pareille.

Elle se propulsa en avant, les bras bien dans l'axe, comme son professeur le lui avait montré. La tête en bas. Droit vers la plage. Quatre battements. Dix. Vingt. Visiblement, elle ne se rapprochait pas de la côte. Au contraire même. Elle replongea la tête dans l'eau. Trente battements. Quarante. Fatigue. Elle s'arrêta de nouveau. Et maintenant Charlie l'avait vue. Il lui faisait de grands signes. Qui n'avaient rien d'affectueux. Plutôt hystériques. Elle était trop loin pour voir son expression, mais elle devinait qu'il était furieux. Il voulait qu'elle revienne. Il montrait la tour sur le cap. Il hurlait, mais elle n'entendait pas les mots, et à présent des gens l'avaient rejoint. Ses joues la brûlèrent et ses yeux s'emplirent de larmes parce que tous ces gens voyaient bien qu'elle avait fait une bêtise et que son père était en colère contre elle, or elle détestait faire des erreurs. Quand elle regagnerait la plage, elle ferait comme si tout allait merveilleusement bien. En attendant, elle n'avait plus qu'à continuer à nager.

La tête dans l'eau. Les bras hurlant de douleur. L'eau lui chatouillait le nez. Il fallait qu'elle se procure une pince, comme la dame. Et des lunettes de natation et un bonnet. Alors ça se passerait très bien, elle en était certaine. Elle commença à pleurer de frustration. C'est à cet instant qu'elle but sa première tasse, et à cet instant aussi qu'elle paniqua vraiment, qu'elle se mit à se débattre et à crier jusqu'à ce que, surgi de nulle part, elle sente un poids contre elle, comme si un gros monstre marin l'attaquait, mais au lieu de la dévorer ou de l'entraîner vers son repaire sous-marin, il passa un bras autour de son cou et la tira, latéralement, parallèlement à la plage, vers la tour de la canonnière, et soudain, ils flottèrent. L'eau avait perdu son pouvoir sur elle.

Charlie la lâcha. Ils barbotèrent quelques secondes. Il avait l'air vraiment fumasse, pensa-t-elle. Et terrifié.

— Tu vas pouvoir rentrer ?

— Oui, je crois.

Elle avait la gorge pleine de glaires et de sel.

— Suis-moi.

Il nageait lentement, devant elle, délibérément, jetant de fréquents coups d'œil dans son dos pour s'assurer qu'elle suivait. C'est seulement lorsqu'il sortit de l'eau qu'elle vit qu'il était tout habillé. On l'enveloppa dans une serviette. Une serviette mince, rêche, qui sentait la lessive. On leur apporta à tous les deux une tasse de thé, la première de sa vie, sucrée, avec du lait. Ça lui leva le cœur, mais elle ne dit rien, parce qu'elle avait causé assez d'ennuis comme ça.

Ce soir-là, Charlie lui expliqua ce qu'était un courant sagittal, lui dit que même le meilleur des nageurs aurait du mal à en réchapper. Que la première chose à faire si on s'y retrouvait piégé était d'appeler au secours. Si personne ne venait, il fallait s'en dégager latéralement, d'un côté ou de l'autre. Jamais essayer de nager contre. On ne pouvait pas gagner, et la fatigue, c'était ça qui finissait par vous tuer. Si le courant était vraiment fort, si on ne pouvait pas s'en extraire, il fallait se laisser porter par lui. Il pouvait faire cent cinquante mètres de long, ou mille, mais il finissait par s'arrêter. On sentait ses griffes se desserrer, et il n'y avait plus qu'à trouver un autre passage pour regagner la plage.

Il se pencha sur elle.

— Pas un mot à ta mère, chuchota-t-il.

Elle hocha la tête. Ils savaient l'un comme l'autre que Margaret interdirait tout bonnement la natation à sa fille, sans compter que Charlie paierait cher le fait de l'avoir quittée des yeux.

— Et tu te rappelleras ce qu'il faut faire si ça se reproduit ?

Elle acquiesça.

— Je me rappellerai.

Il lui frotta le nez avec son poing. L'embrassa sur la joue.

— Demain matin, je me réveillerai avec quelques cheveux blancs de plus à cause de toi, Jenny Wren.

La prise se desserra. Elle sentit la traction diminuer, le mouvement ralentir, le vacarme s'assourdir.

Sous l'eau.

Des secondes. Des minutes.

Le calme. La fin du combat. Ce devait être la fameuse sérénité dont on parlait. Il n'y avait plus rien à craindre. Le pire était déjà arrivé.

Un flot d'images. Des couleurs vives. Une cascade de souvenirs. Une promenade dans les bois. Un rôti dominical. Une histoire avant de dormir. Le départ pour l'université. Maman en larmes. Des rues trempées de pluie. Une voiture abandonnée. Un bunker.

Noir. Noir. *Noir*. Mais pas de panique. L'acceptation, simplement.

Puis une lumière dans la nuit. Une petite tache, au début. Elle pensa à une baudroie avec son leurre. Mais c'était plus gros. Plus brillant. Et ça approchait. Un ange, venu la sauver. Elle ordonna à ses jambes de bouger. De donner des coups de pied. Elles répondirent, sans conviction. Elle dériva vers la lueur.

Pas un ange.

Un fantôme.

Elle tendit la main pour le toucher. Lui caresser la joue. Ses doigts glacés sur une chair glacée. Il sourit. Elle ferma les yeux.

Et soudain, ils étaient debout au bord de l'eau, dans la chaleur d'un jour d'été, respirant l'air frais et doux. Elle vit un bonnet jaune vif. Sentit une serviette rêche. Avala une grande gorgée de thé au lait sucré.

— Tu te rappelleras ce qu'il faut faire ?

Elle acquiesçait.

— Je me rappellerai.

Elle ouvrit les yeux. Il souriait toujours, mais tandis qu'elle le fixait du regard, son visage sembla enfler, sa peau se relâcher. Elle retira vivement sa main, arrachant un morceau de chair, exposant un os pâle, des orbites soudain vides, deux grands trous noirs, et elle vit l'intérieur du crâne rempli de petits poissons frétillants qui explosèrent en une nuée argentée, tourbillonnèrent autour d'elle, se glissèrent sous ses vêtements et dans ses cheveux, et elle hurla, sans bruit, sans fin, se débattit jusqu'à ce qu'elle sente un poids contre elle, un bras autour de son cou qui l'entraînait, toujours hurlante, vers le haut, toujours plus haut, vers l'air pur.

Corey Monroe avait l'air différent. Moins menaçant. Peut-être à cause de son pantalon de pyjama à carreaux assorti d'un tee-shirt flottant, et de ses cheveux ébouriffés comme s'il venait de se réveiller. Peut-être parce qu'il l'avait ramassée sur la jetée en lâchant une bordée de jurons confus, et l'avait portée dans la maison, assise sur un canapé et enveloppée dans une épaisse serviette blanche.

Elle tremblait. Luttait pour tenir fermement la tasse de liquide fumant qu'il lui avait donnée. Elle la reposa, de crainte d'aggraver les dégâts qu'elle avait déjà occasionnés. Elle avait vomi des litres et des litres d'eau de mer sur le tapis aussitôt qu'elle s'était assise, et elle supposa que le sang lui appartenait aussi. Bientôt, elle sentirait les coupures profondes sur ses jambes et ses bras. Elle avait la plante des pieds en lambeaux, la peau toujours gonflée, distendue et exsangue. Elle frissonna à l'idée de ce qu'elle avait vu là-dessous. De ce qu'elle avait rêvé, se corrigea-t-elle. Ou halluciné. Parce que rien de tout cela n'était réel.

— Grands dieux, que vous est-il arrivé ?

— Passée par-dessus bord.

Dit à peine plus fort qu'un murmure, et ce fut suivi d'une autre quinte de toux. Elle se courba en avant, recracha de l'eau.

— Désolée.

— À ta place, je ne m'en ferais pas trop. Il a les moyens de s'en payer un nouveau.

Jenny sursauta en reconnaissant la voix. Elle se tourna vers Tuesday Jones, pieds nus et en robe de chambre, qui entrait dans le salon, Margot, l'assistante de Monroe, sur ses talons.

— Je fais sécher les affaires de Mlle Jones. Puis-je être utile à quelqu'un d'autre ? demanda-t-elle d'un ton guilleret, comme si c'était une journée de travail comme les autres.

Jenny repensa aux rumeurs auxquelles la serveuse avait fait allusion. Elle se demanda quel genre de situation bizarre ou inattendue Margot avait déjà dû gérer par le passé.

— Vous n'auriez pas des cigarettes, mon chou, par hasard ? Les miennes ont un peu pris l'eau.

— Je reviens tout de suite, répondit Margot en souriant.

— Bien aimable. (Tuesday s'assit face à Jenny, et releva les pieds sur le canapé.) C'est le grand luxe, non ?

— Que fais-tu là ? coassa Jenny.

— C'est elle qui vous a sortie de l'eau. Traînée jusqu'au milieu de l'allée. C'est là que j'ai entendu ses cris et que je me suis précipité pour voir ce qui se passait. Je vous ai portée sur le reste du chemin.

Jenny resserra plus étroitement la serviette autour d'elle.

— Comment savais-tu où j'étais ? Que faisais-tu en mer ?

— J'étais à bord de mon bateau pneumatique, je cherchais une nouvelle idée d'excursion, mais la houle devenait forte et j'allais faire demi-tour quand j'ai vu un bateau. On sait tous que personne ne peut croiser au large des côtes de M. Monroe. J'ai pensé que je ferais bien d'aller jeter un coup d'œil. Je faisais juste mon devoir de bonne voisine.

Corey lui lança un regard.

Margot revint avec un paquet de cigarettes et un briquet. Tuesday s'illumina. Monroe en prit une. La cala sur son oreille.

— Je disais donc que j'ai viré dans le chenal, mais j'ai perdu la trace du bateau. J'allais faire demi-tour quand je t'ai vue. Tu es une sacrée nageuse, dis donc. Tu t'es quasiment jetée sur mon canot. Je t'ai hissée à bord et ramenée ici. Maintenant, la question, c'est : et *toi*, qu'est-ce que tu fichais dehors par ce temps ?

Jenny n'avait aucun moyen de savoir si elle pouvait faire confiance à Tuesday Jones. Et elle soupçonnait Monroe de ne pas être fiable du tout. Mais elle n'avait pas d'alternative. Elle leur raconta ce qui s'était passé. Quand elle eut fini de parler, personne ne dit rien.

— Eh bien ? demanda Jenny.

Tuesday secoua la tête.

— Je ne sais rien de Luke Carré. Enfin, pas grand-chose. Je l'ai croisé de temps en temps. Je connais son histoire, sa mère disparue, tout ça. Peut-être qu'il a tué son père. Je n'aurais pas parié sur lui, mais bon.

— Et sur qui tu aurais parié ?

— Tanya Le Page.

— Pourquoi Tanya Le Page aurait-elle tué Reg Carré ?

— Parce qu'il devenait dangereux. Elle a eu peur qu'il se mette à parler.

— De quoi ?

Jenny avait l'impression que l'eau lui avait aussi fait gonfler le cerveau, le rendant lent et lourd.

— Du trafic de drogue.

— Mais c'est ridicule.

L'idée que la frêle et craintive Tanya Le Page soit une trafiquante de drogue et une meurtrière était grotesque. Sauf que… Jenny n'avait-elle pas détecté, sous le vernis, un caractère en acier trempé ? Et il était indéniable que Tanya avait refusé qu'Arthur parle à la police pour décrire le tueur. Jenny avait supposé que c'était l'instinct maternel qui lui faisait protéger son enfant, mais… Et si elle ne faisait qu'essayer de se protéger elle-même ?

— Comment ça marche ? Qui d'autre est au courant ?

— Elle a enrôlé pas mal de gens de Sercq, ça c'est sûr. Je suppose que la drogue vient de France, qu'elle est entreposée sur l'île puis envoyée à Guernesey, à Jersey et en Angleterre. Je parie que c'est un de ses gars qui a trouvé les ossements. Ils utilisent les grottes pour planquer la came.

— Comment sais-tu tout cela ? demanda Jenny.

Tuesday haussa les épaules.

— Je ne suis sûre de rien. Mais je passe ma vie en mer. Je vois des choses, des bateaux qui jurent dans le décor. J'ai aperçu deux gars sur les rochers à Derrible, il y a deux mois. L'aube pointait tout juste. Ils n'avaient pas l'air d'être des touristes venus passer la journée sur l'île.

— Pourquoi personne n'en a-t-il jamais parlé ? Pourquoi n'as-tu jamais rien dit ?

— Les gens qui bossent pour elle ont peur, ou ils sont sous sa coupe, ou les deux. Quant à nous, nous n'avons pas de preuves.

— J'étais certain qu'il se tramait quelque chose, ajouta Corey. Le refus des réformes, de mes investissements sur l'île, les habitants qui m'empêchent de me mêler aux affaires locales. Au début, j'ai cru que c'était simplement la mentalité provinciale, mais la force de cette résistance contre moi… J'ai commencé à creuser. Je fais souvent des recherches d'antécédents sur les gens. J'aime bien savoir à qui j'ai affaire. J'ai des contacts qui trouvent des infos pour moi.

Il jeta un regard en direction de Jenny. Il avait embauché quelqu'un pour fouiller dans son passé, pensa-t-elle. C'est pour ça qu'il était au courant de son agression à Londres.

— Quel genre de contacts ?

— Le genre que beaucoup d'argent peut acheter.

— Dans la police ?

— Par exemple. Et puis de l'autre bord aussi… Ils n'ont pas eu beaucoup de chance sur ce dossier. Il semblerait que les Sercquiais soient très doués pour garder leurs secrets.

— Il faut qu'on prévienne Michael, dit Jenny d'une voix redevenue ferme.

Ils la regardèrent tous les deux d'un air ahuri.

— L'inspecteur-chef Gilbert. Il faut qu'on l'appelle tout de suite. Il allait interroger Tanya. Il faut qu'il sache ce qui se passe.

Elle chercha des yeux une horloge. Il n'était même pas vingt-trois heures. Elle avait l'impression qu'il s'était écoulé des jours depuis qu'elle avait quitté le pub de Sercq.

— Tu lui fais confiance ? demanda Tuesday.

Jenny hocha la tête.

— Je lui confierais ma vie.

Tuesday et Corey ne répondirent pas, et Jenny pensa un instant qu'ils l'avaient bien eue. Ils travaillaient main dans la main et maintenant qu'elle leur avait dit tout ce qu'elle savait, ils allaient la rejeter à la mer.

Finalement, Corey se lança.

— Je vais l'appeler. Où est-il descendu ?

Jenny remarqua que ses mains tremblaient.

— Je ne sais pas. Quelque part dans le village. Dans une maison d'hôtes. Commencez par la salle paroissiale, c'est là qu'ils ont installé la cellule de crise. Ou chez Tanya Le Page.

Il acquiesça et sortit du salon.

Jenny et Tuesday restèrent assises côte à côte sans rien dire.

— Cette robe de chambre te va à ravir. Elle est exactement à ta taille.

— C'est parce que c'est la mienne, répondit-elle en regardant Jenny. Corey et moi, on s'est rapprochés. Quand il a essayé de m'acheter.

— Tu lui fais confiance ? murmura Jenny.

Tuesday eut un sourire empreint de gravité.

— Je ne fais confiance à personne, Jenny. Et tu devrais en faire autant.

— D'après la police, les inspecteurs à Sercq sont à sa recherche. Ils ne peuvent rien faire de plus avant demain matin.

Monroe avait essayé de joindre la cellule de crise et la maison d'hôtes de Michael. Personne ne l'avait vu depuis le début de la soirée. Chez Tanya, le téléphone sonnait dans le vide. Finalement, Jenny l'avait convaincu d'appeler la police de Guernesey et de signaler sa disparition.

Jenny secoua la tête.

— J'ai un mauvais pressentiment. Il allait chez Tanya. Il a des ennuis.

— On a fait tout ce qui était en notre pouvoir. La police est au courant de la situation, laisse-les faire leur boulot, dit Tuesday. On peut lui donner des vêtements secs ? demanda-t-elle à Corey. Elle va choper une pneumonie.

— Il faut qu'on parte à sa recherche, insista Jenny.

— Tu veux fouiller l’île en pleine nuit ? Il peut être n’importe où. Et il fait un noir d’encre. Bonne chance !

— On n’a qu’à prendre l’hélico, suggéra Monroe comme s’il leur proposait une balade vespérale.

— Très drôle, fit Tuesday, mais elle n’avait pas l’air amusée.

— Je ne plaisante pas.

— Vous n’avez pas le droit de survoler Sercq quand ça vous chante, si ? demanda Jenny.

— Il me semble que c’est un cas d’urgence. Je réglerai les formalités plus tard, aucun problème. On pourrait effectuer un survol rapide avec le projecteur, puis se poser sur l’un des champs à proximité de chez Tanya et vérifier chez elle. S’il a disparu, elle a probablement quelque chose à y voir. On volera une vingtaine de minutes, maximum.

L’idée paraissait le réjouir. L’exciter même.

— C’est dingue, reprit Tuesday en secouant la tête. En tout cas, moi, je ne monte pas dans cet engin.

— Alors on y va tous les deux, déclara-t-il en regardant Jenny, les sourcils remontés au milieu du front.

— Vous pouvez voler par ce temps ?

— Ça risque de secouer un peu, mais oui, je peux voler par ce temps.

Elle se leva.

— D’accord. Des vêtements secs, et on y va.

37

Michael

Quand Michael rouvrit enfin les yeux, les arbres étaient plus denses et le vacarme dans sa tête s'était tu. Le chemin s'était étréci et il devenait manifestement compliqué de marcher à trois de front. Langlais, qui trébuchait sur le talus du sentier, s'arrêta.

— Qu'est-ce qu'il y a ? s'énerva Fallaize.

— Il faut que je reprenne ma respiration, répondit Langlais d'une voix couverte – il était clair qu'il avait pleuré. Je ne me sens pas bien. J'ai mal au bras.

Il respirait par à-coups.

— Bon sang de bois !

Ils lâchèrent Michael qui tomba en avant. La terre était fraîche. Il pouvait enfin dormir. Il aurait voulu leur dire qu'ils n'avaient qu'à le laisser là. Il ne leur ferait pas d'ennuis s'ils le laissaient juste se reposer un peu. Mais il ne réussit à émettre qu'un murmure, et il dut répéter.

— Taisez-vous ! lança Langlais d'une voix stridente, pressante. Écoutez… (Michael entendit qu'il pivotait sur ses talons.) Vous n'entendez pas ?

Silence.

— Vous n'entendez pas ? implora Langlais.

Michael était sûr que Fallaize allait le frapper à nouveau, et il attendit le craquement des os, mais l'autre ne fit pas un geste. Il avait sûrement entendu, lui aussi. Peut-être que, par miracle, quelqu'un était à sa recherche ? Fallaize se retourna brusquement. Michael suivit la direction du faisceau lumineux.

Derrière eux, le sentier s'animait d'ombres fuyantes – il était tout à fait possible de croire que quelqu'un, ou quelque chose, se cachait parmi elles.

— Merde ! s'exclama Langlais, effrayé, sur un ton encore plus haut.

Michael s'efforça de mieux voir.

Il y avait quelque chose là-bas, tout au bout du faisceau de la torche. L'obscurité semblait s'y concentrer. Plus dense, plus noire qu'autour. Fallaize leva lentement sa lampe, et sous les yeux épuisés de Michael, dans son cerveau en manque d'oxygène, les ombres fusionnèrent, comme si elles étaient attirées par une force magnétique, formant des strates mouvantes qui semblaient se mettre en place mais sans prendre réellement forme.

— C'est une saloperie de gros chien, murmura Langlais.

Michael secoua la tête. Fit de son mieux pour se concentrer. En vain. Il ne voyait rien. Mais il entendait. Ça grondait, un long grognement sourd, qui le remplit de terreur.

— Il va attaquer !

— Il ne va pas nous attaquer tous les trois, rétorqua sèchement Fallaize, mais sa voix chancela. Faites demi-tour, tout doucement.

Ils s'exécutèrent. Michael se prépara à sentir les crocs de l'animal lui dévorer le dos. Il avait croisé quelques chiens méchants en son temps, et peu d'entre eux se laissaient décourager par le nombre – quand on les voyait, l'échine hérissée, il n'y avait plus qu'à déguerpir illico. Ou leur filer un bon coup de pied au bon endroit. Deux choses que Michael était bien incapable de faire à cet instant. Au lieu de quoi il fut remis brutalement sur ses pieds. Fallaize fixa l'allure, descendant les marches peu hautes, mais qui, à chaque appui, lançaient des décharges de douleur dans le flanc de Michael.

Langlais peinait à suivre, titubant, trébuchant, regardant par-dessus son épaule, jusqu'à ce qu'ils débouchent sur un doux tapis herbeux. Le bruit des vagues en contrebas. Une lueur sur Brecqhou. Le manoir. Si près. Mais un chenal aux eaux furieuses les en séparait, et même s'il parvenait à l'atteindre sans se rompre le cou sur les rochers, il n'arriverait pas à traverser à la nage, même par beau temps, alors dans le noir et les mains liées dans le dos…

Ils le traînèrent sur l'herbe, plus vite maintenant qu'ils n'étaient plus obligés d'éviter les arbres. Un éclat de gris tandis que la lumière de la torche tombait sur le granit. Ils s'arrêtèrent. Fallaize posa la torche par terre, l'orienta en direction de Michael. Il se mit derrière lui, trifouilla ses liens jusqu'à ce que ses bras soient libres. Michael batailla pour les ramener devant lui, les épaules raides, les mouvements de ses mains ralentis. Il les fléchit pour faire circuler le sang.

— Et maintenant quoi ? demanda-t-il d'une voix rauque.

— Vous filez. Par là.

Fallaize ramassa la lampe, la braqua devant eux, vers le bord de la falaise.

— Vous allez dire que j'ai sauté ? Qu'on se baladait gentiment et que tout à coup j'ai décidé que j'en avais marre de vous suivre ?

— Je dirai que vous vous êtes mis à courir. Que vous n'arriviez pas à vous remettre de la honte de ce que vous aviez fait subir à Tanya. Et d'avoir menti à Dorey. D'avoir étouffé les circonstances de la mort de son père. Sans parler du décès de votre fille et du départ de votre femme. Bon Dieu, on se suiciderait pour moins que ça !

Michael éclata de rire, un rire dur, tranchant.

— Présenté comme ça, vous avez une chance sur deux de convaincre les gens. Mais quid de ma blessure ? Vous savez pertinemment que la mer finira par rendre mon corps. Comment allez-vous expliquer ce coup de couteau ?

— J'arrangerai ça.

— Pas la moindre chance, fit Michael en secouant la tête.

— Ce ne sera pas votre problème, hein ?

Il gagnait du temps, pensa Michael. Il aurait déjà dû être mort. Si Fallaize pensait pouvoir trafiquer les preuves, falsifier une autopsie, il l'aurait déjà tué. Balancer son cadavre du haut de la falaise aurait été fichtrement plus facile que de le précipiter vivant dans le vide.

— Ce n'est pas ce que vous voulez.

— Vous n'avez aucune idée de ce que je veux ou pas.

— Vous n'êtes pas un assassin. La mort de Charlie Dorey était un accident, je le sais. Je me souviens que quand vous vous êtes enrôlé dans la police – quand était-ce ? Il y a quinze ans ? – vous n'étiez qu'un gamin qui sortait de l'école. Vous vouliez faire partie des gentils, je me trompe ? Mais Roger Wilson vous a pris sous son aile. Vous a montré comment arrondir vos fins de mois. C'est comme ça que vous avez rencontré Tanya ? C'est comme ça que vous vous êtes retrouvé impliqué ? Il vous a dévoyé, voilà ce qu'il a fait…

— Allez vous faire foutre !

— Peux pas. Même si j'en avais envie. Si vous voulez que je tombe de cette falaise, il va falloir me traîner et me jeter dans le vide.

— Richard… (Michael avait presque oublié la présence de Langlais.) Richard, la bête nous a suivis.

Langlais restait planté là, parfaitement immobile, toute son attention concentrée sur un point situé derrière eux. Fallaize suivit son regard.

Michael saisit l'occasion. Il sortit du faisceau en trébuchant. Il n'avait aucune chance de les semer à la course, pas dans son état. Mais il pouvait se cacher. Fallaize hurla, mais Michael continua d'avancer à tâtons pour trouver son chemin. De l'herbe – bien ; de la terre – bien ; éviter les cailloux, qui signifieraient qu'il était parti dans le mauvais sens, qu'un pas de plus dans cette direction et ce serait peut-être le saut dans le néant, une chute mortelle de soixante mètres.

Il entendit que ça s'agitait dans son dos, une bagarre, un cri étranglé. Fallaize allait le rattraper d'une minute à l'autre, ou le chien allait lui bondir dessus, le déchiqueter membre après membre avec ses crocs et ses griffes. Il savait que ses chances étaient proches de zéro, mais il n'était pas prêt à abandonner sans lutter.

Pourtant, personne ne le suivit. Personne ne l'attrapa au collet. Il se figura qu'il avait parcouru une trentaine de mètres, espéra qu'il avait pris le chemin du bois. Il s'arrêta. Tâcha de reprendre son souffle. Il fit de son mieux pour ravaler la toux qui risquait de trahir sa position, parvint à l'étouffer, la main plaquée sur la bouche.

Il regarda par-dessus son épaule. Vit Fallaize où il l'avait laissé, debout dans le faisceau jaune de la lampe torche. Il était accroupi, un couteau pointé vers quelque chose tapi dans l'obscurité au-delà. Michael assista à toute la scène comme au ralenti – Fallaize attaquant, feintant, reculant, lentement, très lentement. Puis il se figea. Tétanisé. Lâcha le couteau. Fit demi-tour. S'enfuit. Droit vers la fenêtre dans le rocher. Disparut dans l'obscurité.

Il était faible. Mourant. Depuis combien de temps se cachait-il, trop effrayé pour appeler à l'aide au cas où Fallaize serait toujours dans les parages, – ou pire, la chose qui avait fait fuir son adjoint vers l'à-pic ? Il arrivait à distinguer des formes : des branches tordues, des ombres flottantes. Des bruits. Tant de bruits étranges. Le craquement des arbres, le martèlement de la pluie, des bruissements d'ailes, un hibou ou un pigeon. Des insectes s'enfouissant dans la terre. Et autre chose. Michael s'appuya contre un arbre. Tenta de se rendre invisible. S'efforça même de bloquer sa respiration.

Derrière la musique de la nuit, quelque chose dissonait.

Il ferma les yeux.

Seigneur, sois avec moi. Seigneur, sois en moi…

Ça se rapprochait. Il sentait l'haleine fétide. Il s'enveloppa la tête de ses mains.

Seigneur, sois avec moi. Seigneur, sois en moi...

La chose le frôla, glacée.

Seigneur, derrière moi. Seigneur, devant moi...

Il ne croyait pas au diable. Il l'avait vu à l'œuvre, en pensées et en actions. Mais c'était abstrait, pas concret. Il n'existait pas, pas sous cette forme.

Seigneur, console-moi, comble-moi de ta présence...

Il se força à ouvrir les yeux.

Rien.

Bien sûr qu'il n'y avait rien.

Il perdait la boule.

Il allait mourir ici, affalé contre un arbre, perdu dans la plus petite forêt des îles Britanniques, priant d'être délivré de ses propres hallucinations.

Il avait perdu tout sens de l'orientation. Il fallait qu'il s'éloigne de l'eau. Il écouta le bruit des vagues. Entendit le vent. Des rafales. Rythmiques. Lentes. Qui emportaient tout. Plus vite. Plus fort.

De la lumière. Il y avait de la lumière.

Il tituba pour se remettre debout.

La douleur était presque insupportable ; elle résonnait à ses oreilles, brouillait sa vision, lui faisait tourner la tête. Il tituba vers la lumière, hurlant de douleur quand son flanc se réveilla. Il tituba dans la forêt, tombant, rampant, se traînant hors du bois, vers le cap.

Brecqhou.

Tout s'éclaira, le centre de l'île minuscule, puis la Manche, puis les falaises, puis la terre autour de lui, tout devint aussi lumineux qu'en plein jour, et lui, livide, en loques, un fantôme. Il leva une main, la peau déchirée et crasseuse, et bien qu'il sache que les secours étaient des êtres de chair et de sang, tout comme lui, il eut la brève et merveilleuse sensation que les cieux s'étaient ouverts, que Dieu seul était l'artisan de son sauvetage.

Il plongeait et ressortait d'un rêve très étrange. Il y avait beaucoup de bruit. Ellen était là, et il voyait bien qu'elle était inquiète. Elle lui avait pris la tête entre ses mains et elle lui parlait, mais il ne comprenait pas ses paroles. Les mots se déplaçaient en l'air, et le mouvement lui donnait la nausée, exacerbant la douleur, et elle pleurait. Il voulait qu'elle cesse, parce qu'il n'avait jamais supporté qu'Ellen pleure. Il tendit le bras. Lui tapota la joue.

— Tout va bien, ma chérie.

Elle répondit quelque chose. Les mots rebondirent contre le rugissement du moteur, le *tchop-tchop* des pales du rotor. Un hélicoptère. Il était dans un hélicoptère.

— Tu veux bien lui transmettre un message, ma chérie ?

Ellen avait l'air déroutée, comme quand il lui racontait une blague qu'elle ne comprenait pas. Il se rendit compte qu'elle ignorait de qui il parlait, parce qu'elle n'avait jamais rencontré Jenny. Il était sûr qu'elles deviendraient de très bonnes amies, Jenny et Ellen. Ellen et Jenny.

— Tu pourras lui dire à quel point je suis désolé ?

Elle le faisait gentiment taire à présent, et il tenta de s'asseoir pour lui montrer qu'il allait bien, mais il ne parvint pas à soulever la tête.

— Dis-lui qu'il est parti. Il a fini par payer, tout compte fait.

— De quoi parlez-vous, Michael ?

Sa voix couvrit le vacarme. Ce n'était pas celle d'Ellen.

Bien sûr que non.

— Fallaize. Il a payé pour ce qu'il a fait à ton père.

Les lumières étaient vives à présent, et l'engin se stabilisa, le moteur se tut, remplacé par le ululement d'une sirène qui envahit l'espace, et des gens se mirent à crier. Un bruit insupportable.

Il ferma les yeux.

Il entendait encore les sanglots d'Ellen.

Les Nouvelles de Guernesey, vendredi 15 juillet

SOMBRE CRIME SUR L'ÎLE NOIRE

Sercq sous le choc après une série de révélations et d'arrestations

Le mystère demeure quant au meurtre de Reginald Carré

Une femme de vingt-neuf ans arrêtée pour une affaire de stupéfiants sans rapport avec le meurtre

Le constable de Sercq soupçonné de complicité dans des activités criminelles retrouvé mort dans les bois

Disparition du sergent guernesiais impliqué dans les crimes et présumé mort

La police évoque de « nombreuses » autres arrestations imminentes

Sercq se réveille sous le choc après l'arrestation de Luke Carré, trente-six ans, et de Tanya Le Page, vingt-neuf ans. Luke Carré, de Saint-Martin, Guernesey, est suspecté d'avoir brutalement assassiné son père, Reginald Carré, le matin du lundi 11 juillet. Parallèlement, mais sans rapport établi, Mme Le Page, de la maison d'hôtes Beau Séjour, qui aurait joué un rôle dans un trafic de stupéfiants organisé et piloté depuis Sercq, a été interceptée alors qu'elle tentait de fuir l'île. Aucun des deux suspects ne s'est vu accorder de libération sous caution et ils sont tous deux détenus à la maison d'arrêt des Nicolles en attendant leur mise en accusation.

La police est toujours à la recherche du sergent Richard Fallaize. Il a été vu pour la dernière fois à Port du Moulin pendant la nuit du mercredi 13 juillet. La police le considère comme dangereux et demande à quiconque le repérerait de ne pas l'approcher mais de prévenir les autorités.

Le même soir, Martin Langlais, le constable de Sercq, a été retrouvé mort dans les environs de La Moinerie. Son décès n'est pas considéré comme suspect, bien que des sources autorisées confirment que M. Langlais est soupçonné d'avoir participé au trafic de stupéfiants piloté par Mme Le Page.

L'inspecteur-chef Michael Gilbert, l'officier en charge de l'enquête, a été évacué de l'île par hélicoptère, et se remet actuellement d'une blessure à l'abdomen.

Quiconque aurait des informations relatives à ces faits est prié de se manifester auprès de la police de Guernesey au 728024 ou d'appeler la ligne Halte au crime au 0800 555 111.

Jennifer Dorey

38

Michael

Marquis était venu avec des fleurs. Un bouquet géant. Michael réprima un rire, mais le garçon remarqua son expression hilare et vira au rouge framboise.

— C'est une idée de ma mère. J'aurais dû venir avec des chocolats. Désolé.

Il cala la chose par terre et posa sur la table de chevet un dossier à onglets qu'il avait glissé sous son bras.

— Elles sont très belles, Stephen, merci. Je vais demander un vase dans une minute, fit Michael en refermant son livre.

— Vous devez rester encore longtemps chez vous ?

— Encore quelques jours, à ce qu'on me dit. Mais plus de peur que de mal : la blessure avait l'air plus grave qu'elle ne l'était. Apparemment, une couche de graisse sous-cutanée a empêché le tesson de pénétrer dans la cavité abdominale. Ce qui revient à dire que j'ai de la chance d'aimer les bons vieux paquets de chips. C'est la commotion cérébrale qui préoccupe les médecins. Ils disent qu'il faut que je me repose. Je ne vais pas discuter. Bref, assez parlé de moi. Quelles sont les dernières nouvelles ?

— Eh bien, je sais que vous détestez les tuyaux anonymes, mais apparemment c'est grâce à cela qu'on pourra mettre Tanya Le Page à l'ombre, et pour un bon moment. C'est comme si les vannes s'étaient ouvertes. La ligne téléphonique Halte au crime n'arrête pas de sonner. Personne ne veut balancer de nom, mais tout le monde a beaucoup de choses à raconter. C'est son père qui serait à l'origine de l'opération. Quand il est parti à la retraite, elle a repris le flambeau.

— Alors Fallaize avait au moins raison sur ce point, *eh* ? Une petite entreprise familiale. Le père est sous les verrous ?

Marquis secoua la tête.

— Il s'est enfui avec sa femme. On aurait dit que la maison avait été vandalisée – les tiroirs grands ouverts, des vêtements partout. Ils ont pris leur bateau – un de ces satanés gros yachts.

— Quel genre d'individu laisse sa fille porter le chapeau ?

— Le genre qui la laisse reprendre une affaire de trafic de drogue internationale, j'imagine. On le retrouvera. Nous avons toutes ses informations bancaires, tous ses comptes sont gelés. Il ne pourra pas rester éternellement en cavale.

— Et Luke Carré ?

— Les sauveteurs ont dit qu'ils l'avaient retrouvé assis sur son bateau. Il attendait qu'il coule. Ils n'ont pas pu récupérer son équipement de plongée. Ils présument qu'il l'a jeté par-dessus bord.

— Comment le fait qu'il avait un bateau a-t-il pu nous échapper ? Comment a-t-on pu conclure si vite qu'il n'avait pas eu le temps de se rendre à Sercq ? Par le ferry c'était impossible, mais avec son propre bateau…

— Il se trouve que j'ai vérifié – quand j'ai contrôlé son alibi.

— Et pourquoi n'en avez-vous rien dit ?

— Parce qu'il n'a pas de bateau en réalité.

— Ce n'est pas le sien ?

— Il appartient à une dénommée Helen Groves. Elle emmenait Luke Carré à Guernesey quand il était au lycée. Il dit qu'elle le laissait le piloter, parfois. On a essayé de prendre contact avec elle, sans résultat pour l'instant. Personne n'a signalé la disparition du bateau. Il va falloir qu'on trouve de quoi l'inculper avant demain soir, sinon on devra le relâcher. Manifestement, il ment, mais personne ne l'a vu sur les lieux du crime, il n'y a pas d'indices matériels, bref, on n'a rien de concret contre lui.

— Vous lui avez expliqué qu'il aurait intérêt à parler maintenant plutôt que d'attendre qu'on tire les choses au clair ? Que dit son avocat ?

— Les États lui ont commis une avocate d'office, sauf qu'il refuse de lui parler. Mais voici quelque chose qui pourrait nous aider. Ça vient de revenir du labo. Ça confirme nos soupçons et ça explique pourquoi nous avons été incapables de localiser la mystérieuse Rachel Carré, dit Stephen en tendant le dossier à Michael. Le résultat des tests ADN sur les ossements. Ils mettent en évidence un lien de parenté avec Luke Carré.

— C'est sa mère ?

Marquis acquiesça.

— Les cauchemars que nous déversons sur nos enfants, hein ? Tanya Le Page élevée par son père pour reprendre le trafic de stups familial, et Luke Carré… (Michael secoua la tête.) Je ne veux même pas imaginer ce que cet enfant a pu voir. L'impact que ça peut avoir sur un individu.

— Vous pensez qu'il aurait vu Reg tuer sa mère ? La découverte du squelette l'aurait poussé à agir après toutes ces années ?

— Voyons si on peut creuser tout ça. Aidez-moi, vous voulez bien ? Vous pourriez me donner mes chaussures ?

Michael balança ses jambes hors du lit.

— Mais que faites-vous ?

— Je viens avec vous.

— Vous êtes toujours en arrêt maladie – vous avez le droit ?

Michael lui lança *the* regard.

Marquis fila chercher ses chaussures.

La prison des Nicolles était nichée dans une partie verdoyante d'une zone industrielle sise sur la paroisse de Saint-Samson, à mi-chemin entre le bourg et le pont. L'édifice était peint de la même nuance crème que les maisons des États et ressemblait à tous les autres logements sociaux de l'île, si l'on faisait abstraction du mur de deux mètres couronné d'autant de mètres de barbelés qui entourait le complexe.

Michael s'efforçait d'ignorer son mal de tête et l'épuisement qui s'était abattu sur lui cinq minutes après être monté dans la voiture de Marquis. Il tremblait aussi, juste un peu, et il avait froid malgré la chaleur étouffante de la salle d'interrogatoire. Marquis avait la lèvre supérieure perlée de gouttes de sueur.

— Vous allez bien, monsieur ?

Marquis lui tendit une tasse de thé fumante et Michael en prit une gorgée avec reconnaissance. Le liquide était aussi épais que du goudron et couvert d'écume, mais il eut l'effet escompté.

— Très bien, Marquis, très bien.

C'était un mensonge. Chez lui, au repos, sa blessure à l'abdomen le laissait tranquille. Mais maintenant qu'il était assis là, elle le faisait souffrir et il se demanda s'il ne risquait pas de déchirer ses points de suture. Il s'agita, essayant, sans y parvenir, de trouver une position confortable sur la chaise en plastique dure.

Marquis était assis à côté de lui. Il posa son thé sur la table.

— C'est un peu glauque, ici, vous ne trouvez pas ? Ça sent mauvais. Et je me suis toujours demandé ce qu'étaient ces éclaboussures sur le mur.

Il montra des traces noires dans un coin.

Michael fit une grimace.

— Mieux vaut ne pas y penser. C'est censé mettre le détenu mal à l'aise, pas nous déconcentrer.

— Vous croyez que ça a été fait volontairement ?

— Je pense que quelqu'un a salopé le mur. Et qu'on ne l'a volontairement pas repeint.

La porte s'ouvrit dans leur dos, et une jeune gardienne de prison cornaqua Luke Carré dans la salle. Il avait une mine épouvantable. Il arborait une coupe courte et inégale qui ne lui allait pas et lui donnait l'air sinistre. Une tête de criminel. Il portait la tenue des prisonniers – un tee-shirt large à manches courtes sur un pantalon informe, les deux du même bleu roi.

— Je vais attendre dehors, dit la gardienne avec un sourire avant de ressortir.

Elle était très mignonne, pensa Michael. Marquis avait dû se faire la même remarque. Il paraissait sur le point de se transformer en torche humaine.

Luke s'assit lourdement sur la chaise en face des deux policiers. Les yeux baissés. Les épaules tombantes. Michael fit signe à Marquis de démarrer l'enregistrement.

— Monsieur Carré, avant que nous ne commencions, je souhaite vous rappeler qu'il vous a été proposé de requérir les conseils d'un avocat. Pouvez-vous confirmer que vous ne souhaitez pas qu'un avocat soit présent pendant cet interrogatoire ?

— Je n'en veux pas.

— Je vous remercie. Maintenant, si à un quelconque moment vous souhaitez la présence d'un avocat ou désirez parler à un avocat, nous arrêterons l'interrogatoire. Avez-vous compris, monsieur Carré ?

— Oui.

Michael fit glisser le dossier sur la table.

— Monsieur Carré, je suis navré de devoir vous informer que les ossements retrouvés sur Derrible Bay sont ceux de votre mère.

Luke releva les yeux.

— Non.

— Je suis désolé, fiston.

Luke prit le dossier. Le feuilleta. Le consulta dans un sens, puis dans l'autre.

— C'est forcément une erreur.

— L'ADN du squelette comparé à l'échantillon prélevé sur vous montre que la probabilité qu'il s'agisse de votre mère est de quatre-vingt-dix-neuf pour cent.

Il secoua la tête.

— Ma mère est partie.

— L'avez-vous vue quitter la maison, monsieur Carré ?

Il secoua de nouveau la tête.

— Non, je… j'étais à l'école quand elle est partie. Mais je me souviens l'avoir vue empaqueter ses affaires la nuit qui a précédé. Elle pleurait. Je savais qu'elle allait partir. Elle a mis le sac sous le lit. M'a dit de ne rien dire, que tout se passerait très bien, mais je savais que c'était faux.

Sa voix se brisa.

— Mais vous ne l'avez jamais vue quitter la maison ? Vous lui avez dit au revoir ce matin-là, et quand vous êtes rentré de l'école, elle était partie ? Vous ignorez ce qui s'est passé dans l'intervalle, c'est bien cela, monsieur Carré ?

Il secoua la tête.

— Luke, elle n'a donné aucun signe de vie depuis qu'elle a quitté Sercq, du moins nous n'avons rien trouvé. Pas de trace de Rachel Carré. Apparemment, ce n'est même pas son vrai nom. On ne retrouve pas le certificat de mariage de vos parents, il n'est pas au greffe, et votre père n'avait aucun papier, aucune photo à son domicile. Malheureusement, ceci – fit Michael en montrant le dossier – est la seule preuve de son existence. Je veux dire, le fait que vous ayez vu le jour. Je suis désolé, fiston.

Rien.

— L'avez-vous recherchée, Luke ?

— Non.

— Pourquoi ? En grandissant, vous avez dû vous poser des questions, vous n'avez pas pensé à la contacter ?

Luke ne répondit pas.

— À moins qu'au fond de vous, vous n'ayez su que c'était inutile. Le cerveau peut accomplir des prouesses pour nous protéger. Il peut bloquer nos souvenirs traumatiques et remplir les blancs avec des versions plus faciles à accepter. Je pense que vous soupçonniez depuis le début qu'elle était morte. Puis, quand son squelette a été découvert, vos craintes se sont confirmées. Vous êtes allé demander des comptes à votre père. Les choses ont dégénéré. Peut-être que vous n'aviez pas l'intention de le tuer. Avouez, prenez-vous un bon avocat – vous risquez l'homicide involontaire. Ça change tout.

Luke posa le regard sur lui.

— Je n'ai pas de faux souvenirs, inspecteur-chef. Ma mère a fait son sac. Elle est partie.

Michael réussit à atteindre le couloir avant de devoir s'arrêter. Il s'assit par terre, dos contre le mur.

— Monsieur ? Vous allez bien ? Que se passe-t-il ? Voulez-vous que j'appelle un médecin ?

Michael refusa de la tête.

— Je suis vieux, brisé, Marquis. Un toubib ne pourra rien y faire. (Il tapota le sol à côté de lui.) Carré a eu l'air sincèrement choqué d'apprendre que les ossements étaient ceux de sa mère.

— Oui, acquiesça Marquis en s'asseyant près de lui. C'est vrai ce que vous avez dit sur le blocage des souvenirs ? Vous pensez qu'il aurait pu voir mourir sa mère et tout oublier ?

— Franchement, je l'ignore, répondit Michael en secouant la tête. J'ai déjà lu que ça pouvait arriver.

— Luke était à Sercq le matin même. Le gosse l'a vu.

— Il a vu quelqu'un en tenue de plongée, la même que celle que Jenny dit avoir aperçue sur le bateau, mais elle n'a jamais été retrouvée. Ça ne tiendrait pas devant un tribunal. (Michael marqua un temps d'arrêt.) Enfin, admettons qu'il ait été présent et qu'il ait tué son père. Quel aurait été son mobile ?

— Soit il ment au sujet de sa mère et il l'aurait fait pour se venger, ou, je ne sais pas, pour l'argent peut-être ? Reg en avait un paquet et n'a pas laissé de testament – Luke hérite de tout.

— Il ne me paraît pas avoir ce profil. Reg lui envoyait déjà une jolie somme tous les mois. S'il avait eu besoin de davantage, pourquoi ne pas juste demander ? Et Reg se faisait vieux, il était malade – pourquoi risquer la prison pour un héritage qui de toute façon tomberait dans son escarcelle dans un avenir proche ?

— Peut-être que ce n'est pas lui.

— Alors pourquoi ne veut-il pas consulter un avocat pour préparer sa défense ?

— Il protège quelqu'un ?

— Quelqu'un à qui il tient beaucoup, alors.

— Sa femme ?

— Elle l'a quitté. Il n'a pas d'enfant. Sa mère est morte.

La gardienne de prison s'approcha d'eux.

— Bon timing, miss. Vous pourriez vérifier quelque chose pour moi ?

— Vous allez bien ? Vous pouvez aller vous asseoir dans une des salles d'interrogatoire si vous voulez. Ou dans le foyer à l'accueil.

— J'ai juste besoin d'une petite minute, après je ne serai plus dans vos pattes. Pourriez-vous vérifier si M. Carré a eu des visiteurs ?

Elle secoua la tête.

— Il n'a vu personne. Sauf l'avocate commise d'office, et elle n'est pas restée longtemps. C'est un peu triste.

— Des coups de fil ?

— Il va falloir que je vérifie. Accordez-moi un instant.

Elle lança un nouveau sourire à Marquis qui reprit sa teinte cramoisie.

— Vous la connaissez ? demanda Michael.

— On était en classe ensemble. Elle s'appelle Kayleigh.

— Elle a l'air sympa.

Marquis s'éclaircit la voix.

— Oui, très. Je la croise au pub parfois. Même groupe social.

Kayleigh revint.

— Il a appelé trois fois le même numéro.

— Vous l'avez identifié ?

— Ouep. Une maison à Saint-Pierre-Port. Elle appartient à une dénommée Helen Groves.

39

Rachel

Cela faisait trois jours qu'il était enfermé. Trois jours, et personne n'était venu la chercher, pas encore. Elle avait écouté le répondeur : la police, qui lui posait des questions sur le bateau et lui demandait si elle voulait bien prendre contact avec eux. Mais ils n'avaient pas fait le lien. Sinon, ils seraient déjà là, en train de défoncer sa porte pour la traîner hors de la maison. Elle avait entendu Luke aussi, la voix chevrotante : « Helen, tu es là ? Tu peux décrocher, Helen, s'il te plaît ? » Il comprendrait, pensa-t-elle. Il le fallait. Les appels passés d'une prison étaient enregistrés. Rien de ce qu'elle aurait pu lui dire ne l'aurait réconforté. Pas encore.

Et maintenant, quelqu'un d'autre frappait à la porte, l'appelait par la fente de la boîte aux lettres.

— Madame Groves ? Madame Groves ? Je suis des *Nouvelles de Guernesey.* Auriez-vous une minute à m'accorder ?

Elle se tint derrière la porte, petite et silencieuse, attendant que la femme s'en aille.

Que savait le journal ? se demanda-t-elle. Que voulaient-ils savoir ? Ce n'était plus qu'une question de temps. Elle sentit la panique la gagner. Elle serra les poings, se les enfonça dans les orbites. Il fallait qu'elle y retourne. Qu'elle retrouve les lettres, les photos. Il ne les aurait pas détruites. Il avait dû les cacher. Prêt à les ressortir si elle rompait sa promesse. Si elle revenait pour Luke.

Pauvre Luke. Il aurait peur, mais il resterait fort. Il avait toujours été si fort. Il pleurait beaucoup quand il était bébé, mais rarement petit garçon. Dès qu'il avait su marcher, ça avait été un enfant heureux. Les genoux égratignés, les jouets brisés, l'argent de poche perdu – rien n'entamait sa bonne humeur. Sauf cette fois-là. La dernière fois.

Le silence, voilà ce qu'elle se rappelait surtout de cette journée. Le silence qui lui résonnait aux oreilles ; après les cris, les cris et les cris, c'était tellement silencieux. Et puis, le bruit de ses petits pas sur le lino – Seigneur, comme elle détestait ce lino, le motif hantait encore ses rêves – et il l'avait entendue pleurer. Ça l'avait effrayé. Il avait essayé de la fuir, de fuir sa propre mère. Et quand elle l'avait rattrapé, cette expression sur son petit visage. Il avait éclaté en sanglots. C'était la dernière fois qu'elle l'avait tenu comme une mère tient son enfant. Parce que quand elle le reverrait, il serait devenu un homme. Presque un homme. Plus grand qu'elle. Il y avait quelque chose d'obscène là-dedans, avait-elle pensé, qu'il ait pu grandir dans son ventre et, seize ans plus tard, la dominer d'une tête.

Il fallait qu'elle y aille. Elle avait déjà attendu trop longtemps. Luke garderait son sang-froid – comme toujours. Elle retrouverait tout, le détruirait, et demain ils devraient libérer Luke, et ce serait la fin de ce cauchemar qui durait depuis des décennies. Ils ne seraient plus que tous les deux. Comme ils auraient dû l'être depuis toujours.

40

Jenny

Helen Groves sortit de la maison et monta dans sa voiture. Jenny la suivit à distance respectable. Elle voulait juste parler avec quelqu'un qui connaissait bien Luke, lui demander quel genre de personne il était. Elle aurait dit que c'était pour un article, qu'elle voulait un avis au sujet de l'individu soupçonné d'avoir tué son père, mais en réalité, Jenny voulait comprendre comment elle avait pu se tromper à ce point. Comment elle s'était retrouvée à embarquer sur le bateau d'un assassin.

Il s'avérait que personne ne connaissait vraiment Luke, du moins personne qui veuille en parler. Sa femme lui avait raccroché au nez. Jenny devait être la énième journaliste à vouloir l'interviewer. Ses amis étaient restés vagues – il était très discret, très réservé, le genre de chose que tout le monde dit des criminels quand ils sont démasqués. Cependant, l'un d'eux avait mentionné l'existence d'une femme qui avait hébergé Luke quand il était enfant. Ils étaient restés en contact. Il n'avait pas fallu longtemps pour remonter la piste d'Helen Groves. Elle devait le connaître, pensait Jenny. Elle raconterait à la journaliste que c'était un homme merveilleux, qu'elle n'aurait jamais pu imaginer qu'il ferait une chose pareille, qu'il était doux et gentil, et Jenny se sentirait soulagée. Moins crédule. Moins bête.

Mais Helen Groves n'avait pas répondu au téléphone. Ni à la porte. Elle s'était réfugiée dans le petit salon. Jenny l'avait vue s'y ruer. Elle voulait découvrir pourquoi elle se cachait.

Elle la suivit dans les rues sinueuses et champêtres de Saint-Pierre-du-Bois et Saint-Sauveur, puis dans Saint-André, où les routes s'élargissaient et la circulation se densifiait en rejoignant la longue file de voitures qui gagnaient le centre-ville. Au rond-point, Helen Groves prit la sortie en direction de North Beach, se gara sur une zone de stationnement limité à dix heures. Jenny fit de même, quelques places plus loin, et elle prit son téléphone.

— Jenny ?

Michael semblait hors d'haleine.

— Ça va ? Vous êtes sorti ?

— Marquis m'a emmené faire un tour. Quoi de neuf ?

Il ne savait pas encore trop sur quel pied danser avec elle, même si elle lui avait mille fois répété qu'elle lui pardonnait, et que d'ailleurs il n'y avait rien à pardonner.

— Ça va. Ce n'est peut-être pas important, mais je suis allée voir quelqu'un aujourd'hui, pour parler un peu de Luke…

— Pour l'amour du ciel, Jenny, je te l'ai dit et redit, tu as fait une erreur. Tout le monde fait des erreurs.

— Je sais, Michael. De toute façon, elle n'a pas voulu me répondre. Elle n'a même pas ouvert la porte. J'ai attendu, j'ai surveillé la maison, j'ai senti que quelque chose n'était pas d'équerre. Quand elle est sortie, je l'ai suivie jusqu'à North Beach. Et là, elle est en train de s'acheter un billet pour Sercq. (Elle attendit que Michael lui reproche de harceler la population, mais il ne réagit pas. Elle entendait sa respiration saccadée.) Michael ?

— De qui parle-t-on ?

— D'une femme qui a hébergé Luke quand il était scolarisé ici. Elle s'appelle Helen Groves.

— Merde ! (Il le cria si fort qu'elle écarta le téléphone de son oreille.) Quand part le ferry ?

Elle regarda sa montre.

— Dans une demi-heure.

— Ne la lâche pas d'une semelle. Envoie-moi un texto quand elle sera montée à bord. J'arrive.

— Ici ?

— À Sercq.

— Michael, vous êtes censé être au lit…

Mais il avait déjà raccroché.

41

Michael

Ils entendirent le bruit du marteau avant même d'avoir atteint le cottage de Reg. Michael, plié en deux – c'était la seule position qui apaisait les élancements dus à sa blessure – s'arrêta au bout de l'allée qui menait au pré communal.

— Comment avez-vous su qu'elle serait là ? demanda Marquis.

— Une intuition. Passez par-derrière, ordonna-t-il aux deux policiers qui les avaient accompagnés depuis Guernesey sur le bateau pneumatique. Et discrètement – il ne faut pas l'effrayer – mais soyez prêts au cas où elle chercherait à s'enfuir.

Ils acquiescèrent et filèrent au petit trot.

— Monsieur, sans vouloir vous offenser, vous n'avez pas l'air en état de faire quoi que ce soit. (Marquis protestait depuis qu'ils avaient quitté Guernesey.) Je peux m'en charger.

— Je n'en doute pas. Mais il faut que je sois présent. Je ne peux pas vous expliquer pourquoi. Allons-y.

Il ne voulait pas réfléchir aux raisons de sa témérité. À son besoin de boucler l'affaire, de s'assurer que rien ne lui échapperait. Il voulait voir l'aboutissement de sa dernière enquête. Il s'obligea à se redresser et ils s'approchèrent de la porte d'entrée. Frappèrent. À l'intérieur, le martèlement se poursuivait.

— Vous pensez qu'il se passe quoi là-dedans ? demanda Marquis, l'air nerveux.

Michael frappa de nouveau. Ouvrit la porte.

Le linoléum de la cuisine avait été roulé, exposant les lames du parquet dont beaucoup avaient été réduites à l'état d'esquilles, laissant des trous aux bords déchiquetés dans toute la pièce, des échardes de bois jonchant le reste du plancher. Helen Groves n'était pas là. Le martèlement venait de l'arrière de la maison. D'une des chambres.

Marquis s'engagea le premier dans le couloir qui menait aux pièces du fond ; Michael le suivit, jetant au passage un coup d'œil sur les trous dans le plancher. Si elle cherchait quelque chose, elle ne l'avait vraisemblablement pas encore trouvé.

Ils remontèrent vers la source du bruit, passèrent devant la chambre parentale où ils purent voir, par la porte ouverte, que le plancher avait subi le même traitement que celui du salon. Ils s'arrêtèrent sur le seuil de la chambre d'amis. Le lit avait été poussé dans un coin et une femme, Helen Groves probablement, accroupie dos à eux, s'escrimait à défoncer le parquet à grands coups d'un marteau arrache-clous.

— Madame Groves ?

Elle suspendit son geste. Sans se retourner.

— Madame Groves, je suis l'inspecteur-chef Gilbert. Voici l'inspecteur Marquis. Pourriez-vous poser ce marteau, s'il vous plaît ?

Elle se releva. Leur fit face, l'outil le long du corps. Ses jointures étaient blanches de l'avoir serré si fort.

Elle regarda Michael qui haletait, le front en sueur, courbé en deux, la main protégeant son flanc. Puis Marquis, jeune et débordant de santé, et qui, Michael le savait, était sacrément plus courageux qu'il n'y paraissait. C'étaient peut-être ses taches de rousseur et sa touffe de cheveux roux qui ne lui donnaient pas l'air d'un adversaire particulièrement redoutable.

— Le cottage est encerclé, madame Groves. Nous avons deux policiers postés sur l'arrière. Et je n'ai qu'un coup de fil à passer pour que d'autres arrivent en renfort. Si vous pouviez reposer ce marteau et nous dire ce que vous faites là, peut-être que tout cela serait parfaitement inutile ? Luke vous a-t-il demandé de venir récupérer quelque chose pour lui ?

Elle lâcha l'outil. S'affala sur le lit. Se prit la tête dans les mains. Pas de larmes, cependant. Pas un gémissement.

— Que cherchez-vous, madame Groves ?

Michael s'avança sur le parquet défoncé et ramassa le marteau.

Elle ôta les mains de son visage. Des échardes s'étaient fichées dans ses cheveux, elle avait la peau grise, et ses yeux… Ses yeux étaient noirs, et terrifiés. Voilà à quoi ressemblait un être brisé, pensa Michael. Pas à un flic vieillissant avec ses points de suture et son crâne douloureux, non, à cette femme. Quoi qu'elle ait vu, quoi qu'elle ait fait, cela l'avait détruite.

Michael était assis dans le jardin de derrière et surveillait la maison. Marquis en émergea, de la poussière plein les cheveux, une substance noire et huileuse sur les mains.

— Il n'y a pas d'espace sous le toit, qui est complètement plat. Elle a déjà démonté le parquet dans toutes les pièces. J'ai fouillé derrière le ballon d'eau chaude et les canalisations dans la salle de bains. C'est tout petit – on l'a entièrement ratissée en une seule fois. Ce qu'elle cherchait ne s'y trouve pas.

Il se dirigea vers la cabane aux cochons d'Inde.

— Qui les nourrit ?

— Un voisin.

— On ne devrait pas les emmener dans un refuge pour animaux ? Ils sentent franchement mauvais.

Michael le rejoignit devant le clapier.

— Bien galeuses, ces petites bêtes. Je ne les ai jamais aimées. Luke dit qu'ils faisaient la fierté et la joie de son père.

Il marqua une pause, et puis :

— J'imagine que personne n'a pensé à fouiller là-dedans ?

Marquis secoua la tête.

— Je ne crois pas, patron.

Michael ouvrit la trappe dans la porte de l'enclos, passa la tête dans le coin dortoir des rongeurs. La litière de vieux journaux était détrempée et couverte d'excréments. Michael tapa sur la base en bois, et les cochons d'Inde s'enfuirent à l'air libre en couinant. Vide.

— Où est le marteau ?

Sa voix résonna dans l'espace restreint et l'air saturé d'une puanteur d'urine lui brûla la gorge. Il retira la tête et inspira quelques goulées d'air frais en attendant le retour de Marquis.

— Voilà.

Michael inspira plusieurs fois profondément avant de repasser la tête dans le clapier. À l'aide du marteau, il s'attaqua à l'une des planches. Elle était humide et souple. Elle céda rapidement. Il en enleva une autre. Puis une autre. Les tendit à Marquis. Il fouilla dans l'espace dégagé. Sentit de la terre. Du gravier. Du plastique. Il dut fournir un effort pour extraire le paquet. Il était enveloppé dans de vieux sacs poubelles fermés par de l'adhésif d'emballage brun. Michael le lâcha aux pieds de son adjoint.

Marquis tira sur le scotch, déchira le plastique.

— Des photos, patron. Et des lettres, on dirait. Qu'est-ce que c'est que tout ça ?

Michael se dirigea vers la chaise en fer forgé et s'y laissa tomber lourdement, grimaçant, encore, quand les sutures de son flanc le pincèrent.

— J'espère, Marquis, que ce sont toutes nos putains de réponses.

42

Michael

— Pouvez-vous confirmer que vous êtes bien Helen Rachel Groves, de Westwood, rue des Vinaires, à Saint-Pierre-Port ?

Michael et Marquis étaient assis en face d'Helen et de son avocat, Jim Bradford, un homme compétent et honnête, à la trentaine bien sonnée, dans la petite pièce étouffante et sans fenêtre du poste de police de Guernesey. Maître Bradford avait desserré sa cravate, et les deux policiers remonté leurs manches de chemise, mais Helen Groves restait raide et droite, les mains jointes posées sur le bureau.

— Oui.

— Et pouvez-vous aussi nous confirmer qu'entre 1979 et 1989, vous vous faisiez appeler Rachel Carré et viviez au cottage rue du Fort, à Sercq ?

— Ça n'a jamais été mon nom, dit-elle posément.

— Pourriez-vous développer ?

— Je me suis toujours appelée Helen Groves. Reg et moi ne nous sommes jamais mariés. Les gens ont juste supposé qu'on l'était.

— Et Rachel ?

Elle haussa les épaules.

— C'est mon deuxième prénom. Je l'ai toujours préféré. Je l'ai utilisé pour la première fois quand je suis venue visiter Sercq alors que j'étais enfant. (Elle s'interrompit.) Non, pas enfant. J'avais dix-huit ans. C'est quand j'ai rencontré Reg.

— Que cherchiez-vous au cottage ce matin, madame Groves ?

— Des lettres, des photos.

Michael posa devant elle un sachet à indices contenant une feuille de papier jaunie à l'écriture délavée et presque illisible par endroits.

— Est-ce cela que vous cherchiez ?

Elle acquiesça.

— Pourriez-vous me dire de quoi il s'agit, madame Groves ?

— C'est une lettre.

— De qui ?

— D'une femme nommée Catherine.

— Et pourquoi cette dénommée Catherine vous a-t-elle écrit, madame Groves ?

— Elle voulait de l'argent.

— Pour quelle raison ?

Elle inspira profondément, et c'est d'une voix forte et claire qu'elle répondit :

— Elle me l'avait donné.

Michael tenait la lettre à bout de bras, plissant les yeux pour la déchiffrer.

— « Vous me l'avez arraché. Vous devez payer. »

Il regarda Helen.

— Je ne le lui ai pas volé. Ce n'est pas comme ça que ça s'est passé.

— Et si vous nous expliquiez ?

Elle regarda son avocat. Il hocha la tête.

— Je n'étais pas moi-même. J'étais déprimée. J'avais fait une fausse couche quelques mois plus tôt. Je m'étais mise avec Reg parce que j'étais enceinte, c'est tout, et on le savait tous les deux. Et puis j'ai perdu le bébé… et il a voulu que je reste. Ce que j'ai fait, pendant plusieurs mois. Mais il n'y avait rien pour moi là-bas. Il n'y a rien pour personne. Je suis partie au cours de l'été. Je suis rentrée chez mon père.

— Il était pasteur, précisa Michael en parcourant ses notes.

— Oui. Malheureusement, il ne mettait pas en pratique ce qu'il prêchait. Il ne croyait pas que j'avais perdu le bébé, et quand bien même il m'aurait crue… L'église a une association caritative, le Centre chrétien d'aide aux femmes enceintes. Il pensait que je faisais tout pour le contrarier.

— Et c'est dans ce centre que vous avez rencontré Catherine, la mère de Luke ?

— Elle me l'a donné. Je suis sa mère.

— Elle vous l'a donné comme ça ? fit Marquis, incrédule.

— Elle allait le faire adopter. Elle n'en voulait pas. Moi, si, répondit Helen, le regard froid et dur.

Marquis s'agita sur sa chaise. Michael avait la gorge sèche. Il fallait qu'il s'allonge. Il but une gorgée d'eau. Montra la lettre.

— Et puis ceci est arrivé.

— Oui. Cinq ans plus tard. Vous n'avez lu que le début. Elle voulait de l'argent. Elle demandait trois mille livres sterling.

— Vous l'avez payée ?

Helen acquiesça.

— Comment avez-vous dégoté cette somme ?

— J'ai demandé à Reg.

— Il savait que Luke n'était pas votre fils ?

— Pas au début. Pas avant que la lettre n'arrive.

— Et comment a-t-il réagi quand vous lui avez avoué ce que vous aviez fait ?

— Il était… très en colère. Dévasté. Mais je savais que Reg adorait Luke. Je savais qu'il ferait n'importe quoi pour le protéger. Ce qu'il a fait. Il a trouvé l'argent.

— Comment ?

— Je ne sais pas.

— Cela aurait-il un rapport avec la petite entreprise familiale des Le Page ?

Elle haussa les épaules.

— Il m'a dit qu'il l'avait gagné aux cartes. Je savais qu'il mentait.

— Mais ce n'était pas fini, n'est-ce pas, madame Groves ? D'autres lettres réclamant de l'argent sont arrivées, fit-il en posant deux autres sachets d'indices sur le bureau. Et finalement, ça.

Michael lui mit sous le nez la dernière des quatre lettres qu'ils avaient trouvées. Il en résuma le contenu :

— Catherine annonce son arrivée à Sercq. Dit qu'elle vient voir Luke. Qu'elle regrette de l'avoir abandonné.

— Vous voyez, répliqua Helen, la voix un peu tendue. Elle l'admettait elle-même : elle l'avait *abandonné*.

— Mais vous n'avez jamais entrepris les démarches officielles, madame Groves ! Vous deviez savoir que vous ne pouviez pas vous contenter d'embarquer un bébé et voilà. Il y a une procédure à suivre. Vous avez dit que vous étiez déprimée quand tout cela s'est produit, mais cette jeune femme, *eh* ? Dans quel état se trouvait-elle ? Seule, confuse, elle venait juste d'avoir un bébé. Elle avait besoin d'aide, de conseils, pas de le donner à la première venue !

— Ça ne s'est pas passé comme ça ! Il n'y avait que l'argent qui l'intéressait. Quand elle a débarqué...

Elle s'interrompit brutalement.

— Que s'est-il passé quand elle est venue ? Qu'est-il arrivé quand la mère de Luke a débarqué à Sercq ?

Helen se frotta les yeux.

— Elle était très maigre. C'est à peine si je l'ai reconnue. Et elle était sale. Je me souviens d'avoir regardé ses ongles en deuil et ses cheveux... elle n'avait pas dû les laver depuis des semaines. L'idée qu'elle puisse toucher Luke... (Elle avait la gorge serrée.) Elle passait d'un lieu d'hébergement à un autre, m'a-t-elle dit. Elle avait même été à la rue, pendant un temps. Elle disait qu'elle payait l'abandon de Luke. Elle a voulu le voir. Je lui ai expliqué qu'il était à l'école. Elle a répondu qu'elle attendrait qu'il rentre, qu'il méritait de savoir qui était sa vraie mère. Je voyais bien qu'elle était déçue que notre maison soit si petite. Elle regardait partout, évaluant l'espace, tâchant de deviner ce qu'elle pourrait encore nous extorquer.

— Elle vous a encore réclamé de l'argent ?

Helen acquiesça.

— Elle a dit qu'elle repartirait sans faire d'histoire si on la laissait voir Luke et qu'on lui donnait dix mille livres.

Marquis laissa échapper un sifflement discret.

— Elle n'en aurait rien fait. Elle n'aurait jamais arrêté, vous comprenez ?

— Que s'est-il passé, madame Groves ?

— C'est Reg. Il a pété un câble. Il se mettait vite en colère. Il avait bu, et il devenait mauvais quand il avait picolé. Depuis que je lui avais montré la première lettre, depuis qu'il avait découvert la vérité sur Luke… que Luke n'était pas son… il avait changé. Il s'est jeté sur elle. Elle s'est défendue. Il s'est écroulé et elle… elle était déchaînée. J'ai cru… j'ai vraiment cru qu'elle allait le tuer. J'avais fait du repassage et le fer était encore sorti. C'est la première chose qui m'est tombée sous la main. Je l'ai frappée. Je n'ai pas imaginé une minute que ça la tuerait. Je voulais juste qu'elle s'arrête.

Maître Bradford se passa la main dans les cheveux, défit un autre bouton.

— À ce point de l'entretien, je suggère que ma cliente fasse une pause pour que nous nous consultions.

Michael se dit que c'était peut-être lui qui avait besoin d'une pause. Il jouait parfaitement l'homme qui ignore qu'il tient la plus grosse affaire de sa carrière, n'était le léger tremblement du stylo qu'il faisait courir sur le bloc-notes jaune.

— Souhaitez-vous faire une pause, madame Groves ? demanda Marquis.

— Non. Ça fait vingt-sept ans. Je veux en finir.

— Que s'est-il passé quand vous avez compris que vous aviez tué Catherine ? Pourquoi n'êtes-vous pas allée trouver la police ? C'était un cas de légitime défense, non ?

— Pour que vous me retiriez Luke ? C'est Reg qui a tout organisé. Je ne me souviens pas très bien de ce que l'on a fait d'elle… après… Il y avait tellement de sang. Et Luke…

— Vous n'avez pas dit qu'il était à l'école ?

— Il est rentré. Pas très longtemps après que ça arrive. Reg était sorti par la porte de derrière. Je ne sais pas ce qu'il fichait. J'étais derrière le comptoir de la cuisine. Paralysée. Je ne pouvais pas bouger. Puis je l'ai entendu. Ses petits pas d'enfant. Il était terrifié. On lui a dit que c'était une méchante dame. Qu'il ne devait jamais en parler à personne. Et je crois qu'il ne l'a jamais fait.

— Donc vous l'avez tuée et Reg a caché son corps dans une grotte. Elle ne représentait plus une menace pour vous ou votre famille, alors pourquoi êtes-vous partie ?

— Il m'y a forcée.

— Qui ça ?

— Reg. Il a dit que j'étais un danger pour moi-même et pour Luke, que je devais m'en aller, pour le bien de tous, et que si je refusais, il irait trouver la police et il leur raconterait tout. C'était sa façon à lui de me punir pour ce que j'avais fait, ajouta-t-elle amèrement.

— Vous ne pensez pas qu'il s'inquiétait vraiment ?

— De quoi ?

L'idée ne semblait pas même l'avoir effleurée.

— Que vous puissiez être un danger pour Luke ?

— Je ne lui ai jamais fait de mal. Reg le savait très bien.

— Vous êtes restée en contact avec Luke. Reg savait-il qu'il était parti vivre chez vous ?

Elle hocha la tête.

— Quand il est venu poursuivre sa scolarité à Guernesey, il a demandé s'il pouvait. Reg a refusé. Il y a eu une bagarre épouvantable. Finalement, Reg a compris qu'il ne pourrait pas empêcher Luke de vivre avec moi.

Elle eut un bref air de triomphe.

— Quand les ossements ont été découverts dans la grotte, vous avez dû avoir des sueurs froides.

Elle baissa les yeux. Se tordit les mains.

— Vous n'êtes probablement pas sans savoir, madame Groves, que le principal suspect dans le meurtre de Reg Carré est votre… que c'est Luke. Nous n'avons que des preuves circonstancielles pour l'instant, mais…

— Luke n'a rien à voir dans tout cela.

Maître Bradford avait pris cinq ans en cinq minutes.

— Madame Groves, je dois vous conseiller de…

Elle l'interrompit d'un geste.

— La nuit où les restes de Catherine ont été retrouvés, le constable était au bar et le racontait à tout le monde. Il y avait toujours eu des rumeurs concernant ma disparition. J'imagine que les gens ont cru que c'était moi, dans la grotte. Un des amis de Luke l'a appelé pour lui annoncer la nouvelle. Luke m'a téléphoné. J'ai pris le bateau à la première heure.

— Vous êtes allée voir Reg ?

Elle hocha la tête.

— Pourquoi ?

— Il perdait un peu la boule. Je voulais m'assurer qu'il ne dirait rien. Tant que personne ne parlerait, tout irait bien. Quand je l'ai vu, il était en vrac. Il insistait pour qu'on raconte tout à Luke. Il disait qu'il avait le droit de savoir. Je suis allée dans la salle de bains, je crois. La tenue de plongée de Luke était suspendue à la tringle du rideau de douche. Il était venu quelques jours avant – il laissait souvent ses affaires chez Reg. Son sac était là aussi. Son couteau de plongée à l'intérieur. J'ai juste… Je n'avais pas le choix, vous comprenez ? J'ai enfilé la tenue mouillée, le masque, j'ai protégé mes vêtements, mes cheveux et… Ensuite, je me suis changée, je suis retournée au bateau, mais il ne voulait pas démarrer. J'ai dû rentrer en ferry. J'ai appelé Luke, cette nuit-là, pour lui demander d'aller récupérer le bateau pour moi.

— Savait-il que vous veniez d'assassiner celui qu'il pensait être son père ?

Elle secoua la tête.

— Non. Luke n'a rien fait de mal, vous devez me croire. Il a dû s'en douter quand il a vu ses affaires sur le pont, mais il ne pouvait être sûr de rien.

— Et Reg ? Qu'avait-il fait de mal, *eh* ?

— Il allait dire à Luke que je n'étais pas sa mère. Reg m'avait déjà enlevé mon fils une fois. Je n'allais pas le laisser recommencer.

43

Jenny

Elle le retrouva sur le banc qui faisait face à Bordeaux Bay, les ruines du château du Valle dans leur dos. C'était ici qu'elle l'avait rencontré la première fois, il y avait une éternité de cela, lui semblait-il. C'était même étrange d'imaginer une époque sans Michael.

Le port en fer à cheval était piqueté de bateaux de pêche aux coques peintes en bleu et rouge vif sur le fond pâle de la mer. Une brume planait au-dessus de Herm et de Sercq, au loin. Des mouettes s'élevaient haut au-dessus de poches d'air chaud, attendant que les premières prises du jour rentrent au port.

— C'est un temps à manger une glace.

Michael étendit les jambes devant lui. Il avait déjà roulé ses manches de chemise et sa veste était jetée en travers de la table en bois.

— Je vais nous chercher ça.

Elle demanda deux cônes au kiosque. À Guernesey, les glaces étaient comme du beurre, denses, jaune foncé, la riche crème délivrant l'essentiel du goût avec juste une touche de vanille. Elle les rapporta avec précaution vers le banc de pique-nique.

— Vous êtes sur le point de conclure, alors ?

Michael hocha la tête.

— Je suppose que tu veux l'exclusivité ?

— À vrai dire, j'en ai un peu marre des exclusivités. Tout le monde me hait au bureau. Personne n'a pu publier quoi que ce soit en première page ces derniers temps.

— Mais personne d'autre que toi n'a cavalé comme une folle furieuse à travers Sercq pour décrocher des scoops.

— Ce n'est pas faux. Avez-vous confirmé l'identité de la femme ? La mère de Luke ?

Il secoua la tête.

— Nous avons juste son prénom et la description qu'Helen a faite d'elle, qui est très vague, pour dire le moins. Nous écumons les signalements de personnes disparues. Mais Helen dit que cette femme était passée d'une famille d'accueil à une autre, et qu'elle avait vécu dans la rue. Il n'y aura peut-être même pas d'avis de disparition. Ça fait un peu froid dans le dos, arpenter la Terre pendant tant d'années et ne laisser aucune trace, personne pour vous pleurer…

Il parut troublé par cette idée.

— Beaucoup de gens vous pleureraient, Michael.

— Je ne parlais pas de moi.

— Vraiment ?

Il lui jeta un de ces regards qu'il lui réservait.

— Et Fallaize, et Langlais ? Y a-t-il quelqu'un pour les pleurer ?

— Hum. La femme de Langlais, c'est sûr. Pas de gosse, Dieu merci. Pour ce qui est de Fallaize, soupira Michael, je l'ai longtemps considéré comme une espèce de crétin, mais dans le fond, je me disais qu'il avait l'étoffe d'un très bon flic, derrière toutes ses rodomontades. Je n'ai jamais imaginé ne serait-ce qu'une minute qu'il serait capable de… de ce qui s'est passé avec ton père. Et puis les mensonges. Tant de mensonges. Désolé, ma belle, fit-il en secouant la tête.

Ils n'avaient plus évoqué le sujet de Charlie depuis que Jenny avait passé du temps au chevet de Michael à l'hôpital ; il lui avait raconté ce que Tanya avait dit, et ce que lui avait vu, là-haut sur les falaises.

— Vous pensez qu'il est mort ?

— Oui.

— Quelque chose doit veiller sur vous, Michael.

— Comment ça ?

— Trois hommes sont entrés dans ces bois. Deux d'entre eux voulaient manifestement votre mort. Et vous êtes le seul à vous en être tiré. Peut-être que toutes ces prières fonctionnent.

— Ce n'est pas un sujet de plaisanterie, Jenny, répliqua-t-il, l'air froissé.

— Je ne plaisante pas, répondit-elle gentiment. Comment se passe votre convalescence ? La convalescence de la convalescence que vous avez bousillée, je veux dire.

— Je n'ai rien bousillé. Ce n'est pas inhabituel de voir une blessure comme celle-là se rouvrir. Même l'infirmière l'a dit.

— Et tomber dans les vapes après un interrogatoire est aussi monnaie courante, je suppose ?

— C'était ma commotion cérébrale. Le trajet jusqu'à Sercq a sans doute un peu trop secoué mon cerveau déjà malmené. Tout baigne à présent. Je suis officiellement autorisé à sortir de chez moi pour aller manger une glace.

— Et Luke ? Comment va-t-il ?

— Aussi bien qu'on puisse aller quand on a perdu trois parents en aussi peu de temps. Il est parti dans le Shropshire pour essayer d'arranger les choses avec sa femme. Il trimballait trop de secrets, Jenny. Il n'avait jamais pu parler d'Helen à sa femme, ni lui raconter ce qui s'était passé des années plus tôt. On ne peut pas construire un mariage là-dessus. Maintenant que tout est au grand jour, peut-être qu'ils pourront repartir d'un bon pied. Il est jeune encore.

— Il est plus vieux que moi.

— Tu es encore un bébé.

Ils finirent leur glace en silence, le bruit de l'eau qui léchait la grève amorti par le vacarme de la circulation sur la route. L'odeur prenante, acidulée des algues qui séchaient au soleil du matin planait dans la brise.

— Je pars de chez maman.

— Pas trop tôt.

— Hé !

— Je plaisante, ma belle. Mais ta mère doit apprendre à se gérer seule. Tu le sais bien.

— Hum. Je pense que maman s'en sort déjà très bien. Elle a changé depuis qu'elle a découvert ce qui est arrivé à papa.

— Changé en quel sens ? demanda Michael, légèrement inquiet.

— Pas dans le mauvais sens. Elle est plus calme. Je pense qu'il fallait qu'elle sache, comme moi d'ailleurs. Mais ce n'est pas dans sa nature de poser des questions, de contester les versions officielles.

— Elle a de la chance de t'avoir, du coup. Tu emménages chez Elliot ?

Elle soupira.

— On fait une pause. Définitive, je le crains.

— Tu lui as dit, bien sûr ?

— C'était plus ou moins sa décision à lui. Et j'ai besoin d'espace, de toute façon. Au moins pour un temps.

— Bon. Tant mieux pour toi, dit-il en lui assenant une de ses petites tapes réconfortantes sur l'épaule, puis il s'éclaircit la voix. Je sors avec ta mère ce week-end.

— Je sais, répondit-elle avec un sourire.

— Je pensais l'emmener dans ce nouveau restau italien, en haut de Mill Street. Tu crois que ça lui plairait ?

Elle éclata de rire.

— Aucune chance. Absolument zéro. Je ne vous donnerai aucun tuyau sur la façon de draguer ma mère. Sur ce coup-là, vous vous débrouillerez tout seul.

— Alors ne t'avise pas de me demander un service, espèce d'ingrate !

— Je suis presque sûre que, côté services rendus, on doit être à égalité, inspecteur-chef Gilbert. Je crois bien me souvenir que vous étiez assez reconnaissant de votre transport à l'hôpital en hélico, ce mois-ci.

— Touché. Oui, je suppose qu'on est quittes. Et tu peux te dispenser de me donner de l'« inspecteur-chef ».

— Depuis quand ?

— Depuis que j'ai décidé de prendre ma retraite.

— C'est officiel ?

— Ça le sera dans une heure environ. Je vais au commissariat juste après.

— Oh.

— Tu as l'air déçue. Tu préférerais que je me tue à la tâche ?

— Non ! Mais tout ça va me manquer. Et de qui j'obtiendrai mes exclusivités maintenant ? J'ai une réputation à tenir, moi.

— Alors commence par être plus aimable avec ton cousin. J'ai le pressentiment qu'une promotion s'annonce pour lui.

— Les crottes de chien !

— Ce n'est pas une façon de parler de l'inspecteur-chef Marquis.

— Vous savez bien que ce n'est pas de ça dont je parle. Je l'avais presque oubliée, cette histoire, c'est fou. Alors c'était le type qui travaillait pour le seigneur de Sercq ? Pourquoi faisait-il ça ?

— Tu vas adorer. Il se trouve que Len Mauger, Reg Carré et Sir William avaient une longue série de parties de cartes en cours. Sir William traversait une mauvaise passe et il s'est retrouvé perclus de dettes. Il a accusé les deux autres de tricher. Apparemment, il pensait que la meilleure façon de le leur faire payer était de balancer des déjections canines partout. Il y en avait plein sur le chemin qui menait chez Reg – Luke l'a même mentionné quand je lui ai parlé la première fois. J'aurais dû relier les points.

— Quel affreux bonhomme !

— Il n'a rien avoué. Il incrimine son secrétaire particulier, mais je ne serais pas surpris que Sir William soit responsable des actes de vandalisme constatés à Sercq. Je crois que le fait d'avoir perdu son statut lui porte sur le système. Il a trop de temps à tuer. Il a décidé de se venger.

— Il y a peut-être matière à en faire un article.

— J'en suis sûr, Jenny. Bon, j'ai rendez-vous avec ma retraite. On se voit plus tard, jeune fille.

Il regagna, lentement, sa voiture.

Jenny contempla la baie.

Savoir la vérité sur la mort de Charlie avait fait taire le brouhaha qu'elle avait dans la tête. Elle était toujours en colère qu'il soit parti, qu'on le leur ait arraché. Plus en colère encore que son assassin n'ait jamais à passer devant un juge. Mais Michael avait raison : Fallaize était mort, c'était forcé. Peut-être la mer finirait-elle par rejeter son corps sur les côtes françaises ? Peut-être qu'elle le garderait à jamais ? De toute façon, Jenny devait accepter que la justice ne soit pas nécessairement rendue dans un tribunal.

Elle retourna à sa voiture, baissa la vitre, laissa entrer l'air chaud. Elle suivit la route de la côte en direction de la ville. La mer étincelait. La circulation ralentissait derrière un groupe de cyclistes, pelles et seaux arrimés à leurs vélos. Un paquebot était ancré dans le port. Ce soir, les bars et les restaurants seraient bondés, des tonnes de gens se déverseraient dans les rues, buvant du vin frais, dégustant des poissons et des coquillages fraîchement pêchés, et pour la première fois depuis longtemps, Jenny eut envie de se joindre à eux. Guernesey dans la fièvre estivale, c'était le meilleur endroit sur Terre.

Cet ouvrage a été composé et mis en pages
par Étianne Composition
à Montrouge.

Imprimé en Espagne par
Liberdúplex
à Sant Llorenç d'Hortons (Barcelone)
en octobre 2020

POCKET - 92, avenue de France - 75013 Paris

S27556/01

Titre original :
DARK SKY ISLAND
(Publié par Trapeze,
a division of The Orion Publishing Group, London)

FSC
www.fsc.org
MIXTE
Papier issu de
sources responsables
FSC® C003309

Pocket, une marque d'Univers Poche,
est un éditeur qui s'engage pour la préservation
de l'environnement et qui utilise du papier fabriqué
à partir de bois provenant de forêts gérées
de manière responsable.

ISBN : 978-2-266-27556-9
Dépôt légal : novembre 2020

LARA DEARMAN

L'ÎLE AU CIEL NOIR

Traduit de l'anglais par Dominique Haas
et Stéphanie Leigniel

LA BÊTE NOIRE
Robert Laffont

DU MÊME AUTEUR
CHEZ POCKET

LA GRIFFE DU DIABLE

L'ÎLE AU CIEL NOIR

L'ÎLE AU CIEL NOIR